KB162294

고소설의 개작과 신작

고소설의 개작과 신작

차충환

역락

머리말

한동안 필자는 고소설 중에 이전의 대본(필사본이나 판본 등)에서 형성된 활자본을 대상으로 '대본-활자본'의 상호 관계나 개작의 방향성 등을 연구한 바 있다. 이러한 연구를 하기 위해서는 여러 가지 사전 작업이 필요한데, 무엇보다도 현전하는 활자본 목록을 정리한 다음에 각 작품별로 대본이 있는 활자본인지 아닌지를 확인해서 대본이 있는 활자본과 그렇지 않은 활자본을 분류하는 것이 우선적으로 중요하다. 분류가 되어야만 개작으로 다루든 신작으로 다루든, 후속 연구를 할 수 있기 때문이다.

현재에는 활자본 고소설 서지 데이터베이스가 방대하게 구축되어 누구나 활용할 수 있게 되었지만, 필자가 위의 연구를 수행할 때만 해도 실본이면서 여러 서지가 동반된 활자본 고소설 목록이 제대로 없었다. 그래서 여러 소장처를 대상으로 작품명이나 출판사 등 가능한 모든 검색어를 활용하여 최대한 정밀하게 조사한 바 있다. 그렇게 하여 제법 구체적인 활자본 목록 자료를 만들었다. 다음으로 각 활자본의 대본 유무는 기존 목록을 이용하거나 각 작품별 기존 연구를 참고하는 방법으로 조사했다. 목록 정리 과정에서 일부 신소설도 포함하였다.

조사한 목록 자료를 보니, 가령 <숙향전>의 경우와 같이 활자본과 대본의 작품명이 동일한 경우가 훨씬 더 많긴 하지만, 활자본 <절세가인>의 대본이 필사본 <사각전>인 경우와 같이, 대본과 해당 활자본의 작품명이 전혀 다른 경우도 많았다. 이들에 대해서는 따로 정리해 둘 필요가 있겠다 싶어 그때그때 조사하여 목록으로 만들었다. 또한 주지하듯이 활자본 중에는 중국 소설을 바탕으로 형성된 작품도 많고, <박천남전>이나 <재봉춘>, <장한몽> 등과 같이 일본 소설이나 구미(歐美) 소설을 번역하거나 번안한 작품도 많다. 그래서 이들에 대해서도 따로 정리하여 목록으로 만들었다. 이 세 개의 목록은 본서의 부록으로 실었다.

　대본이 있는 활자본과 없는 활자본, 이렇게 대별하여 놓고 봤을 때, 대본이 있는 것으로 밝혀진 활자본의 경우에는 대본과 활자본의 관계 양상이 해당 작품의 작품론이나 이본 연구 등을 통해서 밝혀진 것이 많다. 물론 재론하여 기존 논의를 수정하거나 정반대의 결과를 도출하는 경우가 있을 수 있고 또 실제로 그러한 사례가 있지만, 그럼에도 이런 작품의 경우에는 선뜻 재론의 욕심을 내기가 쉽지 않다. 들인 품에 비해 성과가 미미할 수 있기 때문이다. 이렇게 되고 보면, 눈길은 자연히 대본이 없는(없어 보이는) 활자본으로 향하기 마련인데, 이러한 작품들의 경우에는 우선 읽는 것이 급선무다. 읽어 봐야만 대본이 있는지 없는지를 알 수 있고, 그에 따라 후속 연구 방향이 정해질 수 있기 때문이다. 이 같은 생각으로 하나하나 탐독해 보니, <오선기봉>은 한문필사본 <오로봉기>를 개작한 것이고 <신랑의 보쌈>은 신소설 같은 제명이지만 기실은 고소설인데 <정수경전>을 개작한 것이며, <류황후>는 <태아선적강록>을 개작한 작품임을 알게 되었다. <강남화>와 <창선감의록>의 관계도 마찬가지다. 또한 <보심록>, <금낭이산>, <명사십리>, <장유성전> 등은 제명은 다르지만 하나의 계보를 이루고 있음을, 필사본 <수매청심록>이 활자본 <수매청심록>과 활자본 <권용선전>으로 이원화되었음을 알 수 있었다. 이처럼 일부 활자본에 대해, 대본 텍스트를 새로 밝혀낸 뒤 그 상호 관계와 개작의 방향성을 고찰한 것이 제1부에 수록된 글이다. 그리고 탐독 과정에서 <이두충렬록>, <연화몽>, <이린전> 등은 신작 고소설임을 알 수 있었고 또 이항복 설화를 소재로 한 일련의 활자본도 여러 편 현존하고 있음을 알 수 있었다. 제2부에 수록된 글은 이처럼 신작에 대한 연구를 중심으로 한다.

활자본 고소설의 형성 과정을 살펴보면 다양한 특징이 드러난다. 본서의 <오선기봉>이나 <강남화>와 같이 모본과 일대일의 관계를 가지는 활자본도 있지만, 가령 활자본 <김진옥전>의 경우처럼 서로 다른 두 개의 필사본에서 서로 다른 두 개의 활자본이 따로 만들어진 경우도 있고, 필사본 <정수경전>의 사례와 같이 하나의 모본에서 서로 다른 세 개의 활자본이 제작되는 경우도 있다. 또한 이른바 <김희경전>으로 알려진 활자본 중에는 필사본 <김상서전>을 바탕으로 한 두 작품이 있는데, 그 중 <여중호걸>은 <김상서전>을 거의 그대로 활자화했다면 <여자충효록>은 <김상서전>을 크게 변개하여 활자화했다. 뿐만 아니라 개작의 방향을 보더라도, 활자본으로 만들어질 때에는 대체로 내용과 분량이 줄어드는 경향이 일반적인데, 활자본 <여장군전>의 경우에는 대본인 필사본 <정수정전>보다 서술 내용이 오히려 더 확대된 모습을 보여준다. 그 외에도 활자본 고소설의 특징은 수없이 많다.

본서의 내용은 활자본 고소설의 여러 특징 중 극히 일부만을 보여주는 것에 불과하다. 그럼에도 연구 결과를 출판하고자 한 것은 연구의 중요성이나 비중이 높아서가 아니라, 대부분의 연구가 그동안 연구가 없었던 것이거나 미진했던 것을 처음으로 검토하거나 보완한 것이기 때문에, 활자본 고소설의 면모를 좀 더 확대해서 보여주는 의의는 있지 않을까 생각해서이다. 예를 들면 이런 것이다. 개별 전승 자료가 아니라 한 편의 서사로 엮인 이항복 이야기가 여러 책 전한다는 사실, <창선감의록>을 대본으로 한 활자본으로 <강상월> 외에 <강남화>도 있다는 사실, 한문필사본으로서 유일본으로 전하는 <오로봉기>의 존재를 어떻게 알고 그것을 한글 활자본 <오선기봉>으로 만들었을까라는 궁금증, 혹시 <오로봉기>와 <오선기봉>의 작가가 동일 인물은 아닐까라는 의문 등. 본서가 이 정도의 인상만이라도 독자에게 제공해 줄 수 있다면 나름대로 가치가 있지 않을까 생각한 것이다.

내가 이 정도나마 공부를 할 수 있는 것은 모두 가족들 덕분이다. 이제는 일상에서 좀 여유를 가지라고 권하거나 가끔은 가족과 함께 하는 시간을 가지기를 바라지만, 대체로는 내가 하고 싶은 것을 마음껏 할 수 있도록 배려해 준다. 고마울 따름이다. 벌써 장성하여 열심히 자기의 삶을 개척해 가고 있는 두 딸을 응원하며, 모쪼록 가족 모두가 건강하기를 바란다.

출판 사정이 매우 어려운 줄 안다. 그럼에도 불구하고 흔쾌히 출간을 맡아주신 역락의 이대현 사장님과, 준비만 되면 언제든 출간하겠노라고 은근히 공부를 독려해 주신 박태훈 이사님, 그리고 편집을 맡아 애써 주신 이태곤 이사님, 임애정 님, 표지를 담당해 주신 안혜진 님, 그 외 역락의 여러 관계자 분들께 심심한 사의를 표한다.

2021. 6.

차충환

차례

제1부

개작의 세계

제1장

〈오선기봉〉, 한문소설 〈五老峰記〉의 개작

1. 머리말

본고에서 살펴볼 〈오선기봉〉은 1917년 광동서국·태학서관에서 공동 발행한 국문활자본 고소설이다. 남주인공 황태을이 여주인공 청운학, 현천홍, 백화연, 주계란을 차례대로 만나 가족을 이루는 서사구조속에 남녀의 이합과 여성의 수난, 남녀주인공의 영웅적 활약 등이 설정되어 있어 영웅소설적 성격을 지닌 기봉류 애정소설이라고 할 수 있다.

이 작품은 남주인공 한 사람이 여러 명의 여성을 거느린다는 점, 여성 인물들 사이에 신분 차이가 있음에도 불구하고 불화가 전혀 나타나지 않는다는 점 등에서 〈구운몽〉의 세계와 통하는 작품이다. 그래서 일찍이 김기동은 〈오선기봉〉을 일부다처의 이상적 애정 생활을 표현한 작품으로서, 〈구운몽〉의 아류작으로 평한 바 있다.[1] 그러나

---

1) 김기동, 『이조시대소설의 연구』, 성문각, 1974, 87-89쪽.

<오선기봉>에는 남주인공을 능가하는 여성 영웅이 등장하고 남녀의 애정사와 애정 심리가 곡진하게 그려지는 등 <구운몽>에서는 맛볼 수 없는 흥미소가 다수 설정되어 있다. 그럼에도 <구운몽>의 아류작 이란 평가로 인해 후속 연구는 거의 이루어지지 못했다. 전형적인 도교계 소설로 평가한 김석규의 논의[2]와 여성 편력 구조를 텍스트 무의식의 관점에서 고찰한 한상현의 논의[3]가 있을 뿐이다.

본고에서는 시각을 달리 하여 <오선기봉>의 텍스트 형성 과정에 대하여 검토하고자 한다. <오선기봉>은 그동안 신작 고소설로 알려져 왔는데, 사실은 신작이 아니라 한문필사본 소설 <五老峰記>를 개작한 작품이다. 이에 본고에서는 두 작품의 관련성과 선후관계의 고찰을 통해 <오선기봉>이 <오로봉기>의 개작임을 밝히고, 개작 과정에서 생긴 변화 양상을 검토하고자 한다. 그리고 <오선기봉>이 선행본을 토대로 형성되었다는 사실과 개작 과정에서 일어난 변화 요소의 연구사적 의의를 제시하도록 하겠다. 자료는 국립중앙도서관에 소장된 <오로봉기>[4]와 영인본 <오선기봉>[5]으로 한다.

2. 〈오선기봉〉과 〈오로봉기〉의 관계

두 작품은 장회체 작품이어서 각각 제목을 갖추고 있다. 양자의 장

---

2) 김석규, 「<오선기봉> 연구」, 한국교원대 석사논문, 2002.
3) 한상현, 「<오선기봉>의 구조와 '여성편력'적 의미의 심리적 고찰」, 『겨레어문학』 30집, 겨레어문학회, 2003.
4) 이미지 파일로 제공되고 있으며, 표지를 포함하여 총 69쪽의 분량이다. 쪽수가 표시되어 있기 때문에, 내용을 인용할 경우 파일의 쪽수를 따른다.
5) 동국대 한국학연구소 편, 『활자본 고전소설전집』 4, 아세아문화사, 1976, 369~433쪽. 내용을 인용할 경우, 본 전집의 쪽수를 따른다.

회 제목을 제시하면 다음과 같다.

오로봉기	오선기봉
1회 黃處士禱山生子 石道(人)作詩遣客[6]	1회 黃處士禱山生子 石道人遺書接客
2회 老夫妻一東一西 兒將成能文能武	2회 老夫妻一東一西 兒將相能文能武
3회 靑雲鶴和詩留約 玄天鴻却婚待時	3회 靑雲鶴和詩留約 玄天鴻却婚待時
4회 邯鄲路丹書致客 翠香閣文錦結親	4회 別詩中雙燭爲期 小樓上兩情相感
5회 別詩中雙燭爲期 小樓上兩情相感	5회 白花鶿溺水全節 黃太乙入山受書
6회 三井洞再過悲傷 一部書相託懇懃	6회 思相樓怨女同居 九牛宮天人下降
7회 相思樓怨女同居 九牛宮天人下降	7회 迫事勢順從上命 得詩句忖度他心
8회 迫事勢順從上命 得詩句忖度他心	8회 黃學士奉命征濟 玄小姐變服入洛
9회 黃學士奉命征濟 玄小姐變服入洛	9회 玄天鴻飛釼斬賊 朱桂鸞考詩知蹤
10회 咏山水感歎才體 察音色分辨男女	10회 入宮禁淑女陳情 渡黃河尙書迎親
11회 三才士賦詩頌功 兩小姐奉命入宮	11회 太平宴聽琴垂淚 花燭夜感舊論情
12회 訪寓舍公主見誠 入宮禁小姐陳懷	12회 黃極殿丞相乞歸 望仙樓五星還圓[7]
13회 黃河水感夢祭神 太平宴聽琴垂淚	
14회 合卺日五仙行禮 獻壽宴四人助歡	
15회 黃承相講論陰陽 朱夫人請同稱號	
16회 乞歸日路逢勝地 明信宮夢受敕命	

양자를 대비해 보면, 여주인공인 청운학과 현천홍이란 이름이 공히 등장하고,[8] <오로봉기>의 1~3, 5, 7~9회 제목과 <오선기봉>의 1~ 3, 4, 6~8회 제목도 서로 일치한다. 이점만 보더라도 양자의 관련성이 인정된다. 관련성을 좀 더 지적한다면 <오로봉기>의 3회와 4회가 <오선기봉>에는 3회로 통일되었다. <오로봉기> 6회와 <오선기봉>

---

6) <오선기봉>의 1회 제목을 볼 때, '人'자가 빠졌음을 알 수 있다.

7) <오선기봉>에는 장회 제목이, 예를 들어 제1회 제목 "黃處士禱山生子 石道人遺書接客 황쳐스가 산에 빌어 ᄋᆞ들 낫코 셕도인이 글을 씻쳐 졉긱ᄒ다"와 같이 한문과 한글이 병기되어 있다.

8) <오로봉기>의 장회 제목에는 언급된 두 명 외에 황태을, 백화연, 주계란이란 인명이 보이지 않지만, 내용 중에는 당연히 등장한다.

5회는 제목은 다르나 내용은 동일하다. <오로봉기>의 10회 이후와 <오선기봉>의 9회 이후에는 일치하는 장회 제목이 없다. 이것은 전체적인 내용은 같더라도 장회 별로 배분되는 내용이 달라서 생긴 것이기도 하고, <오로봉기>에는 있는 내용이 <오선기봉>에는 없어서 생긴 것이기도 하다.

내용의 구성과 서술 행문에서의 관련성도 뚜렷하다. 작품 중에 등장하는 시가 <오로봉기>에는 15수, <오선기봉>에는 13수인데,9) 다음의 인용문은 <오선기봉>에서 뽑은 것이다.

> 楚山雲雨隴山逢　초산에 운우를 농산에 맛나니
> 花作新粧玉作容　곳은 시 단쟝을 짓고 옥은 얼골을 지엿도다
> 楊柳樓頭停去馬　양류 다락머리에 가는 말을 머므르니
> 不知春意肯相從　아지못ᄒ거라 봄뜻으로 질기여 셔로 좃치랴10)

위의 인용문은 남주인공 황태을이 외가가 있는 농서로 향하다가 삼정동 누각 앞에서 읊조린 것이다. 이를 계기로 태을은 백화연을 만나 운우지정을 나눈다. 그런데 위의 인용문 중 한시가 <오로봉기>에도 그대로 등장한다.11)

> "즉시 힝쟝을 쟝쇽ᄒ고 쟝ᄎ 도망ᄒ고즈 ᄒ더니 홀연 향풍이 이러나며 슈막이 열니더니 안으로조ᄎ 일위 졀ᄃ가인이 농쟝셩식으로 나와 안거늘 틱을이 놀나 급히 이러나 례ᄒ고 눈을 드러보니 그 미

─────

9) 시의 수에 차이가 있는 것은 작품 후반부에서 <오로봉기>에 있는 내용이 <오선기봉>에는 없기 때문이다.

10) 전집 4, 389쪽.

11) "……乃高聲浪吟 楚山雲雨隴山逢 花作新粧玉作容 楊柳樓頭停去馬 不知春意肯相從 吟訖 美人開戶……"(<오로봉기>, 20쪽).

인이 몸에 주라상을 입고 머리에 빅옥잠을 소주시니 나히 십오세 가
량이라 아름다온 빗과 단아흔 틱도눈 봄하늘에 기인 달과 갓고 가을
물 쇽에 반기흔 련꼿 갓흔지라 두 눈이 현황흥야 능히 바라보기 어
려우니 진짓 쳔고졀념이오 희셰가인일너라"[12]

"因中夜 理裝將欲逃歸 忽有香風 乍動繡幕半開 有小女兒 濃粧盛飾 自
內而出 施拜於前 太乙遽起答禮 擧頭視之 其女兒 身着紫羅之裳 頭橫白玉
之簪 年可十歲 而淑美之色 端雅之態 如春天霽月 秋水芳蓮 雙眸眩曜 不
能正視 誠千古絶艶也"[13]

위의 인용문은 황태을이 청운학을 대면하는 장면의 일부이다. 문면
의 내용이 거의 동일하여 상호 간의 관련성을 짐작할 수 있다.

그러면 두 작품의 선후관계는 어떠한가. 이를 알아보기 위해서는 작
품 후반부를 살펴볼 필요가 있다. <오로봉기>는 13회에서 <오선기
봉>은 10회 말미에서 태을이 부모와 재회한다. 그런데 재회의 방식부
터 작품 말미에 이르는 과정이 내용상 차이가 있다. 이를 정리해 보면
다음과 같다.

오로봉기	오선기봉
① 황태을이 회군하던 중, 황하 가에서 5일 동안 제를 지내면 부모를 만날 수 있을 것이라는 현천홍의 말을 꿈에서 듣고 시험 삼아 그렇게 해보았는데, 마지막 날 견우직녀성이 일엽소선을 타고 황처사 부부를 데리고 왔다. ② 태을이 네 여인과 혼인을 한다. 태을	· 황태을이 회군 중, 황하수 근처에서 청의동자의 인도로 일엽소선을 타고 온 부모와 재회한다. · 태을이 네 여인과 혼인을 한다. 태을이 현천홍, 백화연, 청운학 등과 각각 밤을 지내면서 그동안의 일들을 회상한다. · 황처사의 생일날 운학과 화연이 가무

12) 전집 4, 377쪽.
13) <오로봉기> 10쪽.

이 현천홍과 청운학에게 시를 연주하게 하고 공주에게도 절구시 한 수를 짓게 한다. 5명이 그동안의 일을 두고 한담을 나눈다.

③ 황처사의 생일날, 운학과 화연은 가무를 하고 공주는 帝舜南風之曲을 연주하며 현천홍은 옥잔을 큰 기러기로 변하게 하여 날려 보낸 뒤, 그 기러기가 견우성의 절구시 한 수를 받아오도록 하는 환술을 부린다.

④ 태을이 천홍에게 환술을 더 보고 싶다고 하니, 천홍이 옥병에 담긴 물을 큰 바다로 변하게 하여 태을 등 주위 사람들을 빠지게 하였다가 구해내는 환술을 부린다. 태을 등이 정신을 잃었다가 깨어나 몹시 놀라고, 그때부터 태을, 공주, 화연, 운학 등이 천홍으로부터 환술을 배워 모두 신기묘법을 관통하게 되었다.

⑤ 공주는 箕, 청운학은 壁, 현천홍은 參, 백화연은 軫을 각각 낳는다.

⑥ 번국이 강성하고 여러 제왕들의 권세가 강해지자 태을은 이들을 제어하라는 상소를 올린다. 그러나 받아들여지지 않자, 태을은 더 이상 입조하지 않고 세월을 부인들과 즐기는데 보냈다.

⑦ 어느 날 숭산도사가 와 장자방의 辟穀蹯引書를 주고 갔다. 도사의 의중을 안 태을은 물러나겠다는 상소를 올려 허락을 받고 부인들과 호남으로 향했다. 가던 중 만난 여산의 오로봉이 제일 승지였으므로, 그곳에서 인의예지신이 한 글자씩 들어간 궁을 짓고 살았다.

⑧ 태을 등이 90세가 되었을 때, 태을은 네 명의 부인과 함께 자신들의 연분을 소중히 여기며 오로봉의 신에게 제를 올린다. 그날 밤 다섯 명이 명신궁에서 자다가 꿈에, 적강 기한이 지나 데려가겠다는

로 홍을 돋운다.

· 태을이 관작이 너무 성만함을 두려워하여 은퇴 상소를 두 번 올려 허락을 받고, 가족을 이끌고 호남으로 내려간다.

· 어느날 일위선관이 하늘에서 내려와 같이 가자고 함과 동시에, 태을 등이 학을 타고 승천한다. 태을은 장성, 두성, 위성, 필성, 명하 등의 4남 1녀를 두었는데, 아들들은 모두 동량지재가 되었다.

· "긔갸ㅣ왈 황승상에 문장덕업과 부귀풍류가 족히 빅셰에 흠앙홀바ㅣ어눌 수칙에 루락ᄒᆞ야 후세에 젼홈이 업시니 엇지 기연치 ᄋᆞ니ᄒᆞ리오 호남스롭이 지금ᄭᅡ지 그 덕화를 무름써 그 평싱 힝젹을 젼ᄒᆞᄂᆞᆫ쟈ㅣ만흠으로 그 젼말을 긔록ᄒᆞ노라"

남극노인의 말을 듣고 깬 후 일시에 선화
한다.
⑨ 태을의 문장, 덕업, 부귀, 풍류 등이
백세에 유전할 만하나, 황제에게 제왕들
을 물리치라고 올린 상소가 혐의가 되어
역사책에서 빠졌고, 또 후손들 중에도 이
름을 남긴 이가 없어, 태을의 사적이 장
차 민멸하게 되었다. 그러나 다행히 호남
인들이 300여 년 동안 사적을 외워 전했
고, 어느 유식자가 전말을 잘 기록하여
오로봉기라고 했다.
⑩북극의 五星이 五方에 벌려 있고, 그것
이 땅에 내려와서는 五色의 姓으로 오방
에 흩어졌으며, 모여 살면서는 궁전의 이
름을 五常이라 하였는데, 이 모두 천명이
라는 서술로 끝난다.

위의 표에서 <오로봉기>를 기준으로 봤을 때, ①과 ⑤는 <오선기
봉>의 것과 다르고, ③에는 <오선기봉>에는 없는 내용이 들어 있으
며, 나머지 ②, ④, ⑥~⑩은 <오선기봉>에는 존재하지 않는다. 다만,
<오로봉기>의 ⑨가 <오선기봉>의 마지막 "괴자"의 말에 그 일부의
흔적이 보일 뿐이다.

두 작품의 이러한 차이는 <오로봉기>가 <오선기봉>으로 개작되는
과정에서 발생한 것으로 판단된다. <오선기봉>은 황태을이 가족을 이
끌고 곧바로 호남으로 내려가 그곳에서 살다가 승천하는 것으로 되어
있다. 그렇기 때문에 호남으로 향하던 중 여산의 오로봉에 정착하여
궁을 짓고 사는 내용(⑦), 오로봉 신에게 제를 올리는 내용(⑧) 등은 있
을 수가 없다. 또한 내용은 다섯 명[五仙]의 기이한 만남을 주축으로
하면서도 '오로봉기'라고 제명한 것에 대한 설명은 필요하기 때문에,
⑦, ⑧과 연속해서 ⑨의 내용이 <오로봉기>에 존재하는 것은 타당하

지만, <오선기봉>이란 제명 하에서는 굳이 ⑨의 내용이 있을 필요가 없다. 다만, <오선기봉>에서는 "긔자왈……"이란 後記로 ⑨의 내용을 일부 수용하고 있다. 이렇게 볼 때, ③과 ④에 보이는 현천흥의 환술 장면도 개작 과정에서 생략되었다고 생각된다.

반대로 <오선기봉>이 <오로봉기>로 개작되었을 가능성은 거의 없다고 판단된다. <오로봉기>로 개작하기 위해서는 장회 제목을 새롭게 만들어 재배열하고 후반부의 내용을 생성하는 등 거의 창조에 가까운 변화를 가해야 한다. 그러나 활자본 시대에 국문활자본을 한문필사본으로 개작한 사례도 드물거니와 <오선기봉> 내에서도 개작을 추동할 만한 무슨 계기가 있는 것도 아니다. 또한 유명세를 탄 작품도 아니고 단 한번 발행된 활자본을 애써 한문으로 개작한다는 것도 생각하기 어려운 일이다.

요컨대 구활자본 <오선기봉>은 한문소설 <오로봉기>를 개작한 것이고, 양자의 제반 차이점은 개작 과정에서 생긴 것이라고 할 수 있다.

3. <오선기봉>으로의 개작 양상

<오선기봉>을 <오로봉기>와 비교해 보면, 인물명과 그 역할, 사건 구도 등에서는 별다른 변개가 나타나지 않는다. 그 대신에 특정 부분의 내용이 생략되거나 삽입되면서 작품 전체의 지향이 달라지는 모습을 보여준다. 따라서 여기에서는 생략된 부분과 삽입된 부분에 초점을 맞춰 개작의 양상과 특징을 살펴보기로 한다.

1) 비서사적 내용, 운명론 구조의 생략과 인물 형상 및 환상 미감의 약화

<오선기봉>으로 개작되면서 우선 주목되는 특징은 생략이다. 몇 사례를 통해 이를 확인해 보고자 한다.

<오선기봉>의 제9회[14]에서 황제는 황태을이 변방의 반란을 진압한 것을 기념하기 위하여 경대부 이하 사서인까지 경축시를 지어 올리라고 명한 바 있는데, 이는 호남공주 주계란이 현천홍, 청운학, 백화연의 정체를 탐지하기 위해 일부러 황제에게 청한 것이었다. 제출된 시들을 일일이 확인하던 공주는 마지막 남은 세 편의 시를 보고 그들이 현천홍 등 세 사람의 소작임을 직감한다. 작품에는 세 편의 시가 구체적으로 제시되어 있다. 그러나 <오로봉기>에는 세 편의 시를 제시한 뒤 그들을 일일이 품평하는 내용도 제시되어 있다.[15]

또한 <오로봉기> 제14회[16]에서 황태을은 헤어졌던 부모와 재회하고 현천홍 등과도 혼인을 한 후 온 가족들이 그간의 일을 화제로 삼아 한담을 나눈다. 백화연과 청운학이 투신했다가 복비의 도움으로 살아난 일, 태을의 모친인 변부인이 견우가 복비에게 보낸 서간에서 화연과 운학의 이름을 보았다는 발화, 태을이 여성 인물의 재능을 평가하면서 서로 즐겁게 웃는 장면 등이 장황하게 전개되는바, <오선기봉>에는 이들이 모두 생략되었다. 이어 <오로봉기> 14회의 후반부(③)와 15회(④)에는 현천홍의 신이한 환술이 장황하게 서술되어 있는데, 앞서 언급한 바와 같이 이들도 <오선기봉>에는 모두 생략되었다. 또한

---

14) <오로봉기>는 제11회.
15) "公主曰 此三詩 皆出於才女之手 而俱極其妙然 第一首 則過於思想露出情界 頗涉淺陋也 第二首 則積怨抱憤 有誹謗之意 稍欠哀想也 其最優者 第三首乎 上句樂而不淫 下句哀而不傷 正與關雎相上下矣"(<오로봉기>, 44-45쪽). 공주는 이와 같이 평한 뒤 세 번째 시가 현천홍의 것임을 짐작한다.
16) <오선기봉>은 제11회.

<오로봉기> 제2회를 보면 황태을이 전쟁통에 부모와 헤어진 뒤 길에서 헤매다가 한 도적의 구원을 입는데, 그 도적은 태을을 자신의 배에 싣고 영채로 향했다. 그런데 그 배에는 노략질한 전곡과 부녀들의 패물이 산더미같이 쌓여 있었다.[17] 그러나 <오선기봉>에는 "도쇽을 명ᄒᆞ야 후거에 싣고 혹 실과도 주며 혹 달닉기도 ᄒᆞ야 여러늘 로략ᄒᆞ다가 그 웅거ᄒᆞᆫ 바 밀쥬 영치로 오더니"[18]로 서술되어 있을 뿐이다.

그 외에도 특히 인물들의 발화에서 내용의 일부가 생략되면서 전체적으로 축약이 일어나는 현상이 빈번하게 나타난다.[19]

그런데 주목되는 것은 <오선기봉>에서 주로 생략된 내용들이 작품의 갈등 구조나 양상에 영향을 미치는 것은 아니라는 점이다. <오선기봉>에서 공주는 현천홍 등이 인근에 있음을 확신하고 궁녀들을 보내 그들을 찾게 했다. 그리고 궁녀들은 세 사람을 차례대로 데려온다. 이어 공주는 세 수의 시를 상기하며 천홍 등의 3인이 황태을과 연분이 있는 사람임을 확신하고, 자신도 이들과 함께 태을을 섬기기로 작정한다. 이와 같이 서사는 이 부분에서 여성주인공 4인의 만남을 조성하고 있고, 작품의 내용상 중요한 것도 바로 이 만남이다. 반대로 공주의 시품평 내용은 서사적 긴밀성의 측면에서 반드시 필요한 것은 아니다. 공주가 시를 평하여 그것들이 현천홍 등의 소작임을 이미 확신했기

---

17) "命其徒屬 載於後車 太乙驚惶罔極 屢墜車下 賊左右抱持 不得動搖 或誘之以果 劫之以兵 復至洛水 已具船於下流 盆載所略錢穀 及婦女靚好之物 積置如山 守船者 企待累日矣"(<오로봉기>, 8-9쪽).
18) 전집 4, 376쪽.
19) 예를 들면 <오선기봉> 제2회에서 황처사의 처 변부인이 선녀를 만나 하는 말, "첩이 혼우ᄒᆞ야 녯일은 능히 싱각지 못ᄒᆞᆸ거니와 가군이 어너 곳에 잇시며 ᄋᆞ즈가 ᄉᆞ라잇ᄂᆞᆫ지 밝히 가라쳐 주심을 바라ᄂᆞ니다"(전집 4, 376쪽)가 <오로봉기>에는 "妾本昏愚 且多固蔽旧日之事 非敢自知而今聞 仙娘救已之事 不勝感謝之心 仙娘之恩 何漢之不能深且廣也 第未知老郎安在 兒子得生乎"(<오로봉기>, 8쪽)와 같이 되어 있다. <오선기봉>에서 생략 및 축약이 일어났음을 알 수 있다.

때문에, 시 품평 내용이 없더라도 네 명의 여성이 이 장면에서 만난다
는 사실은 변하지 않는다. 그렇기 때문에 <오선기봉>의 개작자는 그
부분을 생략했던 것이다.

서사적 긴밀성이 부족하다는 점에서는 인물들의 한담이나 현천홍의
환술 장면도 마찬가지다. 위에서 언급한 한담과 환술은 작품의 서사적
갈등이 종결된 뒤에 제시된 것이기 때문에, 생략을 하더라도 작품의
구조에는 지장이 없다.[20] 또한 도적 적장이 노략한 재물과 패물의 존
재 여부, 다과 여부도 서사 진행상 생략해도 무방한 것이다. 그것이 작
품의 갈등 구조에 영향을 미치는 것은 아니기 때문이다. 생략이나 축
약이 일어난 그 외의 부분들도 작품의 구조나 줄거리에는 별반 영향
을 주지 않는다.

이와 같이 <오선기봉>의 개작자는 생략하더라도 서사구조에 영향
을 미치지 않는 부분에 대해서 비교적 적극적으로 생략을 했다고 볼
수 있다.

㉠ "數月而成之 東曰 明仁宮 雲鶴之處 西曰 明義宮 花燕處之 南曰 明
禮宮 公主處之 北曰 明智宮 夫人處之 屈中之宮曰 明信宮 承相處之"[21]

㉡ "洛陽黃太乙 謹與夫人 河北玄天鴻 湖南朱桂鸞 淑人 濟東靑雲鶴 隴
西白花燕 敢告五峰之神 嗚呼 唯我五人 生於五方 聚於一室 言其姓則 曰
靑 曰白 曰朱 曰玄 曰黃 語其名則 乙也 鴻也 鸞也 燕也 鶴也 夫姓名者
初不同謀 亦無所期 而畢竟相並 有如影響 非天之所命 烏能如是哉"[22]

---

20) 공주의 시 품평 내용의 존재 여부, 한담과 환술의 존재 여부 등이 서사구조에는 영향을
　　미치지 않지만 인물 형상이나 작품의 분위기에는 일정한 영향을 미치고 있다. 이 점에
　　대해서는 후술한다.
21) <오로봉기> 67쪽.
22) <오로봉기> 67-68쪽.

ⓒ "按北宸有五星 太乙相位中央 五星者卽五行也 方其在天也 各得木火
金水土之氣 列在五位 及其降地也 又得靑白朱玄黃之姓 散處五方 此豈非
天地諄諄若面命者乎 至乃倂聚於五老峰下 宮之日 仁義禮智信 則其亦 想
得夫天之所命之意也"[23]

위의 인용문은 모두 <오로봉기> 제16회에 서술된 것으로서, ⓐ은
황태을 등 5인이 오로봉 근처에서 다섯 궁을 짓고 산다는 내용이고,
ⓑ은 다섯 명의 주인공들이 오로봉 신에게 제를 올리는 장면인바, 여
기서는 이들의 성명과 출생지가 천명에 의해 정확히 부합됨을 말하고
있다. ⓒ은 작품 말미의 작가 후기에 해당하는 것으로서, 여기에는 오
성이 오색의 성을 가지고 오방에 흩어져 살다가 오상의 궁을 짓고 한
곳에 모여 사는 것이 모두 천명이라는 내용이 서술되어 있다. 이상의
내용을 표로 나타내면 다음과 같다.

五星	木	火	土	金	水
五方	東	南	中央	西	北
五色	靑	朱	黃	白	玄
五常	仁	禮	信	義	智
姓名	靑雲鶴	朱桂鸞	黃太乙	白花鴻	玄天鴻
出生地	濟東	湖南	洛陽	隴西	河北
宮	明仁宮	明禮宮	明信宮	明義宮	明智宮

위의 표에서 우리는 황태을을 중심으로 한 인물들의 성명, 출생지,
거소 등의 명칭이 상호 간 긴밀한 관계를 맺고 있고,[24] 또 그것들이

---

23) <오로봉기> 68쪽.
24) 네 명의 여성 인물 중 주계란은 공주, 현천홍은 양반집 딸, 청운학은 무인의 딸, 백화연
은 기생이다. 이처럼 신분상 위차가 있는데, 그에 걸맞게 이름에도 '鸞-鴻-鶴-鷰'이란

오방, 오색, 오상과도 정확히 부합되고 있어, 이들 5인의 만남과 혼인이 필연적인 것임을 한눈에 확인할 수 있다. 이처럼 <오로봉기>는 '운명의 형식'이 매우 조밀하게 관철되고 있다. <오로봉기>는 예정론적 운명론을 작품의 주제 의식으로 삼고 있다고 할 만한데, 이것은 상기와 같은 작품의 형식에서 비롯된 바 크다.[25]

그러나 <오선기봉>에는 위의 인용문이 모두 생략되어 있다. 물론 <오선기봉>에도 작품 서두에 '적강한 오성이 배필을 이룬다'[26]는 서술이 제시되어 있어, 황태을을 비롯한 5인의 만남이 천명에 의한 운명임을 익히 알 수 있다. 그러나 운명론이 지속적으로 강조되고 있지는 않다.

三井洞深迷鷰舞	삼정동 깊은 곳에 길 잃은 제비가 춤을 추고
九牛宮近醉鸞歌	구우궁 가까이엔 취한 난새가 노래한다.
可憐四載重逢日	가련타, 4년 후에 다시 만날 날엔
雙燭依依照綺羅[27]	쌍촉이 의의히 고운 비단을 비추리.

위의 인용문은 현천홍이 황태을에게 준 이별시의 일부이다. 여기서 제1구에는 태을과 백화연의 만남이, 제2구에는 태을과 구우궁의 주인인 주계란과의 만남이 각각 예견되어 있다. 그리고 제3구에는 4인의 여성이 4년 후에 만난다는 내용이, 제4구에는 태을이 雙燭, 즉 두 부인

명칭을 부여하고 있다. 그리고 이들을 '乙'이 포괄하고 있다. 이처럼 주도면밀하게 구성되어 있다.

25) <오로봉기>의 운명의 형식에 대해서는 저자의 논문, 「<오로봉기> 연구」, 『어문연구』 131호, 한국어문교육연구회, 2006, 308-313쪽 참고.

26) "나는 텬상에 남극로인셩이러니 근쟈에 다셧 별이 상뎨끠 득죄ᄒ야 인간에 젹강홀식 그 중 태을셩은 곳 상뎨끠셔 ᄉ랑ᄒ시던 바ㅣ라 그뒤와 인연이 잇기로 다려 왓노니 잘 보호ᄒ얏다가 나죵에 여러 별과 한 곳에 모되여 빈필을 이르게 ᄒ라"(전집 4, 370쪽).

27) <오로봉기> 19쪽.

을 맞는다는 내용이 각각 예견되어 있다. 여기서 두 부인은 주계란과 현천홍이다.

> 兩是夫人兩淑人　　두 부인과 두 숙인
> 少年承相好風神　　풍신 좋은 소년 승상
> 從知一片湖南土　　한 조각 호남 땅에 따를 줄을 아니
> 五老峰光碧萬春28)　오로봉 빛이 만세에 푸르도다.

위의 인용문은 태을의 혼인 후 가족들이 한훤을 베푸는 자리에서 주계란이 읊은 시로서, <오로봉기> 제14회에 서술되어 있다. 여기에는 소년 승상 태을이 부인, 숙인들과 호남 땅 오로봉에서 살게 되는 내용이 예견되어 있다. 태을은 청운학-현천홍-백화연-주계란의 순으로 만나고, 궁극에 가서는 이들과 혼인을 하여 두 부인과 두 숙인을 두게 된다. 그리고 치사한 후 호남으로 향하다가 오로봉 아래에 터를 잡고 삶을 누린다. 태을의 이와 같은 생평에서, 앞서 제시한 현천홍의 시에는 백화연과의 만남에서부터 네 여성과의 혼인까지가 예견되어 있고, 주계란의 시에는 혼인 후부터 오로봉 아래에서의 삶까지가 예견되어 있는 셈이다.

그런데 <오선기봉>에는 두 번째 인용문 주계란의 시가 생략되어 있다. 이 생략은 인물들이 오로봉이 아니라 호남으로 바로 내려가는 것으로 구성한 <오선기봉>의 구성 변화에 일차적인 요인이 있다. 그러나 어쨌든 앞서 인용한 ㉠, ㉡, ㉢과 함께 이 부분이 생략됨으로써 애초에 <오로봉기>가 지니고 있던 운명론적 구조와 의미가 <오선기봉>에서 상당히 약화되었다. 그로 말미암아 운명론에 대한 독자 환기

---

28) <오로봉기> 57-58쪽.

효과도 현저하게 떨어지게 되었다.

요컨대 <오선기봉>의 개작자는 서사 골격과 거리가 있는 부분, 운명론이 짙게 드리워진 부분 등을 중점적으로 생략하면서 개작을 했다. 이것은 개작 과정에서 '오선기봉', 즉 오선의 기이한 만남 자체를 중시했기 때문이다. 앞서 언급한 공주의 시 품평 내용, 인물들의 한담과 환술, 도적의 일 등은 주인공들의 '만남'과는 직접적인 관계가 없는 것이다. 또한 만남의 근원을 캐거나 운명론을 부각하는 서술이 지배하면 만남의 '기이성'은 사라질 수 있다. 그 때문에 운명론적 요소를 생략했다고 본다.

그러나 생략의 결과, 인물의 개성적인 형상과 환상적 미감이 상당 부분 사라진 것은 분명하다. 공주의 생일날, 홀연 난새가 시 한 수를 물고 오고, 그것이 태을의 소작임을 안 황제는 태을과 주계란이 천정배필이라고 생각한다. 그래서 곧 길일을 잡아 정혼시키려 한다. 그러나 주계란은 시 작품 중 한 구절을 보고 태을에게 다른 정혼자가 있고, 시는 그에게 보내려 한 것임을 간파한다. 그리고 황제에게 청하여 태을은 정혼자가 있으니 자신과의 혼인을 강권해서는 안 된다고 말한다. 이처럼 호남공주 주계란은 사태를 파악하는 명민함을 지니고 있고 매사 매우 진지한 인물로 형상화되어 있다. 앞서 언급한 시작품의 품평도 공주의 그러한 능력을 그대로 보여주고 있다. 뿐만 아니라 공주는 여러 인물들과 한담하던 중, 현천홍의 요청으로 위에서 인용한 시를 읊는바, 이처럼 공주는 미래사를 예견하는 신이함도 지니고 있다. 그러나 <오선기봉>에는 공주의 시 품평과 시 창작이 모두 생략됨으로써 공주의 인물 형상이 상당히 소루해졌다.[29]

---

29) 그 외에도 공주는 자신과 세 여성들의 화목을 도모하면서 타인의 마음을 읽고 배려를 다하는 모습을 보여주기도 했는데(<오로봉기> 15회), <오선기봉>에는 그것이 빠져

작품에서 가장 돋보이는 여성 인물은 현천홍이다. 천홍은 매사 주도
적이었다. 태을을 만날 때도 그랬고, 황제에게 상소를 올리거나 전쟁
에 출정할 때도 그랬다. 뿐만 아니라 내두사를 꿰뚫는 능력, 신이한 환
술 능력도 지니고 있다. 그러나 무엇보다도 자기 목소리를 적극적으로
표출하는 인물이라는 점이 특징적이다. 현천홍은 황제가 자신을 좌부
인, 공주를 우부인에 봉하자, 인물의 성격상 자신은 무부인, 공주는 문
부인에 봉하는 것이 더 적절하다고 청하여 황제의 감탄을 자아낸다.
또한 가족과의 한담 과정에서 황태을이 청운학과 백화연을 盧仲連에
비하자, 현천홍은 그에 반해 두 여성이 忠勇은 있으나 智巧가 없기 때
문에 굳이 비유하자면 관운장에 비할 수 있다고 말한다. 그리고 자신
은 충용과 지교가 모두 뛰어나지만 여자이기 때문에 태을에게 굴복당
하고 있을 뿐, 남자로 태어났다면 제갈량도 두렵지 않을 것이라고 당
당히 말한다. 물론 웃자고 하는 말이기는 하지만, 천홍은 이처럼 매사
주도적이고 할 말은 거침없이 하는 인물로 그려져 있다. 그러나 <오
선기봉>에는 한담 부분, 환술 부분 등이 생략됨으로써 현천홍의 이러
한 인물 형상이 상당 정도 감해졌다.

한편 <오로봉기>는 작품 초반에 '五星의 적강과 재합'이 예견되
고,[30] 앞서 인용한바 현천홍의 시와 주계란의 시를 통해 그 예견이 단
계적으로 실현됨을 보여주었으며, 작품 후반의 인물관계 설명(오로봉의
신에 대한 제문과 후기를 통해) 및 승천을 통해 예견이 필연으로 귀결되는
모습을 보여줌으로써, 운명적 예정론이 표나게 환기되고 있고 또 그것
이 작품의 환상 미감과도 연맥 되고 있다. 여기에 현천홍의 기상천외

있다.
30) "自稱南極老人 抱小兒而降于庭曰 近者 五星得罪於上帝 暫謫於人間 而其一太乙卽此兒也
其他星亦在四方 以定配匹 尊君善養之"(<오로봉기> 3쪽).

한 환술은 그러한 환상 미감을 더해주고 있다. 그러나 <오선기봉>은 작품의 후반부에서 주계란의 시, 천홍의 환술 등이 모두 생략되었기 때문에 환상 미감이 현저히 약화되었다.

2) 애정사의 삽입과 인물 관계성의 강조

<오로봉기>가 <오선기봉>으로 개작되면서 생략 혹은 축약으로만 일관하는 것은 아니다. 새롭게 삽입되어 확장된 부분도 있는데, 그것이 일관된 성격을 띠고 나타나 주목된다. 결론부터 말하면, 삽입된 내용은 모두 남녀주인공의 애정사 및 애정 심리와 관계된다.

"인ㅎ야 현쇼져와 결친훈 말과 그 션견지명을 말ㅎ니 화연이 탄복 충하훔을 마지아니ㅎ다가 다시 옷깃을 염의고 왈[첩은 둣샤오니 녀 즈의 일싱영욕과 빅년고락이 모다 쟝부에게 미인지라 그 삼가훔이 신하가 인군 가리는 것과 갓흔지라 첩의 명되 긔구ㅎ야 몸이 청루에 쳐훔이 지극히 쳔훈지라 탕자 야랑과 풍류호긱을 렬역훈 쟈ㅣ만ㅎ 오나 경션이 몸을 허낙지 아니훔은 평싱 지긔를 맛느 일싱을 의탁고 쟈 훔이러니 뜻박게 공즈를 맛나 츙곡을 포빅ㅎ오니 로류쟝화의 본 싴을 면치 못ㅎ얏스오나 공즈의 금옥갓흔 말숨으로 쳔훈 몸을 거두 고쟈 ㅎ시니 그 감격ㅎ옴은 무슨 말숨으로써 앙달ㅎ리잇고 인ㅎ야 금쥰에 술을 짜르고 일슈시를 지여 노릭ㅎ니"[31]

위의 인용문은 백화연이 황태을을 만나 감격스러운 정회를 토로하는 부분인데, 인용문 중 백화연의 발화가 개작되면서 새롭게 삽입되었다.[32] 이어 백화연은 술과 시를 바치고 밤이 되자 태을과 견권지정을

---

31) 전집 4, 391쪽.

나누게 된다. 다음날 태을은 부모를 찾기 위해 떠나면서 백화연과 헤어지게 되는데, 이때 백화연은 이별주와 양류사로 이별을 달래고 다음과 같은 후기약을 당부한다.

"노릐를 다훈 후에 잔을 밧들며 츄슈량안에 눈물이 영영ᄒᆞ야 왈 첩의 구구소회ᄂᆞᆫ 공ᄌᆞ | 임의 아시ᄂᆞᆫ 바어니와 평슈종적이 남복 천리에 구름갓치 나뉘니 유유훈 압긔약이 명훈 날이 업ᄉᆞ오며 인ᄉᆞ의 번복홈과 취산의 무명홈을 엇지 측량ᄒᆞ오며 ᄯᅩ 첩에 직훈 ᄯᅳᆺ을 핍박ᄒᆞᄂᆞᆫ 쟈 | 만으니 압일을 엇지 긔필ᄒᆞ리잇가 바라건ᄃᆡ 쳔금갓흔 귀쳬을 보즁ᄒᆞ사 힝리를 보즁ᄒᆞ소셔"[33]

그리고 백화연은 난간에 서서 태을의 모습이 보이지 않을 때까지 지켜본다.[34] 그러나 <오로봉기>에는 태을이 화연의 양류사를 들은 뒤 바로 말에 올라 수십 일 후에 변성 땅에 이르는 것으로 서술되어 있다.[35] 그러니 위의 인용문과 태을을 떠나보내는 장면 서술이 <오선기봉>에서 삽입된 셈이다. 그 외에도 태을이 백화연이 남긴 付壁詩를 보고 한탄하는 부분,[36] 청운학이 강물에 투신하기 직전에 슬퍼하는 부

---

32) <오로봉기>는 다음과 같다. "因稱玄小姐先見之明 且說結親事首末 花燕歎服 欣賀而已 小焉 日沈西岾 月出東嶺 花燕滿酌金樽酒 和前詩一絶 歌以侑之 嬌聲婉色 能使人 酒未傾 而先覺醉矣 其詩曰"(<오로봉기> 22쪽).

33) 전집 4, 393쪽.

34) "연낭이 난간머리에서 공주의 힝진을 바라보니 쳡쳡훈 먼 산은 느진 볏을 ᄯᅴ여 푸르고 당당훈 들빗은 졈은 연긔를 ᄯᅴ엿ᄂᆞᆫᄃᆡ 한 뎜 푸른 라귀 가ᄂᆞᆫ 곳이 졈졈 머러지더니 나죵에ᄂᆞᆫ 보이지 아니ᄒᆞ고 다만 슈풀 ᄉᆞ이에 ᄉᆡ소리ᄂᆞᆫ 바롬에 지져괴며 하날가에 도라가는 구름은 슯흔 긔식을 ᄯᅴ엿더라"(전집 4, 393쪽).

35) "歌罷 太乙乘醉上馬 默然復顧一帶 溪流已成南北 行數十日 至邊城"(<오로봉기>, 23쪽).

36) "공ᄌᆡ 보기를 다홈이 눈물을 흘녀 왈 슯프다 연낭이 죽엇도다 져는 나를 위ᄒᆞ야 죽엇ᄂᆞᆫᄃᆡ 나는 져를 구ᄒᆞ지 못ᄒᆞ얏시니 엇지 인졍이라 ᄒᆞ리오 슯프다 연낭아 나의 오날 여긔 이르믈 아냐ᅀᆞ 모르나냐 그 아리ᄯᆞ운 얼골과 봉용훈 긔상을 어ᄂᆞ 곳에 다시 보리오 혼쟈 톄읍ᄒᆞ다가 길을 ᄯᅥ나 여러날 만에 슝산에 이르러 도인을 차지니"(전집 4, 397쪽).

분37)과 이때 운학이 남긴 부벽시를 태을이 보고 탄식하는 부분38) 등
도 개작 과정에서 새로 삽입되었는데, 이들 역시 남녀주인공의 애정
심리를 강조하기 위해 삽입되었다고 할 수 있다.

<오선기봉>의 개작자가 남녀주인공의 애정사를 얼마나 중시했는
가는 다음의 인용문에서 보다 적실히 확인할 수 있다.

> "일식이 임의 져물거늘 이늘 승샹이 공쥬궁에셔 쟈고 잇흔날 현쇼
> 져의 침소에 이르러 화쵹을 샹디ᄒ야 녯날 취향각에셔 밍셔ᄒ던 일
> 과 나죵에 현샹샤 편지에 쥭엇다 홈을 듯고 우량초챵ᄒ야 추싱에 인
> 연이 끈어진 쥴 ᄋ라따가 이갓치 맛ᄂ니 졍녕이 ᄭᅮᆷ속 갓흔지라 이에
> 쇼져를 향ᄒ야 왈……(태을의 발화)……쇼져ㅣ 공슌이 디왈……(천홍
> 의 발화)……ᄒ거늘 승샹이 좌우를 물이고 쇼져의 옥슈를 잇ᄭᅳᆯ고 금
> 금에 나가니 그 탐탐ᄒᆫ 은졍은 원앙이 록슈를 어든 듯ᄒ더라 잇흔날
> 청슉인의게 이르러 쟘시 진교를 평졍ᄒᆫ 후 밀쥬셩에 드러가 청슈동
> 의 뫼에 졔 지니던 말이며 낭ᄌ를 춫다가 졔강에 ᄲᅡ져 쥭은 말을 듯
> 고 침실에 들어가 벽샹에 붓친 글을 보고 울읍초챵ᄒ던 말을 다ᄒ니
> 청낭이 감격ᄒ야 눈물이 옷깃을 젹시더니 인ᄒ야 왈……(운학의 발
> 화)……말을 다ᄒ니 승샹이 ᄯᅩᄒᆫ 복비에 은덕을 층송ᄒ고 공쥬의 인
> ᄌᄒᆷ을 탄복ᄒ더라 잇흔날 빅슉인에게 이루니 빅낭이 공슌이 나와

---

37) "운학이 고혈ᄒᆫ 녀ᄌ의 몸으로 강포지욕을 면ᄒᆯ 도리가 업ᄂᆫ지라 스스로 쥭을 쥴 헤아
리고 길게 탄식ᄒ야 왈 황량은 유신ᄒᆫ 군ᄌㅣ라 긔약이 지나도 쇼식이 묘연ᄒ니 필연
무슴 연고 잇심이로다 운산이 쳡쳡ᄒ니 어안을 어이 통ᄒ며 셜혹 쇼식을 통ᄒᆫᄃᆯ 나의
ᄉ긔 시급ᄒ니 셔로 구ᄒᆯ 도리가 업실지라 차라리 이 몸이 일즉 쥭어 강인의 화를 면ᄒ
고 일신을 묘결이 ᄒ니만 못ᄒ도다 이에 일슈시를 지여 침실벽샹에 붓치고 붓을 던져
왈"(전집 4, 400쪽).
38) "원슈 보기를 다홈의 ᄉᆳ히 탄식ᄒ야 왈 셕일 쳥낭ᄌ로 더부러 이곳에셔 금셕갓흔 언약
을 ᄆᆡ젓더니 이졔 이르ᄆᆡ 가인은 어더 가고 다만 두어줄 묵흔만 나멋시니 인슈에 변쳔
과 취산에 무뎡홈이 엇지 이갓흘 쥴 아라시리오 이졔 그 어엿분 용모와 아리ᄯᅡ온 소리
를 다시 보고쟈 ᄒ나 어네 곳에 챳지며 오날날 나의 무궁ᄒᆫ 회포를 누가 잇셔 알이오
눈물이 비오듯ᄒ야 융포자락을 젹시더라"(전집 4, 410쪽).

마지며 비회교집ᄒ야 왈 ……(화연의 발화)……ᄒ거늘 승상이 옥슈
를 잡고 위로 왈 ……(태을의 발화)……ᄒ고 인ᄒ야 자리에 나가니
그 견권지졍은 덕욱 은근ᄒ더라"[39]

황태을은 네 명의 여성과 혼인한 후 공주, 천홍, 운학, 화연의 순서
로 동침을 하는데, <오로봉기>에는 이러한 내용이 간략히 처리돼 있
다.[40] 그러나 <오선기봉>에는 위의 인용문과 같이, 태을이 천홍, 운
학, 화연과 함께 밤을 지내며 그간의 일을 두고 정회를 나누는 내용이
쌍방의 발화를 중심으로 매우 확대되어 있다. 또한 <오선기봉>에는
인물의 심리를 경물에 이입하여 묘사하는 특징도 나타나는데,[41] 이 역
시 애정 심리를 강조하는 것과 무관치 않다.

그런데 개작자가 삽입을 통해 남녀주인공의 애정을 유달리 강조한
것은 결국 제명이 표상하는바 남녀주인공인 '五仙의 만남'에 개작의
초점을 맞추었기 때문이다. 이렇게 본다면, 개작 과정에서 일어난 생
략과 삽입의 목적은 결국 동일하다고 볼 수 있다. 즉, 작품의 本旨를
만남, 이별, 재회의 당사자인 남녀주인공의 '애정사'에 맞추기 위해 생
략과 삽입을 했다는 것이다. 그리고 생략과 삽입은 개작자의 입장에서
는 상반된 행위지만, 목적이 같으니 결과도 동일하게 나타났다고 본
다. <오로봉기>가 가지고 있던 인물의 개성적 형상과 환상 미감이 줄

---

39) 전집 4, 428-429쪽.
40) "是夜 黃丞相 與朱夫人倂枕 明日 與玄夫人聯襟 又明日 宿靑淑人房 又明日 宿白淑人 所
畫則五仙齊坐 夜則雙蝶迭飛 人間會合之奇 快樂之甚 歷萬千古 而未之有也"(<오로봉기>
55-56쪽).
41) 청운학이 강물에 투신한 직후에 서술된 "잔잔ᄒᆫ 파도는 그림ᄌ를 ᄯᅡ라 번득이고 경경
은하는 물결을 ᄯᅡ라 비회ᄒ더라"(전집 4, 400쪽)와 같은 표현, 태을이 진교의 반란을
파한 직후 청운학을 생각하는 부분에서 서술된 "창압혜 록쥬은 푸른 빗을 ᄯᅴ여 옛 얼
골을 반기는듯 셕계에 잠든 원학은 슯흔 빗을 ᄯᅴ여 쥬인을 찻는듯 ᄒ지라"(전집 4, 409
쪽)와 같은 표현이 대표적인 예이다.

어든 자리에 남녀주인공의 애정사가 대신 위치하게 됨으로써, '오선기봉'에 부합되는 작품이 될 수 있었던 것이다.

4. 〈오선기봉〉 형성의 소설사적 의의

본고에서는 다음과 같은 사실을 밝혔다.

첫째, 〈오선기봉〉은 신작 고소설이 아니라 한문소설 〈오로봉기〉의 개작이라는 점이다. 이는 내용의 관련성 및 선후관계의 고찰을 통해 확인되었다.

둘째, 〈오선기봉〉이 개작본으로 형성되면서 '제명'의 변화와 함께 생략과 삽입이 동시에 이루어졌다는 점이다. 작품의 제명에 변화를 가한 것은 활자본 시대에 기호가 다양해진 독자들의 기대에 부응하기 위해서다.[42] '생략'은 작품의 본지와 거리가 먼 내용이나 장면, 그리고 운명론적 구도와 성격이 강하게 나타난 부분에서 주로 이루어졌다. 생략된 내용 및 장면에는 인물의 개성이 잘 드러나 있고, 운명론적 성격을 띠는 부분에서는 환상 미감을 짙게 느낄 수 있는데, 생략으로 인해 그런 점이 약화되었다. '삽입'은 주로 작품 주인공들의 애정사 및 애정 심리를 강화하기 위해 이루어졌다. 이로 인해 인물들의 만남, 이별, 재회의 사연이 좀 더 두드러지게 되었다. 이처럼 〈오로봉기〉가 지니고 있던 인물의 개성적 형상과 환상 미감이 줄어든 자리에 남녀주인공의 애정사가 대신 위치하게 됨으로써, 〈오선기봉〉은 '오선기봉'이란 제명에 부합하는 작품이 되었다. 그리고 만남, 이별, 재회의 서사에 치중

---

42) 이주영, 『구활자본 고전소설 연구』, 월인, 1998, 121쪽 참조.

함으로써 작품이 줄거리 중심, 인물 중심으로 도드라지게 되었다.

첫 번째의 논의 결과, 즉 <오선기봉>이 한문본을 토대로 한 개작 활자본이라는 사실은 구활자본의 형성과 관련된 여러 가지 중요한 이해를 제공한다는 점에서 의의가 있다고 생각된다. 구활자본 고소설은 전대에 유통되었던 국문 판본 혹은 필사본을 활자화한 것, 전대의 한문필사본에 현토를 한 현토본, 중국소설의 번역·번안물, 신작 고소설, 이렇게 네 종류가 그 대부분을 차지한다. 그중 중국소설의 번역·번안물은 대개 <설인귀전>이나 각종 연의류와 같이 實事와 관련된 작품을 대상으로 활자화한 것이 대부분이다. 그런데 근래 그동안 신작 고소설로 알려져 왔던 <쌍미기봉>이 중국의 인정소설 <駐春園小史>의 번안작임이 밝혀지면서 구활자본 생성의 저변이 대단히 넓었음을 알 수 있게 되었다.[43] 그러나 국내에 창작된 한문필사본 소설을 국문활자본으로 개작한 사례는 <육미당기>를 <김태자전>으로 개작한 사례, <종옥전>을 <미인계>로 개작한 사례[44] 외에는 알려진 게 없었다. 그런 점에서 <오선기봉>이 한문소설에서 형성되었음을 밝힌 것은 일정한 의의가 있다고 생각된다. 그리고 중국에서도 잘 알려지지 않은 <주춘원소사>를 국문으로 번안한 것에서 이미 활자본 저작자의 독서 범위와 능력을 짐작할 수 있거니와, 유일본으로 존재하는 한문본 <오로봉기>를 <오선기봉>으로 개작한 사례는 활자본 저작자의 위상이 결코 만만치 않았음을 재확인시켜 준다.

---

43) 최윤희, 「<쌍미기봉>의 번안 양상 연구」, 『고소설연구』 11집, 한국고소설학회, 2001, 265-292쪽. <옥교리>, <평산냉연> 등 국문필사본으로 번역된 명청시대 인정소설은 다수 존재한다.

44) 국문활자본 소설 <미인계>가 한문소설 <종옥전>의 개작이라는 사실은 박상석의 다음 논문에서 처음으로 밝혀졌다. 박상석, 「한문소설 <종옥전>의 개작, 활판본 소설 <미인계> 연구」, 『고소설연구』 28집, 한국고소설학회, 2009.

한편 1910-30년대는 각종의 필사본 고소설 외에도 전대의 소설을 활용한 구활자본 고소설,[45] 신작 고소설, 신소설, 현대소설 등이 동시에 유통되었던 시기이다. 그중에서 현대소설은 논외로 하고 보면, 전승본계 고소설, 신작 고소설, 신소설의 구획이 명확하지 않은 것이 지금의 현실이다. 현 학계에서는 구활자본 고소설 중에서 전승본계 고소설이 아니면 모두 신작으로 처리한다. 그런데 <오선기봉>처럼 그동안 신작으로 알려진 것이 기실 전승본계 고소설인 경우가 있고,[46] 신소설로 알려진 작품 중에서도 전승본계 고소설인 작품이 다수 존재한다.[47] 따라서 우리는 신작과 신소설로 알려진 작품을 대상으로 신작인지 신소설인지, 아니면 혹 원천 고소설 텍스트가 존재하는 것은 아닌지를 면밀히 고구해야 한다. 그렇게 하여 현전 구활자본 소설들을 전승본계 고소설, 신작 고소설, 신소설로 명확히 분류해야 할 것이다. 그래야만 정확한 자료 토대 위에서 개화기 소설사의 흐름을 제대로 이해할 수 있기 때문이다. <오선기봉>이 신작이 아니라 전승본계 고소설에 해당된다는 본 논의는 이와 같은 연구상의 문제의식을 제공해 준다는 점에서도 의의가 있다고 하겠다.

두 번째 논의 결과는 다음과 같은 의의가 있다고 본다. 구활자본 고소설 연구에서 미진한 부분 중의 하나는 전승본계 고소설의 형성 과정과 변화 양상에 관한 것이다. 구활자본 소설에 대한 그동안의 연구

---

45) 전대의 소설을 활용한 구활자본 고소설을 '전승본계 고소설'이라고 지칭하기로 한다.

46) 그동안 신작 고소설로 알려졌던 <남강월>, <쌍두장군전>, <음양삼태성> 등이 각각 고소설 <징세비태록>, <곽해룡전>, <옥주호연> 등의 전승본계 고소설임이 밝혀진 바 있다. 이주영, 앞의 책 참조.

47) 그동안 신소설로 알려졌던 <강상월>과 <부용헌>이 각각 고소설 <창선감의록>과 <홍계월전>의 개작임이 밝혀진 바 있다. 자세한 것은 본 저자의, 「<강상월>과 <부용헌>-<창선감의록>과 <홍계월전>의 개작」, 『한국고전소설작품연구』, 월인, 2004, 375-403쪽 참조.

는 간행작품 목록, 서적상과 저작자의 성격, 텍스트의 외형적 체재, 신작 고소설의 성격, 신소설을 대상으로 한 신·고소설적 성격, 개작과 신작의 역사성 등에 대하여 주로 이루어졌다. 그러나 전승본계 고소설이 활자본으로 전환되면서 이루어진 서술상의 변화 및 그로 인해 야기된 의미의 변화에 대해서는 연구가 아직 부족한 실정이다.

활자본으로의 전환에는 활자본 생산자의 지향이 개입되게 마련인데, 그 지향은 서술방식에서 우선적으로 나타난다. 그러나 그동안에는 이 방면의 연구가 일부의 작품에 치우쳤고 그것도 개별 작품론의 차원에서 이루어진 것이 대부분이다.[48] 그 결과, 예컨대 국문판본이 국문활자본으로 전환될 때 이루어진 서술과 의미상의 변화가 무엇이냐 물으면 요약해서 대답하기가 쉽지 않다. 따라서 이제는 개별 작품론을 계속 진행하면서도 영역 전체의 특징을 말할 수 있는 연구로 확장되어야 한다. 즉, 구활자본의 선행본에는 국문판본, 국문필사본, 한문필사본, 중국소설 등이 존재하는데, 선행본 별로 묶어서 그 전환 양상을 종합적으로 이해할 필요가 있다는 것이다.

<오선기봉>의 선행본은 한문필사본 소설이다. 그리고 본고에서는 한문필사본 소설이 국문활자본으로 전환되면서 나타난 변화 중에 생략과 삽입을 주목해 보았다. 그런데 생략과 삽입은 개작 과정에서 일어날 수 있는 가장 일반적인 현상이다. 그런 점에서 <오선기봉>의 형성 과정에서 일어난 생략과 삽입이 별반 주목되지 않을 수도 있다. 그러나 생략과 삽입이 일관되게 인물들의 상호 관계를 부각하는 방향으로 이루어진 <오선기봉>의 성격은 적어도 한문필사본을 국문활자본으로 개작할 때의 주요 특징일 수 있다는 점이 중요하다. 그럴 경우,

---

48) 그동안에는 판소리계 소설, <구운몽>, <유충렬전> 등 일부 유명 작품에 대해서 그 전환 양상이 연구되었고, 그것도 개별 작품론 차원에서 이루어진 것이 대부분이다.

<오선기봉>이 보여준 특징은 한문필사본을 선행본으로 하는 구활자본의 형성 과정을 이해하는 데 중요한 단초가 된다고 본다. 본고는 이러한 관점에서 의의가 있다고 생각한다.

5. 맺음말

본고에서는 국문활자본 <오선기봉>이 신작 고소설이 아니라 한문 필사본 소설 <오로봉기>의 개작본임을 먼저 밝혔다. 두 작품은 등장인물이 동일하고 서사 구성도 유사하다. 뿐만 아니라 구체적인 서술 문면에서도 상호 간의 관련성이 확인된다. <오로봉기>에는 남주인공 황태을이 치사를 하고 가족들을 이끌고 호남으로 향하다가 여산 오로봉에 정착하는 내용과, 작품 제명을 '오로봉기'라고 한 내력을 제시한 부분이 길게 서술되어 있는데, 이들 내용이 <오선기봉>에는 존재하지 않는다. 이러한 차이의 요인을 고찰한 결과, <오로봉기>가 <오선기봉>으로 개작되면서 상기의 내용들이 <오선기봉>에서 생략된 때문으로 판단되었다. 반대로 <오선기봉>이 <오로봉기>로 개작되면서 새로 추가되었을 가능성은 거의 없었다. 이로써 <오선기봉>이 한문소설을 선행본으로 하여 개작되었음을 알 수 있었다.

다음으로, 개작 과정에서 이루어진 변화 양상을 토대로 <오선기봉>의 형성 과정을 고찰하였다. 개작 과정에서는 생략과 삽입이 동시에 이루어졌다. 생략은 시 품평 내용, 인물들 간의 한담, 현천홍의 환술 등 서사적 긴밀성과는 일정한 거리가 있는 부분들에서 이루어졌고, 또 운명론적 구도와 성격을 표출해 주는 부분에서도 생략이 일어났다. 그런데 생략된 부분들에는 인물의 개성적 형상이 잘 그려져 있고 환상 미감도 짙게 나타나 있는데, 생략으로 인해 그러한 점들이 <오선기봉>에는 약화되었다. 반면에 새로 삽입된 것은 남녀주인공의 만남, 이별, 재회 부분에서 인물들의 애정 관계를 부각시켜 주는 대화나 내면 심리 서술이 대부분이었다. 그런데 생략과 삽입이 '오선기봉'이란 제명에 부합되는 방향으로 이루어졌다는 점에서, 그 결과는 동일하다. 즉, 생략한 것도 인물들의 만남과 애정 관계를 초점화하기 위한 것이고, 삽입한 것도 결국 그 때문이다.

　이어 <오선기봉> 형성의 소설사적 의의를 논하였다. 첫 번째, 신작으로 알려진 것이 기실은 선행본에서 이루어졌다는 논의는 신작으로 알려진 현전 작품에 대한 재고를 요하는 의의가 있다고 본다. 현재 학계에서는 전승본계 고소설이 아니면 모두 신작 고소설로 처리한다. 그러나 <오선기봉>처럼 신작으로 알려진 작품 중에서도 신작이 아닌 작품이 있을 수 있기 때문에, 선행본의 존재에 대한 검토가 반드시 필요하다. 그래야만 전승본계 고소설, 신작 고소설, 신소설의 구획을 정확히 할 수 있기 때문이다. 두 번째, 전승본계 고소설의 선행본은 국문판본, 국문필사본, 중국소설 등이 중심인데, 본고는 선행본 중에서 한문필사본 소설도 다수 존재했다는 사실을 환기하는 의의가 있다. 또한 <오선기봉>의 개작 과정에서 이루어진 생략과 삽입, 그리고 그 결과는 한문필사본을 선행본으로 한 국문활자본의 성격을 이해하는 단초가 될 뿐만 아니라, 그것이 한문필사본을 선행본으로 한 국문활자본의 주요한 성격일 수 있다는 점을 알려준다는 점에서도 본고의 의의를 찾을 수 있다.

제 2 장

〈보심록〉 개작본의 형성과정과 계보

1. 머리말

본고에서는 〈보심록〉 계열에 속하는 작품들의 형성과정과 그것이
지닌 소설사적 의미를 구명하고자 한다. 여기서 〈보심록〉 계열이라고
한 것은 신소설과 구활자본 고소설이 형성·유통되었던 시기에 존재
했던 〈금낭이산〉, 〈보심록〉, 〈명사십리〉, 〈장유성전〉을 두고 이른
것이다. 이들은 상호간 이본 관계를 이루는 작품들로서, 앞 세 작품은
구활자본으로 간행되어 폭넓게 유통된 바 있고 〈장유성전〉은 국문필
사본으로 형성되어 유통된 것이다.[1)]

본고에서 이러한 연구목표를 정한 것은 〈금낭이산〉을 신작 고소설
로 잘못 이해한 경우가 있었고, 또 형성과정에 있어 선후관계를 잘못

---

1) 현전 實本을 기준으로 할 때, 〈금낭이산〉은 1912년에 형성된 후 1957년까지 11회에 걸
    쳐 간행되었고, 〈보심록〉은 1918년 1월에 초판이 간행된 후 1963년까지 총 4회 간행
    되었으며, 〈명사십리〉는 1918년 10월에 초판이 간행된 뒤 1964년까지 총 12회 간행된
    바 있다. 그리고 〈장유성전〉은 현재 유일본으로 전하고 있다.

파악한 경우도 있어 재론이 필요하기 때문이다. 뿐만 아니라 <보심록> 계열의 형성과정에 대한 정확한 이해는 근대 전환기 소설사의 지형도 상에서 신소설과 구활자본 고소설의 교호 관계 및 독자 대중과의 관련성 등을 정립하는데 중요한 입론을 제공해 준다고 판단되기 때문이다.

따라서 본고에서는 이러한 연구목적에 따라 첫째, <보심록> 계열의 선후관계에 관한 기존 연구를 검토하여 문제점을 제기하고, 둘째, 현전 <금낭이산>과 <보심록>의 텍스트를 살펴 현전 작품의 원작 여부를 따져보고자 한다. 셋째, <장유성전>은 <명사십리>를 그대로 필사한 것이 명백하므로 제외하고, 나머지 세 작품의 선후관계를 자세히 고찰하고자 한다. 그리고 마지막으로 <보심록> 계열의 형성과정이 지닌 소설사적 의미를 정리해 보고자 한다.

2. 기존 연구 검토

그동안의 연구에서는 <보심록> 계열 중 <보심록>을 중심으로 주로 연구되어 왔다. 초기에는 줄거리 및 보은 화소와 우정 윤리에 관심을 둔 연구가 주를 이루었다면,[2] 근래에는 작품의 구조와 문학적 가치를 본격적으로 천착한 연구가 진행된 바 있다.[3] 특히 김진영은 '조무이야기'를 연원으로 하는 일련의 서사물을 계통별로 정리한 뒤 <보심

---

2) 김영만, 「<보심록>에 수용된 보은설화 연구」, 『한국문학논총』 13집, 한국문학회, 1992, 185-210쪽; 김응환, 「우정주제 윤리소설 연구-<보심록>, <숙녀지기>를 중심으로」, 『한국학논집』 24집, 한양대 한국학연구소, 1994, 137-175쪽.
3) 박경화, 「<보심록> 연구」, 한국교원대 석사논문, 2006; 김진영, 「<보심록>의 구조적 특성과 문학적 가치」, 『한국언어문학』 65집, 한국언어문학회, 2008, 179-211쪽.

록> 계열의 <보심록>을 대상으로, '인물의 관계 맺기'를 통해 본 작
품구조와 창작방식 및 문학적 가치를 심도 있게 고찰한 바 있다. 여기
서 논자는 '善因'의 서사적 추동력, 인물 형상의 재설정 및 다양화, 조
선후기 영웅소설 작화 방식의 활용 등을 강조하고, 이러한 요소들이
<보심록>의 문학적 가치를 창출했다고 논한 바 있다.

한편 본고의 관심사와 직접적인 관련이 있는 연구성과로는 이정은
과 강현조의 연구가 있다.[4] 이정은은 <보심록> 계열 중 <명사십리>
를 중심에 놓고 살폈는데, 이는 <명사십리>를 <보심록>과 <금낭이
산>에 선행하는 작품으로 판단했기 때문이다. 논자는 轉移語와 시간
부사의 활용, 서술적 특징, 문체적 특징 등을 기준으로 세 작품을 비교
하여, <명사십리>는 고소설 일반의 특징을 그대로 유지하고 있고
<보심록>은 약간의 변화는 있으나 고소설의 특징을 일정 정도 유지
하고 있으며 <금낭이산>은 고소설을 벗어나 신소설의 방식에 접근하
고 있다고 판단하였다. 그리고 <명사십리>를 最先本으로 하여 <보심
록>이 형성되었으며 <금낭이산>은 <보심록>을 모방·개작하면서
<명사십리>도 부분적으로 수용하였다는 결론을 내렸다.

그러나 이러한 논의는 우선 자료 실상에 부합되지 않는다. 즉 판본
의 존재 양상이 논자의 주장과는 다르다. 현전하는 실본을 기준으로
보면 최초 간행 시기가 <금낭이산>은 1912년 12월 20일(회동서관 발행),
<보심록>은 1918년 1월 15일(신구서림 발행), <명사십리>는 1918년 10
월 3일(동아서관 발행)로 확인되기 때문에, <명사십리>가 타 두 작품을
선행할 수 없다. 이정은은 <명사십리>가 가장 고소설적이기 때문에,[5]

---

4) 이정은, 「<명사십리>고-번안 및 이본과의 관계를 중심으로」, 『영남어문학』 19집, 한민
   족어문학회, 1991, 261-293쪽; 강현조, 「<금낭이산> 연구-작품의 성립과 그 변화과정
   을 중심으로」, 『현대소설연구』 37집, 한국현대소설학회, 2008, 125-149쪽.
5) 현전 <보심록>과 <명사십리>를 단순 비교해 보면, 제명을 비롯한 서술상의 특징에 있

1918년 10월 이전에 간행된 판본이 존재했을 것으로 추정하였는데, 이는 전혀 확인할 수 없는 사항이다. 현전 구활자본들의 광고란을 모두 살펴봤으나, 1918년 10월 이전에는 "명사십리"라는 제명이 전혀 발견되지 않았다. 그리고 <보심록>과 <명사십리>의 내용을 비교해 보더라도, <명사십리>가 선행했다고 보기 어렵다. 전체적으로 <보심록>이 <명사십리>보다 서술 내용이 훨씬 더 풍부하고 자세한데, <명사십리>가 <보심록>을 선행한다면, 그 자세함이 <보심록>에서 추가·확장되었다고 봐야 하나 그렇게 보기는 어렵다.[6]

또한 <금낭이산>이 신소설적인 성격을 지니고 있다 하여 후대본으로 판단하는 것도 근대 전환기의 소설적 추이와 배치되는 점이 있다. 신소설은 1907년을 필두로 하여 1910년대 중반까지 많은 작품이 간행되면서 인기를 누렸는데, 고소설의 개작본이나 신작 고소설들도 신소설의 이러한 추세에 따라 내용은 고소설적이고 형식은 신소설적인 형태를 띠는 경향이 두드러졌다. 그러다가 1910년대 중반에 이르러 신소설이 퇴조하고 구활자본 고소설이 부상함에 따라 애초의 신소설적 특징이 고소설적 형태로 변모하는 양상을 보여주었다. 따라서 <보심록> 계열에서 신소설적 특징을 지닌 <금낭이산>이 선행하는 것도 얼마든지 가능하다. 그러나 이정은은 이러한 추이를 고려하지 않은 것으로 보인다.

강현조는 <보심록> 계열의 유통 현황에 대하여 중요한 논의를 펼쳤다. 앞서 언급한바 현전 <보심록>, <금낭이산>, <명사십리>의 최초 간행 시기를 확증한 것도 강현조다. 그동안 학계에서는 <보심록>이 1912년 11월 15일에 최초로 간행되었고 이를 바탕으로 <금낭이

어 <보심록>이 훨씬 더 고소설적이다.
6) <보심록>과 <명사십리>의 선후관계에 대한 좀 더 자세한 설명은 후술하겠다.

산>과 <명사십리>가 형성되었다고 보아온 것이 상례였다. 이는 <보
심록> 영인본의 줄거리를 소개하면서 "1912년 11월 15일에 발행한 회
동서관판(144쪽)을 대본으로 했다."[7]는 김기동의 언급을 준신했기 때문
이다. 그러나 강현조는 이 기록은 잘못된 것이고, 언급된 <보심록>의
영인본은 신구서림에서 1918년에 초판, 1920년에 재판으로 발행된 대
본임을 실증한 바 있다. 그리고 여러 방증 논거를 바탕으로 <금낭이
산>을 1912년에 최초로 창작된 신작 고소설로, <보심록>도 1918년에
최초로 간행된 작품으로, <명사십리> 역시 1918년에 최초로 간행된
작품으로 보았다. 이의 결과로 <금낭이산>에서 <보심록>, <명사십
리>가 개작된 것으로 판단했다. 뿐만 아니라 논자는 <금낭이산>을
고소설적 내용에 신소설의 형식을 결합한 장르 혼합의 한 결과물로
평가하고, <금낭이산>을 고소설의 제재에 신소설의 기법을 결합함으
로써 소설 장르의 외연을 확대한 하나의 실험적이고 혁신적인 작품,
신소설의 등장에 따라 경쟁 관계에 놓이게 된 고소설이 생존을 위해
자체적으로 변화를 시도한 대표적 사례를 보여주는 작품으로 의미 부
여를 하였다.

이상 강현조의 논의는 그동안 <보심록>의 한 이본으로만 간주되었
을 뿐, 정당한 평가를 받지 못했던 <금낭이산>의 존재가치와 사적 의
의를 처음으로 부각시켰다는 점에서 큰 의의가 있다고 생각된다. 그러
나 재론의 여지가 없는 것은 아니다. 그것은 <금낭이산>이 과연 신작
고소설인가 하는 문제와 <보심록>과 <명사십리>가 <금낭이산>에서
개작되었는가 하는 문제이다.

본고에서는 <금낭이산>이 신작이 아니라 고소설 저본이 존재했고

---

7) 동국대 한국학연구소 편, 『활자본고소설전집』 2, 아세아문화사, 1976, 26쪽.

그 저본에서 현전 <금낭이산>과 <보심록>이 시차를 두고 형성되었으며, <명사십리>는 현 <보심록>과 <금낭이산>, 그리고 저본 텍스트를 토대로 개작되었다고 본다. 또한 <보심록> 계열의 형성과정은 고소설이 소위 근대 전환기에 어떻게 대응해 나갔는가를 구체적으로 보여준다는 점에서도 주목된다. 따라서 아래에서는 이 두 문제의 검토에 초점을 두고자 한다.

3. <금낭이산>, <보심록>, <명사십리>의 관계

<금낭이산>, <보심록>, <명사십리>가 상호 관련이 있는 작품임은 재론이 필요치 않다. 기존 논의에서도 그 관련성이 지적된 바 있고 <금낭이산>이 후대에 "錦囊二山 一名 報心錄"이란 이름으로 간행되었다는 것,[8] <명사십리>가 기본 서사 구도는 물론 주변 인물의 인칭, 구체적 행문 등에서 <금낭이산>, <보심록>과 일치한다는 것 등에서도 그 상호 관련성이 입증된다. 그러면 선후관계는 어떠한가. 이를 살피기 위해서는 우선 텍스트를 자세히 검토할 필요가 있다. 즉, 텍스트 자체의 완결성 여부를 따져봐야 한다. <명사십리>는 후술하겠지만 <금낭이산>과 <보심록>을 토대로 개작된 것이 명백하므로 세 작품

---

8) <금낭이산>은 1912년 12월 20일에 회동서관에서 "신소설 금낭이산"이란 제명으로 초판본이 간행된 뒤 1924년 1월 30일에 6판이 간행되었는데, 이 6판본의 제명이 "錦囊二山 一名 報心錄"이다. 그리고 그사이에 1915년 10월에 재판, 1916년 12월에 3판, 1917년 12월에 4판이 간행된 것으로 알려져 있다.(조희웅 편, 『고전소설이본목록』, 집문당, 1999, 190쪽) 그러나 1924년 이전 판본에도 "錦囊二山 一名 報心錄"으로 되어 있는지, 있다면 어느 시기 판본부터 그렇게 되어 있는지는 현전 實本이 존재하지 않아 알 수 없다. 만약 1924년 이전 어느 판본에 "錦囊二山 一名 報心錄"으로 제명한 것이 있다면 현전 <보심록>(1918년 1월 15일 초판)과 다른 <보심록>이 존재하고 있었다고 봐야 한다.

의 선후관계를 논할 때 설명하기로 하고, 여기서는 <금낭이산>과 <보심록>을 중심으로 그 텍스트 문제를 살펴보기로 한다.

1) 텍스트 문제

먼저 <금낭이산>[9]을 살펴보기로 한다.

내용을 보면, 작품 초반에 한 강가에서 정소저는 투신하려 하고 그 유모는 말리려 하며, 이를 장시걸이란 자가 언덕에 앉아 내려다보는 장면이 있다. 이때 마침 화익삼이 나타나 저간의 사정을 물으니, 유모는 장시걸이 빌려준 돈 대신에 정소저를 재취로 들이려 하여 이런 사단이 벌어졌다고 말한다. 이에 화익삼이 대신 돈을 갚아준다. 여기에서 장시걸은 상처한 인물로 소개되는데,[10] 후반부 어느 지점에서 장시걸의 부부가 등장하는 것으로 되어 있어[11] 서술상의 오류가 일어났다. 이에 비해 <보심록>과 <명사십리>는 장시걸[12]이 상처했다는 서술이 없다.

다음으로, 작품 후반부에서 천자는 역적인 동필적이 내친 충신들을 다시 불러들여 등용시키는데, 그중에는 양세충의 처인 왕부인의 동생, 즉 세충의 처남인 왕세훈도 포함되어 있다. 그러나 "세훈"의 존재가

---

9) 본고에서는 1924년 1월 30일에 광익서관·회동서관에서 공동 발행한 판본(6판본)을 사용한다. 국립중앙도서관에 소장되어 있다. 1912년 12월 20일에 간행된 초판본은 (재)아단문고에 소장되어 있는데, 자료 활용에 제한이 있다. 그러나 초판본과 6판본을 비교해 본 결과, 각 지면의 형태 및 분량이나 어미 활용의 측면에서 약간의 차이가 있으나 내용에는 차이가 없다.

10) "니가 상처훈 후 지취를 호랴 호되 돈이 업슨즉 돈을 쥬시거나 만약 돈이 못되면 아가시로 제 안히를 숨깃다 훈온즉"(<금낭이산>, 2쪽).

11) <금낭이산>, 71~72쪽.

12) <명사십리>는 '박시걸'이다.

이 부분에서 갑자기 등장하여 서사적 흐름이 어색하다. 이는 작품의 전반부에서 왕성일 부부와 왕소저, 왕세훈 남매의 소개 부분이 생략되었기 때문이다. <보심록>과 <명사십리>에는 이런 문제점이 없다.

아래 인용문은 동필적이 소개되는 부분이다.

> "츠시에 딕장군 동필젹은 본시 틱원 쳔흔 스름으로 용밍과 무예는 사름이 밋지 못흐되 세상에 발신치 못흠을 한흐야 ∨ 산방을 침범흐 미 죠정에셔 군사로 막되 자쥬 픽흔지라 의병을 소모흐니 필젹이 젹 당 슈쳔명을 거느리고 자원출졍흐야 안문틱슈 쥬긔로 합병협력흐야 젹군을 딕파흐니"[13]('∨'표시는 필자)

요지는 동필적이 산방을 침범하여 조정에서 막았으나 자주 패했다. 그래서 조정에서 의병을 모으는데 필적이 자원 출정하고 주개와 협력하여 적군을 대파했다고 정리되는데, 이는 모순이다. 이 부분이 <보심록>에는 다음과 같이 서술되어 있어 <금낭이산>의 문제점이 무엇인지 확인할 수 있다.

> "츠셜 이젹에 장군 동필젹이라 흐는 쟈ㅣ 잇스니 본릭 틱원 짜 쳔 인으로 용력(勇力)이 과인(過人)흐고 무예(武藝)가 졀륜(絶倫)흐더니 여러번 무과(武科)에 락방(落榜)흐고 쏘흔 지표를 쳔거흐는 쟈ㅣ 업셔 능히 세샹에 쓧을 엇지 못흐미 흥샹 앙앙(央央)흐야【무뢰빅 쳔여명 을 취집(聚集)흐야 산즁에 웅거흐야 빅셩의 직물을 로략흐며 힝인을 살히흐고 샹고(商賈)를 겁탈흐야 불의(不義)로 셰월을 보닉더니 영조 황뎨 시졀에 북젹이 강셩흐야】자조 변방을 침로흐야 빅셩이 산업 을 편히 못흐니 텬즈ㅣ 근심흐샤 죠셔를 느려 무릇 민병(民兵)을 모집

ᄒ야 ᄌ원츌젼ᄒᄂ 쟈ᄂ 그 셩공홈을 기ᄃ려 샹급홈을 허락ᄒ시니
동필젹이 그 조셔를 밋고 대희ᄒ야 즉시 그 당류 쳔여명을 거ᄂ리고
안문 고을에 니ᄅ러 안문틱슈와 합셰ᄒ야 도젹을 방어코져 ᄒ니"[14]
('【 】'표시는 필자)

즉, <금낭이산>의 'ᐯ'부분에 <보심록>의 '【 】'부분이 생략되어
<금낭이산>에서 오류가 생긴 것이다.

이 외에도 몇몇 부분에서 축약과 생략으로 인한 문맥상의 오류가
눈에 띈다. 이상의 고찰을 통해 볼 때, 현 <금낭이산>은 원작이라고
보기 어렵다. 원작이라면 이러한 오류가 생길 수 없다. 그리고 이상의
오류는 대개 이전 텍스트를 새로운 텍스트로 전환할 때 흔히 발생하
는 것이다. 이렇게 볼 때, 현 <금낭이산>은 원본이 아니라 저본 텍스
트에서 이차적으로 형성된 것임을 알 수 있다.

다음으로 <보심록>을 보기로 한다.

증문효[15]가 위병하자 왕세충은 자신의 살과 수염을 달여 먹여 문효
를 살려낸다. 이때 문효의 처 손씨는 남편이 세충의 치료로 살아남을
보고 그 은혜에 감복하는데, 이 부분에서 증문효의 처 "손씨"가 별다
른 설명 없이 불쑥 등장하고 있어 서술이 어색하다. 작품 초반에서 양
사기는 화익삼과 증문효가 17세가 되자 벌열가 규수를 택하여 혼인을
시킨 바 있는데, 그 부분에서는 혼사 사실만 서술되어 있을 뿐 각 처
들의 이름은 등장하지 않았다. 그러다가 갑자기 "손씨"를 등장시켜 오
류가 생긴 것이다. <금낭이산>에도 이 부분에 "손씨"가 등장한다. 그
러나 앞부분에서 화익삼의 처는 소씨, 정문회의 처는 손씨로 이미 소

---

14) <보심록>, 신구서림 발행(1920년 4월 재판), 국립중앙도서관 소장, 11-12쪽. 앞으로 <보
　　심록>은 이 판본을 이용한다.
15) <금낭이산>에는 '정문회'이다.

개했기 때문에 어색하지 않다.

<보심록>은 작품의 배경이 명나라 宣德 연간이고, 양세충, 화익삼, 증문효는 "성종황뎨 즉위흔지 삼십년"16)에 급제를 하는 것으로 되어 있다. 그러나 명나라 선덕 시대에는 宣宗이 재위했고 선종은 선덕 9년에 죽었으므로, '성종황제 즉위 30년'이라는 표현은 오류이다. 이러한 오류는 사실을 확인하지 않고 임의로 기록했기 때문으로 볼 수도 있지만, 현 <보심록>으로 정착될 때 생긴 오류로 보는 것이 타당하다. <금낭이산>에는 '즉위' 운운하는 부분이 없고, <명사십리>에는 '즉위 3년'으로 되어 있어 문제가 없다.

양세충과 왕소저는 13세에 정혼한 후 바로 혼인을 하지 못했는데, 그것은 왕소저의 부친 왕상서와 양세충의 부친 양승상이 연이어 죽었기 때문이다. 그런데 이 부분에서 양승상은 죽기 전에 '입신양명하여 60여 년을 살아 여한이 없다'는 말을 남겼는데, 죽었을 때의 나이는 75세로 서술되어 있다.17) 역시 오류다. 이상 부분적이긴 하나 현 <보심록>의 서술상의 문제점을 살펴보았다. 이상과 같이 현 <보심록>도 원작이라고 보기 어렵다.

요컨대 현전하는 <금낭이산>과 <보심록>의 텍스트를 살펴본 결과, 두 텍스트 모두 원작이 아니라 특정 저본에서 형성된 것으로 판단된다.

---

16) <보심록>, 2쪽.
17) "내 젊어서 입신양명흐야 륙십여년을 살어 부귀를 누렷스니 내 이졔 죽은들 무슴 여흔이 잇스리오마논……인흐야 세상을 바리니 년이 칠십오셰러라"(<보심록>, 10-11쪽).

2) 선후관계

현 <금낭이산>은 1912년에 최초 간행되었고 현 <보심록>은 1918년에 최초 간행되었다. 따라서 현 <보심록>이 현 <금낭이산>의 저본이 될 수 없음은 자명하다. 남은 것은 현 <보심록>의 저본이 현 <금낭이산>일 가능성이다.[18) 그러면 양자를 구체적으로 대비해 보자.

비교했을 때 두드러진 특징은 서사의 동일 부분의 서술량이 <금낭이산>보다 <보심록>이 훨씬 길다는 점이다. 만약 <금낭이산>에서 <보심록>으로의 전환을 전제하면, 그 길어진 것은 <보심록>에서 삽입·확대된 결과로 볼 수 있다. 과연 그럴까. 몇 예를 보기로 한다.

먼저 양세충과 왕소저의 혼인 과정을 보자. <금낭이산>에서의 혼인 과정은 다음과 같은 순서로 진행된다. 즉, ㉠ 양승상의 생일날, 양승상이 예부상서 왕성일과 주찬을 나누면서 세충과 왕소저의 정혼을 청한다. ㉡ 왕상서와 그 부인 강씨가 흔쾌히 허락한다. ㉢ 세충과 왕소저에게 글을 짓게 하여 그것을 신물로 삼는다.[19)

그러나 <보심록>은 다음과 같이 전개된다. ㉠ 양승상은 주위의 청혼을 물리치고 매파 조삼랑에게 규수를 찾아보라고 한다. ㉡ 조삼랑이 왕소저를 천거하면서 그녀의 여공, 효행, 색태, 덕기, 문장, 필법 등을 자세히 말한다. ㉢ 양승상이 조삼랑에게 왕부에 가서 통혼하라고 하니, 조삼랑은 왕소저가 아직 13세밖에 되지 않아 쉽게 허락지 않을 것이니 승상이 직접 청혼하라고 한다. 왕상서와 강부인, 왕세훈과 왕소저 경랑이 소개된 후, ㉣ 강부인이 왕소저의 혼처를 걱정하니 왕상서가 양세충의 인물됨을 말한다. ㉤ 강부인이 왕상서에게 양부에 가서

---

18) 강현조는 위의 논문에서 이 가능성을 인정했다.
19) 글은 제시되어 있지 않다.

청혼해 보라고 한다. ⓑ 양승상의 생일날, 승상의 청혼으로 세충과 왕소저가 정혼을 한다. ⓢ '心'자를 韻字로 하여 세충과 왕소저가 시를 짓고 그것을 교환하여 신물로 삼는다.[20] ⓞ 왕상서가 세충의 시와 소저의 시에 魔障이 있음을 포착하고 내두사를 걱정하나 양승상은 무시한다.

이와 같이 두 작품의 차이가 확연하다. 과연 이러한 차이를 <보심록>에서 삽입·확대된 결과로 볼 수 있을까 하는 의문이 든다.

아래의 인용문은 양세충의 아들 양두성이 전장에서 동필적 진영의 요승 오각대사와 맞섰을 때의 장면이다.

"잇흔날 평명에 오각이 진문을 나셔 마상에서 고셩딕호ᄒ되 두셩은 나와 나를 딕뎍ᄒ라 두셩이 듯고 오날이야 요승을 업시 ᄒ깃다 ᄒ고 응싱출마훌싀 시랑이 경계ᄒ되 동젹의 영용이 젼일과 갓고 쏘 요승의 계교가 만흐니 조심ᄒ고 경젹지 말아 소루흠이 업게 ᄒ라 (두) 부친은 과려치 마시옵소셔 곳 말을 문긔 아릭 나가 딕민ᄒ되 너ᄂ 슈도ᄒᄂ 스름으로 주비지심은 업슬망졍 살육을 만히 ᄒ엿스니 엇지 하늘에 죄인이 아니며 도가의 역젹이 아니리오 속히 칼을 바드라 (오) 젹은 아히 엇지 큰 말을 ᄒ야 군심을 현란케 ᄒᄂ뇨 두셩이 딕로ᄒ여 졉견코져 ᄒ니 오각이 쏘 이로딕 닉 지혜로 닷톨지언졍 심으로 싸호지 아니ᄒ리니 진법으로 주웅을 결ᄒ리라 (두) 네 몬져 진법으로 나를 보게 ᄒ라 오각이 긔를 두루고 북을 치니 스면 복병이 일시에 이러 쳘통굿치 에우거ᄂ"[21]

"이튼날 평명에 도승이 칠건가ᄉ사에 류환쟝을 손에 들고 말ᄭ 올나 진문에 나셔 크게 불너 왈 명진 대쟝은 쌜니 나와 나를 딕젹ᄒ라

---

20) 세충과 왕소저의 시가 직접 제시되어 있다.
21) <금낭이산>, 118-119쪽.

원수ㅣ 대희왈 뎌 즁놈이 죽을 날이 니르럿도다 뎌를 몬져 잡으면 동
적은 념려 업스리라 ᄒᆞ고 응성츌마ᄒᆞ야 크게 ᄭᅮ지져 왈 뎌 <u>즁놈은
무슴 영욕(榮辱)을 구ᄒᆞ야 역적에 ᄲᅱ여드럿ᄂᆞᆫ뇨 불도ᄂᆞᆫ 원릭 고요ᄒᆞᆫ
거슬 쥬쟝ᄒᆞᄂᆞᆫ고로 녜브터 싱불과 도승이 모다 산즁에 잇고 풍진에
ᄂᆞᆫ 나오지 아니ᄒᆞ엿거늘 이졔 너는 세샹영욕에 ᄆᆞ음을 두고 역적을
도와 국가에 득죄ᄒᆞ고 부쳐씌 득죄ᄒᆞᄂᆞᆫ도다</u> 도승왈 어린아ᄒᆡ 무슴
잡말을 ᄒᆞᄂᆞᆫ뇨 <u>옛적에 진만화ᄂᆞᆫ 텬하를 도모ᄒᆞ다가 엇지 못ᄒᆞ민 도
라가 불문 뎨ᄌᆞㅣ 되엿스니 이ᄂᆞᆫ 불도에도 영귀를 슝상ᄒᆞ엿고 희여
대ᄉᆞᄂᆞᆫ 돌궐을 쳐서 승젼ᄒᆞ엿스니 이ᄂᆞᆫ 불도에도 공명을 위ᄒᆞ엿스
며 ᄯᅩ ᄊᆞ호ᄂᆞᆫ 법은 이긔면 임군이 되고 픠ᄒᆞ면 역적이 되ᄂᆞ니 은왕
셩탕쥬무왕왕망동탁(殷王成湯周武王王莽董卓)이 승픽만 ᄀᆞᆺ지 아닐 ᄲᅮᆫ
이오 그 ᄆᆞ음은 다 일반이라 네 이졔 승픽도 보지 아니코 엇지 동씨
를 역젹으로 지ᄒᆞᄂᆞᆫ뇨</u> 원슈ㅣ 대노ᄒᆞ야 바로 다라드러 도승을 취ᄒᆞ
니 도승이 말머리를 도로혀며 륙환장을 두루미 ᄉᆞ면복병이 벌쎄ᄀᆞᆺ
치 니러나며 원슈를 겹겹이 둘너ᄊᆞ거늘"[22](밑줄 필자)

위의 두 인용문을 비교해 보면 상황 설정에도 차이가 있고 서술 행
문에도 차이가 있다. 그중에서도 <보심록>의 밑줄 친 부분이 주목된
다. <보심록>이 <금낭이산>을 저본으로 했을 경우, 줄친 부분은 <보
심록>에서 새로 삽입된 것으로 봐야 하는데, 상황 설정을 바꾸면서까
지 굳이 삽입할 필요가 있을까 하는 의문이 든다. 위기일발의 대결 상
황에서 저런 대화를 한다는 것이 비현실적일뿐더러, 밑줄 친 부분의
내용이 논리상 딱히 필요한 것도 아니고 또 특별히 독자들의 흥미를
제고하는 것도 아니다. 따라서 양자의 차이를 뒤 작품의 삽입으로 이
해하기는 어렵다고 생각한다. 아마도 현 <보심록>의 저본이 따로 있

---

22) <보심록>, 117-118쪽.

었고 그 저본을 <보심록>과 <금낭이산>이 수용하는 과정에서 위와
같은 차이가 발생했을 가능성이 있다.

다음으로, 아래 인용문은 동필적과 주개의 진출 과정이 서술되어 있
는 부분이다.

> "필적이 적당 슈천명을 거ᄂᆞ리고 자원츌졍ᄒᆞ야 안문틱슈 쥬기로
> 합병협력ᄒᆞ야 적군을 틱파ᄒᆞ니 쥬기 필적의 공을 표쥬ᄒᆞᄃᆡ 조졍에
> 셔 쥬기로 긔쥬ᄌᆞᄉᆞ를 ᄒᆞ고 필적으로 통쥬지부를 졔비ᄒᆞ야 북방을
> 직히게 ᄒᆞ니 쥬기ᄂᆞᆫ 곳 좌장군 쥬응의 ᄋᆞ달로 젼 안문틱슈 장소의
> 비장이 되야 도적이 지경을 범ᄒᆞᄃᆡ 장쇠 싸호지 ᄋᆞ니흠을 분ᄒᆞ여 장
> 소를 죽이고 도적을 쳐 틱파ᄒᆞᆫ 후 표를 올녀 장소 죽인 죄를 쳥ᄒᆞ니
> 조졍에셔 죄를 ᄉᆞᄒᆞ고 인ᄒᆞ야 안문틱슈를 식엿더라"[23]

> "동필적이 그 조셔를 밋고 대희ᄒᆞ야 즉시 그 당류 쳔여명을 거ᄂᆞ
> 리고 안문 고을에 니ᄅᆞ러 안문틱슈와 합셰ᄒᆞ야 도적을 방어코져 ᄒᆞ
> 니 틱슈ㅣ 그 비장 쥬기로 ᄒᆞ야곰 동필적을 영접ᄒᆞ야 장하에 두고
> 도적 토벌홀 계칙을 의논ᄒᆞ더니 동필적이 쥬기로 더브러 쇠ᄒᆞ고 셩
> 언(聲言)ᄒᆞ기을 안문틱슈 쟝소가 반홀 뜻이 잇셔 적병을 인도ᄒᆞ야 즁
> 국 디경에 드러와 로략질ᄒᆞ게 ᄒᆞ엿다 ᄒᆞ야 모야무지간에 쥬기로 ᄒᆞ
> 야곰 장즁에 드러가 틱슈의 머리를 버혀 군즁에 호령ᄒᆞ고 인ᄒᆞ야 안
> 문군슈 오쳔을 아셔 적병을 치니 쥬기 ᄯᅩᄒᆞᆫ 용밍과 무예가 졀등홈으
> 로 일거에 승졍ᄒᆞ야 북적의 근심을 졔ᄒᆞ니 텬ᄌᆞㅣ 그 공을 긔특이
> 녁이샤 쥬기로 안문틱슈를 졔슈ᄒᆞ시고 동필적으로 통쥬지분를 졔슈
> ᄒᆞ샤 ᄒᆞ여곰 도적을 방어케 ᄒᆞ시니"[24]

---

23) <금낭이산>, 8쪽.
24) <보심록>, 12쪽.

두 인용문을 비교해 보면 주개가 안문태수가 된 시점이 다르다.
<금낭이산>은 주개가 필적을 만나기 전에 이미 안문태수가 되었고
공을 세운 뒤에는 다시 승품하여 기주자사가 된 반면, <보심록>은 주
개가 필적을 만난 후에 안문태수가 된다. 그러나 어느 경우이든 작품
의 의미에는 영향을 미치지 않는다. 그런데 <보심록>이 <금낭이산>
을 저본으로 했다고 볼 경우, <보심록>에서 변개를 했다는 것인데,
납득할 만한 이유를 찾을 수 없다. 또한 <보심록>의 인용문을 보면
동필적과 주개가 작당하여 안문태수 장소를 죽이는데, 이것은 이유가
없는 행위이다. 만약 장소가 협력에 부정적이거나 미온적이었다면 죽
일 수도 있을 것이다. 그러나 장소는 필적을 영접하여 계책을 의논하
고 있었다. 따라서 죽일 이유가 없다. 반면 <금낭이산>에서는 주개가
장소를 죽인 일이 합리적으로 설정되어 있다. 만약 <보심록>이 <금
낭이산>을 저본으로 개작했다고 한다면, 이런 식으로 부실하게 했을
리 없다. 결국, 현 <보심록>은 <금낭이산>을 저본으로 했다고 보기
어렵다.

마지막으로, 분량과 관련하여 간행 시기가 늦은 <보심록>의 작품
분량이 <금낭이산>보다 훨씬 더 많다. 구활자본 고소설의 저본은 일
반적으로 방각본, 필사본이 대부분인데, '방각본·필사본→구활자본'
의 형성과정에서 후대본인 구활자본에서 분량이 늘어나는 경우는 거
의 없다.[25] 하물며 '금낭이산→보심록'을 전제한다면, 이것은 '구활자
본→구활자본'의 형성과정인데, 과문한 탓인지 모르겠으나 이러한 형
성과정을 지닌 작품이 존재한다고 알려지지도 않았을뿐더러, 존재한
다고 하더라도 후대본에서 내용 변개 및 확장이 일어날 가능성은 없

---

25) 이주영, 『구활자본 고전소설 연구』, 월인, 1999, 127-130쪽 참조.

다고 본다. 이와 같이 구활자본의 일반적인 형성 경향에 비추어보더라
도, 내용 분량이 많은 <보심록>이 분량이 적은 <금낭이산>을 저본으
로 만들어졌을 가능성은 없다고 판단된다.

　요컨대 이상과 같이 <금낭이산>과 <보심록>의 텍스트 성격, 선후
관계의 고찰을 통해 볼 때, <금낭이산>과 <보심록>은 직접적인 관련
은 없고, 특정 저본에서 따로 성립된 것으로 볼 수 있겠다. 그렇다면
현전 <금낭이산>과 <보심록>의 저본은 어떠한 형태일까. 아마도 현
<금낭이산>보다는 현 <보심록>과 가까운 형태가 아닐까 한다. 앞서
<금낭이산>과 <보심록>의 동일 내용 부분을 대비해 보았는데, 두 작
품을 영향 관계를 따지지 않고 단순 비교해 보면, <금낭이산>에서 오
히려 축약 및 생략이 일어나 간략화된 것으로 느껴지는바, 이는 작품
전체를 통해 일관되게 나타나는 점이다. 이것은 결국 저본 텍스트가
<금낭이산>에서는 축약 및 생략을 통해 간략화되는 방향으로 수용되
었고, <보심록>에는 큰 변개 없이 거의 그대로 수용되었음을 말해준
다.26) 그리고 현 <보심록>의 말미에는 "이후로 양승상 화틱부 증어스
ㅣ 각각 부쳐히로ᄒᆞ야 부귀영화로 빅셰향슈ᄒᆞ고 ᄌᆞ손이 번성ᄒᆞ야 셰
집이 딕딕통가(代代通家)로 부귀 쯘칠 적이 업시 대흥부 안에 유명ᄒᆞ 긔
담이 지금것 류젼ᄒᆞ니 이ᄂᆞ 션ᄒᆞ ᄆᆞ음의 보응이 아닌가 이럼으로 이
칰 일홈을 보심록이라 ᄒᆞ노라"27)와 같이 "보심록"이란 제명을 붙인
계기가 간략히 서술되어 있는데, 이러한 모습은 필사본 고소설의 말미
에서 흔히 볼 수 있는 것이다.28) 이를 통해 볼 때, <금낭이산>과 <보

---

26) 그렇다고 하여 현 <보심록>이 저본을 전혀 변개 없이 수용한 것은 아니다. 대략 여섯
　　부분 정도에서 서술 내용상 축약 및 생략이 일어난 현상을 볼 수 있다.

27) <보심록>, 142쪽.

28) 몇 예를 들면 다음과 같다. "다시 여간 문견과 디강 ᄉ젹을 보와 **쌍션긔** 쇼설 이십편을
　　지여 맛춤닉 일홈을 유젼코ᄌ ᄒᆞ미로다"(<쌍션긔>), 김기동 편, 『필사본고전소설전집』

심록>의 저본은 필사본으로 유통된 "보심록"이었을 것으로 추정된다.[29)

한편 <명사십리>는 현 활자본 <보심록>의 영향은 확실하고, 현 <금낭이산> 혹은 저본 <보심록>의 영향도 받은 것으로 판단된다. 몇 가지 근거를 들어보기로 한다.

<보심록>에서 화익삼은 이유신으로부터 양세충의 돈을 받아오다가 빚 독촉에 몰려 딱한 처지에 있던 정소저를 구제하기 위해 가진 돈을 모두 장시걸에게 주고는 다음과 같이 생각한다.

"니 힝즁에 잇는 돈이 비록 내 것은 아니나 죽는 사름을 보고 구ㅎ지 아니ㅎ면 이는 장시걸에 비ㅎ야 나을 거시 업도다 나는 도라가 금젼으로 갑흘 거슨 업스니 ᄆᆞ음으로 양시랑씌 갑흐리라 ᄒᆞ고 로고 ᄃᆞ려 닐ᄋᆞ디"[30)

위의 인용문이 <금낭이산>에는 없고 <명사십리>에는 다음과 같이

8권, 아세아문화사, 1980, 500쪽; "이러므로 호ᄉᆞᄒᆞ는 사름이 뎐을 지어 디략을 긔록ᄒᆞ고 일홈을 **낙텬등운**이라 ᄒᆞ니 각각 황텬의 쩌러졋다가 쳥운의 오르다 ᄒᆞᆫ 뜻이라"(<낙텬등운>), 이화여대 한국어문학연구소 편, 영인교주 한국고대소설총서 Ⅰ『낙천등운』, 이화여대출판부, 1971, 410쪽; "부즈의 ᄆᆞ음을 빗쵬미 몸과 그림즈 ᄀᆞᆺ흐니 이 진실노 결되의 아름다온 말이라 고로 슈뎨 **보은긔우**라 ᄒᆞ고 일명을 탄지가언이라 ᄒᆞ니라"(<보은기우록>), 이화여대 한국어문학연구소 편, 영인교주 한국고대소설총서 Ⅵ『보은기우록』하, 이화여대출판부, 1977, 269쪽; "슈뎨 **벽허담관졔언녹**이라 ᄒᆞᆫ 요란ᄒᆞᆫ 셜화와 허망ᄒᆞᆫ ᄉᆞ의 셰간의 편ᄒᆞ야 고인을 의방빙거ᄒᆞ야 잡되고 어즈러오미 만흘시 허언을 믈니치고 모든 언서 즁 부즙ᄒᆞ미 업고 명졍언슌ᄒᆞ미 갓가와 하시 ᄉᆞ젹이 웃듬인고로 **관졔언녹**이라 ᄒᆞ야 후셰의 뎐ᄒᆞ야 권션징악고져 ᄒᆞᄂᆞ니"(장서각 소장본 <벽허담관졔언녹> 권26 말미).

29) 이러한 추정은 본고가 발표된 이후, 1911년에 필사된 국문필사본 <보심록>이 학계에 소개되면서 사실로 확인되었다. 새로 소개된 사본은 정명기교수 소장본인데, 필사 시기가 1911년임을 알려주는 필사기가 적혀 있다. 이를 통해 볼 때 <보심록>은 1911년 이전에 이미 창작되어 유통되었음을 알 수 있다. 자세한 것은 김성철, 「새자료 필사본 <양보은전>과 <보심록>의 소개와 그 의미」, 『어문논집』 66집, 민족어문학회, 2012, 5 –28쪽 참조.

30) <보심록>, 20쪽.

서술되어 있어, <보심록>과 <명사십리>의 직접 관련성을 알게 해준다.

　　"힝즁에 진이고 오는 금젼이 비록 나의 직물은 아니나 죽을 스룸
　　을 보고 엇지 구ᄒ지 아니ᄒ리오 늬 도라가셔 금젼으로ᄂ 갑시 못ᄒ
　　더리도 마음으로나 갑흐리라 ᄒ고 일변 그 로구더러 왈"[31]

　　그런데 앞서 <보심록>의 텍스트를 고찰할 때 언급한 바 있거니와,
<보심록>에서는 증문효의 처 "손씨"를 불쑥 소개하여 서술상의 오류
를 범했는데, <명사십리>도 동일한 오류를 범하고 있다. 이를 통해
볼 때, <명사십리>가 현 활자본 <보심록>을 토대로 개작된 것은 분
명해 보인다.

　　다음으로, 양승상의 생일날, <금낭이산>에서는 "시즁 오부가 빅어
한 쌍"[32]을 선물로 바치고, <보심록>에서는 "한 스룸이 싱션 두
기"[33]를 선물로 보내는데, <명사십리>는 이 중에서 <금낭이산>의 행
문을 수용하고 있다.[34] 또한 동필적을 치러간 장수 중 "소쌍", "주원"
이란 인물이 <금낭이산>과 <명사십리>에는 등장하나, 현 <보심록>
에는 등장하지 않는다. 그 외에도 <명사십리>에는 현 <보심록>에는
없고 <금낭이산>에는 존재하는 행문들이 다수 서술되어 있다. 이를
통해 볼 때, <명사십리>는 저본 <보심록>을 직접 수용했을 수도 있
고, 현 <금낭이산>을 수용했을 수도 있다.

　　<명사십리>는 상당한 개작이 일어난 작품이다. 대표적인 예로 (1)
주동인물의 인칭이 다르다. <금낭이산>에는 주동인물로 승상 양사기,

---

31) <명사십리>, 15쪽. 대본은 동아서관·한양서적업조합 발행(1918.10), 국립중앙도서관
　　소장본으로 한다.
32) <금낭이산>, 5쪽.
33) <보심록>, 5쪽.
34) "시즁 벼슬ᄒᄂ 오부라 ᄒᄂ 사룸이 빅어 일쌍을 싱물로 드리거놀"(<명사십리>, 5쪽).

양세충, 화익삼, 정문회, 동필적, 조학, 조간, 굴돌평, 양두성, 화시발 등의 인칭이 등장하고, <보심록>에는 승상 양자기, 양세충, 화익삼, 증문효, 동필적, 조학, 조간, 구돌평, 양두성, 화시발 등의 인칭이 등장한다. 이에 대응하는 인물이 <명사십리>에는 승상 장연수, 장경문, 진평중, 윤광옥, 정필구, 조침, 조복, 김치근, 장유성, 진충국 등으로 인칭이 바뀌었다. (2) <금낭이산>과 <보심록>에는 왕부인의 옥중 아이를 女醫 오주은이 약주머니에 담아 빼내는 것으로 되어 있으나, <명사십리>에는 갑자기 나타난 청학 한 쌍이 아이를 업고 날아가 윤광옥과 진평중에게 전하는 것으로 되어 있다. 이때 등장한 청학은 왕부인이 옥에서 탈출한 뒤에도 길을 인도하는 등 작품 내에서 주요 기능을 수행한다. 한편 왕부인은 아이의 이름을 '장유성'이라고 짓고 생월생시를 적어 아이의 옷고름에 매달아준다. (3) 옥화선이란 기생의 형상이 다르다. <금낭이산>과 <보심록>에서는 옥화선이 동필적의 애첩으로서 謀士 조학의 인물됨을 보고 유혹하여 불륜을 저지르는 인물로 등장하나, <명사십리>에서는 옥화선이 정필구와 조침을 이간시켜 두 사람 모두 파멸에 이르도록 하는 분명한 목적의식을 가지고 조침을 유혹한다. 이러한 공로로 옥화선은 나중에 천자로부터 포상을 받기까지 한다. (4) <금낭이산>의 굴돌평과 <보심록>의 구돌평은 양세충에 의해 구조되어 살아난 후 양세충, 왕부인 등에게 여러 번 은혜를 갚았다. 그러나 작품 말미에는 필적의 잔당에 의해 죽는 것으로 처리되어 있다.[35] 그러나 <명사십리>에서는 돌평에 대응되는 김치근이 다른 주동인물들과 함께 종신토록 부귀영화를 누리는 것으로 되어 있다.[36]

---

35) 이에 대하여 <보심록>에는 "구돌평의 본심 보면 강도 즉직 능소 숨어 여러 목숨 희흥 다가 중간 선심 감동 되여 죽을 사롬 구제흐니 일시 부귀 흐엿스나 와셕종신 어려웨라"(144쪽)라고 서술되어 있다. 즉, 구돌평이 '보심'을 아는 사람이긴 하나, 강도 자객질로 여러 사람을 해친 적이 있기 때문에 행복하게 종신케 할 수 없다는 것이다.

한편 한국학중앙연구원에 소장되어 있는 국문필사본 <장유성전>은 <명사십리>를 그대로 필사한 것이다.[37] 이점은 마지막 장에 적혀 있는 "大正拾參年元月念日始製 明沙十里 新小說 張遺星傳 卷之單" 등의 필사기를 통해 확인할 수 있다.[38] '장유성'은 장경문과 왕부인의 아들 이름으로서, <금낭이산>과 <보심록>의 '양두성'에 해당하는 인물이다. 양두성과 장유성은 각각 구사일생하여 도사로부터 수련을 받은 뒤 전쟁에서 공을 세우고 이를 계기로 가족과 재회하게 되는 인물로서, 작품의 주인공에 해당하는 영웅적 인물이다. <명사십리>를 필사하면서 "장유성전"으로 제명을 바꾼 것을 보면, <장유성전>의 필사자는 영웅소설의 서사 형식에 익숙했던 사람으로 판단된다.[39]

이상의 논의를 바탕으로 <보심록> 계열의 형성과정을 도시하면 다음과 같다.

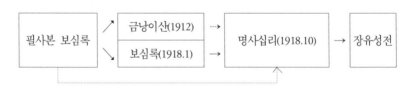

(실선: 확실, 점선: 추정)

---

36) 이러한 차이를 볼 때, <명사십리>에서 현 <금낭이산>이나 <보심록>으로의 개작 가능성은 전혀 없다고 생각된다.

37) <장유성전>의 소개는 박인희, 「<장유성전>의 연원과 특징」, 『새국어교육』 68집, 한국국어교육학회, 2004, 257-285쪽에서 한 차례 이루어진 바 있다.

38) 대정13년은 1924년이다.

39) 영웅소설은 주인공인 영웅의 일대기를 '…전'이란 표제로 담아낸 '傳'책을 말한다. 그런데 <명사십리>를 변개 없이 그대로 필사하면서도 제명을 굳이 '장유성전'으로 바꾼 것은 필사자가 이러한 영웅소설의 형식을 의식한 결과다.

4. 〈보심록〉 개작본의 형성과정과 그 의미

1900-1920년대 소설사의 구도는 크게 전래의 방각본과 필사본 소설의 유통, 신소설의 형성과 유통, 구활자본 고소설과 신작 고소설의 유통, 〈무정〉을 비롯한 근대소설의 유통 등으로 구획될 수 있을 것이다. 이 중에서 본고의 논의는 신소설과 구활자본 고소설의 형성과 유통 및 그 저변에 존재하는 사적 의미를 조망하는데 기여할 수 있다고 본다.

연구사에 의하면 신소설은 1907년에 〈혈의루〉가 창작·발표되면서 본격적으로 유통되기 시작하여 1912-1914년 사이에만 무려 80여 편이 창작·유통될 정도로 큰 대중적 인기를 누린 바 있다.[40) 반면에 구활자본 고소설은 1912년에 〈불로초〉와 〈옥중화〉가 간행되면서 소설사에 등장한 후, 1915-1918년에는 신규 발행 작품이 179편, 총 발행 횟수가 359회에 이를 정도로 폭발적인 세를 보인 바 있고, 잠시 주춤했다가 1925-1926년 사이에 다시 총 발행 횟수가 180회에 이를 정도로 많은 작품들이 출간된 바 있다.[41) 소위 딱지본 소설이라 불리는 이들 구활자본 고소설과 일부 신소설들은 대중 독자의 출현에 지대한 영향을 미쳤으며, 책 읽기의 대중화·근대화에도 결정적인 계기를 제공했다는 평가를 받고 있다.[42)

신소설과 구활자본 고소설은 일정한 시차를 두고 전성기를 누렸지만,[43) 서로 간에는 밀접한 상호 관련성이 있다. 특히 그중에서 고소설

---

40) 한기형, 『한국 근대소설의 시각』, 소명, 1999, 221-225쪽.
41) 이주영, 앞의 책, 36쪽.
42) 일러스트를 도입한 울긋불긋한 표지, 읽기 쉬운 4호 활자의 도입 등 딱지본 소설의 표지와 편집 체제는 당시에는 가히 혁명적이라고 할 정도의 새로운 시도였다는 평가를 받고 있다. 천정환, 『근대의 책읽기』, 푸른역사, 2003, 64-76쪽 참조.
43) 신소설의 창작은 1910년대 중반에 이르면 급격히 퇴조하게 된다. 한기형, 앞의 책, 같은 곳 참조.

이 신소설 양식에 대응해 나간 방식, 반대로 신소설이 고소설 양식에 대응해 나간 방식은 각각 어떠했는가, 그리고 각 대응 방식이 당대의 독서 방법과는 어떠한 관련성이 있는가 하는 점이 관심의 대상이 된다. 본고에서 고찰한 <보심록> 계열의 형성과정은 그러한 관심사를 풀어보는 데 중요한 입론을 제공하리라고 본다.

3장의 논의에 따르면, 필사본으로 추정되는 <보심록>은 1912년에 구활자본 <금낭이산>으로 개작되어 유통되었고, 다시 1918년 1월에는 <보심록>이란 이름의 활자본으로 발간되었다. 그리고 이들의 인기에 편승하여 인물의 인칭과 형상, 서사구조 등에서 약간의 변개를 가한 구활자본 <명사십리>가 1918년 10월에 발행되어 폭넓게 유통되었고, 다시 <명사십리>를 필사본의 형태로 재수용한 <장유성전>이 형성되었다.

<금낭이산>은 "신소설 금낭이산"이란 제명을 통해 알 수 있듯이, 신소설을 표방하고 형성된 것이 명백하다. 그에 따라 '--전', '--록'이 아닌 신소설적 제명을 취하고 있으며, 내용의 편집도 소설적 분위기의 조성을 위한 盧頭의 설정,[44] 단락 구분, 대화자 표기와 문답식 대화체, 도치 서술, '—는다'류의 현재형[45] 등 신소설투를 활용하고 있다. 반면에 활자본 <보심록>은 "고딕소설 보심록"이란 제명에 걸맞게 순수 고소설 체제를 그대로 유지하고 있다. '—더라'식의 옛문장, '각설, 화설' 따위의 화두사, '—왈'류의 구투 등이 그대로 노출되어 있으며, 無子로 인한 기자치성, 매파를 이용한 혼사, 후손과 가문의 흥성에 대한 기술 등 전래의 고소설에서 볼 수 있는 형식을 그대로 유지하고 있다. <명사십리> 역시 제명을 제외한 모든 요소들이 고소설의 체제를 취

---

44) <금낭이산>은 "느진봄녹음은 너른들에 가득ᄒᆞ고 져녁연긔는 시너버들에 잠겨잇셔 지
   는희는 양ᄌᆞ강언덕에 빗쳣ᄂᆞ더……"와 같이 시작된다.
45) "그ᄉᆞ롬의게 묻는다, 할미를 불너 묻는다, 스스로 싱각을 ᄒᆞ다, 훌젹훌젹 운다"와 같은
   표현으로 나타난다.

하고 있다. 이에 비해 <장유성전>은 제명까지도 온전히 고소설로 복귀한 작품이다.

<금낭이산>에서의 변모는 신소설의 발흥에 대응한 결과로 나타난 것이다. 신소설은 1907년을 기점으로 하여 당 시대의 소설계를 장악할 정도로 인기를 누렸다. 그에 따라 이인직, 이해조, 최찬식, 김교제 등의 작가들이 등장하여 많은 작품을 창작한 바 있다. 그러한 과정에서 전래의 고소설을 신소설 형식으로 개작하는 현상도 빈번하게 나타난다. 대표적으로 이해조가 판소리계 소설을 개작한 경우를 예로 들 수 있다. <금낭이산> 역시 전래의 고소설을 신소설 형식으로 개작하는 흐름에 대응해서 형성된 것이다.

요컨대 <금낭이산>은 근대 전환기에 고소설이 어떻게 시대적 추이에 대응해 나갔으며, 그 대응양상이 어떠한 형태로 나타났는지를 구체적으로 보여주는 대표적인 작품으로서의 의의를 지닌다. 반면에, 구활자본 <보심록>의 형성은 근대 전환기에 구활자본 고소설의 지속력이 얼마나 강했는가를 구체적으로 보여주는 사례가 된다. <금낭이산>이 1912년에 형성된 후 지속적으로 중판되는 인기를 누렸음에도 불구하고, 내용이 같은 작품을 다시 간행했다는 것은 고소설의 독자 견인력 혹은 지배력을 전제하지 않고서는 설명하기 어렵다. 즉, 고소설에 대한 수요를 전제하지 않고서는, "신소설 금낭이산"이 엄연히 존재하는 마당에 "고딕소설 보심록"을 출간할 수는 없기 때문이다. 따라서 우리는 <보심록>이 간행된 1918년경에 이르면 고소설에 대한 수요층이 소설계에 다시 부상했음을 알 수 있다. 이점은 신소설이 1910년대 중반을 정점으로 하여 급격히 퇴조했다는 시각과 정확히 대응되는 현상이기도 하다. 또한 주목되는 것은 "신소설 금낭이산"도 후대 판본으로 갈수록 신소설적 요소를 탈피하고 고소설의 형식으로 변모한다는 점

이다. 즉, 1912년 판본 <금낭이산>과 1924년 판본 <금낭이산>을 비교해 보면, 제명이 "의협소설 금낭이산"으로 바뀌게 되고, 편집 체재에 있어서도 단락 구분이 무너지기 시작하며, 문체도 고소설적 구투로 변모하게 된다.[46]

요컨대 필사본 고소설 <보심록>은 신소설이 지배하던 시대에는 "신소설 금낭이산"으로 간행되었고, 신소설이 퇴각하고 구활자본 고소설이 득세하던 때에는 "고딕소셜 보심록"으로 간행되면서 소설계의 추이에 예민하게 대응해 나갔던 것이다. 다시 말해서 구활자본 <금낭이산>과 <보심록>의 시차를 둔 간행은 고소설이 각 시기의 지배적인 양식에 어떻게 대응해 나갔는가를 구체적으로 보여주는 의의가 있다고 하겠다.

한편 <명사십리>는 구활자본 <금낭이산>과 <보심록>의 인기에 견인된 결과로 나타난 것이다. 그럼에도 불구하고 <보심록>과 같은 고소설 체제를 따르고 있는 것은 작품 제작 당시의 독자 대중의 관심사가 여전히 고소설에 모아져 있었음을 반증한다. 이는 <장유성전>의 형성도 마찬가지다.

구활자본 <금낭이산>과 <보심록>의 유통은 작품의 수용방식과 관련해서도 중요한 시사점을 준다. 괄호 속에 대화자 이름을 표기하고 띄어쓰기와 단락 구분을 하며 현재형 어미를 활용하는 등의 신소설 텍스트는 개인적 독서 즉 묵독을 지향하는 텍스트라고 할 수 있다. 문학 영역에서 볼 때, '공동체적 독서·음독'에서 '개인적 독서·묵독'으로서의 이행은 돌이킬 수 없는 추세였다.[47] 그런 점에서 필사본 고소설 <보심록>에서 신소설 형식의 <금낭이산>으로의 전환은 음독에서

---

46) 이점은 강현조의 앞의 논문에서 이미 지적된 바 있다.

47) 천정환, 앞의 책, 120쪽.

묵독으로의 이행을 보여주는 좋은 사례가 된다. 그러나 몇 년 후에 띄어쓰기와 단락 구분 및 대화자 표기가 전혀 되어 있지 않은 "고딕소설 보심록"이 다시 간행되었다는 것은 음독에서 묵독으로의 이행이 일직선으로 단시간에 이루어지는 것은 아니라는 점을 말해준다.[48] 이와 같이 1910년대 중후반을 기준으로 볼 때, 독서 방법이 변화하는 추세 속에서도 아직 많은 고소설 독자들은 청각에 의존하거나 시청각을 병행하여 작품을 대하고 있었음을 알 수 있다. 아직 사람들의 시각은 청각을 압도하지 못했던 것이다.[49] <보심록> 계열의 형성 및 유통 양상은 소설 수용방식의 이러한 추이를 한 계열 내의 이본 작품을 통하여 구체적으로 보여준다는 점에서도 의의가 있다고 하겠다.

5. 맺음말

본고에서는 <보심록> 계열에 속하는 <금낭이산>, <보심록>, <명사십리>, <장유성전>의 형성과정을 재론하고, 이를 토대로 이 계열의 형성과정이 지닌 사적 의미를 구명해 보았다. 논의의 결과를 요약하면 다음과 같다.

첫째, 그동안 <보심록> 계열의 형성과정에 대한 시각은 '<명사십리>→<보심록>→<금낭이산>'의 순서로 이해하거나, 아니면 '<금낭이산>→<보심록>→<명사십리>'의 순서로 이해해 왔다. 그러나 실상은 국문필사본 <보심록>에서 신소설 형식의 구활자본 <금낭이

---

48) 이점은 띄어쓰기 및 단락 구분, 대화자 표기 등이 되어 있지 않은 <명사십리>의 유통을 통해서도 알 수 있는 점이다.
49) 천정환, 앞의 책, 같은 곳.

산>이 먼저 개작·간행되었고, 몇 년 후에 다시 고소설 형식의 <보심
록>이 구활자본으로 간행되었음을 알 수 있었다. 그리고 <명사십리>
는 활자본 <보심록>의 영향과 활자본 <금낭이산> 혹은 국문필사본
<보심록>의 영향으로 개작·간행되었다. 국문필사본 <장유성전>은
<명사십리>를 그대로 재수용하여 형성된 것이다.

둘째, 활자본 <금낭이산>은 "신소셜 금낭이산"이란 제명에서 알 수
있듯이, 1910년대 초중반에 있었던 신소설의 발흥에 대응해서 산출된
것이다. 따라서 <금낭이산>은 근대 전환기에 고소설이 어떻게 시대적
추이에 대응해 나갔으며, 그 대응 양상이 어떠한 형태로 나타났는지를
구체적으로 보여주는 의의가 있는 작품이다.

셋째, 활자본 <보심록>과 <명사십리>는 신소설의 유행이 퇴조하
고 구활자본 고소설이 다시 득세를 하던 시기에, 그러한 흐름에 대응
해서 산출된 작품들이다. 따라서 우리는 활자본 <보심록>과 <명사십
리>의 유통을 통해, 1910년대 후반기 구활자본 고소설의 독자 견인력
혹은 지배력을 이해할 수 있게 되었다. 결국, 필사본 고소설 <보심
록>은 신소설이 지배하던 시대에는 "신소셜 금낭이산"으로 개작되었
고, 신소설이 퇴각하고 구활자본 고소설이 득세하던 때에는 "고딕소설
보심록"으로 간행되면서 소설계의 추이에 예민하게 대응해 나갔던 것
이다. 다시 말해서 구활자본 <금낭이산>과 <보심록>의 시차를 둔 간
행은 고소설이 각 시기의 지배적인 양식에 어떻게 대응해 나갔는가를
구체적으로 보여주는 의의가 있다고 하겠다.

넷째, 신소설을 표방한 <금낭이산>과 고소설을 표방한 <보심록>
의 유통은 작품 수용과 독서 방법에 있어 음독에서 묵독으로, 다시 묵
독에서 음독으로 교차 반복된 역사적 실상을 한 계열 내의 이본 작품
을 통하여 구체적으로 보여준다는 점에서 의의가 있다고 하겠다.

제 3 장

〈신랑의 보쌈〉, 〈정수경전〉의 개작

1. 머리말

〈정수경전〉은 과거 길을 떠난 한 청년이 운명으로 주어진 여러 난관을 극복하고 과거에 급제하고 혼인하여 부귀영화를 누린다는 이야기다. 작품에 설정된 운명은 점복의 형태로 제시되고, 난관은 주막 여인 살인 누명 사건, 보쌈 사건, 첫날밤 신부 살인 누명 사건 등으로 나타나며, 난관의 극복은 송사 도중에 점복으로 제시된 암호 즉 度厄 방법을 해석함으로써 이루어진다. 요컨대 〈정수경전〉은 점복 도액 모티프, 보쌈 모티프, 송사 모티프 등을 주된 제재로 구조화된 작품이다. 그런데 이상의 모티프들은 구전·문헌설화로도 널리 유통된 것들이다. 그에 따라 연구자들은 〈정수경전〉의 형성에 토대가 된 설화를 먼저 탐색했다. 그 결과로 밝혀진 설화가 점복 도액 설화, 송사 설화, 보쌈 액막이 설화 등이다.

한편 〈정수경전〉은 설화를 바탕으로 했으되 소설화 과정을 거치면서 설화와는 다른 구조와 의미를 갖추게 되었다. 이에 대하여 이헌홍은 <정수경전>의 구조 원리를 "송사 사건이 작품 전체의 플롯을 주도하는, 즉 송사 사건의 발생과 해결이 작품의 발단과 결말에 대응되는 구조를 지니고 전개되는"[1] 작품, '과제-해결'의 수수께끼적 서사구조를 근간으로 하는 작품[2] 등으로 분석한 바 있고, "송사 사건을 중심으로 관습·규범의 억압과 그것으로부터 벗어나고자 하는 극복 의지를 인물들의 대립·갈등을 통해 효과적으로 구현되고 있는 작품"[3]으로 의미 부여를 한 바 있다. 신동흔은 '운명의 탐지→운명과의 대면→운명의 탈피'로 이어지는 예언담적 구조에서 인간의 운명이란 상황에 따라 해결될 수 있는 것이며, 그 운명의 극복에 의해 보다 나은 삶이 열릴 수 있다는 기본 주제를 추출하고 있다.[4] 또한 <정수경전>의 장면구현방식과 주제구현방식을 고찰하여 <정수경전>이 남녀의 결연, 정치적 관심 등과 같은 다변적인 주제를 포괄하고 있는 작품으로 이해했다.[5] 그 외에도 박대복은 액운소설의 관점에서,[6] 김정석은 운명 예언과 남녀 인물의 奇緣에 초점을 두고[7] 각각 <정수경전>의 이해를 확장한 바 있다.

---

1) 이헌홍, 『한국송사소설연구』, 삼지원, 1997, 51쪽. <정수경전>의 이본, 제재적 근원, 구조와 의미 등에 대한 이헌홍의 전반적인 연구는 이미 이헌홍의 「<정수경전> 연구」, 『국어국문학』 23집(부산대 국어국문학과, 1986)과 「<정수경전>의 제재적 근원과 소설화의 양상」, 『국어국문학』 24집(부산대 국어국문학과, 1987)에서 이루어진 바 있다. 그러나 위의 저서에 실려 있는 <정수경전> 관련 논의는 기존 개별논문들의 성과를 보충하고 종합한 최종 결과이므로, 본고에서는 저서의 논의를 참고 자료로 삼았다. 이하 마찬가지다.

2) 이헌홍, 위의 책, 71쪽.

3) 이헌홍, 위의 책, 309쪽.

4) 신동흔, <정수경전>, 김진세 편, 『한국고전소설작품론』, 집문당, 1990, 857-886쪽.

5) 신동흔, 「<정수경전>을 통해 본 고전소설의 장면구현방식」, 『애산학보』 12집, 애산학회, 1992, 143-176쪽.

6) 박대복, 「액운소설 연구」, 『어문연구』 79호, 한국어문교육연구회, 1993, 415-439쪽.

7) 김정석, 「<정수경전>의 운명 예언과 '奇緣'」, 『동양고전연구』 11집, 동양고전학회, 1998, 9-35쪽.

한편 이상과 같은 <정수경전>의 구조와 의미 분석은 작품 자료에 대한 검토를 바탕으로 이루어졌다. <정수경전>은 형성된 이후 폭넓은 유통을 보여 현재 20여 종을 상회하는 이본이 존재한다. 이들은 크게 김동욱소장 60장본 계열, 하버드대 소장본 계열, 한성서관 발행 활자본 <정수경전> 계열, 기타 국문필사본 계열 등으로 분류된다.[8] 이 중에서 한성서관본은 그 전대에 존재했던 국문필사본을 모본으로 형성되었으며,[9] 한성서관본이 발행되기 이전에 간행된 <옥중금낭>도 <정수경전>의 영향을 받아 형성된 것으로 알려졌다.[10]

요약하면 국문필사본 <정수경전>이 먼저 유통되었고 이의 영향으로 한성서관본이 발행되었으며, 이들 전체는 총 4개의 계열로 분류된다. 그리고 이를 토대로 그동안 구조와 의미 분석이 이루어졌다.[11] 그러다가 <옥중금낭>이 연구되면서 <정수경전>의 신소설적 전승 양상이 추가로 이해되기에 이르렀다.

---

8) 이와 같은 계열 분류는 이헌홍이 기존 연구사를 정리하면서 최종 정리한 것이다. 이헌홍, 「<정수경전>의 연구사적 반성과 전망」, 『한국민족문화』 19·20집, 부산대 한국민족문화연구소, 2002, 167-187쪽.

9) 한성서관본 <정수경전>은 1915년에 최초 발행되었다. 한편 국문필사본 중에 고려대소장 28장본 <정수경전>의 필사기에는 "디한광무오년신축십이월구일필셔"라는 기록이 보인다. 여기서 대한광무 5년 신축년은 1901년이다. 또한 홍윤표소장 22장본 <정수경전>의 필사기에는 "辛亥元月十四日佳爲謄書 明治四十四年二月日"이라는 기록이 보이는데, 여기서 명치 44년은 1911년이다. 이것만 보더라도 <정수경전>의 창작 유통 시기가 한성서관본을 앞선다는 것을 알 수 있다. 이헌홍은 "壬辰三月春望間 壬辰春三月二十五日 平明書"라는 필사기가 적혀 있는 김동욱소장 60장본을 1892년에 필사된 이본으로 본 바 있다.

10) <옥중금낭>은 1913년에 최초 발행되었다. <옥중금낭>과 <정수경전>의 관련성은 이헌홍에 의해 처음으로 밝혀졌다.(이헌홍, 「<옥중금낭>과 <정수경전>」, 『어문연구』 41집, 어문연구학회, 2003, 173-200쪽). 이 연구에 의하면 <옥중금낭>은 <정수경전>을 신소설적으로 개작한 작품이다.

11) 이때까지의 기존 연구에 대해서는 한차례 연구사가 이루어졌다. 이헌홍, 「<정수경전>의 연구사적 반성과 전망」, 『한국민족문화』 19·20집, 부산대 한국민족문화연구소, 2002, 167-187쪽.

본고에서는 여기에 더하여 <신랑의 보쌈>을 고찰하기로 한다. 이 작품은 1917년 광익서관에서 발행한 것으로, 저작겸 발행자는 朴健會 이다. 표제와 내제는 "신랑의 보쌈"이고 총 10회의 장회체로 구성되어 있다. 전체 65쪽의 분량으로, 후반부 5쪽을 제외한 모든 내용이 한 쪽 에 17행, 한 행에 35자 내외로 띄어쓰기 없이 촘촘하게 조판되어 있 다.12) 글자 수를 추정하면 약 37,000여 자가 되는데, 이는 <정수경전> 전체 이본 중에서 가장 많은 분량이다.13) 이 작품도 <정수경전>의 전 승 계보 안에 있는 작품이다. 그러면서도 한성서관본이나 <옥중금낭> 과는 또 다른 성격을 지닌 작품이다. 그동안 별반 주목받지 못해 구체 적인 실상이 밝혀지지 않았는데,14) 본고에서는 작품의 주요 내용과 <정수경전>과 대비되는 점을 먼저 정리하고, 이를 토대로 구성방식,

---

12) 후반부 총 5쪽은 上疏文, 批答, 傳인데, 국문에 한자가 병기되어 있어 국문으로만 보면 쪽당 11행이다.

13) <정수경전> 계열 중에서 <옥중금낭>, 김동욱소장60장본, 하버드대 소장본 등이 분량 이 많은 편인데, 각각 32,000여 자, 28,000여 자, 22,000여 자 정도이다. 그 외, 이본들 은 대략 15,000여 자 안팎이다. 이러한 추산은 이헌홍, 「<옥중금낭>과 <정수경전>」, 『어문연구』 41집, 어문연구학회, 2003, 174쪽의 각주5) 참조.

14) <신랑의 보쌈>은 그동안 존재 사실이 알려져 있지 않다가 조희웅의 『고전소설이본목 록』(집문당, 1999)을 보정한 조희웅 편, 『고전소설연구보정』(하)(박이정, 2006)에 <정 수경전>의 이본 목록으로 등재되면서 비로소 알려지게 되었다. 그러다가 최근에 김성 철의 학위논문에서 간략히 언급된 바 있다. 김성철은 <신랑의 보쌈>을 '보쌈'이라는 불합리한 사회적 관습에 대한 교정의 목적으로 개작된 작품이라고 지적한 바 있다. 김 성철, 「활자본 고소설의 존재양태와 창작방식 연구」, 고려대 박사논문, 2011, 125쪽. <신 랑의 보쌈>은 현재 국립중앙도서관에 소장되어 있다. 한편 박순임이 「고전소설 <김요 문전>, <옥인전>, <옥긔린>에 대하여」, 『한국고전문학회 2003년 동계연구발표회 요 지집』(2003, 189-191쪽)에서 처음으로 소개하고, 박순임·김창원 공저, 『장서각수집 국문고전소설·시가 및 실기류 해제』(민속원, 2008, 79-82쪽)에 다시 그 줄거리와 해 제가 소개된 延安李氏 息山(李萬敷,1664-1732) 종택 소장 국문필사본 <김요문전>은 <신랑의 보쌈>을 그대로 傳寫한 것이다. <신랑의 보쌈>을 그대로 전사했으면서도, 제명은 주인공 이름 '김요문'을 따서 <김요문전>이라고 했는데, 이는 앞에서 살펴본바 <명사십리>를 그대로 전사했으면서도 제명은 주인공 이름 '장유성'을 따서 <장유성 전>이라고 한 사례와 일치한다. 이러한 사례를 통해, 소설을 '전'으로 이해하는 풍조가 얼마나 오랫동안 대세였는지를 짐작할 수 있다.

진술방식, 주제의식의 측면에서 이 작품이 지닌 특징을 구명하고자 한다. 이를 통해 1910년대 후반기 고소설 <정수경전>을 주목한 한 작가는 <정수경전>을 어떻게 전승하고 개작했는지를 이해해 보고자 한다. 아울러 <신랑의 보쌈>의 형성이 지닌 소설사적 의의도 생각해 보기로 한다.

2. 〈신랑의 보쌈〉의 개요와 〈정수경전〉과의 대비

여기에서는 장회 별로 <신랑의 보쌈>의 줄거리를 요약하고, 그것을 <정수경전> 계열과 대비함으로써 <신랑의 보쌈>이 지닌 내용상의 특징을 살펴보기로 한다.[15)]

제1회: 김희선이 벼슬을 ᄒ직ᄒ고 고향에 도라가다

개요: 고려 중엽 시절, 묵재 김희선이 20여 년간 벼슬을 하다가 고향(충북 청풍군 북면 옥녀동)으로 돌아간다. 부인이 자식이 없으니 치성을 드려 보자고 한다.

대비: 고려시대를 배경으로 한 박순호45장본 외, 대부분은 조선을 시대적 배경으로 한다. 주인공은 하버드대본은 정두경이지만, 대부분은 정운선 부부의 만득자 정수경이다. <신랑의 보쌈>에서 변용이 일어났다.

---

15) 이헌홍은 <옥중금낭>과 <정수경전>의 관련성을 검토하면서 신생 대목, 공통 대목, 변용 대목, 공통 및 변용 대목이란 판단기준으로 <옥중금낭>의 특징을 고찰했는데, <옥중금낭>의 신생 대목과 변용 대목 중에서 <신랑의 보쌈>과 관련되는 부분은 존재하지 않는다. 이는 <신랑의 보쌈>이 <옥중금낭>보다 나중에 발행되었음에도 불구하고 그것의 영향을 전혀 받지 않았음을 말해준다. 따라서 여기서 <신랑의 보쌈>과 대비되는 <정수경전> 계열은 <옥중금낭>을 제외한 일련의 국문필사본과 한성서관본 <정수경전>임을 미리 밝혀둔다.

제2회: 김요문이 친상을 당ᄒᆞ니 범이 길디를 인도ᄒᆞ다

개요: 김희선 부부가 백일기도를 하여 김요문을 낳는다. 요문의 나이 10세에 희선이 병사한다. 범과 노승이 나타나 길지를 인도하매, 부친을 그곳에 안장한다.

대비: 범과 노승이 등장해 길지를 인도하는 대목은 다른 이본에는 보이지 않고 한성서관본에만 나타난다. 그러나 내용은 <신랑의 보쌈>이 좀더 구체적이고 합리적이다. 한성서관본에서는 범이 명당을 지시하는 듯하나 애매하게 처리되어 있고,16) 범이 사라진 뒤 노승이 다시 등장해 명당을 지시한다. 그에 비해 <신랑의 보쌈>에서는 범이 길지 안장을 암시하고,17) 노승이 재차 명당을 구체적으로 지시함으로써 안장이 이루어진다. 또한 노승은 범으로 변하여 사라지는데, 이는 영험한 이물이 인간으로 변하여 인간과 소통하는 서사 전통을 따른 것이다. 이처럼 서사적 합리성의 측면에서 <신랑의 보쌈>이 좀더 정연하다.

제3회: 경과를 보러 경성으로 가다가 길에셔 액을 만나다

개요: 요문이 동자 칠성과 함께 과거시험을 보기 위해 서울로 향하다가 어느 주점에서 주점 여인을 살해했다는 누명을 쓰고 옥에 갇힌다.

대비: 이 사건도 한성서관본에만 나타난다. 그러나 사건의 서술방식은 다르다. 한성서관본에는 일련의 사건이 수경의 취침, 괴한의 출현, 여인의 반항, 괴한의 여인 살해, 수경의 결박 및 구속의 순서로 서술된다. 그에 비해 <신랑의 보쌈>에서는 요문의 결박과 구속이 먼저 소개되고, 주점에 요문과 칠성만이 묵고 있었다는 점, 피 묻은 칼이 요문의 방 옆에 놓여 있었다는 점을 증거로 요문이 누명을

---

16) 한성서관본에는 "수경이 디경ᄒᆞ야 급히 드러가 범을 둘너여 왈 범아 범아 너는 산중영웅이라 너 이졔 상공의 신체를 평안히 뫼실 것이니 각각 너의도 지로ᄒᆞ라 ᄒᆞ니 그 범이 고기를 끗득이며 ᄌᆞ근 범을 다리고 일시에 허여져다 가거놀"(4쪽)과 같이 서술되어 있다. 한성서관 발행 <정수경전>은 국립중앙도서관 소장본을 이용함.

17) 김요문이 범에게 너의 행동이 길지를 인도하는 것이냐 물으니, 범이 머리를 끄덕이며 응답한다.

쓰고 결박되었다는 서술자의 요약서술이 그다음에 제시된다. 그리고 괴한의 구체적인 행위는 이 장면 말미의 자백 과정에서 서술된다. 한성서관본이 순차서술 방식이라면 <신랑의 보쌈>은 역전서술 방식이라고 할 수 있다. 동자 칠성의 설정은 새로운 것이다.

제4회: 김요문이 명관을 맞나 익미흔 루명을 벗다

개요: 요문이 취조를 당할 즈음, 한 떼의 까막까치가 날아와 한 뼘쯤 되는 나뭇가지 하나를 떨어뜨리고 사라진다. 이때 취조 과정을 엿보고 있던 군수의 부인이 군수에게 취조를 중단하고 나뭇가지를 가져오라고 한다. 부인이 보니 오얏나무인지라 '오얏나무 한 가지'를 '李一枝'로 풀고, 장교를 명하여 이일지란 이름의 사람을 찾아보라고 한다. 여기저기를 수탐하던 장교가 주정꾼들 속에서 이일지를 발견하고 유인해서 체포한다. 누명을 벗어난 요문이 다시 서울로 향한다.

대비: 제4회는 제3회의 해결 과정인데, 한성서관본의 해결방식과 다르다. 한성서관본에서는 살인 누명 사건을 겪기 전에 수경이 점을 치고 도액할 방법을 습득한 바 있다. 즉, 수경은 집을 나서자마자 점을 보았고, 판수는 도액할 방법으로 글 한 구절을 적은 종이를 주었던 것이다. 그리고 옥사를 당했을 때 그것을 내어놓음으로써 누명을 벗게 된다. 관원의 부인이 글의 암호를 '李日天'으로 풀고 그를 잡아 자백을 받았던 것이다. 그러므로 사건 해결방식이 <신랑의 보쌈>에서 변용되었다고 할 수 있다.

한편 <신랑의 보쌈>에는 진범을 추포하는 과정이 흥미롭게 그려져 있는데,[18] 이는 이 작품에서 새롭게 구성된 것이다. 장교는 한 주점에서 한 무리의 주정꾼들이 싸움을 벌이자, 거기에 끼어들어 일일이 이름을 묻고, 그중에 이일지가 있어 고향이 같다고 속이고 자신의 집으로 가자며 유인한다. 도중에 장교는 이일지에게 '네가 주점 여인을 죽이는 것을 보았는데, 사실 네가 죽이지 않았다면 내가 죽

---

18) 한성서본관본에서는 관원이 나졸에게 근처 주막에 가서 이일천을 잡아오라 하고 나졸은 가서 바로 잡아온다. 이 과정이 한 문장으로 서술되어 있다.

였을 것이다. 나도 그때 그 여인을 겁탈하러 갔었다.'고 속이며 자백을 유도하자, 이일지는 자신의 행위를 구체적으로 자백한다. 이처럼 자백을 받아내는 장교의 수법이 대단히 능활하고 지능적이다. 또한 <신랑의 보쌈>에는 동자 칠성이 요문이 옥에 갇히자 수발을 하면서도 안절부절못하는 장면도 흥미롭게 서술되어 있는데, 이 역시 새로운 설정이다.

제5회: 보쌈에 드러 후원 별당에 드러가다

개요: 서울에 이른 요문이 한 관상가에게 내두사를 물으니, 관상가는 지난 액도 심상치 않았으나 다가올 액은 더 위험하다고 한다. 요문이 도액할 방법을 물으니, 관상가는 셋째 액을 만났을 때 내어 놓으라며 '鳳'字 셋을 쓴 누런 종이를 준다. 그리고 둘째 액은 은인을 만나 면할 것이라고 한다. 요문이 관상가의 집에서 나오자마자 바로 보쌈을 당한다. 재상가 소저가 銀子를 금낭에 싸서 요문의 허리에 매어 준다. 요문은 소저에게 자신이 죽으면 모친에게 등과하여 북경에 사신으로 갔다고 전해달라고 한다.

대비: 보쌈 소재가 <정수경전> 계열과 동일하다. 다만, 요문의 '북경 사신…'운운하는 내용은 이 작품에만 나타난다. 또한 요문이 잡혀온 이유와 요문을 향한 소저의 결심이 타 이본에서는 대체로 서술자의 설명으로 간략히 서술되어 있으나, 이 작품에는 인물의 직접 발화로 명료하게 기술되어 있다.[19] 뿐만 아니라 요문이 헤어지면서 붙여놓은 永訣詩가 타 이본에서는 요문이 소저의 방을 나선 후 바로 서술되는데 비해, 이 작품에서는 제6회 말미에 소저가 요문을 생각하며 슬퍼하다가 보는 것으로 서술되어 있다.

---

19) "소제 비감흔 말소리로 공경터왈 오날 첩의 집으로 잡피여 오신 일은 보쌈에 드러 오셧거니와 이 일을 아모리 우리 부모가 힝흉신 비오나 리치 밧게 일이야 웃지 온당타 흐오릿가 첩이 규중쳐즈 되야 오날 처음으로 남즈와 동방슈작호엿시니 첩은 이 즈리에서 빅년결심호고 일후 타문종스치 아니흐려니와 슈지는 불구에 화식을 당홀지라" (32–33쪽). 앞으로 <신랑의 보쌈>의 내용을 인용할 때에는 이처럼 광익서관본의 쪽수만을 밝히기로 한다.

제6회: 금은을 써서 죽엇든 목숨이 다시 사라나다

개요: 교자에 실려 어느 강가에 이르렀을 때, 요문은 은자 100냥을 노복들에게 준다. 노복들이 요문을 살려주는 문제로 실랑이를 할 때, 지나가던 화적패들이 들이닥쳐 노복들은 쫓아내고 돈을 뺏어간다. 구사일생한 요문은 여관으로 돌아온다. 요문이 잡혀갔던 집은 좌의정 왕경보의 집인데, 왕소저가 상부살이 있어 살풀이로 보쌈을 한 것이다. 요문을 강물에 던졌다는 노복들의 말에 왕소저는 매우 슬퍼한다.

대비: 요문이 은자로 목숨을 구했다는 골자가 <정수경전> 계열과 동일하다. 그러나 화적패의 등장, 왕소저가 요문이 강물에 던져졌다는 소식에 슬퍼하는 내용 등은 이 작품에만 나타난다. 또한 소저가 좌의정 왕경보의 딸이라는 것, 왕경보가 왕소저의 상부살을 풀기 위해 보쌈을 시도했다는 내용 등은 서술자의 요약설명인데, 이 부분이 <정수경전> 계열에는 제5회의 내용 중에 나온다. 이렇듯 <정수경전> 계열은 인물소개→사건서술의 순서로 작품을 전개했다면, <신랑의 보쌈>은 사건을 앞세우고 그 사건의 연유는 뒤에서 설명해주는 서술방식을 취하고 있다.

제7회: 김수자 과거 보와 장원급뎨하다

개요: 요문이 과거에 장원급제한다. 요문이 정혼한 곳이 없다고 하자 上은 재상들에게 청혼하도록 하고, 우의정 동군탁이 청혼을 하자, 상은 요문을 동소저와 혼인케 한다. 형부상서 위평이 요문을 탐내어 환관과 모의하여 혼사를 뒤집으려고 한다.

대비: 요문이 장원급제하고 상이 혼사를 주선하는 설정은 <정수경전> 계열과 동일하나, 실제 혼사 진행 과정은 차이가 있다. <정수경전> 계열을 보면, 딸을 둔 사람은 수경에게 청혼하라는 상의 하명에 두 명의 재상이 청혼한다. 그리고 이들은 서로 수경을 차지하기 위해 상소를 올려 다툰다. 이에 상은 족친이 없어 양자를 들이기도 어려운 처지에 있거나, 두 사람 중 나이가 더 많은 딸을 간택하여 혼사를 진행한다. 그러나 <신랑의 보쌈>에는 두 재상의 다툼의 방

식이 다르고, 이로 인해 그 후의 사건 전개도 다르게 나타난다.

제8회: 김한림이 신방에 변을 만나다

개요: 환관이 상에게 동군탁의 딸은 반신불수라고 무고하고 위평의 딸을 소개한다. 상은 다시 위평의 딸을 요문과 혼인케 한다. 이 일을 들은 동소저는 요문이 아니면 다른 가문에 출가하지 않겠다고 결심한다. 요문과 위소저의 혼인 첫날밤에, 위소저가 한 괴한의 칼에 살해당한다. 요문이 누명을 쓰고 구속되었다가 공초를 당하던 중, 관상가가 준 누런 종이를 검관에게 올린다. 그러나 검관과 관리들은 누런 종이에 적힌 글자의 의미를 해독하지 못한다.

대비: 위평은 요문을 차지하기 위해 환관에게 뇌물을 주고 반간을 기도한다. 그리고 상은 환관의 간계에 속아 동소저와의 혼사를 위소저와의 혼사로 바꾼다. 그 외의 내용은 <정수경전> 계열과 동일하다.

제9회: 씌여진 거울이 다시 합ᄒᆞ고 흣터진 인연 거듭 이루다

개요: 한 백수노인이 왕소저의 꿈에 나타나 누런 종이에 적힌 글자는 '황삼봉'을 가리키니, 부친에게 알려 황삼봉을 찾아 옥사의 죄인을 구하라고 한다. 위평의 집에서 황삼봉을 체포하여 자백을 받아낸다. 상은 다시 요문과 동소저의 혼사를 주선한다. 요문이 왕경보를 자신을 살려준 은인으로 생각하여 사례를 하러 갔다가 왕소저가 보쌈 사건의 그녀임을 알고 연연한 마음을 금치 못한다. 왕소저가 요문을 두 번 살려준 셈인데, 이 사연을 상에게 알리니, 상은 요문과 왕소저가 천정연분임을 알고, 다시 동소저와의 혼사는 퇴혼하고 요문과 왕소저의 혼인을 명한다. 왕소저가 다른 가문에 출가하지 않겠다는 동소저의 결심을 알고 상에게 계책을 올리자, 상은 왕소저와 동소저를 요문의 좌우 부인이 되게 한다. 왕소저가 요문에게 보쌈의 폐습을 철폐하라고 한다.

대비: 옥사의 해결 과정과 그 귀결이 <정수경전> 계열과 차이가 있다. <정수경전> 계열에서는 검관의 딸이 옥사 해결에 결정적인 역할을 한다. 검관과 여러 관리들은 수경이 올린 '누런 채색으로 대

나무를 그린 백지'의 의미를 해석하지 못한다. 그때 옥사를 전해 들은 여성, 즉 검관의 딸이 죄인을 함부로 죽이지 말라는 상소를 올리고, 상소의 설득력에 감동한 관리들은 그 여성에게 옥사의 해결을 맡긴다. 여성은 법정 근처에 의막소를 짓게 하고 그 속에서 죄인의 원정을 올리라고 하여 백지를 본 다음, 죽은 신부 댁의 노비 안책을 가져오라고 한다. 그리고 나졸들을 명하여 '백황죽'이란 이름을 가진 자를 체포하라고 한다. 다시 여성은 사건의 전개 과정을 정확히 추론하여 검관에게 알리고 백황죽을 국문하면 사건의 전말을 알 수 있을 것이라고 말하고 물러난다. 사건이 해결된 후 상은 수경과 여성을 혼인하게 한다. 두 사람이 신방에서 서로 과거사를 화제로 담소를 나누다가 자신들이 과거 보쌈 사건의 당사자임을 알게 된다. 이와 견주어 볼 때, <신랑의 보쌈>에서 상당한 변용이 이루어졌음을 알 수 있다. 그중에서 특히 왕소저의 주선으로 왕소저와 동소저가 요문의 좌우 부인이 된다는 것, 왕소저가 보쌈의 악폐를 없애라고 요청하는 것 등이 주목된다.

제10회: 김한림이 텬폐에 글을 올녀 악풍을 덜다

개요: 요문이 보쌈의 악풍을 폐하라는 상소를 올린다. 상이 동의하여 비답과 전교를 내리고, 이로써 보쌈이 없어지게 된다. 요문과 좌우 부인이 고향에서 모친과 상봉하고 다시 상경한다.

대비: <정수경전> 계열과 동일하다. 단, 보쌈 관련 내용은 이 작품에서 새롭게 설정된 것이다.

3. <신랑의 보쌈>으로의 개작 양상

1) 구성의 측면

(1) 새로운 사건의 설정

<신랑의 보쌈>에서 새롭게 설정된 사건은 제4회의 오작 떼 출현과

원조, 장교의 범인 추포 과정, 제7회와 8회의 위평의 반간, 제9회의 백수노인의 현몽, 왕소저의 동소저 추천 등이다. 이 중에서 오작 떼의 원조와 백수노인의 현몽은 주인공이 위기에 처했을 때 초월적 존재가 나타나 주인공을 구원해 주는 서사 전통과 궤를 같이 한다. <숙향전>의 예에서 볼 수 있는 것처럼, 고소설에는 주인공의 구원자로서 노승과 도사나 이물들이 흔히 등장하는데, <신랑의 보쌈>은 이러한 전통을 이어받은 것이다.

장교의 범인 추포 과정은 사건 해결의 합리성 측면에서 특기할 만하다. 한성서관본에서는 '李日天'이란 이름만 확인하고 바로 그를 범인으로 지목하여 체포한다. 그러나 논리적으로 보면 동명이인도 얼마든지 있을 수 있기 때문에 이러한 추포 방법은 무리가 따를 수도 있다. 만약 이일천이 자백을 하지 않거나 취조 과정에서 고문에 못 이겨 거짓 자백을 한다면, 사건이 자칫 미궁에 빠질 수도 있기 때문이다. 그러나 <신랑의 보쌈>에서는 범인이 스스로 자백하는 것으로 되어 있어 이일지가 진범임을 확인하는 데는 아무런 무리가 없다. 물론 속임수가 개재해 있어 절차적 정당성은 부족하지만, 그럼에도 불구하고 장교의 유도 심문 과정은 매우 치밀하여 마치 오늘날의 수사 과정을 보는 듯 흥미롭다. 이처럼 작가는 서사적 합리성과 흥미를 높이기 위해 범인 추포 과정을 새롭게 전개했는데, 이는 개화기 신소설이나 근대소설의 서사 기법을 활용한 결과가 아닌가 한다.

한편 요문의 첫 번째 혼사는 위평의 반간에 의해 좌절되는데, 이는 전적으로 위평의 불의에 의한 것이다.[20] 이러한 설정은 서술자의 언급처럼[21] 사회현실을 반영하고자 한 작가 의식에 기인한다. 그리고 이러

---

20) "그중에 형부시랑 위평이란 지가 불궂흔 욕심이 치미러 한 계획을 심중에 품어 니가 긔여히 져 혼스를 반간변복ᄒ야 너의 쓸로 김한림의 짝을 지으리라 ᄒ얏더라"(46쪽).

한 설정으로 작품에는 충신과 간신의 대립, 선악 대립의 구도가 형성
되고, 결국에는 악인이 제거됨으로써 권선징악의 윤리가 독서 효과의
하나로 자리 잡게 되었다. 충간의 대결, 선악의 대결에서 간신이자 악
인이 최종적으로 제거됨으로써 권선징악, 복선화음의 이치가 선양되
는 작품 양상은 고소설의 전통이다. 그런 점에서 위평의 반간 소재는
이 작품의 고소설적 성격을 보여주는 소재라고 할 수 있겠다.

왕소저가 동소저를 추천하여 요문의 좌우 부인이 되도록 한 설정은
정절의 윤리를 강조하기 위한 것으로 보인다. 동소저는 위평의 간계로
인해 퇴혼을 당했을 때부터 다른 가문에는 출가하지 않겠다고 결심한
인물이다.[22] 왕소저도 보쌈 사건 이후 이러한 결심을 한 바 있는데,[23]
그 결심의 바탕은 한 남자에 대한 정절 의식이다. 이처럼 작가는 정절
의 표상인 왕소저와 동소저를 요문의 처로 설정함으로써 정절의 윤리
를 강조하고자 했다.

왕소저와 요문은 예기치 못한 인연으로 만난 인물이지만, 신방에서
의 사적인 대면을 통해 연모의 정을 주고받았다. 특히 요문을 향한 왕
소저의 결심은 대단히 단단했다.[24] 그리고 동소저는 혼담을 통해 요문
의 존재를 알게 되었고 그에 대한 일부종사를 결심했다. 이러한 사건
구도에서 최종적으로 두 여성이 모두 요문의 처가 됨으로써 그들의

---

21) "옛날이나 지금이나 죠정의 간신빈는 아죠 업지 안커니와"(46쪽).
22) "닉심에 절분이 여기여 심중즈탄왈 오냐 김한님이 아니면 타문으로는 밍세코 츌가치
    아니ᄒ리라"(48쪽).
23) "첩이 규중쳐즈 되야 오날 쳐음으로 남즈와 동방슈작ᄒ엿시니 첩은 이 즈리에서 빅년
    결심ᄒ고 일후 타문종스치 아니ᄒ려니와 슈지는 불구에 화싁을 당ᄒ지라"(33쪽).
24) 그때 왕소저는 우승상의 둘째 아들과 정혼한 사이였으나, 혼인날이 죽는 날이라고 말할
    정도로 요문에 대한 결심이 대단했다. "왕공부부는 죽야에 도익ᄒ 일을 긔회로 삼아 즉
    시 우승상에 둘지 아달과 졍혼ᄒ야 명츈 도요시졀을 기다려 셩녜ᄒ기로 양가이 뇌약ᄒ
    얏시ᄂ 이 말을 드른 영익소져는 혼즈 말로 나는 일부종ᄉ에 결심을 품엇시니 뉘라셔
    너의 마음을 쎄스리오 오냐 명츈이 너의 죽는 년운인가보다"(42쪽).

결심이 실현되었다. 이처럼 남주인공과 인연을 맺은 둘 이상의 여성 인물이 일정한 시간이 경과한 뒤 그 인연을 실현하는 이야기는 고소 설에서 흔히 볼 수 있는 것이다. 따라서 정절 윤리를 매개로 한 왕소 저와 동소저의 동반 출가 소재 역시 고소설의 전통을 환기하는 소재 라고 할 수 있겠다.

다음으로 사건이라고는 할 수 없으나 작품 구성상 큰 특징의 하나 로 제10회의 내용을 들 수 있다. 제10회의 주된 내용은 보쌈에 관한 요문의 상소, 상의 비답과 전교이다. 제9회 말미에서 왕소저는 요문에 게 보쌈의 폐습을 일소하도록 요청한다.[25] 이에 요문은 간관의 직분, 보쌈의 유래, 보쌈의 미신성, 자신의 보쌈 경험, 보쌈 혁파의 필요성 등이 담긴 긴 상소문을 올리고, 이에 대하여 상은 "맛당히 쳐분이 잇 슬리라"(63쪽)는 비답과, '보쌈을 버리지 않으면 국법으로 다스리겠다.'[26] 는 전교를 내린다. 그리고 그 후로 보쌈이 없어졌다고 한다. 이와 같은 보쌈 관련 내용이 전체 7쪽의 분량 중 5쪽을 차지할 정도로 제10회의 대부분을 차지한다.

(2) 역전서술 기법

<신랑의 보쌈>은 사건이나 사건의 결과를 먼저 제시하고 사건의 발생 이유나 계기는 뒤에 제시하는 역전서술 기법을 구사하고 있다. 즉, 사건을 시간적 순차대로 배열하지 않고 역순의 서술 방법을 취하 고 있는 것이다. 이러한 모습은 요문의 주점 여인 살인 누명 사건에서

---

25) "왕부인 왈 풍속괴란은 국가에 험절이요 즉시 기량치 못호은 신즈에 불츙이어니와 쇼 위 보쌈이라 호눈 폐습은 첩이 졀중호눈 비오니 이 연유를 텬폐에 쥬달호스 즉시 폐지 홈이 조흘듯 호오이다"(58쪽).

26) "만일 다시 젼습을 곳치지 아니호는 즈이면 발현호는 디로 즈바셔 써 국법을 바르게 호고 범죄훈 집 즈손은 영히 셔용치 아니홀 스로 호셩부와 형조당상에게 분부호여라"(63쪽).

먼저 찾아볼 수 있다. 요문은 화성의 한 주점에서 하룻밤을 묵고 아침이 되어 떠나려고 하는데, 갑자기 어떤 사람이 나타나 사람을 살해하고 도주한다고 소리치며 요문을 결박한다. 별안간 벌어진 사건이기 때문에 이 부분에서는 요문을 결박한 '어떤 사람'이 누구인지, 요문을 결박한 이유는 무엇인지에 대하여 인물은 물론 독자들도 전혀 알지 못한다. 그러니 사태에 대한 의문을 가질 수밖에 없다. 이 의문은 서술자의 설명에 의해 해소된다. 즉, '어떤 사람'은 죽은 여인의 남편이라는 것, 주점에 요문과 칠성만이 묵고 있었다는 것, 피 묻은 칼이 요문이 묵었던 방 옆에 있었다는 것 등을 서술함으로써 사태의 요인을 이해할 수 있게 한 것이다. 그러나 의문은 여기서 끝나지 않는다. 요문이 실제로 살인자인지 아니면 다른 살인자가 있는지, 그리고 살인자가 밝혀질 경우 살인한 이유는 무엇인지 등의 의문도 남아 있는 것이다. 작품은 이러한 의문을 하나하나 풀어가면서 인물과 독자들의 궁금증을 해소하고 있다.

요컨대 일련의 사건이 '요문의 결박→결박이유 설명→옥사→진범 추정→진범 체포→살해과정 서술(겁탈 시도, 여인의 반항, 살해 및 도주)'의 순서로 전개되면서 의문과 진상이 해소되고 있는 것이다.

그에 비해 한성서관본 <정수경전>은 '괴한의 출현→겁탈 시도→여인의 반항→살해 및 도주→수경의 결박→옥사→진범 추정→진범 체포'와 같이 사건이 시간의 흐름에 따라 순차적으로 전개된다. 그렇기 때문에 살인자의 신원, 살해 동기, 수경이 살인자가 아니라는 것 등을 처음부터 알 수 있게 되고, 관심은 단지 수경이 누명을 어떻게 벗어날 수 있는가, 진범은 잡을 수 있는가 등에 맞춰지게 된다. 그러나 <신랑의 보쌈>은 사건의 원천 계기를 맨 나중에 제시함으로써 독자들을 처음부터 끝까지 사건 속으로 견인하는 효과를 노리고 있다. 더구나 장교가 진범을 체포하는 과정도 세밀하게 조직함으로써 독자들의 흥미를 배가하고 있다.

다음으로 보쌈 사건 장면에서도 역전서술 기법이 활용되고 있다. 본 장면을 보면, 남주인공은 갑자기 탈취되어 한 대갓집으로 잡혀간다. 그리고 그곳 별당에서 한 여인으로부터 보쌈을 당했다는 말을 듣고 망연자실한다. 그런데 이러한 순차적 전개는 <정수경전>이나 <신랑의 보쌈>이 다르지 않다. 차이점은 그 후에 나타난다. <정수경전>에는 수경이 보쌈에 걸린 사실을 서술한 후 바로 여인의 신원, 보쌈을 감행한 이유 등이 서술된다. 즉, 여인은 모 재상의 딸이라는 것, 딸이 상부살을 타고나 살풀이를 해야만 정상적인 혼인이 가능하다는 것, 이 때문에 재상이 보쌈을 했다는 내용이 순차적으로 서술된다. 그리고 수경의 영결시가 제시되고, 수경이 銀子를 이용해 목숨을 건지는 내용이 이어서 서술된다. 그러나 <신랑의 보쌈>은 요문이 여인과 대화를 하고 목숨을 건져 숙소로 돌아올 때까지도 그 여인이 누구인지 알 수 없도록 구성되어 있다. 여인의 정체를 모르기는 독자들도 마찬가지다. 그것은 서술의 역전이 일어났기 때문이다. <신랑의 보쌈>에는 여인이 좌의정 왕경보의 딸이라는 것, 왕경보가 딸의 길흉을 알기 위해 관상을 보였다가 딸이 상부살을 타고났음을 아는 내용, 관상쟁이가 보쌈 도액을 시험해보라고 권하는 내용 등이 요문이 숙소에 복귀한 이후에 서술되어 있다. 기실, 왕경보가 딸의 관상을 보고 보쌈을 감행하게 된 동기는 시간 순서로 보면 요문이 보쌈에 걸린 사건을 앞서는 것이다. 그런데도 이처럼 서술을 역전시켜 놓음으로써 사건의 동기와 주체에 대한 독자들의 의문과 궁금증을 증폭시키고 있다. 즉, 역전 서술을 통해 정보를 지연시킴으로써 서사에 대한 독자의 흥미와 몰입도를 강화한 것이다.

역전서술의 효과는 영결시의 위치에서도 찾아볼 수 있다. 본래 영결시는 남주인공이 별당 여인과 헤어지기 전에 읊은 것이고, <정수경전>에는 영결시의 구체적인 문면도 그 지점에 서술되어 있다. 그러나 <신랑의 보쌈>에는 영결시가 서술상으로 김요문이 살아나 숙소에 복귀한 이후에, 그리고 노복들이 요문을 강물에 던졌다고 보고하는 상황에 위치한다. 다시 말해서 <신랑의 보쌈>에서는 영결시가 <정수경전>과 달리 발화된 시점에 제시되지 않고 일정한 시간이 경과한 뒤에 제시된 것이다. 그리고 그 시점은 요문의 죽음이 알려지는 지점이다.

이처럼 <신랑의 보쌈>에서 영결시의 위치를 변개한 것은 작품의 극적 효과를 높이기 위해서이다. 영결시의 주된 내용은 죄 없이 죽게 된 한 청춘의 자탄이다. 그리고 여성 인물은 그러한 영결시를 보고 매우 비탄해 한다. 그러나 여성 인물이 남성 인물과 헤어진 직후에 영결시를 보는 것과, 남성 인물을 연모하다가 남성 인물이 죽었다는 소식을 듣고 영결시를 보는 것은 여성 인물의 내면에 작용하는 충격의 측면에서 큰 차이가 있다. 요컨대, <신랑의 보쌈>에서 영결시의 위치를 발화 시점과 달리 뒤에 배치한 것은 여성 인물의 슬픔의 정조를 강화하여 극적 효과를 좀더 높이기 위한 포석으로 이해된다.

(3) 인물 형상의 창조와 구체화

김요문의 동자 칠성은 <신랑의 보쌈>에서 새롭게 창조된 인물이다. 칠성은 요문과 함께 고향을 떠나 요문이 좌우 부인을 거느리고 금의환향할 때까지 요문의 옆에서 고락을 함께 하는 인물이다.

요문이 주점 여인 살인 누명을 겪고 옥에 갇혔을 때, 칠성은 처음에는 고향으로 가 부인에게 사실을 알리려고 했다. 그러나 그렇게 하면

부인이 충격을 받아 먼저 죽을 것 같아 생각을 바꿔 나귀를 팔아 돈을 마련한다. 그리고 그 돈으로 밥을 구해 옥중으로 들여보내는 등의 수발을 극진히 한다. 칠성의 이러한 행위의 근저에는 누명은 반드시 벗어날 터인데, 그럼에도 사태를 부인에게 알리게 되면 불효가 될 것이라는 판단이 있었을 것이다. 또한 나귀를 팔아 수발 비용을 마련한 행위는 일의 급선무가 무엇인지를 판단할 줄 아는 지혜도 갖추었음을 말해준다.

보쌈을 겪고 구사일생하여 숙소로 돌아왔을 때, 요문은 모습이 초췌하였으며 옷에는 이슬도 묻어 있었다. 이에 숙소 동료들이 어찌 된 일이냐고 물으니, 요문은 청루주사에서 춘정을 희롱하다가 왔다고 둘러댄다. 그러나 칠성은 살인 누명을 받은 주점에서의 경험적 지혜로 요문이 또 다른 봉변을 당하고 왔음을 직감한다.[27] 이처럼 칠성은 지혜와 눈치가 보통이 아닌 인물이다. 요문이 과거시험 답안지를 제출하고 시험장 주변을 거닐고 있는데, 갑자기 장원으로 요문의 이름이 호명된다. 그러나 요문은 당황하여 두서를 차리지 못한다. 그때 칠성은 요문의 허리를 찌르며 요문으로 하여금 상황을 파악하게 한다.[28] 여기서도 칠성의 주의력이 예사롭지 않음을 알 수 있다.

칠성이란 캐릭터를 창조한 것은 상황적 논리를 따른 것으로 보인다. 즉, 작가는 하방 과객이 상경할 때 혼자 출행하기보다는 하인을 대동하는 것이 상황과 사리에 맞다고 판단했을 수 있다. 어쨌든 작가는 새로운 인물을 창조하여 독자들에게 다양한 캐릭터를 접하는 재미를 부여하고 있다.

---

27) "그중에 칠성이 반신반의ᄒᆞ야 셰밀이 무러 왈 편발 도령님이 외입이 무엇시오며 셜혹 그런 방탕ᄒᆞᆫ 싱각이 날지라도 궁촌 싱장으로 겁이 나셔 못ᄒᆞ오리다 ᄯᅩ 어듸셔 봉변이나 아니 ᄒᆞ셧ᄂᆞᆫ지 의표에 이슬 흔젹과 안싴이 딕단 초최ᄒᆞ셧시니 염녀가 가례오이다"(38쪽).

28) "요문은 황겁이 션발ᄒᆞ야 두셔를 ᄎᆞ리지 못ᄒᆞᆯ 져음에 겻헤 잇던 칠셩이가 먼져 요문에 엽흘 쿡 지르며 여보 도령님을 부르지 안소 칠셩에 손으로 쥬어 지름을 당ᄒᆞᆫ 요문은 딕단이 놀날지라"(43쪽).

<신랑의 보쌈>에서 왕소저의 인물 형상도 주목된다. 왕소저는 보쌈을 당한 요문, 신부살해누명을 받은 요문을 살려내는 데 큰 역할을 했다. 그리고 이것을 계기로 정절이 혼인으로 이어질 수 있게 했다. 그러나 좀더 주목되는 것은 동소저의 정절 의지를 간파하고 자신과 동소저가 같이 요문의 처가 되는 계책을 내어 실현하고 있는 점이다. 왕소저의 이러한 행위는 정절의 가치를 확인시켜줌은 물론, 동소저의 거듭된 소외를 해소하여 요문, 왕소저, 동소저가 대동적 일체를 이루는 데 결정적인 역할을 했다. 왕소저의 행위의 근저에는 능동적 적극성과 결단이 자리하고 있는데, 이것이 인물 간의 화합으로 귀결되고 있다는 점이 특징이다.[29]

그 외에 주막 여인 살인자를 추포한 장교의 형상도 흥미롭다. 한성서관본 <정수경전>의 나졸은 관원의 명을 충실히 따르기만 하는 인물이다. 그에 비해 <신랑의 보쌈>의 장교는 자신의 주동적인 계획과 방법으로 범인을 체포한다. 그리고 그 과정에서 장교의 캐릭터가 핍진하게 그려져 있다.

2) 진술방식의 측면

(1) 신소설적 표현

<신랑의 보쌈>은 그 서두가 "셔산에 걸닌 희빗 덧업시 너머가고 동텬에 돗는 달은 언약을 직흰드시 지쳬업시 소사쓸졔……"(1쪽)로 시작된다. 신소설에 전형적으로 나타나는 표현이다. 또한 '―더라' 표현

---

29) <정수경전> 계열에서도 왕소저에 대응되는 여성 인물의 역할이 크게 나타난다. 아무도 해결하지 못하는 옥사를 마치 특별검사처럼 해결하는 모습은 대단히 인상적이다. 그러나 한편으로는 그러한 행동에서 비현실적인 느낌을 지울 수 없는 것도 사실이다.

이 중심이지만 "몸 허리가 점점 풍부ᄒ야진다"(8쪽), "아ᄒ 우름소리 굉장ᄒ다"(9쪽), "등이 젓고 숨이 갓쌔 턱을 친다"(35쪽), "동리 ᄉ름더리라도 칭찬바들 일을 ᄉ각ᄒ면 도로여 잠이 아니옵니다"(44쪽) 등과 같이, 신소설에서 주로 볼 수 있는 현재형 어법도 빈번히 등장한다. 뿐만 아니라 서두의 장면서술에서도 볼 수 있거니와, "푸르고 푸른 강물결은 곤곤이 흘너가고 널ᄉ너른 빅사장은 눈앞헤 광활ᄒ다"(28쪽)와 같이, 풍경묘사를 통해 분위기를 연출하는 표현법도 자주 구사되고 있다. 이러한 현상 역시 신소설의 특징이라고 할 수 있다.

이와 같이 <신랑의 보쌈>은 발행 시점인 1917년 당시에 유행했던 신소설의 영향을 일정하게 받은 것으로 생각된다. 그러나 신소설에서 흔히 볼 수 있는 서술과 대화의 분리, 대화적 진술, 공간 의식 등은 거의 나타나지 않는다. 오히려 서술양상에서는 고소설적 특징이 더 두드러진다.

(2) 서술자 개입의 강화

<신랑의 보쌈>에는 서술자의 편집자적·주석적 개입이 빈번하게 나타난다. 사례를 들어보기로 한다.

· "ᄉ름마다 물론남녀ᄒ고 ᄉ름이 북밧치면 도로여 눈물도 아니 나고 깃분 마음이 극진ᄒ면 도로여 열젹은 ᄉ름갓흔 법이라"(5쪽)
· "ᄉ름이 근심홀 ᄶ와 깃불 ᄶ가 엇지 갓흐리오만은 좌우간 ᄉ각이 골쏠홀 ᄶ는 남보기에 일반일너라"(9쪽)
· "ᄉ름마다 지식은 유무간에 무슴 일이 잇스랴면 심심버텀 경동된다"(49쪽)

위의 사례는 작품의 서사 진행과는 무관한 서술자의 일반적인 관념
에 해당한다. 서술자는 이러한 관념을 작품 곳곳에 배치하고 있다.

> · "뎌져 장교의 궁흉능활흔 언변이냐 스름을 무슈이 죽이기도 흘
> 너라"(25쪽)
> · "셜혹이 힝인이 업는 집에 들지라도 엇지 쏘 그럴 리치가 잇슬
> 리오마는 스름이 흔번 놀리이면 원릭 그리흔 법이라"(28쪽)

위와 같은 서술자 개입도 빈번하게 나타난다. 그런데 위의 예는 일
반적인 관념이 아니라 서사 내용에 대한 서술자의 판단이다. 앞의 예
는 장교가 살인자 이일지를 유인하는 과정을 보고 내린 서술자의 해
석이고, 뒤의 예는 요문이 칠성에게 사람이 없는 여관은 피하라고 말
하는 것을 접하고 내린 서술자의 해석이다. 요문이 이렇게 말한 것은
사람이 없는 주점에 들었다가 봉변을 당한 경험이 있었기 때문이다.
기실, 서술자의 일반적인 관념이든 서사 내용과 연관된 해석이든, 위
와 같은 서술자 개입은 고소설을 포함한 전근대 소설에 흔히 나타나
는 모습이다. 그러나 <신랑의 보쌈>에서 빈출 정도가 더 강화되었다.
<신랑의 보쌈>에서 서술자 개입이 두드러진다는 것은 다음과 같은
사례를 보면 더욱 확연하다.

> "당쟝 형편을 싱각컨딩 물론 엇던 놈이던지 사람을 죽엿시면 몬져
> 음젹흘 방침을 별반 단속ᄒᆞ엿쓸 터인딩 셜혹 요문에 소위라 흘지라
> 도 제가 져 자던 방문 박긔다 무심이 써러트렷슬 리는 만무ᄒᆞᄂᆞ 쏘
> 일변 츄측ᄒᆞ면 그날밤 그 집안에 남자라는 거슨 요문 칠성이 둘 쑨
> 이요 계집 죽인 거슨 물론 사나희에 소위요 쏘 죽은 계집던지 요
> 문이던지 무비쳥춘남녀라 필연 불본 나뷔 져 죽을 쥴을 모로고셔

불노 쒸여 드러갓다 계 욕심을 성사치 못훈 당셕에 분긔 충돌ᄒ야
칼을 훈번 익기지 아니훈 거시 분명ᄒ고 져 자는 방문 박계 칼을 더
진 거슨 싱쩌갓흔 사람을 죽인 놈이 정신을 차린다 홀지라도 장위가
뒤집펴셔 병법이 그릇 됨이라 그럼으로 살인직사ᄂ 도망키 어려운
법이라 만일 사룸을 죽일 쩍에 다른 사룸의 니목만 가리워 무사훌
지경이면 뉘 아니 사룸 죽이기를 긔탄ᄒ리요"(16쪽)

위의 인용문은 김요문이 주점 여인을 살해했다는 누명을 받고 여인
의 남편으로부터 결박을 당한 후에 서술된 서술자의 발언이다. 여인의
남편은 요문과 칠성만이 주점에 묵고 있었다는 것, 피 묻은 칼이 요문
의 방 옆에 있었다는 것을 증거로 요문을 결박했는데, 위의 인용문에
서 서술자는 그만한 증거로 요문을 살인자로 지목하는 것이 일견 부
당해 보이기도 하지만, 이런저런 사리로 볼 때 남편의 판단도 부당한
것만은 아니라고 말하고 있다. 더구나 서술자는 범인을 추정하는 데
있어 목격자의 유무보다는 상황이 더 중요하다는 시각을 보여줌으로
써 상황 논리상 요문을 범인으로 볼 수 있는 개연성이 충분하다는 생
각을 나타내고 있다. 위와 같은 서술자 개입은 일종의 편집자적 보충
설명에 해당한다. 즉, 남편의 요문에 대한 결박을 부당하게 보는 독자
가 있을 수 있다는 전제하에, 그러한 행위가 전적으로 부당하지만은
않다는 점을 안내하려는 의도의 개입이라는 것이다. 그러나 이러한 서
술자 개입은 과도한 친절성에서 비롯된 것이다. 이로 인해 서사가 단
절되었으며, 그 단절은 서사가 주는 흥미를 약화시키고 있다.

이와 같이 서사 내용에 의문을 표할만한 대목에는 서술자의 편집자
적 개입이 자주 나타난다. 예컨대, 요문이 보쌈을 당하여 별당에서 여
인과 대면했을 때, 보통의 청춘남녀라면 춘정이 생길 법한데 그렇지

않을 수 있었던 것은 요문과 여인의 지략과 의리가 남과 달랐기 때문
으로 설명하는 부분이나,[30] 요문이 장원급제자로 호명을 받았음에도
당황하여 두서를 차리지 못할 때 칠성이 요문의 옆구리를 찌른 일에
대하여, 평상시 같으면 체통에 문제가 된다 하겠지만 상황이 급하고
상호 간에 의리가 있으면 그럴 수도 있다고 설명하는 부분[31] 등이 모
두 서술자의 보충 설명에 해당한다. 이러한 현상은 <정수경전>에는
보이지 않는 모습이다.

　이처럼 <신랑의 보쌈>은 서술자의 일반적인 관념 표출, 사건에 대
한 해석과 보충 설명 등으로 서술자가 서사 세계를 지배하고 장악하
는 정도가 <정수경전> 계열보다 강한 작품이다. 이러한 현상은 시대
정신과 연관이 있어 보인다. <신랑의 보쌈>이 발행된 1917년경은 계
몽의식이 사회 전반에서 폭넓게 주창된 시기이다. 이러한 시대 의식의
영향을 받은 작가는 소설을 마치 논설문이나 설명문처럼 교육적 매체
로 인식했거나 의도적으로 그렇게 이용했을 수 있다. 그 때문에 독자
들을 자신의 해석과 설명으로 끌어들이려는 서술자 개입을 빈번하게
활용했다고 본다.

(3) 내면 심리의 표출

　<신랑의 보쌈>에는 어떤 상황에 직면했을 때 발생하는 인물의 내
면 심리가 비중 있게 표현돼 있다.

---

30) "뎌져 가랑슉녀 합셕ᄒᆞ야 셜혹 싱ᄉᆞᆫ 장찻 잇슬지라도 당장 호탕훈 츈졍이야 텬디간
　　즈연에 리치라 엇지 서로 감동지심이 업스리오마는 이 슈지와 소겨는 비록 녀긔 방장
　　이나 지략이 범인과 특이ᄒᆞ야 의리로좃차 졀긔에 즁밍을 일윗더라"(33쪽).
31) "만일 무ᄉᆞ평시에 이런 소죠를 당ᄒᆞ얏시면 가위 상하간 체통을 손상ᄒᆞ얏다 ᄒᆞ련만은
　　쥬먹으로 지른 칠셩에 급훈 근경이며 당훈 요문은 가위 양방간에 의리가 붓텃시니 심
　　상타인의다 비교훌 빈 아니로다"(43쪽).

"이씩 요문은 옥즁에 쳬슈ᄒ야 어느날 심사가 달녓는지 모로고 쥬야쟝텬 한숨으로 지닐졔 고향심각 믓쑥 나셔 혼자 ᄒ는 말이 닉의 년긔 이십이 불과ᄒ되 남의게 일호라도 젹악ᄒ 일 업것마는 엇지ᄒ야 이런 악ᄒ 누명을 쓰고 사지에 드러왓노 우리 모친 명녕을 거스리고 쩌나와셔 텬벌이 나려 이 지경이 되엿는가 닉가 텬ᄒ으로 슈지를 버셔나면 다ᄒ이어니와 불ᄒᆼᄒ면 나 ᄒ 몸 쥭는 거슨 악갑지 안컷만는 우리 모친 뉘를 의지ᄒ야 심젼을 견딕실고 나 ᄒ 몸 잇더리도 외롭고 고단ᄒ신 심회를 금치 못ᄒ시는딕 그나마 마져 업셔지면 필연 원통ᄒᆷ을 이긔지 못ᄒᆞ셔셔 여년을 부지 못ᄒ시리니 남의 혈육 되야 이런 불효 잇스리오 유유창텬아 차하인사오"(18쪽)

위의 인용문은 김요문이 주점 여인을 살해했다는 누명을 받고 구속된 이후의 내면 자탄이다. 여기서 요문은 죄 없이 죽게 된 처지와 고향과 부모 생각에 슬픈 마음을 금치 못하고 있다. 그러나 <신랑의 보쌈>에 주점 여인 살해 모티프를 제공한 한성서관본 <정수경전>에는 수경이 구속되어 자탄하는 장면 자체가 설정되어 있지 않다.

"요문을 빗춰보믹 미우에 산악졍긔를 씩엿시니 결단코 직상지긔상이라 비명횡ᄉ홀 니 만무ᄒ고 골격이 쳥슈ᄒ니 총명지혜가 과인 홀지라 엇지ᄒ야 이런 불측ᄒ 흉경에 걸녓는고 우리나라 괴악ᄒ 풍속에 습관되야 이런 악풍이 도쳐마다 셩ᄒᆼᄒᆫ 남의 목숨을 살히ᄒ야 녀ᄌ에 팔ᄌ를 도익한다 ᄒ니 텬리가 엇지 일얼 리가 잇시며 셜혹 도익이 될지라도 ᄉᆞ름의 심장으로는 결단코 ᄒᆼ치 못홀 일이라 소졔 비감ᄒ 말소릭로 공경딕왈"(32쪽)

위의 인용문은 대갓집 여인이 보쌈에 걸려 잡혀 온 요문을 보고 표출한 생각이다. 여기서 여인은 보쌈 도액이 이치에 맞지 않고 설령 도액이 될지라도 무고한 사람을 희생시켜서는 안 된다는 생각을 분명히 표출하고 있다. 그러나 한성서관본에는 “져런 옥골이 함졍의 드러스니 엇지 ᄋᆡ달지 아니ᄒᆞ리오”(12쪽) 정도로 표현되어 있고, 국문필사본에는 여인이 수경을 불쌍히 여기는 마음을 표출하는 정도에 그치고 있다.[32)]

그 외에 요문이 보쌈에 걸렸다가 구사일생한 후에도 인물의 내면 자탄이 등장하는데,[33)] <정수경전> 계열에는 그러한 장면이 설정되어 있지 않다.[34)]

3) 주제의식의 측면

주제의식의 측면에 나타나는 개작 의식은 다음과 같은 작가의 발언

32) 하버드대본에는 “마음의 일변 흠양ᄒᆞ며 일변 불상이 여겨”(217쪽)로, 국립도서관본에는 “마음이 ᄋᆡ연ᄒᆞ야”(10쪽)로 표현되어 있다. 하버드대본은 이상택 편, 『해외수일본 한국고소설총서』 8(태학사, 1998)에 영인된 것을 이용하며, 국립도서관본 국문필사본 <정수경전>은 국립중앙도서관에 소장된 자료를 이용했다.

33) 내용은 다음과 같다. “다시 진정ᄒᆞ야 ᄉᆞ면을 살펴보니 방향을 이러 동셔남북을 지졈키 어려운ᄃᆡ 다만 물쇼ᄅᆡᄂᆞᆫ 가ᄂᆞᆫ 셰월을 ᄌᆡ촉ᄒᆞ고 동텬에 ᄉᆡᄂᆞᆫ 별은 경경이 소ᄉᆞ온다 쳐량ᄒᆞ고 ᄒᆞᆫ심ᄒᆞᆫ 즁 고향ᄉᆡᆼ각 이러나셔 혼ᄌᆞ ᄌᆞ탄ᄒᆞᄂᆞᆫ 말이 ᄉᆡ벽 긔운 소ᄅᆡᆼᄒᆞᆫ데 우리 모친 엇ᄯᅥ신가 궁도극단에 오른이 ᄂᆡ 몸을 ᄉᆡᆼ각ᄒᆞᄉᆞ 잠못일워 ᄶᅵ셧ᄂᆞᆫ가 ᄯᅩ ᄒᆞᆫ편 ᄉᆡᆼ각ᄒᆞ니 쇼져의 쥬던 은ᄌᆞ가 아니면 ᄂᆡ가 엇지 ᄉᆞ라나며 불ᄒᆡᆼ즁 다ᄒᆡᆼ으로 도젹놈이 닥치지 아니ᄒᆞ엿스면 ᄂᆡ의 목심 구ᄒᆞ리오 ᄉᆞ즁구ᄉᆡᆼ으로 쇼져의 은혜 입어 이 흉악ᄒᆞᆫ ᄋᆡᆨ회를 ᄯᅩ 버셔낫거니와 황지에 ᄉᆡ 봉ᄶᅡᄂᆞᆫ ᄒᆞ쳐에 쇼용인고 상법과 문복졈은 도시 허ᄉᆞ로다 방향은 일엇시ᄂᆞ 일야간지ᄉᆞ라 멀니 갓스리오 ᄉᆡᄂᆞᆫ 빗슬 ᄯᆞ라 원근을 지졈ᄒᆞ니 낫시 ᄋᆡᆨ은 송악산은 운ᄋᆡ즁에 은은ᄒᆞ고 ᄉᆞ방으로 모여드ᄂᆞᆫ 장ᄉᆞ드른 가로상에 허여졋다”(37쪽).

34) 예컨대 한성서관본에는 “그졔야 ᄉᆞᆷ인에게 ᄇᆡᆨ비사례ᄒᆞ고 다라나니 그 경상을 볼작시면 어린듯 취ᄒᆞᆫ듯 ᄭᅮᆷ인듯 ᄉᆡᆼ신듯 그믈 버ᄉᆞᆫ 고기갓치 젼지도지 다라날ᄉᆡ 문득 도라보니 동ᄃᆡ문 박기어ᄂᆞᆯ”(20쪽)과 같이 되어 있고, 하버드대본에는 “삼인의게 쳔만번 치ᄉᆞᄒᆞ고 쳔지도지ᄒᆞ여 불분동셔ᄒᆞ고 다라나이 그 깃부물 비컨ᄃᆡ 그물의 걸녀든 고기 다시 버셔나 옥슈의 들어간듯 아득ᄒᆞᆫ 정신은 별쥬부의 ᄌᆞᆸ혀 용궁의 들어갓든 토기 다시 ᄲᅡ져나와 조아라고 녹님간의 ᄯᅱ노는듯 ᄒᆞ여 ᄒᆞᆫ바탕 달아나더니 동방이 졈졈 발가오고 인젹이 ᄉᆞ면의 졈졈 혼란ᄒᆞ거날 정신을 진뎡ᄒᆞ여 ᄌᆞ셔이 술펴보니 그 ᄉᆞ이 겨우 동ᄃᆡ문 안을 왓거날”(236쪽)과 같이 되어 있다.

에서 찾아볼 수 있다.

> "이 소셜을 편집ᄒ다가 김요문의 초년화ᄑᆡ와 말년복록이며 왕부
> 인 동부인의 의리 절ᄀᆡ를 구경ᄒ니 실로 천츄만셰에 긔이ᄒᆫ 사젹이
> 될만ᄒ거니와 고려시졀에 소위 보쌈이라 ᄒᆞᄂᆞᆫ 악풍이 셩ᄒᆡᆼᄒᆞ야 인
> 명에 피ᄒᆡ가 망유기극이러니 김요문의 일장상소로 영구이 업셔졋시
> 니 역시 후셰ᄭᅡ지라도 공효를 ᄭᅵ쳣더라"(65쪽)

위의 인용문은 작품 말미에 서술된 작가의 말인데, 여기서 작가는
김요문의 "초년화ᄑᆡ"와 "말년복록", 왕부인, 동부인의 "의리 절ᄀᆡ"를
기이한 것으로 평가하고 있다. 그런데 이 중에서 "화ᄑᆡ"는 남성 인물
의 삶의 과정이고 "복록"은 그 결과다. 그리고 이것들은 <정수경전>
계열의 모든 이본에 공통적으로 나타나는 것이다. 그러나 왕부인, 동
부인이 보여준 이야기는 <신랑의 보쌈>에서 새롭게 설정된 사건이다.
작가는 이렇게 새로운 사건의 인물들이 보여준 의리와 절개를 높이
평가하고 있다. 이것은 작가가 의리와 절개를 이 작품의 주된 가치로
인식했음을 말해준다. 그런 점에서 의리와 절개에 대한 가치평가는 이
작품에서 새롭게 마련된 작가의 주제의식이라고 할 수 있겠다.

다음으로 위의 인용문에서 작가는 보쌈의 폐지를 거론하고 있다. 앞
서 살펴본 것처럼 <신랑의 보쌈>에는 보쌈 관련 내용이 제10회의 대
부분을 차지할 정도로 비중 있게 서술되어 있다. 이는 서술자가 그것
을 그만큼 강조했다는 뜻이다. 그런데 보쌈의 폐지는 풍속개량의 하나
이고, 풍속개량의 계몽적 목소리는 애국계몽기의 주요 담론이다. 신소
설도 이러한 계몽성을 주요 특징으로 한다. 이렇게 볼 때, 제10회는 계
몽적 성격이 강한 내용임을 알 수 있다. 작가는 작품 말미에서 미신을

신봉하는 것을 무지의 소치로 보고 있는데,[35] 이 역시 계몽의식의 연장선이다. 요컨대 제10회에서는 작가의 도저한 계몽적 시각을 볼 수 있는데, 이 역시 이 작품의 주된 주제의식이라고 할 수 있다.

한편 서술자의 주석적 개입이나 인물의 내면 표현을 통해서도 작가의 주제의식을 어느 정도 짐작할 수 있다. 예를 들어보면, 김요문에게는 여러 번의 혼사 번복이 있었다. 처음에 동소저와 정혼했다가 위평의 간계로 동소저를 물리치고 위소저와 혼인했고, 살인사건으로 위소저와의 혼사가 파멸되자 다시 동소저와 혼인하게 되었다. 그러나 왕소저가 보쌈 사건의 여인임이 밝혀지자 다시 왕소저와 혼인할 처지가 되었다. 그러다가 최종적으로 왕소저, 동소저를 한꺼번에 처로 들이게 되는데, 이 과정에서 동소저도 여러 번 퇴혼을 겪었다. 이에 대하여 서술자는 "김한림의 혼ᄉᆞ 요란홈은 집집마다 비평이요 사ᄅᆞᆷ마다 공론이라"(57쪽)는 말을 하고 있는바, 이 말 속에는 약간의 비판적 뉘앙스가 깔려 있다. 아마도 당대의 혼인풍속에 대한 작가의 비판적 시각이 작용한 것으로 보인다.

앞서 살펴보았듯이 김요문이 주점 여인 살인 누명을 받아 구속되었을 때 칠성이 고향의 대부인에게 알리지 않은 것은 불효를 의식해서이다. 또한 요문이 신부 살해누명으로 구속되어 자탄을 할 때에도 부모에 대한 생각이 두드러지게 나타난다. 이처럼 인물의 발화나 내면 표현을 전체적으로 살펴볼 때, 효의식이 상당히 부각되어 있다. 보쌈 사건 때 요문은 여인에게 "부ᄃᆡ 잇지 말고 우리집에 젼ᄒᆞ야쥬오 별말삼이 아니라 닉의 실졍은 치지ᄒᆞ고 요문이 이번에 등과ᄒᆞ야 북경ᄉᆞ신

---

[35] "져지왈 사람이 다문박식이 업스면 지혜가 밝지 못ᄒᆞ고 도략이 널지 못ᄒᆞ야 표면과 풍치는 아모리 화려홀지라도 일기 동물에 불과홀지라 그럼으로 글이라 ᄒᆞᄂᆞᆫ 거슨 사ᄅᆞᆷ의 몸 빗ᄂᆡ이ᄂᆞᆫ 거시요 윤퇵히 ᄒᆞᄂᆞᆫ 거시라"(64-65쪽).

으로 드러굿다 젼ᄒᆞ야쥬오 우리 모친을 속이여셔릭도 안심이 졔일이
니 부듸 잇지 말고 젼ᄒᆞ야쥬오"(34쪽)라고 부탁하는데, 이 같은 내용
역시 효의식의 소산이라고 생각된다. 이처럼 효의식의 부각이 작가 의
식의 일환으로 볼 수 있다면, 효의식에 대한 강조도 본 작품의 주제의
식으로 볼 수 있지 않을까 한다.

4. 〈신랑의 보쌈〉 형성의 소설사적 의의

일단 고소설에서 흔히 볼 수 없는 면모를 신소설의 특징으로 간주
한다면, 〈신랑의 보쌈〉의 신소설적 요소로는 "신랑의 보쌈"이란 표
제, 분위기 조성을 위한 虛頭와 '―는다'류의 현재형 표현, 역전서술,
서사적 합리성 추구, 계몽의식 등을 들 수 있다. 반면에 고소설적 요소
로는 편집상 띄어쓰기를 하지 않은 것, 서술과 대화의 미분리, 진술 방
식상 서술자 개입의 강화, 내용상 초월적 존재의 구원, 효와 정절 윤리
의 강조, 일부다처제 수용 등을 들 수 있다. 그러나 내용과 구성상 전
체적인 느낌은 고소설적 성격이 강하다.

요컨대 〈신랑의 보쌈〉은 고소설적 성격이 지배하는 가운데, 일부
신소설적 요소가 혼용된 작품이라고 하겠다. 그렇다면 이러한 성격의
〈신랑의 보쌈〉이 지닌 소설사적 의의는 무엇인가. 결론적으로 말하면
〈신랑의 보쌈〉은 1910년대 고소설을 개작한 구활자본 고소설의 특징
을 대변하는 작품으로 볼 수 있지 않을까 한다.

연구사에 의하면 신소설은 1907년에 〈혈의루〉가 창작·발표되면
서 본격적으로 유통되기 시작하여 1912년-1914년 사이에만 무려 80여
편이 창작·유통될 정도로 큰 대중적 인기를 누린 바 있다.[36] 그리고

신소설의 이러한 위세에 영향을 받아 이 시기 고소설을 개작한 구활자본 고소설도 내용과 형식상 신소설을 닮아가는 현상을 보여주었다. 이해조가 판소리계 소설을 개작한 일련의 작품들을 위시하여 <이대봉전>을 개작한 <봉황대>(1911년 최초발행), <보심록>을 개작한 <금낭이산>(1912년 최초발행), <김학공전>을 개작한 <탄금대>(1912년 최초발행), <장학사전>을 개작한 <완월루>(1912년 최초발행), <창선감의록>을 개작한 <강상월>(1913년 최초발행), <홍백화전>을 개작한 <부용헌>(1914년 최초발행), 그리고 본고에서 거론한 <정수경전>을 개작한 <옥중금낭>(1913년 최초발행) 등이 모두 신소설적으로 개작된 작품들이다. 그러다가 신소설은 1910년대 중반에 이르면 급격히 퇴조하게 되고,37) 반대로 고소설을 활자화한 구활자본 고소설이 득세하게 된다. 통계에 의하면, 구활자본 고소설은 1915년-1918년 사이에 신규 발행 작품이 179편, 총 발행 횟수가 359회에 이를 정도로 폭발적인 세를 보인 바 있고, 잠시 주춤했다가 1925년-1926년 사이에 다시 총 발행 횟수가 180회에 이를 정도로 많은 작품들이 출간된 바 있다.38)

그런데 주목되는 것은 구활자본 고소설의 득세에 맞춰 그 전에 신소설적으로 개작된 작품들(원작)도 다시 고소설적 성격을 지닌 작품으로 재탄생한다는 점이다. 대표적인 예로 <보심록>, <금낭이산>, <명사십리>의 관계를 들 수 있다. 국문필사본 <보심록>은 신소설 득세기인 1912년에 신소설적으로 개작되어 <금낭이산>으로 간행된 바 있는데, 1918년에는 다시 구활자본 고소설의 득세에 영향을 받아 <명사십리>로 재탄생되었다. <명사십리>는 시대적 배경과 인물의 명칭 등

---

36) 이에 대해서는 한기형, 『한국 근대소설의 시각』, 소명, 1999, 221-225쪽 참조.
37) 한기형, 위의 책, 같은 곳 참조.
38) 이에 대해서는 이주영, 『구활자본 고전소설 연구』, 월인, 1999, 36쪽.

이 달라졌지만 줄거리와 구성방식은 <보심록>과 큰 차이가 없다. 그리고 편집이나 진술 방식상으로도 고소설적 성격을 그대로 유지하고 있다.[39] <김학공전>, <장학사전> 등 앞서 언급한 작품들도 1910년대 후반이 되면 원작을 큰 변개 없이 활자화한 활자본으로 다시 발행되었다.[40]

그런데 <보심록>의 사례는 <정수경전>이 1913년에 신소설적 성격의 <옥중금낭>으로 개작되었다가 다시 1917년에 고소설적 성격의 <신랑의 보쌈>으로 개작된 경우와 정확히 대응된다. 이로 미루어 볼 때, <신랑의 보쌈>은 1900년대 전반기 신소설과 구활자본 고소설이 시기를 분단하면서 세를 점하고 있을 때의 소설적 흐름을 대표적으로 보여주는 작품이 아닌가 한다.

요컨대, <신랑의 보쌈>이 고소설적 성격을 중심으로 하면서도 일부 신소설적 요소를 지니고 있는 것은 신소설 득세기를 거쳐 구활자본 고소설이 득세할 시기에 탄생했기 때문으로 본다. 이렇게 볼 때, <신랑의 보쌈>이 지닌 성격은 신소설 득세기를 거쳐 고소설적 성격으로 재탄생한 활자본의 성격을 대표하는 사례로서 의의가 있다고 하겠다.

5. 맺음말

본고는 1917년에 발행된 구활자본 고소설 <신랑의 보쌈>의 성격과 개작 양상, 그리고 소설사적 의의를 고찰한 것이다. <신랑의 보쌈>은

---

39) <보심록>의 전승과 관련된 자세한 내용은 본 저서의 "<보심록> 개작본의 형성과정과 계보" 참조.
40) 이러한 사실은 현 단계 각 작품의 활자본 존재 양태를 보면 확인된다.

전대에 존재했던 <정수경전>을 바탕으로 했기에, <정수경전>과의 공통점과 차이점을 중점적으로 살폈다. <정수경전>은 과거 길을 떠난 한 청년이 운명적으로 주어진 여러 난관을 극복하고 행복한 결말에 이른다는 내용이다. <신랑의 보쌈>도 이런 줄거리를 이어받았다. 그러나 동물과 초월적 존재의 구원, 범인 추포 과정, 악인의 간계로 인한 혼사 장애, 여성 인물의 정절과 일부다처제 수용, 보쌈 폐지 관련 내용 등은 <신랑의 보쌈>에서 새롭게 설정된 것이다.

또한 인물을 새롭게 창조하고 역전서술 기법을 활용하여 작품의 흥미를 높였다. 진술방식 상으로는 신소설적 표현을 일부 구사하면서 서술자 개입이 강화되었다. 서술자는 작품의 내용을 그냥 보여주지 않고 독자들을 자신의 설명과 해석으로 인도하려는 성향을 보여주었다. 아울러 서술자는 인물의 내면 심리 표출을 중시했다. 작가의 주제의식으로는 효와 정절의 윤리, 계몽의식 등이 두드러졌다.

<신랑의 보쌈>은 고소설적 성격을 유지하면서 신소설적 요소도 일부 가미된 작품이다. 이러한 성격은 1910년대 후반에 발행된 활자본 고소설의 성격과 궤를 같이 한다. 특히 일부 고소설 중에는 신소설 득세기에는 신소설적 성격의 작품으로 개작되었다가, 다시 고소설적 성격의 작품이 득세했을 때에는 고소설적 성격이 강한 활자본으로 개작되었다. <정수경전>이 신소설적 성격이 강한 <옥중금낭>으로 개작되었다가, 다시 고소설적 성격이 강한 <신랑의 보쌈>으로 개작된 것도 그러한 경우이다. 따라서 <신랑의 보쌈>이 지닌 성격은 신소설 득세기를 거쳐 고소설적 성격으로 재탄생한 활자본의 성격을 대표하는 사례로서 의의가 있다고 하겠다.

제 4 장

〈수매청심록〉의 성격과 활자본으로의 개작 양상

1. 머리말

본고에서 살펴볼 〈수매청심록〉은 조선후기에 유통된 국문소설이다. 70여 종의 이본이 전하는 것으로 보아 유통이 매우 활발했던 작품임을 알 수 있다.[1] 그러나 '수매청심록'을 표제로 삼아 이루어진 연구가 3편 정도에 불과하니, 그동안 별다른 주목을 받지 못했다고 하겠다. 〈수매청심록〉에 대한 최초의 연구는 전영학에 의해서 이루어졌다. 전영학은 필사본 12종을 학계에 보고하면서 〈수매청심록〉의 구조적 성격을 고찰한 바 있는데, 이 논의로 인해 〈수매청심록〉이 학계에 처음으로 알려지게 되었다.[2] 그 후 김수봉은 9종의 이본을 대상으로 그 관

---

1) 고소설사에서 인지도가 매우 높은 〈숙향전〉의 이본이 70여 종이니, 〈수매청심록〉의 인기가 어느 정도였는지 가늠할 수 있다. 또한 이원주 교수는 70년대 후반에 경북 북부지역의 고소설 독자들을 대상으로 고소설 독자의 성향을 연구한 바 있는데, 이 연구를 보면 〈수매청심록〉이 가장 재미있는 책으로 4위, 자손들에게 읽히고 싶은 책으로 4위에 올라 있음을 볼 수 있다. 이원주, 「고전소설 독자의 성향-경북 북부지역을 중심으로-」, 『한국학논집』 4집, 계명대 한국학연구소, 1980, 557-573쪽.

계 양상을 고찰하여 이본을 계열화하고, 남녀주인공의 성격과 갈등 양상을 다채롭게 검토한 바 있다.[3] 또한 근래 김정녀는 <수매청심록>을 <윤지경전>과의 관계 양상을 통해 보다 깊이 있게 구명한 바 있다. 김정녀는 <수매청심록>이 <윤지경전>의 변용으로 창작된 작품임을 밝히고, 변용의 과정에서 남녀주인공의 인물 형상이 이상화되고 애정 서사가 확대됨으로써 <수매청심록>의 주된 성격이 통속적 애정소설로 귀결되었다고 보았다.[4]

한편 현재 활자본으로 전하는 작품으로 <권용선전>이 있다. 이에 대해서는 김태준이 『조선소설사』에서 거론한 바 있고,[5] 김기동은 "플롯의 현실성과 참신성, 표현의 절실성, 주제의 명확성" 등을 들어 애정소설로서 보기 드문 수작으로 평가하기도 했다.[6] 그 후에도 조석래, 정종대, 이혜숙 등의 연구가 이어졌다.[7] 그러다가 <수매청심록>이 학계에 소개되고 그 내용이 <권용선전>과 비슷하여, <수매청심록>은 원작인 <권용선전>의 이본으로 간주되어 왔다.[8] 그러나 원작은 <권용선전>이 아니라 <수매청심록>으로 봐야 한다. 대부분의 이본명이 '수매청심록'으로 되어 있고, '권용선전'을 표제로 한 이본은 2종에 불과하다. 또한 2종의 국문필사본 <권용선전>도 활자본 <권용선전>을

---

2) 전영학, 「수매청심록 연구」, 충북대 석사논문, 1992, 1-57쪽.

3) 김수봉, 「수매청심록 연구」, 『우암어문논집』 4집, 부산외대 국어국문학과, 1994, 143-173쪽.

4) 김정녀, 「<수매청심록>의 창작방식과 의도」, 『한민족문화연구』 36집, 한민족문화학회, 2011, 211-247쪽.

5) 김태준 저, 박희병 교주, 『증보 조선소설사』, 한길사, 1990, 228쪽.

6) 김기동, 『한국고전소설연구』, 교학사, 1981, 204-207쪽.

7) 조석래, 「권용선전 연구」, 『한국학논집』 8집, 한양대 한국학연구소, 1985, 263-280쪽; 정종대, 『염정소설구조연구』, 계명문화사, 1990, 75-77쪽; 이혜숙, 「권용선전의 구조와 의미」, 『논문집』 12집, 혜전전문대학, 1994, 423-443쪽.

8) 조희웅의 『고전소설이본목록』에도 <권용선전>이 대표 타이틀로 설정되어 있다.

전사한 이본이다. 활자본 <권용선전>이 1918년에 최초 발행된 반면, <수매청심록>은 필사 시기가 기해년(1899년)으로 되어 있는 이본도 있기 때문에,[9] 결국 <수매청심록>이 <권용선전>을 선행하는 작품이고, <권용선전>은 <수매청심록>에서 파생된 작품임을 알 수 있다. <수매청심록>과 <권용선전>의 내용을 비교해 보더라도, <수매청심록>이 선행작임을 알 수 있다.[10]

한편 <수매청심록>은 국문필사본만 존재하는 것이 아니라 1918년에 발행된 국문활자본 <수매청심록>도 있다. 그러나 이에 대해서는 그동안 연구가 전혀 없었다. 말하자면, 필사본으로 유통되어 왔던 <수매청심록>이 1918년에 활자본 <권용선전>과 활자본 <수매청심록>으로 이원화하여 발행된 것이다. 따라서 <수매청심록>이 활자본 시대에 어떠한 양상으로 전승되었는지를 고찰하는 일이 필요하다. 이에 본고에서는 <수매청심록>의 작품 성격을 살펴보고, 이를 토대로 활자본 <수매청심록>과 활자본 <권용선전>의 성격을 고찰할 것이다. 그리고 두 활자본 중에서 <권용선전>의 유통이 더 활발했던 요인도 검토해 보기로 한다.

---

9) 현재 한국학중앙연구원 장서각에는 5종의 <수매청심록>이 소장되어 있는데, 그중 63장본에는 서두에 "디한 광무 삼연 셰차 긔희연 츈삼월 초일일 시초라"는 필사 시기가 적혀 있다. 여기서 광무3년 기해년은 1899년이다. 물론 장서각소장본 중(32장본), "셰지을미계츅"이란 필사 시기가 적혀 있는 이본도 있다. 여기서 을미년은 1895년일 가능성이 높지만 확인하기 어렵다. 그래서 정확한 시기를 판별할 수 있는 63장본을 예로 들었다.

10) 이와 같은 이유로 "수매청심록"이 대표 제명이 되어야 하는바, 이는 김정녀의 앞의 논문에서 확인된 바 있다.

2. 〈수매청심록〉의 작품 성격

〈수매청심록〉의 성격을 살펴보기 위해 먼저 작품의 줄거리를 정리해 보기로 한다.

■ 만남과 정혼

명나라 때 호부상서 이문현과 심부인은 3남 1녀를 두고 있었는데, 그중에서 제 3자인 중백의 인물이 가장 출중하다. 두 형이 결혼하고 중백도 장씨와 혼인했으나 장씨는 병으로 일찍 죽었다. 중백은 자신의 이종인 석귀비와 같은 미모의 여성을 선망한다. 이문현의 동생 이시랑과 오부인은 중희와 선강 등의 1남 1녀를 두었다. 상서 오후는 오부인의 오빠인데, 40세가 넘어 현요라는 딸을 낳았다. 오후 부부가 병사하자, 현요는 고모 댁인 이시랑 댁에 의탁한다. 중백이 순무어사로 활동하고 복귀하다가 절강의 이시랑 댁을 방문한다. 그곳에서 현요를 보고 바로 애정을 느낀다. 이문현이 죽자 이시랑 가족이 서울 인근 江亭으로 올라와 기거한다. 그로 인해 중백과 현요의 만남이 잦아진다. 얼마 후 이시랑과 심부인이 주도가 되어 중백과 현요가 정혼한다.

■ 사혼과 혼인

上의 이복동생인 노왕에게 희영군주가 있었는데, 군주가 중백을 우연히 보고 흠모한다. 이에 바로 조모인 주태후에게 중백과의 혼인을 청하고, 주태후가 상에게 그 사실을 알리자 상은 중백에게 賜婚을 명한다. 중백과 군주의 혼사 이전에, 이시랑과 심부인은 중백과 현요의 혼인을 비밀리에 진행한다. 중백이 군주와 혼인한 후에도 군주를 돌아보지 않자, 군주는 보모를 통해 중백과 현요가 혼인한 사실을 알게 된다.

■ 수난과 재회

상의 명으로 중백은 옥에 갇히고 현요도 태후궁에 갇힌다. 각도 제후가 반란을 일으키자, 주태후의 동생인 승상 주연이 중백을 사신으로 보낸다. 그 사이에 주연은 주태후와 모의하여 현요를 노국 세자의 후궁으로 들이기 위해 노왕에게 보낸다. 현요와 현요의 유모, 유모의 두 딸인 쌍섬과 일취가 함께 노국으로 향하다가 모두 강물에 투신하여 자결한 것으로 꾸민다. 실제로는 쌍섬만 자결하고 나머지 세 명은 도피하여 형주 심부인 댁에 은거한다. 심부인은 중백의 이모이다. 승상 주연이 중백을 죽이기 위해 자객을 보내나 중백이 자객을 처치한다. 중백은 현요가 죽은 줄 알고 실의에 빠졌다가 형주 심부인 댁에서 현요를 다시 만나, 혼인 후 처음으로 합궁한다.

■ 위기와 극복

상이 중백과 현요의 사연을 듣고 중백을 태자태부로 부른다. 중백이 모친의 병환 소식을 듣고 본가로 간 사이에, 중백의 친구인 진학사가 현요를 돌본다. 진학사는 현요를 태후궁으로 데려오라는 주태후의 명을 거역하고, 대신 현요를 명순궁으로 데려간다. 명순궁의 주인은 상의 여동생인 명순공주인데 여중군자이다. 명순공주가 주태후 몰래 현요를 보호하고, 태자도 중백과 현요의 사연을 알고 현요를 적극 보호한다. 또한 석귀비도 현요를 보살핀다. 주연이 후환이 두려워 태자를 죽이기 위해 자객을 보냈으나, 이문현의 몽중 지시로 태자는 극적으로 도피한다. 중백이 그간의 모든 사연을 상에게 아뢰고, 태자도 주연에게 당한 일을 상에게 아뢴다. 주연은 정배되고 주태후는 병사한다. 노왕이 반란을 꾀했다가 패망하고 희영군주는 서인이 된다.

■ 행복

본부로 돌아온 현요는 시부모에게 효를 다하고 남편의 뜻을 잘 따르면서 삶을 살아간다. 또한 중백은 현요의 부탁을 들어 군주를 용서하고 받아들인다. 여러 가족들이 잔치를 열어 그간의 일을 화제로 한담을 나누고, 부귀영화로 살다가 시간이 흘러 차례대로 운명한다.[11]

그러면 위의 줄거리와 이야기의 이면을 통해 드러나는 주요 특징을 몇 가지로 나누어 살펴보기로 한다. <수매청심록>은 위의 줄거리만 보면 일견 평범해 보인다. 그러나 독자들이 애호한 이유를 상기하면서 이야기의 이면을 들여다보면 다양한 흥미소가 발견된다.

먼저 주목되는 것은 남녀주인공의 입지의 차이다. 남주인공 이중백은 한번 상처한 인물이고 현요를 만났을 때는 이미 관직에 나아가 순무어사로 활동하던 때이다. 나이 차도 12세나 된다. 반면에 현요는 고모 댁에 의탁하고 있고 옆에서 보필하는 유모와 그 딸들이 있었으나 기실은 고아에 가까운 인물이다. 입지가 그런 탓인지 현요는 평소 가족들 사이에서도 대단히 조심성 있게 행동한다. 일견 불쌍해 보이는 형상이다. 나이 차이가 있는 데다 현요의 이러한 모습으로 인해 중백은 애정을 느끼면서도 쉽게 다가가지 못한다. 그러나 그럴수록 중백의 현요를 향한 마음은 더욱더 지극해진다. 이처럼 다가가고 싶으나 그렇게 하지 못하는 중백의 안타까움, 부모를 잃고 홀로 지내는 현요의 가여움, 바로 이것이 일차적으로 독자들의 관심을 얻었다고 본다.

중백이 현요에게 사랑의 감정을 직접 드러낸 계기는 상서 오후의 현몽이다. 상서 오후가 중백의 꿈에 나타나 현요와 천정연분임을 알려주었던 것이다. 이에 중백은 중희, 선강, 현요 등과 더불어 시회를 여는 자리에서 현요의 시에 사랑의 대구를 붙임으로써 현요를 향한 마

---

11) 본고에서 대상으로 삼은 국문필사본 <수매청심록>은 기존 연구에서 가장 善本으로 평가된 장서각소장 96장본이다.

음을 직접 드러낸다. 그러나 현요는 도리어 물러서고 자신을 닫는다. 표면적으로는 예가 아님을 들어 중백을 거부했지만, 근본적으로는 중백과의 나이 차이와 자신의 고단한 신세를 넘어서기 어렵다고 생각했기 때문이다.

중백과 현요의 이러한 소원한 관계는 정혼 후에도 이어진다. 상의 사혼에도 불구하고 중백은 현요만을 생각한다. 그러다가 현요에 대한 그리움을 참을 수 없어 현요가 기거하는 수매정으로 몰래 찾아간다. 그곳에서 중백은 현요의 손을 잡고 사랑의 마음을 토로하면서, 현요에게도 자신에게 마음을 표해달라고 간청한다. 그러나 현요는 그럴수록 뒷걸음을 친다. 이를 본 유모는 "소져 너무 고집ㅎ스 샹공의 만춍은이를 과히 민몰ㅎ시니 실노 이다라 ㅎ느이다"[12]라고 말하고, 현요는 이에 대하여 자신의 "명궁이 긔박"[13]함을 토로할 뿐이다. 요컨대 현요의 '고집'과 '매몰함'은 중백의 문제가 아니라 현요 자신의 命宮, 즉 신세 때문인 것이다.

인물 면에서 중백과 현요는 타인을 압두하는 사람들이다.[14] 그럼에도 불구하고 입지의 차이가 원인이 되어 마음의 거리가 좁혀지지 않으니, 독자들로서도 애잔한 감응이 없을 수 없을 것이다. 즉, 걸출한

---

12) 장서각96장본, 37a.
13) 같은 곳.
14) 중백의 인물 형상은 다음과 같이 그려져 있다. "필즈 듕빅이 더욱 표표히 빠느 앙장어 위호 긔샹과 늡늡쇄락호 골격이 반악의 고음과 니젹션 두목지의 풍치 쓴 아여 어위촌 도량과 충파갓흔 문중이 셰샹의 무흐니 부뫼 졔즈듕 과이ㅎ고 일기 칭익ㅎ더라"(1a). 현요의 인물 형상은 다음과 같이 그려져 있다. "현요쇼졔 뉴셰되니 옥갓튼 얼골과 효셩갓튼 명목이며 빅셜갓튼 귀밋히 어름갓흔 긔보 연연ㅎ미 응지ᄌ□ 쥬슌호치 교졀ㅎ여 어리롭고 어엿분 쇠리 형산의 옥을 마으며 줌간 우음 먹음은즉 향협의 우물져 일만즈티 쇼스나이 고흐믈 이로 형용치 못ᄒᆞᆯ러라 겸ᄒᆞ여 ᄒᆞ나을 가르치며 빅을 아는 춍명더지라 가라치미 읍스나 쳔셩당진흔 문쟝과 긔묘흔 필법이 동왕 우부인을 읍두ㅎ고 셩질이 침즁단묵ㅎ야"(5b).

청년 벼슬아치와 고단한 신세의 절세미인이 연정을 매개로 서로 밀고 당기는 형국이 한동안 지속되는바, 이것이 독자들의 흥미를 유발했다고 본다.

다음으로 거론할 수 있는 특징은 중백과 현요의 비밀결혼이다. 대개 정혼했더라도 혼사 이전에 사혼의 명이 내려지면 사혼이 먼저 실행된다. 그러나 <수매청심록>에서는 사혼이 실현되기 전에 정혼자들의 혼사가 먼저 이루어진다. 중백과 현요는 이시랑을 비롯한 주위의 가족들만 모인 상태에서 강정에서 비밀리에 혼인을 한 것이다. 이는 왕명에 대한 정면 대응이라는 측면에서 무척 파격적이다. 물론 작품 내에서는 '성례를 서둘러라'는 상서 오후의 몽조가 제시되어 있긴 하나,[15] 몽조를 믿고 현실의 왕명을 거역한다는 것은 어찌 보면 황당한 일이다. 그럼에도 불구하고 사혼을 거부하고 정혼자들의 혼인을 앞서 행한 것은 혼인은 애정을 기반으로 해야 한다는 점, 애정을 기반으로 한 남녀 간의 결연은 어떠한 경우에도 침해될 수 없는 가치를 지닌다는 점을 강조하기 위한 설정이 아닌가 한다. 이러한 해석이 가능한 것은 상과 태자, 명순공주의 언행을 보면 알 수 있다. 상은 주태후의 요청으로 사혼을 명했지만 중백이 현요와의 정혼 사실을 들어 강하게 저항하자, 중백의 뜻을 주태후에게 알린다. 이것은 중백의 주장에 타당성이 있다고 판단했기 때문이다. 그럼에도 주태후가 강권하자 할 수 없이 중백을 불러들인다.

또한 중백이 사신으로 가게 되어 집을 비운 사이에, 주연이 주태후와 모의하여 현요를 노국으로 보내려고 하였는데, 기실 그 전에 상은

---

15) "츠야의 시랑이 일몽을 어드니 오샹셔 니르러 스례왈 즈오는 나의 쾌셔라 쟝녀 영귀홈이 무궁ᄒᆞᄂᆞ 지금 미혼 지앙이 잇셔 훈참 화를 당ᄒᆞᄂᆞ 졔 팔즈니 한홀 거시 업고 필경은 무스ᄒᆞ리니 부터 아모ᄂᆞᆫ 언지스라도 셩녜롤 지완치 말나"(28b).

현요를 자기 집으로 돌려보내라는 명을 내린 바 있다.[16] 그런데도 주연이 왕명을 듣지 않고 현요를 박해한 것이다. 현요에 대한 상의 이러한 태도를 보면, 중백에게 내려진 사혼도 부득이한 상황에서 행해진 것임을 알 수 있다. 즉, 상은 애초부터 사혼에 미온적이었던 것이다. 이처럼 상은 중백과 현요의 관계를 인정하는 태도가 강했다. 상이 중백이 형주 심부인댁에서 현요와 재회한 사연을 듣고 중백을 태자태부로 부른 것도 중백과 현요의 인연과 애정을 인정했기 때문으로 생각된다. 또한 태자와 명순공주가 현요를 극력 보호한 것도 현요의 인물됨과 중백과 현요의 애정 결연을 인정했기 때문이다. 이처럼 <수매청심록>에는 애정을 기반으로 한 결연의 절대적 가치가 매우 강조되어 있다.

다른 한편, 중백과 현요의 결연은 애정을 바탕으로 한 것이지만 집안의 세력 차이나 권력자의 횡포 등 외부적 요인에 의해 결연이 성사되지 못하는 현실을 역으로 반영했다고도 볼 수 있겠다. 중백과 현요가 입지의 차이 때문에 사랑을 쉽게 나누지 못했다는 점이나 비밀결혼이라는 위험을 무릅쓰고라도 혼사를 이루려 하는 모습 등은 독자들에게도 깊은 흥미와 자극을 주었다고 할 수 있는데, 그것은 이러한 모습이 당대의 현실에서도 얼마든지 목격할 수 있는 것이기 때문이다.

남녀주인공의 정곡이 곡진하게 표현되어 있다는 것과 인물 간의 한담이 장황하게 전개된 것도 이 작품의 특징이라고 할 수 있겠다. 중백과 현요의 만남은 여러 차례 있었지만, 혼인 전에 '수매정'에서 만난 일과 이별 후 '청심당'에서 재회했을 때의 만남이 가장 주목된다.[17]

---

16) "샹셔 졔국의 간 후 오시을 즉시 본부로 보니라 훙신지 궁금이 지엄훙고 간신이 빅계 샹층을 가리오니 엇지 괴목의 방울 달 지 잇시리요"(61a).
17) '수매청심록'이란 제명도 이 만남의 장소 명칭에서 비롯된 것이다.

정혼 후 중백은 현요가 그리워 수매정에 찾아가는데, 그곳에서 처음으로 현요의 음성을 듣는다. 현요는 남자를 대하는 부끄러움과 자신의 고단한 신세를 차분히 아뢰는데, 이를 본 중백은 오매불망 그리워하던 마음이 한층 더하여 현요의 옷깃을 잡거나 손을 만지는 등 현요를 향한 애정을 노골적으로 표출한다. 이에 현요는 부끄러움에 어쩔 줄 몰라 하면서도 중백의 풍채를 보고 탄복한다.[18] 요컨대 중백의 현요를 향한 마음이 극진히 표현되어 있고, 현요 역시 중백의 사랑을 조심스럽게 받아들이고 있는바, 이 장면에서 독자들은 남녀 간의 애정사를 애잔한 마음으로 함께 했을 것으로 생각된다.

독자들의 독서 미감을 더욱 자극하고 흥기시키는 장면은 청심당에서의 재회 장면이라고 할 수 있다. 중백은 사신의 임무를 마치고 복귀하던 중 현요가 자결했다는 소식을 듣고 실의에 빠진다. 그래서 실의를 억누르기 위해 상서 오후의 옛집을 찾아가 분묘를 정돈하고 돌아오는데, 몽중에 형주 태촌현으로 가면 고인을 만날 것이라는 상서 오후의 몽조를 경험한다. 이에 형주 심부인 댁에 이른 중백은 현요 생각에 피를 토하며 혼절하자, 심부인이 현요의 생존 사실을 알리고, 마침내 청심당에서 현요와 재회한다. 중백은 뜻밖의 재회에 감격하며 현요의 "옥슈를 잡고 운환을 어루만"[19]지며 슬퍼하다가 그동안에 겪은 일을 각각 이야기한 뒤, 혼인 후 처음으로 합궁한다. 재회에서 합궁에 이르는 전 과정이 슬픔과 환희가 반복되면서 대단히 흥미있게 전개되어 있다.[20] 그리고 독자들은 이 장면을 통해 애정으로 하나가 된 부부간의 사랑, 그 숭고함과 진정성을 다시 한 번 되새길 수 있는 기회가 되

---

18) 장서각96장본 35b-37a.
19) 장서각96장본 76a.
20) 중백과 현요의 재회 장면이 75a-79b에 걸쳐 대단히 장황하게 묘사되어 있다.

었을 것이다. 그런 점에서 청심당에서의 이 장면은 <수매청심록>의 정점이라고 할 만하다.[21]

인물들 간의 한담도 <수매청심록>의 한 특징이다. 한담은 사건이 종결된 후에 가족 구성원들이 한자리에 모인 상태에서 주로 이루어진다. <수매청심록>에서는 작품 말미의 잔치 자리에서 한담이 나타난다. 황후와 석귀비는 현요와 그 주변 가족들을 초청하여 잔치를 연다. 그때 인물들 간에 한담이 전개된다. 또한 태자태부인 중백도 주위의 지친들을 초대한 뒤 잔치를 여는데, 이 자리에서도 여러 인물들에 의해 한담이 길게 펼쳐진다.[22] 특히 이때의 화제는 단연 중백과 현요가 청심당에서 재회했을 때의 일이다. 주로 재회를 주선하고 재회 장면을 목격했던 심부인이 주위 사람들에게 말하는 것으로 전개된다. 한담은 일종의 잉여적인 대화로서, 한담에 참여한 구성원들의 웃음으로 끝나는 경우가 일반적이다. 그리고 한담은 특히 장편가문소설에서 전형적으로 나타나는 특징이다.[23]

<수매청심록>에는 이문현의 가족을 비롯하여 이시랑 가족, 상서 오후의 가족이 등장하고, 분명하게 창조된 가족 형태는 아니지만, 석상서 가족,[24] 김참정 댁,[25] 맹학사 댁[26] 등도 등장한다. 이들 모두 중

---

21) 기존 연구에서 <수매청심록>을 전형적인 통속적 애정소설이라고 평가한 바 있는데(김정녀, 앞의 논문), 중백과 현요의 만남과 사랑, 이별과 재회의 이야기는 통속적 흥미를 넘어서는 가치가 있다고 생각된다. 그리고 이점이 독자들을 작품 속으로 끌어들인 요인이 아니었나 생각된다.

22) 93a-95a에 걸쳐 한담이 길게 전개되어 있다.

23) 장편가문소설에서의 '한담'에 대해서는 김문희, 「삼대록계 국문장편소설의 한담적 대화 양상과 기능」, 『한국고전연구』 16집, 한국고전연구학회, 2007, 127-159쪽 참조.

24) 석상서는 심부인의 제부, 즉 중백의 이모부이다.

25) 김참정 댁은 형주 태촌현의 심부인을 말한다. 작품 말미에서 심부인은 아들 희수를 데리고 서울로 올라와 살고, 희수는 과거에 급제하여 호부상서가 된다.

26) 맹학사 댁은 이시랑의 딸 선강을 말한다.

백이 연 연회에서 한담을 즐긴다. 이처럼 <수매청심록>에는 가족 단위가 비교적 넓게 설정되어 있다. 또한 작품에는 인물 간의 사적인 대화나 인물들의 일상에 대한 표현도 비중 있게 나타난다. 이처럼 확대가족이 설정되고 인물들의 일상이 구체적으로 표현되는 것도 장편가문소설의 주요 특징이다. 이 점에서 <수매청심록>은 장편가문소설의 영향을 일정부분 받은 것으로 생각된다. 그러나 사건이 대부분 이중백에 몰려 있다는 점, 사건의 해결도 이중백에 의해 주도된다는 점 등을 고려하면 작품의 기본구조는 일대기적 유형이라고 할 수 있다.

그러면 이상의 작품 성격을 염두에 두고 활자본들을 살펴보기로 한다.

3. 활자본 <수매청심록>의 형성과 변화

활자본 <수매청심록>은 1918년 3월 10일에 대창서원·보급서관에서 발행된 것으로서, '슈미청심록 수매청심록'을 표제로 하는 순 한글본이다. 상하로 분권되어 있으며 상하를 합쳐 총 101쪽의 분량이다. 저작겸 발행자는 玄公廉이다.[27]

활자본 <수매청심록>은 필사본 <수매청심록>을 큰 변개 없이 수용했다는 특징을 지닌다. 등장인물과 그들의 관계 양상, 갈등 구조, 서사 단락 등이 필사본과 큰 차이가 없다. 이것은 활자본으로 발행할 때 기존에 존재했던 필사본을 적극 수용한 결과이다. 그러나 행문과 서술 양상을 보면 일관된 특징이 하나 드러나는데, 그것은 축약과 생략이다. 몇 가지 예를 통해 확인해 보기로 한다.

---

27) 현재 서울대 중앙도서관에 소장되어 있다.

중백과 현요가 수매정에서 만나는 장면을 예로 들어본다. 이 장면에서 중백은 현요에게 시를 적은 종이를 주며 그 밑에 자신을 향한 마음을 표해 달라고 간청하였는데, 현요가 거절하자 두 사람 사이에 약간의 신체 접촉이 벌어진다. 그 과정에서 현요는 칼에 손이 상하는 부상을 입게 되고, 중백은 현요의 손을 헝겊으로 싸매 주며 애잔한 마음을 금치 못한다. 그리고 중백이 돌아간 후 유모와 현요는 대화를 나누는데, 다음에 인용한 것은 필사본 <수매청심록>의 내용이다.

"싱이 도라간 후 유뫼 가로듸 소져 너무 고집ᄒᆞ수 상공의 만총은 이를 과히 민몰ᄒᆞ시니 실노 익다라 ᄒᆞᄂᆞ이다 소져 졍식왈 유모 비록 사죡의 힝실과 다란들 엇지 이런 말노 인도ᄒᆞᄂᆞ뇨 닉 명궁이 긔박키로 이런 욕을 보ᄂᆞ 줄 못 죽어 한이든 죠금이ᄂ 져의 픠례를 감심ᄒ리오"28)

이 인용문에서 현요의 발언은 표면적으로는 중백의 '悖禮'를 지적하고 있지만, 현요의 본심은 자신의 신세에 대한 자의식이다. 유모는 그런 현요를 일깨우고 있다. 그런데 위의 내용이 활자본 <수매청심록>에는 빠져 있다. 기실 이 같은 생략은 전사의 과정에서나 활자화의 과정에서 얼마든지 일어날 수 있는 일이다. 그러나 이 같은 현상이 반복되고 있다면 의도적인 생략이라고 봐야 한다. 하나의 예를 더 보기로 한다. 다음에 인용한 것은 중백이 수매정에서 현요를 만나기 직전의 상황이다. 필사본 <수매청심록>에는 다음과 같은 유모와 현요의 대화가 서술되어 있다.

---

28) 장서각96장본 37a.

"반야무인시의 젼젼ᄉᆞ모ᄒᆞ며 오ᄆᆡ구지ᄒᆞ든 다졍화ᄉᆞ의 ᄆᆞ음을 졔 어ᄒᆞ리오 졍히 문을 열고 드러가려 ᄒᆞ더니 유모 홀연 탄식왈 나지 졍당의셔 노야와 부인ᄂᆡ 말ᄉᆞᆷ을 드르니 소져 혼ᄉᆞ를 파의ᄒᆞ신다 ᄒᆞ오니 놀납고 원통ᄒᆞ오믈 어이 견ᄃᆡ리요 우리 션노야와 부인이 겨오 시면 무삼 일노 소져의 신셰가 이러틋 구ᄎᆞᄒᆞ리오 영윤 상공이 풍신 ᄌᆡ화 실노 소져긔 지지 아니나 연치 너모 어리실분 아냐 나라 엄명 이 혼인을 엄금ᄒᆞ신다 ᄒᆞ오니 놀납고 원통ᄒᆞ오며 소져의 일싱을 장 ᄎᆞᆺ 엇디려 ᄒᆞ시ᄂᆞᆺ잇가 소져 우연탄왈 막비명슈라 무어슬 ᄒᆞᄒᆞ며 ᄂᆞ ᄂᆞᆫ 규즁 쇼아녀라 그런 부치 말을 듯기 원이 아니니 어미ᄂᆞᆫ 날 ᄉᆞ랑 ᄒᆞ거든 두 번 니ᄅᆞ지 말ᄂᆞ……유모 막 답고져 ᄒᆞ더니 문득 밧긔 거 름 나며 문 녀ᄂᆞ ᄂᆡ 잇거날"[29]

그런데 활자본 <수매청심록>에는 "반야 무인시의 뎐뎐ᄉᆞ복ᄒᆞ며 오 ᄆᆡ구지ᄒᆞ던 다뎡화ᄉᆞ에 마음을 엇지 졔어ᄒᆞ리오 이에 난간의 올나 ᄒᆞ 번 기침ᄒᆞ고 방즁의 드러가니"[30]와 같이 표현함으로써, 중백의 행위 만 서술될 뿐 유모와 현요의 대화 내용은 생략되었다. 필사본의 내용 을 보면 유모와 현요는 혼사의 파의, 원통함, 구차한 신세, 연치의 차 이, 나라 엄명, 명수 등의 언어를 사용하며 대화를 하는바, 분위기가 매우 비감하다. 그러나 활자본에는 생략으로 인해 그러한 분위기가 사 라짐으로써 독자의 독서 미감이 달라졌다.

한편 작품에서 이시랑 부부와 심부인 모자들은 현요가 죽었다는 소 식을 듣고 매우 슬퍼한다. 이 대목을 필사본 <수매청심록>에서는 다 음과 같이 표현하고 있다.

---

29) 장서각96장본 33b~34a.
30) 활자본 <수매청심록>, 35쪽.

“니샹셔 부즁의셔 오시 남강지변을 드ᄅᆞᄆᆡ 통곡ᄋᆡ샹ᄒᆞ여 오부인이 시랑을 원망ᄒᆞ여 돌돌ᄋᆡ읍왈 쟝ᄂᆡ 복녹이 구젼ᄒᆞ리라 ᄒᆞ시더니 이졔 현요 쥭어 시신도 ᄎᆞᆺ지 못ᄒᆞ니 바라 거시 잇시며 아형의 망영이 어ᄃᆡ 의지ᄒᆞ리요……심부인이 ᄋᆡ쳑ᄌᆞᆫ잉 참통ᄒᆞᆷ이 오부인으로 다르미 읍실분 아녀 아ᄌᆡ 도라와 드ᄅᆞᆫ즉 반다시 실셩ᄒᆞᆫ ᄉᆞ람이 되리니 ᄂᆡ ᄎᆞ마 엇지 보리요 침식을 폐ᄒᆞ니 ᄐᆡ우 형뎨와 녜부 등이 쥬야로 위로ᄒᆞ며 ᄐᆡ우 등이 오시의 ᄂᆞᆷ강 유셔를 드ᄅᆞᄆᆡ 참통ᄋᆡ셕ᄒᆞ여 연일 종야토록 ᄀᆡ탄ᄒᆞ물 ᄉᆞᆺ지 아니터라”[31)]

그러나 활자본 <수매청심록>에는 위의 내용이 생략되었다. 그 외에도 중백과 현요가 청심당에서 재회하여 애정을 나누는 장면이 필사본 <수매청심록>에는 인물의 대화와 심리 표현을 통해 곡진하게 묘사되어 있으나, 활자본 <수매청심록>에는 그러한 장면이 대폭 축약되었다.

또한 현요가 본부로 돌아온 후 여러 가족이 모여 한담을 나누는 가운데, 현요의 침중한 모습을 두고 단란한 웃음을 연출하는 장면이 나온다. 즉, 현요가 중백 앞에서 먼저 고개를 들거나 말을 하는 법이 없으니 무슨 재미로 백년해로하겠느냐는 것이다.[32)] 그러나 활자본 <수매청심록>에는 이 부분이 대폭 축약되어 있다. 뿐만 아니라 태자태부로 있던 중백이 본부로 돌아와 연회를 열었는데, 이 모임에는 주위의 가족들이 모두 모였다. 그리고 모인 가족 구성원들은 심부인을 모시고

31) 장서각96장본 57b-58a.

32) 이 장면의 일부를 인용하면 다음과 같다. “날이 오ᄅᆡ며 달이 ᄀᆞᆯᄉᆞ록 슈습ᄒᆞ여 일즉 그 얼골을 우러러 몬져 말ᄒᆞ미 업ᄉᆞ니 모든 슉뫼 더욱 경복ᄒᆞ고 상셔는 ᄆᆡ양 웃고 이ᄅᆞᄃᆡ 부인이 아마도 학싱을 믜운 ᄆᆞ음이 오히려 그져 잇셔 ᄒᆞᆫ 말도 모간ᄒᆞ미 업고 몬져 말ᄒᆞ물 듯지 못ᄒᆞ니 부부간 여ᄎᆞᄒᆞ고 셩가싀여 ᄇᆡᆨ년히로를 엇지 ᄒᆞ며 무ᄉᆞᆫ ᄌᆞ미를 잇다 ᄒᆞ리오 결증나 못술니로다 ᄒᆞ니 좌위 ᄃᆡ소ᄒᆞ고”(91a).

즐거운 한담을 나눈다. 그러나 활자본 <수매청심록>에는 연회는 물론 한담 장면조차 나오지 않는다.

이상으로 몇 사례를 들어 활자본 <수매청심록>에서의 생략 및 축약 현상을 살펴보았다. 그런데 생략과 축약이 일관되게 인물들의 사적인 대화나 심리 표현, 한담 등에 집중되어 있음을 발견하게 된다. 사적인 대화나 심리 표현, 한담 등은 기실 사건의 갈등 구조에는 직접적인 영향을 미치지 않는다. 그러나 독자의 독서 미감에는 일정한 영향을 미친다. 독자들은 주로 사건을 따라가면서 이야기를 수용하지만, 그에 못지않게 인물들의 처지나 정서와 교감하면서 작품을 읽기도 한다. 어떤 경우에는 인물들의 사적인 대화나 심리 표현, 또는 장면의 상황적 정서가 독자에게 더 큰 감동과 흥미를 제공할 수 있다. 활자본 <수매청심록>에서의 생략과 축약은 그런 점에서 확실히 독서 미감을 약화시켰다고 할만하다.[33]

4. 활자본 <권용선전>으로의 개작과 의미

<권용선전>은 1918년 1월 15일에 신구서림에서 최초 발행되어 1920년 4월 20일에 재판된 바 있고, 그 후 1926년에 대산서림에서, 1936

---

[33] 활자본 <수매청심록>에서 생략과 축약이 이루어진 것은 서책의 분량과 연관된 출판 비용을 절감하기 위한 요인이 작용했다고 본다. 전래의 필사본이나 방각본이 활자본으로 출판될 때에는 전반적으로 분량이 줄어드는 특징이 있는데, 그 주요인은 분량을 줄여 출판 비용을 낮추기 위한 것이다. 그리고 분량을 줄이는 방법은 대체로 본문의 편집을 다르게 하는 방법을 활용했다고 본다.(이주영, 『구활자본 고전소설 연구』, 월인, 1999, 130쪽). 그러나 내용을 줄임으로써 전체 분량을 축소하는 방법도 있었다고 생각된다. 그럴 경우, 인물들의 심리 표현이나 한담 등 작품의 서사구조에 직접적인 영향을 미치지 않는 내용들이 축약과 생략의 대상이 될 가능성이 높다.

년에 경성서관에서, 1952년에 세창서관에서 각각 발행된 바 있다.[34] 이 중에서 신구서림본은 98쪽의 분량이고 나머지는 87쪽의 분량인데, 내용은 온전히 동일하다. 뒤에 출판된 판본들이 행간을 줄여 전체 분량을 축소했다.[35]

<권용선전>이 필사본 <수매청심록>을 바탕으로 하되 <수매청심록>을 개작한 작품이라는 점은 주요 인물명과 인물 구도에서 명확히 드러난다. 먼저 두 작품의 관련성을 보이기 위해 주요 인물명과 인물 구도를 다음과 같이 정리해 본다.

수매청심록	권용선전
호부상서 이문현과 심부인이 중담, 중윤, 중백, 소아 등의 3남 1녀를 둠.	호부상서 권인상과 심부인이 호선, 인선, 용선, 화련 등의 3남 1녀를 둠.
중담이 최씨, 중윤이 윤씨와 각각 혼인함.	호선이 최씨, 인선이 윤씨와 각각 혼인함.
중백이 태사 장구의 딸 장씨와 혼인. 장씨가 일찍 죽음.	용선이 상서 김영의 딸 김씨와 혼인. 김씨가 일찍 죽음.
소아가 정시랑의 장자 정문과 혼인함.	화련이 정시랑의 아들 정문현과 혼인함.
이문현의 아우 이시랑과 오부인이 중희와 선강 등의 1남 1녀를 둠.	권인상의 아우 권시랑과 오부인이 봉선과 성강 등의 1남 1녀를 둠.
이시랑의 처 오부인은 상서 오후의 매씨. 오상서 부부가 만득녀 오현요를 낳음.	권시랑의 처 오부인은 상서 오훈의 매씨. 오상서 부부가 만득녀 오현오를 낳음.
승상 주연.	승상 주현.
중희가 진공의 딸과 혼인하고, 선강이 태학사 맹주의 독자 맹옥과 혼인함.	봉선이 호부상서 정공의 딸과 혼인하고, 성강이 태학사 김성의 장자와 혼인함.
현요가 처음에 거처한 곳은 '수매정'	현오가 처음에 거처한 곳은 '설매당'

34) 이중 신구서림본은 국립중앙도서관에, 대산서림본은 영남대도서관에, 경성서관본은 (재) 아단문고에, 세창서관본은 고려대도서관, 국회도서관 등에 각각 소장되어 있다.

35) 본고에서는 1918년 발행 신구서림판을 논의의 대상으로 삼고, 자료는 김기동 편, 『활자본고전소설전집』 1권(아세아문화사, 1976)에 영인된 것을 이용한다. 앞으로 작품 내용을 인용할 경우에는 본 전집의 쪽수만을 밝힌다.

현요의 유모의 딸이 일취와 쌍섬.	현오의 유모의 딸이 일취와 쌍섬.
희영군주	영희군주
진학사와 명순공주가 현요를 도움.	진학사와 명순공주가 현오를 도움.
중백이 주연이 보낸 자객을 처치한 곳이 형주 임상현 객점.	용선이 주현이 보낸 자객을 처치한 곳이 상주 강현 객점.
오현요가 형주 심부인 댁에서 은거한 곳이 '청심당'	오현오가 상주 심부인 댁에서 은거한 곳이 '청연당'

위의 표를 보면 주동인물들은 인물명이 다르지만, 부차적인 인물들은 대부분 같다. 그러나 인물 구도는 두 작품이 정확히 일치한다. 따라서 <권용선전>은 <수매청심록>을 바탕으로 형성된 작품임을 알 수 있다. 그리고 사건의 전개 양상도 <수매청심록>과 별반 차이가 없다.36) 그러나 표에는 드러나지 않지만 일부 인물 설정, 서술 양상, 인물 형상 등에서는 상당한 변개가 이루어졌다. 이에 대하여 차례대로 살펴보기로 한다.

<수매청심록>을 보면 석귀비가 등장한다. 석귀비는 석상서의 제3녀로서 중백과는 이종 간이다. 인물이 출중하여 귀비가 되어 궁중에 살면서, 궁중 감옥에 갇힌 현요를 적극 보살핀다. 석귀비와 석상서의

---

36) <권용선전>의 서사 단락을 제시하면 다음과 같다. "병부상서 권인상과 심씨 사이에 3자1녀가 있었는데, 그중 제3자인 용선이 김씨와 혼인했으나, 김씨가 요절하다. 오훈 부부가 만득녀 오현오를 낳고 병사하다. 오소저가 고모부 권시랑(권인상의 아우) 집에 의탁하다. 용선이 숙부 권시랑 집에서 오소저를 보고 연모하다. 용선과 오소저가 권시랑의 중개로 정혼하다. 상이 노왕의 딸 영희군주를 용선에게 사혼하다. 용선이 오소저와 비밀 결혼하다. 주태후, 주현, 군주 등이 오소저를 제거하려 하다. 비밀 결혼이 밝혀져 용선은 하옥되고 오소저는 궁금에 갇히다. 주태후가 오소저를 노국 세자의 후궁으로 들이기 위해 노국으로 보냈으나, 오소저는 중도에 도피하여 상주 심씨 집에 의탁하다. 용선이 제국 사신으로 갔다가 상주의 심씨 집에서 오소저와 재회하다. 주현이 용선과 오소저를 죽이려 했으나, 진학사의 도움과 명순공주, 태자의 구원을 받다. 용선이 주현의 악행에 대한 표문을 올리고 주현은 원찬되다. 용선이 오소저의 청을 받아들여 군주와도 화락하다. 자손 계계승승."

인물 설정은 이중백의 가문을 높이는 데 일정한 기여를 한다. 그러나 <권용선전>에는 석귀비, 석상서와 같은 인물 설정이 없다. 이렇게 되면 사건이 용선의 가문보다는 용선 개인에게 몰릴 가능성이 높아진다.

서술 양상에서는 생략이 주목된다. 그 양상으로 첫째, 활자본 <수매청심록>과 같이 수매정에서 중백이 오기 전에 나눈 유모와 현요의 대화 내용이 빠져 있다. 그러나 중백이 돌아간 후의 유모와 현요의 대화 내용은 활자본 <수매청심록>에는 없으나 <권용선전>에는 온존하고 있어,[37] 활자본 <수매청심록>과 활자본 <권용선전>의 모본은 서로 달랐음을 알 수 있다.

둘째, 주연이 징치되고 중백과 현요가 복귀한 이후의 서사에서 대폭적인 생략이 나타난다. <수매청심록>에는 주연이 정배된 후 주태후는 병사하고 노왕은 반역을 도모하다가 패망하며, 이로 인해 희영군주는 서인이 되는 내용이 서술되어 있는데, <권용선전>에는 주태후의 병사 이후의 이야기가 존재하지 않는다. 또한 주태후의 상으로 한 달 가량 본부로 오지 못했던 중백 3형제가 본부로 돌아오는 내용, 중백과 심부인이 현요의 질병과 나약함에 애잔한 마음을 표하는 내용, 가족들의 한담 과정에서 중백이 현요의 지나친 침중함을 지적하면서 가족들이 대소하는 장면, 현요가 자신을 위해 죽은 쌍섬과 일취를 위해 제를 지내는 내용 등이 <권용선전>에는 나타나지 않는다.

<수매청심록>의 말미를 보면, 현요는 중백에게 희영군주를 헤아려 달라고 한다. 그에 대하여 중백은 '평생 먼저 말을 하지 않다가 군주

---

37) "츠시 셩이 도라간 후 유뫼 소져를 디호여 갈오디 소져 너모 고집호스 학스 샹공 은의를 츄호도 갑지 아니호시니 우리 마음에는 실로 잇달나 호나이다 소져 변싁왈 어미는 스족의 힝실을 아지 못혼들 엇지 이런 말로쎠 날를 인도호나뇨 신셰가 외로와 이럿틋 곤욕을 당호고 스라잇슴도 통한호거늘 엇지 조금이나 져의 픽려혼 비례를 감심호리요"(<권용선전>, 전집 105쪽).

의 일에 대해서는 먼저 말을 하니, 앞으로 당신 말을 더 듣고 싶어서라도 군주에게 가지 않겠다.'[38]고 농담을 하고는 마침내 군주를 용서하고 받아들이는 내용이 있다. <권용선전>에도 이와 유사한 내용이 있다. 현오는 늘 용선에게 군주의 신세를 말하며 상을 봐서라도 군주를 저버리지 말라고 한다. 이에 대하여 작품은 "태뷔 소왈 궁즁에 곤욕ᄒ든 일을 엇지 잇고 칭송ᄒ나요 ᄒ니 소졔 흠소부답ᄒ더라 태뷔 이후로 군주와 화합ᄒ여 가닉에 화긔 가득ᄒ더라 ᄎ후로 ᄌ손이 계계승승ᄒ여 만딕에 유젼ᄒ기 딕강 긔록ᄒ노라"[39]라는 서술로 작품 전체가 일단락된다. 그러나 <수매청심록>에는 이후에도 현요와 군주가 자식을 낳는 내용, 황후와 석귀비가 현요와 그 주변 가족들을 궁내로 초대하여 잔치를 열면서 한담을 하는 내용, 중백이 본부에서 잔치를 열고 그 속에서 여러 인물들이 한담을 나누는 장면, 심부인, 이시랑 부부, 군주, 현요, 중백이 차례대로 운명하는 내용 등이 더 서술되어 있다. 분량도 대단히 많다. 그리고 <수매청심록>은 다음과 같은 서술로 끝난다.

"틱부 양형의 셜화 긔특ᄒᄂ 틱부 부부의 아람다온 힝젹만 긔록ᄒ고 오샹셔 봉ᄉᄂ 틱부 ᄎᄌ 형국으로 니으니 형국의 벼슬이 좌승상 젼님후의 니ᄅ고 벼슬이 딕딕공후 쟝상의 ᄌ손의 챵셩ᄒ니라 당초의 슈미졍의 셩녜ᄒ고 쳥심당의셔 합녜ᄒ니 일노 인ᄒ여 젼호를 슈

38) "군ᄌ의 힝ᄉ를 감히 시비ᄒ미 아니라 군쥬의 신셰 예와 ᄃᄅ고 졍신 슬픔과 셩상 지우ᄒ시던 ᄒ교 은튁을 져바리미 신ᄌ의 죄 아닌가 ᄒᄂ이다 틱부 소왈 군쥬를 둘만 두어던들 더옥 다힝ᄒ리로다 부인이 일셩 나의 뭇는 말 딕답근 언어슈죽을 아니허니 군쥬 후딕 말은 먼져 베푸니 간졀ᄒ 셩음이 듯기 ᄌ미잇ᄂᆫ지라 부인이 권치 아니면 혹 ᄎᄌᆯ가 모라거니와 ᄌ로 권ᄒᄂ 말소리 듯기 조화 짐짓 아니 가닉니 알기를 그릇ᄒ엿도다"(91b).
39) <권용선전>, 전집 159쪽.

미쳥심녹이라 ᄒᆞ니라"[40)]

다음으로 주목되는 것은 인물 형상의 차이다. <수매청심록>의 이중백과 <권용선전>의 권용선 간에는 인물 성격에서 차이가 있다. 대표적인 사례로는 수매정에서 중백과 현요가 만났을 때 나타나는 중백의 언행을 들 수 있다. 앞에서도 언급한 바 있지만, 수매정 장면을 보면 중백은 현요에게 심곡을 표하는 시를 적어 달라고 했고, 현요는 이를 거절했다. 그 과정에서 약간의 신체 접촉이 있었다. 중백은 현요의 옷깃을 잡고 현요는 이를 뿌리치고 나가려 한 것이다. 이 과정에서 현요가 칼에 손이 상하는 부상을 당했다. 이때 중백은 "악연즌잉ᄒᆞ물 니긔지 못ᄒᆞ여ᄒᆞ나 ᄎᆞ마 ᄯᅥ날 ᄆᆞ음이 업셔 광슈를 드러 화협의 옥누를 씨스며"[41)] 헝겊으로 상처를 싸매 준다. 이처럼 <수매청심록>의 이중백은 애정을 확인하기 위해 다소 성급한 행동을 하나, 기본적으로는 다정다감한 인물에 가깝다.

그러나 <권용선전>의 권용선은 이와 다르다. 설매당에서 용선은 현요가 답시를 거절하며 '어찌 심야에 와서 아녀자를 핍박하느냐' 하니 갑자기 분기를 터트린다. 그 장면을 인용하면 다음과 같다.

"연연권의지졍이 변ᄒᆞ야 일장분긔 일어ᄂᆞ 변연이 몬을 일며 향연를 쳐부쇄고 화젼을 씌쳐 바리며 등등ᄒᆞᆫ 노한은 하늘를 ᄶᅥ칠 듯 소져의 일편빙심에 먹은 마음를 입각에 항복밧지 못ᄒᆞᆷ믈 한ᄒᆞᄂᆞ 노긔를 낫초와 정식왈 룡션 슴싱에 인연이 즁ᄒᆞ야 위ᄒᆞ는 마음이 젹지 아니ᄒᆞ거늘 오히려 나를 구슈로 알아 일러틋 즁겸ᄒᆞ니 어늬 곳 풍류랑을 ᄉᆞ상ᄒᆞ야 ᄆᆡ몰코 고집ᄒᆞᆫ 마음을 여려 뵈믈 근시ᄒᆞ고 일엇틋 괴

---

40) 장서각96장본 96a.
41) 장서각96장본 35b.

벽무횡지ᄒᆡ를 짓ᄂᆞ뇨 아모리 ᄉᆞ랑ᄒᆞ는 ᄃᆡ가 잇셔 일이 ᄂᆡᆼ담ᄒᆞ야 거절코ᄌᆞ ᄒᆞᄂᆞ 이 룡션이 엇지 엄연이 믈너가리요 ᄒᆞ고 다시 소져를 잡아 안치고 의상을 잡고 비겨 눈를 감ᄂᆞᆫ지라"[42]

위의 인용문의 용선은 매우 난폭하다. 또한 현오에게 '사상(思想)하는 풍류랑' 운운하며 치욕적인 말도 서슴지 않고 있다. 이처럼 권용선은 격한 감정의 소유자이며 이성보다 행동이 앞서는 인물이다. 이성의 통제나 감정의 제어 없이 모든 일을 행동으로 해결하는 인물은 영웅소설에서 흔히 볼 수 있는 인물이다. 그런 점에서 <권용선전>의 권용선에게는 영웅소설적 캐릭터가 강하게 부여되어 있다.

요컨대 <수매청심록> 대비 <권용선전>의 특징을 정리하자면 인물 설정의 축소, 사건과의 접맥이 약한 인물간의 대화나 한담의 생략, 남주인공의 행적과 무관한 사실의 생략,[43] 권용선의 영웅소설적 캐릭터화 등이 되겠다. 이러한 <권용선전>의 특징으로 인해 작품은 권용선의 스토리라인, 권용선의 일대기적 성격을 부각시키는 방향으로 귀착되었다.

그러면 <권용선전>이 이처럼 개작된 요인과 그 의미를 추론해 보기로 한다.

<권용선전>의 이러한 개작은 작가가 활자본 시대에 유통된 고소설 중에서 영웅소설과 같은 인물의 일대기 유형을 선호했음을 말해준다. 일대기 유형 고소설은 '사건(이야기) 전달'의 측면에서 나름의 장점을 가지고 있다. 고소설의 특징으로 흔히 구성의 평면성을 든다. 구성이 평면적이라는 것은 작품이 대화, 심리, 장면묘사 등의 정황 표현보다

42) <권용선전>, 전집 101-102쪽.

43) 주태후의 사망, 노왕의 반란 실패, 쌍섬과 일취에 대한 제사 등은 중백(용선)의 행적과는 거리가 있다.

는 사건의 일직선적 배열에 치중되어 있기 때문이다. 즉, 동적 모티프를 시간의 흐름에 따라 나열하면서 그 중간중간에 대화, 심리, 장면 등의 정황 표현을 적절하게 삽입해야 입체적인 작품이 될 수 있는데, 고소설은 대체로 정황 표현보다는 동적 모티프의 수평적 배열이 우세하다는 것이다. 따라서 이러한 작품을 따라가다 보면, 독자들은 주로 서사적 골격만을 접할 뿐, 서사 주변을 감싸고 있는 정황들은 포착하기가 어렵게 된다. 그런데 고소설의 이러한 특징은 역으로 사건(이야기)의 전달에는 오히려 더 효과적이라고 할 수 있다. 특히 고소설 중에는 일대기 유형이 많고 일대기 유형은 주인공의 일생에 초점이 맞춰져 있으므로, 주인공의 일생에 관심을 두는 독자들에게 주인공의 기승전결을 직접 전달해 주는 사건 중심의 구성이 더 효과적이라는 것이다.

 <권용선전>의 작가도 고소설의 이러한 특징을 주목했다고 본다. 활자본 시대는 대중 독자가 등장하여 구활자본 고소설, 신작 고소설, 신소설, 근대소설 등 소설을 문예물로 수용하는 흐름이 본격화한 시기였다. 이러한 시기에 <권용선전>의 작가는 고소설 독자들에게 가장 익숙한 유형으로 영웅소설과 같은 일대기 유형을 선택했고 그러한 유형에 맞춰 필사본 <수매청심록>을 활자본 <권용선전>으로 개작했다고 본다.

 한편 1918년 같은 시기에 발행되었지만 활자본 <수매청심록>보다 활자본 <권용선전>의 유통이 더 활발했다는 것은 다음과 같은 의미가 있다고 본다. 사건의 배열에 대화, 심리, 장면묘사 등이 통합될 경우, 즉 동적 모티프와 정황 표현이 통합된 작품일 경우에는 음독과 묵독을 병행하는 수용방식이 적절하다고 본다.[44] 반면에 사건 위주로 구

---

44) 그 때문에 사건에 대화, 심리, 장면묘사가 다채롭게 통합된 장편가문소설을 수용방식상 음독과 묵독, 즉 구술성과 기술성에 의존하는 유형으로 보고 있다. 송성욱은 조선조 장

성된 일대기 유형의 고소설은 청각과 음독의 방식으로 수용되는 것이 일반적이었다.45) 그런데 장편가문소설의 속성을 더 많이 간직한 활자본 <수매청심록>보다 사건 위주의 일대기적 유형에 근접한 <권용선전>이 더 인기가 있었다는 것은, 1910년대 중후반에 이르면 '공동체적 독서·음독'에서 '개인적 독서·묵독'으로의 이행이 돌이킬 수 없는 추세였는데,46) 그럼에도 불구하고 아직 많은 고소설 독자들은 청각과 음독에 의존하는 수용방식을 선호했음을 말해주는 것이다. 요컨대 <권용선전>의 개작과 유통은 이상과 같은 작품 수용의 역사적 흐름을 보여준다는 점에서도 의미가 있다고 하겠다.

5. 맺음말

본고에서는 비교적 활발히 유통된 작품임에도 불구하고, 그 작품 성격이 제대로 구명되지 못한 <수매청심록>의 작품 성격과, <수매청심록>의 후대적 전승 양상을 2종의 활자본을 통해 살펴보았다.

<수매청심록>은 남녀주인공 이중백과 오현요의 순수한 애정을 그린 작품이다. 두 사람의 입지의 차이와 외부의 방해 요인에도 불구하고, 애정 감정이 차츰차츰 좁혀지는 과정이 애잔한 감동으로 전해지는

편소설, 즉 대하소설은 구술적 성격과 문자문화적 성격을 동시에 가지면서 구술성을 탈피하여 읽는 소설로 발전하는 본격적인 계기를 마련해 준 유형으로 설명한 바 있다. 송성욱, 『조선시대 대하소설의 서사문법과 창작의식』, 태학사, 2003, 183-191쪽 참조.

45) 조수삼의 『추재기이』 「전기수」 항목을 보면, 전기수가 낭독한 소설로 <숙향전>, <심청전>, <소대성전>, <설인귀전> 등이 적혀 있는데, 이들은 모두 일대기 유형에 해당하는 작품들이다. 이우성·임형택 역편, 『이조한문단편집』 (중), 일조각, 1978, 335쪽 참조.

46) 천정환, 『근대의 책읽기』, 푸른역사, 2003, 120쪽.

작품이다. 또한 두 사람의 애정은 비밀결혼이라는 결단을 통해 그 절대적 가치를 선포하는데, 이러한 모습은 다른 고소설에서는 찾아보기 어려운 것이다. 중백과 현요는 비밀결혼을 하였지만 온전히 하나가 되지는 못했다. 이들의 적대세력이 지속적으로 두 사람의 결합을 방해했기 때문이다. 그러다가 청심당에서 재회하여 마침내 하나의 몸이 되었다. 중백과 현요의 만남과 사랑, 이별과 재회는 상과 황후, 태자와 공주에게도 감동을 주었다. 특히 사혼을 통해 두 사람의 관계를 일시적으로 끊어놓았던 상은 두 사람의 견고한 애정을 확인하고는, 중백에게는 태자태부를 내리고 현요에게는 상원부인의 직첩을 주어 그들을 치하하고 포상했다. 그 외에 주변 가족들도 두 사람의 애정을 두고두고 칭송했다. 요컨대 <수매청심록>에 그려진 애정 결연은 독자에게 단순한 통속미를 넘어서는 가치와 독서 미감을 제공했다고 하겠다.

<수매청심록>은 이러한 가치로 인해 전사를 통해 폭넓게 유통되었다. 70여종의 이본이 그 점을 증명한다. 또한 <수매청심록>의 가치는 활자본 생산자에게도 주목되어 활자본 고소설로 발행되기에 이른다. 활자본 <수매청심록>과 활자본 <권용선전>의 출현이 그것이다.

활자본 <수매청심록>은 기존 텍스트를 큰 변개 없이 수용하여 활자화했다. 그런 중에도 인물들의 사적인 대화나 일상, 한담 등은 생략되거나 축약되었다. 이로 인해 필사본 <수매청심록>에서 느낄 수 있는 독서 미감이 약화되었다. 활자본 <권용선전>은 1918년에 최초 발행된 후 여러 차례 간행되어 상당한 인기를 누렸다. <권용선전>은 필사본 <수매청심록>과 대비했을 때 인물 설정의 축소, 인물들의 사적인 대화, 한담, 일상의 생략, 권용선의 영웅성 부각 등이 특징이다. 이로 인해 권용선 개인의 일대기적 성격이 강화되었는바, 이점이 독자들에게 흥미를 준 것으로 생각된다.

<권용선전>의 개작은 정황적 표현보다는 사건 전달을 중시하는 일대기적 유형의 고소설이 활자본 시대에도 독자들에게 효과적으로 전달될 수 있다는 작가의 판단에서 이루어진 것으로 보인다. 또한 활자본 <수매청심록>과의 경쟁에서 <권용선전>이 이겼다는 것은 청각과 음독에 의존한 구술적 수용방식이 여전히 독자들에게 익숙했다는 역사적 흐름을 보여준다.

제5장

〈태아선적강록〉의 작품세계와 구활자본 〈류황후〉

1. 머리말

　본고는 필사본 고소설 〈태아선적강록〉의 이본과 작품 성격, 활자본 〈류황후〉와의 관련성을 고찰하는 데 그 목적을 둔다. 〈태아선적강록〉은 국문필사본으로서 현재 2종의 이본이 전하고 있으며, 필사본과 이본 관계에 있는 국문활자본 〈류황후〉도 현전하고 있다. 또한 실물은 확인할 수 없지만 북한 소장 국문필사본 〈유황후전〉도 존재하고 있어, 같이 고찰할 필요가 있다. 본고는 다음과 같은 사항을 구체적인 논의대상으로 삼는다. 첫째, 〈태아선적강록〉의 이본 현황 및 이본들의 관계 양상, 둘째, 필사본 〈태아선적강록〉의 작품 성격 및 활자본 〈류황후〉와의 비교, 셋째, 필사본에서 활자본으로서의 전환 양상이 지닌 의의 등이 그것이다.

2. 〈태아선적강록〉의 이본

먼저 필사본 〈태아선적강록〉의 이본부터 살펴본다.

• 국민대도서관 소장본. 내제로 "태아션적각녹"이 적혀 있고, 장당 12행, 행당 20~30자 내외, 총 58장 115쪽으로 되어 있는 국문본이다. 이 작품의 필사에 이어 〈우미인가〉와 〈칠석가〉가 총 20쪽에 걸쳐 필사되어 있다. 필체는 전체가 동일하다. 이 자료는 원본이 아니라 원본 복사본이다. 이 이본에 대해서는 일찍이 조희웅이 서지사항과 줄거리 및 성격을 간략히 소개한 바 있다.[1] 그런데 조희웅은 서지사항을 지적하면서 이 이본에 "정축십이월이십삼일"이라는 필사기가 적혀 있다고 했는데, 필자는 이 부분을 찾을 수 없었다. 다만 뒤에 이어 필사된 〈우미인가〉의 말미에 "무인춘삼월초삼일"이란 필사기가, 〈칠석가〉의 말미에 "삼월초사일"이란 필사기가 각각 적혀 있어, 〈태아선적강록〉의 필사 시기가 '정축년 12월 23일'인 것은 신뢰할 수 있다고 본다. 그리고 조희웅은 줄거리를 소개한 뒤,[2] 이 작품은 쟁총형 가정소설의 범주에 속하는 작품이고, 기존의 관습적 삽화를 활용하여 창작된 것으로서 소설사적 의의는 그다지 크지 않다는 평가를 내린 바 있다.

• 단국대 율곡기념도서관 소장본. 내제로 "틱아션적강녹"이 적혀 있고, 장당 10행 내외, 행당 25~40자 내외, 총 54장 106쪽으로 되어 있는 국문본이다. 오자가 많고 필체가 난삽하며 중간에 낙장도 있다. 말미에 "갑子正月拾六日의 써논이 아무라도 보고 씨거든 오주낙 만수

---

1) 조희웅, 「국민대 성곡기념도서관 소장 고전소설에 대하여-〈태아선적각녹〉·〈장하뎡슉연긔〉·〈홋씨호공록〉을 중심으로-」, 『어문학논총』 18집, 국민대 어문학연구소, 1999, 39-59쪽.

2) 본 줄거리는 조희웅 편, 『고전소설줄거리집성』 2, 집문당, 2002, 1537-1541쪽에 실려 있다.

오니 귀귀필직을 고치고 아모라도 눌너보시압 녀자편이라"는 필사기가 적혀 있어, 갑자년에 필사되었음을 알 수 있다.

- 그 외에 誠庵 趙炳舜 소장본[3])과 경북 상주의 지역민 소장본[4])이 있다고 전해지며, 북한에도 1종이 소장되어 있다고 한다.[5])

다음으로 활자본으로는 1926년 대창서원·보급서관 발행의 국문본이 현전한다.[6]) 내제는 "류황후"이고 판권지에는 "劉皇后傳"으로 되어 있다. 총 72쪽이다. 이 텍스트는 초판본이지만, 제명은 1921년에 발행된 다른 소설의 판권지에 이미 등재되어 있다.[7])

다음으로 이본들 간의 관계 양상을 살펴보기로 한다. 이를 위해 먼저 국민대본 <태아선적강록>의 서사 단락을 제시해 보기로 한다.

> (1) 명나라 성화 연간, 각로 유양과 정부인은 천상의 태아공주가
> 적강하는 꿈을 꾸고 딸을 낳아 태아소저라고 함.
> (2) 만풍경이 유각로에게 청혼, 유각로가 거절하자 각로를 천거하

---

3) 조희웅, 위의 논문 40쪽 및 조희웅 편, 『고전소설이본목록』, 집문당, 1999, 791쪽.

4) 이원주, 「고전소설 독자의 성향-경북 북부지역을 중심으로」, 『한국학논집』 3집, 계명대 한국학연구소, 1980, 557-573쪽에 의하면, 경북 상주시 낙동면 화산리의 南수여씨(82세)와 姜順伊씨(63세), 경북 상주시 낙동면 승장리의 金노아씨(63세)가 <태아선적강록>을 읽은 적이 있으며, 이 중에서 남수여씨와 김노아씨는 1975년 현재 본 작품을 소장하고 있는 것으로 되어 있다.

5) 북한 고전문학실 편, 『한국고전소설해제집』 하(보고사, 1997)에는 121-128쪽에 걸쳐 북한소장본 <유황후전>의 줄거리가 소개되어 있는데, 같은 곳 해제 부분에 '200자 원고로 250매 정도의 사본으로 김일성종합대학 도서관'에 소장되어 있다고 밝히고 있다. 또한 양승민은 「북한 소재 고전소설 자료 현황」(『고소설 텍스트의 교섭 및 소통』, 한국고소설학회 제86차 정기학술대회 발표집, 선문대학교, 2009)에서 북한 소재 소설목록집인 『리조시기소설목록』을 소개한 바 있는데, 이곳에도 "류황후전 국문필사본"이라는 제명과 판 사항이 보인다.

6) 인천대학 민족문화연구소 편, 『구활자본 고소설전집』 20에 영인되어 있다.

7) "류황후"라는 제명이 1921년 11월 23일 대창서원·보급서관 발행 <독행천리 오관참장기(재판)>의 판권지 광고란에 이미 보이고 있다. 그러나 1920년 12월 30일 대창서원·보급서관 발행 <강태공>의 광고란에는 '유황후'가 나타나 있지 않다. 이렇게 보면, <류황후>가 1921.1.1에서 1921.11.23 사이에 발행되었을 수 있다.

여 변방으로 가게 함.

(3) 유소저는 죽었다고 위장하고 유부 후원 양춘각에 은신함.

(4) 만풍경 부자가 유소저를 겁박하기 위해 유부로 갔으나, 유소저가 죽은 줄 알고 돌아감.

(5) 태자가 춘경을 완상하다가 유소저를 발견함.

(6) 유소저가 부친과 자신의 안위를 빌기 위해 관음사로 감. 그곳에서 주소저로 분장한 태자를 만남.

(7) 각자의 소회를 관음보살에게 빌고 결의형제를 한 유소저와 주소저는 유소저의 집으로 가 며칠 동안 동거하였는데, 그때 주소저의 본색이 탄로남. 태자는 놀란 유소저를 개유하여 사랑을 나눔.

(8) 태자가 유소저와의 관계를 황제와 황후에게 고하고 곧 혼인함.

(9) 정첩여가 유비(유소저)에게 만귀비의 모해를 조심하라고 당부하면서 몇 가지 대책을 말해 줌.

(10) 만귀비가 태자와 유비를 모해하기 위해, 유비에게는 용포를 짓게 하고 태자에게는 정첩여와의 불륜을 위조하여 황제와 태자의 사이를 이간시킴.

(11) 만귀비가 아들이 병사하자, 유비가 독살했다고 모함함. 유비가 궁중의 감옥에 갇힘.

(12) 해산한 유비가 사사될 위기에, 태자의 부탁을 받은 환관 강문창이 여염집 여자를 대신 사사하고 유비는 유부의 양춘각에 숨김.

(13) 황제가 만귀비의 주청으로 만풍경의 딸을 태자비로 들임.

(14) 유비의 생존 사실과 태자가 양춘각을 몰래 왕래한다는 사실을 알게 된 황후는 후환이 두려워 강문창을 시켜 유비를 먼 곳으로 보내게 함.

(15) 유비가 장사태수로 있는 외삼촌을 찾아 장사 땅으로 향하다가 이원중을 만나 그의 집에서 기거함.

(16) 이원중이 유랑(유비)에게 청혼하자, 유랑은 이소저를 후일 태자에게 천거할 목적으로 일단 혼인을 함.

(17) 이원중이 유랑과 이소저가 겉으로는 친밀해도 침석에서는 소활함을 알고 그 이유를 유랑에게 물음. 유랑은 자신이 유비임을 알림.

(18) 이원중이 가족과 유비 일행과 함께 상경하여 종남산 밑 사향이란 곳에 기거함.

(19) 태자가 강문창에게 유부로 가 유비의 소식을 탐문케 하고, 강문창은 유부에서 유비가 侍從에게 남긴 편지를 얻어 태자에게 전함.

(20) 만귀비는 태자의 유비를 향한 상사 편지와 정첩여의 편지를 위조하여 두 사람이 사통한다고 모함함.

(21) 정첩여와 태자가 죽을 위기를 모면하고 출척 당함.

(22) 태자의 사정을 우연히 알게 된 유비가 걱정을 하자, 유비의 시비인 옥소아가 계교를 써 궁중으로 들어감. 황제의 첩이 된 옥소아는 황제에게 만귀비의 행동을 수탐하고 만귀비의 수하 시비인 교판을 국문하면 태자의 억울한 사정을 알 것이라고 주청함.

(23) 옥소아의 말을 들은 황제가 그대로 하여 만풍경, 만귀비, 만태자비의 죄상을 밝혀냄.

(24) 만풍경, 만태자비, 교판은 죽고 만귀비는 귀양을 감.

(25) 궁중에서 우연히 옥소아를 보게 된 태자는 옥소아로 인해 유비가 인근에 있음을 알고 곧 微服을 하고 찾아가 해후함. 그곳에서 이소저를 천거 받음.

(26) 황제가 유비를 황후의 예로 다시 장사하라고 하자, 태자가 강문창을 시켜 유비의 생존 사실을 고하게 함.

(27) 옥소아의 주청으로 황제는 태자에게 전위하고, 복귀한 유비는 황후가 됨.

(28) 신 황제의 조서를 받고 복귀한 유각로가 유황후와 재회함.

(29) 신 황후의 주청으로 태상황이 만귀비를 용서하여 상경케 했으나, 만귀비는 회과하지 않고 도리어 부마와 작당하여 반역을 도모하다가 발각되어 모두 처참됨.

(30) 옥소아는 자신이 계교를 쓴 것은 오직 유비를 구하기 위해서

였으며, 그렇기 때문에 후궁의 지위에 있는 것은 어울리지 않는다고 고한 후 자신이 낳은 아이를 부탁하고 자결함.

(31) 태상황과 유각로가 연만하여 차례대로 죽고, 신 황제와 황후 도 많은 후손을 남긴 뒤 80세에 승천함.[8]

이상의 내용을 바탕으로 국민대본과 단국대본을 비교해 보면, 서사 단락이 정확히 일치한다. 뿐만 아니라 구체적인 행문도 일치한다.

"됴회예 가면 소져 문을 의지하여 기다리다가 도라오면 흔연 빗찰 먹음고 나와 마즈니 엇지 사람이 가라친 빈리요 인ᄒ여 각노에 스미 랄 붓드러 관대를 벗기고 위로ᄒ난 말삼이 지극ᄒ니 각노 일변 두옷 기고 스스로 손을 잡고 어라만져 ᄉ랑이 비길듸 업더라"[9]

"강노 조회예 가시면 문의 이디하여 기다리다가 도라오면 혀연한 빗철 머금고 나와 마즈니 엇디 사람이 가라칠 빈리요 인하여 강뇌의 사미랄 붓붓드러 관듸랄 벗기고 위로ᄒ난 말삼니 지극한이 닐변 두 옷겁고 닐변 실허ᄒ며 손을 잡고 등을 어라만저 사랑하미 비길듸 업 드라"[10]

위의 두 인용문은 유각로의 딸 태아소저가 12세에 이르러 모친을 잃은 뒤 집안의 모든 일을 총찰하면서 부친을 봉양하는 과정 중에 서 술된 내용이다. 두 인용문을 보면 내용이 완전히 동일함을 알 수 있다. 이와 같은 동일성은 작품의 끝까지 일관되게 나타난다.

---

8) 이상의 서사 단락을 통해 볼 때, 제명은 '태아선적각록'이 아니라 '태아선적강록'이 옳음을 알 수 있다.
9) 국민대본 5-6쪽.
10) 단국대본 6쪽.

"만풍경이 기자 츈흡을 다리고 노복과 교자를 거느려 유소졔를 겁탈하려 하고【유부의 이라니 각노 거쳐하던 외당의 쪄자을 비셜하고 사람이 만이】왕닉하거날 풍경이 고히이 넉여 문왈 이 집이 듸신의 집이 엇더한고로 쪄자을 비셜하여 잡인이 힝실업시 츄립하나뇨"11)

"만풍경이 그 아달 춘흠을 다리고 노복과 교을 거나리고 뉴소졔을 겁탈하려 ᄒ고 ✓ 왕닉하거날 풍경니 고히 여겨 문왈 니 집이 듸신이 딥니야 엇더한고로 힝실업시 잡닌니 추립하나요"12)

위의 두 인용문을 비교해 보면, 단국대본의 문맥에 오류가 있음을 알 수 있다. 그것은 단국대본의 '✓' 부분에 국민대본의 '【 】' 부분이 누락되었기 때문이다. 앞서 지적했듯이 단국대본은 오자와 필체에 문제점이 많고 또 중간에 낙장된 부분도 있기 때문에, 결론적으로 국민대본을 善本으로 확정할 수 있다.

한편 북한본은 <태아선적강록>과 비교할 때 유사점과 차이점을 동시에 지니고 있다. 먼저 북한본만의 독자성을 살펴보면 다음과 같다.

첫째, 위의 단락 (4)와 관련하여 북한본에는 만풍경 부자가 유소저를 겁박하러 갔다가 유소저를 조문하는 것처럼 위장하여 동정을 살폈는데, 그때 유소저의 시비 월계가 나서서 규중 처녀의 관 앞에 생면부지의 남자들이 왜 들어왔느냐며 질타한다. 이에 만풍경은 대로하여 월계를 끌어내라고 호통을 치고, 월계는 너 같은 인간과는 한 하늘을 이고 살 수 없다고 일갈한 다음 자결을 한다.

둘째, 위의 단락 (22)~(24)와 관련하여 유비의 시비 옥소화13)는 궁

---

11) 국민대본 14쪽.
12) 단국대본 13-14쪽.

녀인 이모의 도움으로 황제의 총애를 입어 여후라는 칭호를 받는다. 어느 날 여후는 궁 밖으로 나가서 거리의 아이들에게 돈을 나누어주면서 동요를 가르쳐주고 궁으로 돌아왔다. 그 후 황제는 여후의 권고에 따라 거리에 나갔다가 아이들이 부르는 동요를 듣게 된다. 황제는 바로 환관 강문창에게 명하여 그 노래의 출처를 알아보았는데, 아이들은 어떤 도사가 가르쳐주더라고 답했다. 황제가 또 한 곳에 이르니 사람들이 서너 명 모여서 '이제 귀비의 방 안과 만풍경의 집을 수탐하면 태자와 유비의 애매함을 알아 옥석을 분별하련마는, 上이 귀비에 침혹하였으니 할 수 없도다. 지금 여후는 마음이 어질고 충성이 지극하니 궁중 일을 여후에게 물으면 알련마는…'하면서 탄식하고 있었다. 환궁한 황제가 걱정하자 여후가 왜 그러느냐고 묻고 황제가 궁 밖에서 목격한 광경을 말하자, 여후는 시비들과 백관들이 태자와 정첩여는 불쌍하고 유태자비는 애매하며 만귀비 모녀는 죄가 크다고 하면서, 그것은 그들의 세간을 수탐해보면 알 수 있을 것이라고들 이야기하고 있다는 것을 정중히 아뢰었다. 황제는 답답한 가슴을 식히려고 여후와 함께 난간에 기대어 바람을 쐬었다. 그 순간 앵무새가 새끼를 품고 자는 것이 눈에 띄었다. 여후는 곧 앵무새를 가리키면서 저런 미물도 제 새끼를 사랑하는데 황제는 어찌하여 만귀비만 중히 여기고 그의 말에 동하여 태자를 내치느냐고 공손히 물었다. 이에 황제는 여후의 권고대로 만귀비 처소를 수탐하고 만태자비의 시비 교화를 심문하여 만귀비 일당의 죄상을 밝혀내었다.[14]

이상의 내용은 현전 이본에는 어느 곳에도 보이지 않는 북한본만의 특징이다. 그 외에는 대체로 국민대본 등의 <태아선적강록>과 동일하

---

13) 국민대본의 '옥소아'.
14) 북한고전문학실 편, 위의 책, 126-127쪽.

다. 따라서 국민대본, 단국대본, 북한본은 같은 계열로 묶일 수 있다고 본다. 그중에서 국민대본과 단국대본은 직접적인 관계가 있고 북한본은 계열 내에서 비교적 변개가 많이 이루어진 이본으로 처리할 수 있겠다.

한편 활자본 <류황후>는 작품에 그려진바 주요 등장인물의 인칭은 물론, 만풍경의 늑혼과 유각로의 부재, 태자와 유소저의 만남과 혼인, 만귀비의 모해와 유소저의 수난, 만귀비의 모해 수법, 유소저의 복귀와 황후로의 등극 등 서사의 주요 흐름이 필사본과 동일하다는 점에서 상호간 이본 관계에 있음이 틀림없다. 그러나 주요 단락의 서사 전개 양상이 다르고, 서사의 표현양상에도 차이가 있으며, 상호간 내용의 출입도 나타나는 등 필사본과 달라진 점이 적지 않다.

3. <태아선적강록>과 <류황후>의 비교

1) <태아선적강록>과 <류황후>의 선후관계

두 작품의 선후관계를 확정할 만한 명백한 근거는 없지만, 경북지역에 유통된 <태아선적강록>의 존재가 선후관계를 추정하는 데 한 단서가 되지 않을까 한다. 앞서 지적한 바와 같이 국민대본은 정축년(1817년, 1877년, 1937년)에 필사되었고, 단국대본은 갑자년(1804년, 1864년, 1924년)에 필사되었으며, 활자본은 1921년에 최초 간행되었다고 볼 때, 먼저 활자본의 영향으로 필사본이 형성되었다고 볼 경우에는 국민대본은 1937년 전후, 단국대본은 1924년 전후에 각각 형성되었다고 봐야 한다. 그렇다면 경북지역에서 유통된 <태아선적강록>은 어떻게 설명할 수 있을까. 가능성은 두 가지다. 하나는 서울에서 간행된 활자본 <류황후>가 그곳으로 전해져 필사본으로 개작되었을 경우이고, 다른 하나는 활자본 간행 이후 형성된 필사본이 그곳으로 흘러 들어가 또 다른 필사본이 새롭게 파생되었을 가능성이다. 그러나 둘 다 가능성이 없다고 생각된다. 활자본 <류황후>는 1926년 간행본만이 유일하게 전할 뿐, 당대의 다른 출판사에서는 간행된 바 없다.[15] 이것은 이 작품이 대중적인 수요를 갖추지 못했음을 말해준다. 이러한 활자본이 경북지역으로까지 들어가기는 어렵다고 본다. 또한 두 번째 가능성도 거의 없다. 활자본 간행 이후라면 서울이나 서울 인근에서 필사되었을 것인데, 이것이 경북지역으로까지 들어가기는 어렵다. 1920년대 이후는 고소설의 필사본으로의 유통이 거의 종말을 고한 시기이고, 더구나 소설사에서 큰 위치를 차지하지 못하는 <태아선적강록>이 여기저기로 유통되었을 까닭은 없다고 본다.

이러한 추정에 근거해서 보면, 1800년대에 필사본으로 형성·유통되었던 <태아선적강록>을 토대로 활자본 <류황후>가 이루어졌다고 보는 것이 자연스럽다. 이렇게 보는 것이 활자본 고소설이 유통될 시기에 신작 고소설을 제외한 대부분의 작품이 전대에 존재했던 필사본이나 방각본을 토대로 이루어졌다는 일반적인 경향과도 부합되기 때문이다.

한편 북한본은 필사본이면서도 '유황후전'이란 제목으로 되어 있고 내용에서도 여타 필사본과는 일정한 차이가 있는데, 이것은 필사를 하면서 개작을 적극적으로 한 결과이지, 활자본의 영향은 아니라고 본다. 그것은 개작된 결과 활자본과 일치된 점도 없을뿐더러, 앞서 언급

---

15) 국립도서관에서 이미지 파일로 공개하는 모든 활자본 소설의 판권지를 조사해 보았으나, 당대의 다른 출판사 발행 소설 광고란에서는 "유황후"란 작품을 찾을 수 없었다.

한 바와 같이 서사의 기본 구도는 필사본과 동일하기 때문이다.[16]

2) 〈태아선적강록〉의 특징

〈태아선적강록〉은 2장의 서사 단락에서 확인할 수 있는 것처럼 여타 고소설의 전개 양상과 유사한 점이 많다. 주인공의 적강과 승천, 늑혼과 가족 이산, 악인의 모해와 선인의 수난, 구원자의 구원, 가족의 재회와 가문의 번창 등과 같은 대구조 단위들은 물론, 악인의 핍박에 직면했을 때 죽은 것으로 위장하여 위기를 모면하는 내용, 여장한 남자의 계략으로 인연을 맺는 내용, 모해 수법으로 독약과 위조 편지를 이용하는 것, 구원자가 남장한 여자를 남자로 알고 청혼했다가 나중에 여자임이 밝혀지는 내용, 선하거나 악한 시비들이 서사를 추동해 나가는 내용 등 세부 서사 단위들 역시 기존 작품들에서 익히 볼 수 있는 것들이다. 그렇다고 하여 본 작품의 독자적 개성이 전혀 없는 것도 아니다.

첫째로 지적할 만한 것은 태자와 유소저의 만남과 혼인에 이르는 과정이다. 서사 단락 (5)~(8)의 내용을 보면, 관음사에서 유소저와 상면한 주소저는 자신 역시 부친을 전장으로 보내고 홀로 지내고 있으며, 부친과 자신의 내두사를 축원하기 위해 관음사에 이르렀다고 말한다. 유소저는 주소저의 이 말에 곧바로 동질감을 느끼게 되고 급기야 결의형제를 하여 유부로 가서 동거를 하게 된다. 며칠 후 주소저는 유소저를 친압하려다 남자임이 밝혀지고 자신은 다름 아닌 태자라고 고백한다. 그런 다음 태자비로 삼을 것이며, 그것을 계기로 북방에 나가

---

16) 그러나 북한본의 위치를 정확히 말하는 것은 실물을 볼 수 없어 극히 제한적이다.

있는 유각로도 빨리 상경할 수 있도록 조치하겠다는 말로 유소저를
개유한다. 그런데 흥미로운 점은 그다음이다. 두 사람이 바로 동침을
하는 대목이다. 물론 유소저는 태자의 속임수를 원통히 여겨 태자가
찬 칼로 자결을 시도하는 등 극도의 분노를 나타냈다. 그러나 태자와
유모가 극진히 달래자 마침내 진정하고 태자와 침석을 함께 한다. 말
하자면 혼전 성관계를 이룬 것이다.[17]

　고소설에서 남녀 인물이 사사로이 만나 혼인과 관계없이 성관계를
맺는 모습은 흔히 나타난다. 그러나 그러한 경우에는 여성의 신분이
시비나 기생과 같이 천하거나, 아니면 예컨대 <사씨남정기>의 동청,
냉진, 교씨, 납매 등이 벌이는 것과 같이 남녀 인물 모두가 윤리적 삶
과는 거리가 먼 사람들에게서 나타나는 경우가 일반적이다. 그러나 본
작품의 태자와 유소저는 상층계급에 속하는 인물이면서 작중의 주동
인물이다. 그런데도 이와 같이 혼인 전에 사적 관계를 맺는 것으로 그
려진 것은 좀처럼 보기 어렵다.

　우리는 여기서 작가(혹은 필사자)가 남녀의 애정과 혼전 성관계를 연
속적인 등가물로 이해하고, 그것을 적극적으로 표출하고자 했다고 판
단하기는 쉽지 않다. 그러나 그러한 설정이 태자와 유소저의 사랑을
강조하려는 의도에서 마련된 것임은 틀림없어 보인다. 고소설 작품에
서 유교적 교양을 갖춘 인물로서 점잖은 주동인물로 행세하는 인물들
에게는 성 표현 자체가 거의 없다시피 하다. 그러나 본 작품의 태자와
유소저는 그와 다르다. 두 사람의 이러한 모습은 그 후에도 여러 차례
등장한다. 서사 단락 (12)와 (14)에 전개된바, 유비는 만귀비의 모함을

---

17) "유랑 등이 군신지의 그러치 아니믈 극히 말하니 소제 저믈게야 식음을 나오고셔 안심
　　하거날 틱지 깃거하더라 이날 침셕을 한가지로 할식 조밀한 졍니 원앙이 녹슈의 놀며
　　비취 연니 요지예 깃드림 갓더라"(46쪽). 이하 <태아선적강록>을 인용할 경우에는 국
　　민대 소장본을 대상으로 한다.

당해 사약을 받고 죽을 위기에 처했다. 그때 태자는 황겁한 중에도 환관 강문창에게 부탁해 유비를 살려낸다. 그런 다음 유비가 은신하고 있던 양춘각을 몰래 찾아가 유비를 만나곤 했다.[18] 또한 태자는 유비가 장사 땅으로 떠나면서 남긴 편지를 보고 애통해하며 유비를 향한 상사 편지를 쓰기도 하고, 옥소아로부터 유비가 종남산 아래에 은거해 있다는 소식을 듣고는 미복을 하고 득달같이 가서 유비를 만나기도 했다.

다음으로 특기할 만한 부분은 정첩여, 태자, 유비 등이 만귀비의 모해에 대비하는 과정이다. 서사 단락 (9)에서 정첩여는 유소저가 태자비로 들어오자 유비(유소저)에게 만귀비의 모해를 조심하라고 하면서, 유각로가 공이 있어도 복귀를 못하게 할 것, 유비의 시비들을 유부로 보낼 것 등을 당부한다. 그리고 유비는 정첩여의 그 말을 바로 태자에게 전한다. 즉, 부친이 복귀하게 되면 만귀비의 해를 입을 것이고, 그렇게 되면 원수를 갚기 어려우니 변방에서 좀더 머물러 있도록 조처해 달라고 말한다. 이에 태자는 만풍경과 만귀비의 죄상을 밝혀 제거하면 어떠냐고 묻는데, 유비는 이에 대하여 황제의 傳旨를 받아 만씨 일당을 모두 죽여 없애면 모르겠으나 그렇지 않다면 태자비가 된 지 얼마 되지 않은 이때에 도리어 자신이 오해를 받을 수 있다며 만류한다. 태자는 유비의 말이 사리에 맞다고 판단하고, 유각로를 부르는 詔命을 내리려던 황제에게 청하여 유각로를 더 머물게 했다. 그리고 정첩여가

---

18) "옥소이 난간을 의지하고 차를 따리다가 놀닉 이러 마자니 틱지 비 인난 곳을 뭇고 급히 드러가시니 뉴비 죄인의 의복을 입고 베기의 지혓다가 놀닉 이러마자니 틱지 옥슈을 잡고 오열하여 말삼을 어우지 못하시며 다만 옥면의 눈물이 흐을 따람이라……뉴비 도라가시믈 권하니 틱자 차마 떠나지 못하여 삼일을 머무러 인졍이 시로오니 뉴비 크게 송구하여 도라가시믈 익걸하니 마지 못하여 도라오시나 떠나난 졍이 피차 겨련하더라"(66-68쪽). 태자가 유비를 만나는 장면인데, 유비를 향한 태자의 애정에 극진한 진정성이 배어 있다.

유비의 시비들을 유부로 보내라고 한 것은 시비들이 만귀비의 유혹에 넘어갈 것을 우려했기 때문으로 보인다. 이와 같은 일련의 과정에서 태자, 정첩여, 유비 등은 매우 주도면밀하게 일을 처리한다.

고소설 작품에서 선인이 악인의 모해를 받을 때는 대개 별다른 대책 없이 일방적으로 당하는 경우가 많다. 그것은 이들이 현실적 계산보다는 순리적 삶의 방식에 익숙해 있기 때문이다. 즉, 악인들은 사람을 동원하고 계략을 꾸미면서 일의 방향을 적극적이고 구체적으로 계획해 나가지만, 선인들은 모해를 당할 때에도 그 원인을 밝히려 하거나 대책을 강구하는 법이 드물다. 문제 제기 없이 모든 것을 순리에 맡길 뿐이다. 그러나 본 작품은 그와 다소 거리가 있다.

서사 단락 (3)에서 유각로는 자신이 변방으로 출정을 나가면 만풍경이 분명 유소저를 겁박할 것을 예상하여 유소저에게 양춘각에 숨어 있다가 장사태수로 있는 외삼촌을 찾아가 의탁하라고 한다.[19] 또한 부친을 떠나보낸 직후 혼절했다가 깨어난 유소저는 곧바로 시비들에게 거짓 관곽을 만들어 발상하게 하고 자신은 양춘각으로 은신하는 민첩함을 보여준다.[20] 이와 같이 유각로와 유소저는 앞으로 닥칠 위기에 적극적으로 대처하는 모습을 보여주고 있다. 서사 단락 (9)에서 보여주는 정첩여 등의 행위도 같은 맥락이다. 특히 태자와 유비의 대화를 보면,[21] 유비는 만씨 일당을 제거하는 것도 하나의 방책임을 생각했다고

---

19) "닉 만일 업사면 만적이 피련 불의을 힝할 거시니 후원 양춘각에 숨엇다가 틱슈의계 긔별하여 그리 가 의탁할지라"(9-10쪽). 단락(15)에서 확인되는바, 여기 '태수'가 바로 장사태수로 있는 유소저의 외삼촌이다.

20) "시비 등이 구하여 외당의 드러가 오린 후 호읍을 통하고 소져 정신을 슈습하여 좌우 시비을 불너 왈 닉 긔운이 막혀 인하여 죽엇다 하고 발상하랴 하고 영이한 시노을 불너 여차여차하라 하고……거문 관곽을 노와 빈소을 비셜하고 향탁의 향촉을 갓초오고"(13쪽).

21) "틱지 왈 만젹의 죄상을 다 알외여 법으로 다사리미 엇더하요 비 왈 풍경을 지조면 귀비 혐의 더하리니 실노 유익하미 업살지라 만일 견지을 밧자와 만씨을 다 죽이면 죠흐

판단되는데, 이점 매우 주목된다. 유소저가 비록 만씨 일당에게 복수의식을 가지고 있었다 해도, 상기와 같이 자신의 생각을 노출하는 것은 여타의 소설에서는 보기 어렵다. 또한 정첩여의 대책도 만씨 일당이 전횡하고 있는 현 상황에서 매우 적절한 것이긴 해도, 이처럼 직접 대책을 숙의하는 장면은 여타의 소설에서는 잘 발견되지 않는다. 이와 같이 본 작품에서는 선인들도 처한 상황에 따른 그들의 방향성에 대하여 자신의 목소리를 적극적으로 개진하고 있다.

또한 <태아선적강록>에서 주목할 만한 내용은 서사 단락 (30)에 보이는바 유소저의 시비인 옥소아의 자결이다. 옥소아는 태자와 유비 및 정첩여의 수난을 해결하고 궁중의 간인을 축출하며, 황제의 제위를 태자에게 전위하는 일에 결정적인 역할을 한다. 옥소아는 궁중으로 들어가 먼저 황제의 총애를 얻은 후 황제가 사태를 직시할 수 있도록 성심을 되돌린다. 그리고 황제로 하여금 만귀비의 집을 수탐하고 시비를 국문하여 실상을 파악하도록 권유한다. 이에 황제는 환관들에게 만귀비의 집을 수색하게 하여 만귀비와 만풍경 사이에 오고 간 편지를 증거물로 잡고, 시비인 교판에게 만귀비 일당의 그간의 만행을 토설케 하여 태자, 유비, 정첩여의 무죄를 밝혀내게 된다. 이어 옥소아는 황제에게 연만함을 이유로 제위를 태자에게 전위하도록 권유하고,[22] 황제는 이를 흔쾌히 받아들인다. 그리고 태자가 신 황제가 되자 유비는 황후가 되어 궁중으로 복귀하게 된다. 그러나 옥소아는 다음과 같은 말을 남기고 자결을 한다.

러니와 그러치 아니면 만씨 등이 첩을 모히할지라"(54쪽, 밑줄 필자).

22) "이제 폐하 츈취 놉흐시고 환휘 자즈시니 팀자기 전위하샤 인심을 진정하여 천하을 팀평케 하시면 엇지 셩덕을 빅셩이 칭소치 아니리오 폐하난 낭낭으로 더부러 미양궁에 쳐하샤 뇩궁으로 즐겨 지닉시이 또한 팀평셩딕리이다 하니 샹이 디희 왈 짐이 또한 이 뜻 두언지 오릭라"(104쪽).

"이날 년희(옥소아:필자주) 티후와 샹과 후에 압히 나아가 고왈 신
첩이 오세붓터 낭낭을 미셔 늘도록 가부을 엇지 말고 일싱을 미실
줄노 밍세하엿삽더니 천만 의외에 천한 몸으로써 천자에 귀비 되엿
사오나 엇지 외람치 아니리잇가 전혀 낭낭을 구할 게교을 하미라 얼
골을 곱게 하며 인사을 꾸며 황제의 마암을 도로히게 하니 이난 본
심이 아니오 노쥬 분에 가치 아니하미 맛당히 천명을 못다 살지라
어린 자식이 잇사오니 낭낭은 어엿비 넉이시물 바라나이다 하고 후
당에 드러가 자결하여 죽어니 티후와 제휘 다 슬허하시며 왕네로 쟝
사한 후 시호를 츙열년휘라 하시고 그 아달을 길너 왕을 봉하시
다"23)

고소설 작품에서 상전이 수난을 겪을 때, 등문고를 울리거나 황제에
게 주청하여 사태의 본질을 알리는 시비들은 흔히 볼 수 있다. 그러나
본 작품의 옥소아처럼 사태의 해결에 결정적인 역할을 하고 심지어
상전으로 하여금 황후의 지위에 이르게 하는 역할을 보여주는 시비의
형상은 여타 작품에서는 찾기 어렵다. 그런 점에서 옥소아의 형상은
대단히 파격적이라고 볼 수 있는데, 작품에서 옥소아를 자결로 처리한
것은 작가(혹은 필사자)의 입장에서 옥소아의 행위가 지나치게 "외람"된
것으로 판단했기 때문으로 본다. 즉, 작가(혹은 필사자)는 상전을 위한
시비의 충정에 대하여 그 필요성과 가치를 인정하면서도 지나친 월권
은 안 된다는 입장이었다고 생각된다. 그렇다고 해도 옥소아를 자결로
처리한 것은 신분 차별적 횡포라고 하지 않을 수 없다. 그 때문에 독
자의 입장에서는 옥소아의 자결이 심한 충격으로 느껴졌을 수 있다고
본다.

이상으로 <태아선적강록>의 몇 가지 특징을 살펴보았는데, 우리는

23) 112-113쪽.

이들을 〈태아선적강록〉의 작품세계를 떠받드는 중심 화제이면서, 동시에 작품의 의미지향을 표출해 주는 핵심 자질로 꼽을 수 있다고 생각한다.

3) 〈류황후〉로의 개작 양상

활자본 〈류황후〉는 앞에서 살펴본 필사본 〈태아선적강록〉의 특징들이 모두 변개된 구성을 취하고 있다. 먼저 태자와 유소저의 애정 서사를 살펴보기로 한다. 앞의 서사 단락 (5)~(8) 부분에 해당하는 〈류황후〉의 내용을 보면, 여기에서는 유소저와 주소저가 관음사에서 대화를 나누던 중, 유소저가 주소저의 언행이 여자의 모습은 없고 남자 같음을 의심하자, 주소저도 유소저의 의심을 눈치채고 바로 환궁한다. 따라서 〈류황후〉에는 유소저와 주소저가 동거하거나 동침하는 장면이 나타나지 않는다. 이로 말미암아 두 사람 사이의 애정 관계도 전혀 형성되지 않았다. 〈류황후〉의 이러한 변개는 이후 사건의 전개에도 큰 영향을 미친다. 예를 들면, 필사본에는 태자와 유소저가 혼인 후 서로 담소를 나누며 침석에 나아가는 장면이 매우 유쾌한 모습으로 전개되어 있는데,[24] 활자본에는 그러한 내용이 없다. 또한 필사본에는 혼인 후에 성대한 잔치를 열고 이 자리에서 황제, 황후 및 친척과 대신들이 유비(유소저)를 칭찬하는 소리로 분위기가 매우 화락하고 떠들

---

24) "현비 격격한 동산 깁흔 곳의셔 탄식하고 지닐 격과 엇더하뇨 비 아미을 슉겨 부답이 어날 티지 우소왈 쳥한하기로 자랑하더라 보건디 녕해 엇더하요 비 넘용디왈 부귀빈쳔 각각 분의 이스니 옛날 어린 님군은 몸을 보젼하여 부귀을 두지 아니하며 진물을 귀히 넉이지 아여 어진 신하을 자랑하엿나니 젼하 부귀을 빗뇌고 쳥한을 우으시니 고금이 다라물 탄치 아니하리잇가 티지 칭사하더라 야심하미 촉불을 멸하고 금침의 나아가미 한업산 회포와 쳔만 은이 녀산약회하니 이로 층양못할네라"(50-51쪽).

썩하다. 그러나 활자본에는 이러한 내용도 빠져 있다.[25] 다만 활자본
에는 유소저가 혼사를 거부하는 내용, 황제가 태자의 청을 듣고 유각
로의 친척인 각로 오선과 예부상서 진국을 급히 찾아 주혼하게 하고,
이들로 하여금 유소저를 개유하게 하는 내용 등이 장황하게 펼쳐져
있을 뿐, 태자와 유소저의 사적 관계를 보여주는 내용은 전혀 나타나
지 않는다. 이와 같이 <류황후>에서의 태자와 유소저의 관계는 비록
태자의 적극적인 공세로 혼인을 이루긴 했지만, 필사본에서 느낄 수
있는 자연적 발로로서의 애정 관계는 거의 찾을 수 없다.

　유비가 만귀비의 계략에 빠져 사약을 받게 되었을 때 필사본에서는
태자가 나서 구하지만, 활자본에서는 황후가 나선다. 즉, 황후는 유비
를 살릴 계책이 없어 근심하다가 강문창에게 계교를 일러주며 유비를
구해줄 것을 부탁한 것이다. 그에 앞서 황제는 만귀비로부터 유비가
출산한 사실을 듣고 태감 여회진을 명하여 유비를 죽이라고 명한다.
鴆毒을 가지고 영안궁으로 가던 여회진은 강문창을 만나고, 강문창은
유비가 애매하게 죄를 입었으니 우리가 합심하여 유비를 살리자고 여
회진을 설득한다. 그 후 강문창은 영안궁 시녀들에게 뇌물을 주고 유
비를 빼내어 유부의 양춘각에 숨긴다. 그 사이에 여회진은 황제에게
유비를 짐살했다고 보고하고 거짓으로 염습하고 허장을 하였다. 이로
말미암아 태자는 유비가 실제로 죽은 줄 알았다가 나중에 황후의 말
을 듣고 살아있는 줄 알게 된다. 이처럼 유비를 살리는 장면에서 태자

---

25) "이러구러 태자의 길일이 당도함애 오각로와 진상서ㅣ류소져를 치송하야 궐내로 드러
　　가 례를 일우니 태자의 화려한 긔상은 왕자진이 부생한듯 하고 류소져의 션연한 자태
　　는 낙표 복비가 세상에 강림한듯 하더라 태자ㅣ류소져를 흠모하다가 방계곡경으로 간
　　션하고 아람다운 인연을 인연을 매즈매 련련한 사랑과 탐탐한 정의 비할 대 업서서 경
　　중함이 날로 깁고 황상과 황후도 류비의 정숙한 태도와 인효한 성질을 출텬함을 보시
　　고 못내 종애하샤 칭찬하심을 마지 아니하시더니"(113쪽). 태자와 유소져의 혼사와 관
　　련된 내용은 이것은 전부다.

는 배제되어 있었다. 또한 유비가 종남산 아래에 기거하고 있다는 사실을 안 태자는 필사본에서는 미복으로 찾아가서 유비와 해후했는데, 활자본에는 이 같은 장면이 없다. 태자는 나중에 유비를 황후의 예로 모시고 오라는 황제의 명을 받고서야 가서 재회하게 된다. 뿐만 아니라 서사 단락 (16)에서 신 황제, 유황후, 이귀비가 바둑을 두는 자리에서 서로 단란한 모습을 보여주는 장면도 활자본에는 빠져 있다. 이상과 같이 활자본에서 상당한 변개가 이루어졌는데, 이로 말미암아 필사본에서 강조된 남녀 간의 사적인 애정 표출과 그 의미소가 상당 부분 사라지게 되었다.

한편 <류황후>에는 서사 단락 (9)의 내용, 즉 정첩여, 태자, 유비가 대책을 세우는 내용은 빠져 있고, 옥소아가 자결하는 내용은 변개되어 옥소아는 죽지 않고 숙의로서 2자 1녀를 두고 계속 살아가는 것으로 되어 있다. 이처럼 활자본에서 단락 (9)의 내용이 생략된 것은 후궁의 신분으로서 대책을 내는 것은 적절치 않다는 판단이 작용한 것으로 보이고, 태자와 유비가 대책을 세우는 것도 자식의 입장에서 할 수 있는 일이 아니라고 판단했기 때문으로 본다.[26] 반면 옥소아의 사건을 변개한 것은 주인을 향한 시비의 충정과 그에 대한 보상을 중시했기 때문으로 본다.

그 외에 활자본에서 변개된 의미 있는 사건으로는 먼저 만귀비의 회과를 들 수 있다. 서사 단락 (29)를 보면, 만귀비는 다시 반역을 시도하다가 잡혀 처참된다. 그러나 활자본은 그와 다르다. 태상황의 용서를 받아 복귀한 만귀비는 처음에는 유수애[27]를 원망하다가 어느날 꿈

---

26) 만귀비는 황제의 귀비인데, 그런 사람을 자식의 입장인 태자와 유비가 제거하려는 것은 부정적으로 생각될 수 있는 부분이다.
27) 필사본의 '옥소아'.

속에서 한 노옹이 나타나 만약 회과하지 않으면 이생이나 후생에서 모진 고초를 당할 것이라는 질책을 당한 후 회과를 하는 것으로 서술되어 있다. 또한 만귀비가 유황후에게 용서를 비는 내용, 유황후가 위로하는 내용, 만귀비가 옛집에 기거하는 내용 등이 장황하게 서술되어 있다. 이러한 변개는 유황후의 성덕을 강조하기 위한 것으로 볼 수 있다. 뿐만 아니라 이 대목의 변개는 단락 (9)에 전개된 태자와 유비의 강경 발언을 활자본에서 생략한 것과 연장선상에 있는 것이기도 하다. 즉, 만귀비가 회과하는 것으로 구성한 것은 만귀비는 어쨌든 황제의 귀비이기 때문에 황제의 위상을 격하시키지 않기 위해서는 선인으로 되돌릴 필요가 있고, 이와 같은 구성을 염두에 둔다면 만귀비에 대한 자식들의 비판적 언행을 설정하는 것도 부적절하기 때문이다.

이상은 주로 서사구조의 측면에서 바라본 변개 양상이다. 그러나 필사본과 활자본의 차이점은 사건의 '서술 표현' 측면에서 더 두드러지게 나타난다. 필사본에서는 각 사건의 서술이 대체로 압축적으로 서술된다. 이로 말미암아 특히 핵 사건이 아닌 보조 사건의 경우에는 행위의 결과만 제시되는 경우가 많다. 이에 비해 활자본에서는 핵 사건이든 보조 사건이든 각 사건의 서술이 대단히 구체적으로 나타난다. 몇 사례를 들어본다.

"소데 십이셰예 이라니 부인이 홀연 병드러 빅약이 무효하니 소데 망극하여 모욕지게하고 정성을 천지의 비디 마참니 천명을 도로히 지 못 부인이 긔셰하이 각노 크게 슬허하고 소졔 자로 긔졀하이 각노 붓드러 게요 구하더라"[28]

---

28) 5쪽.

위의 인용문은 유소저의 모친 정부인이 병사하여 유각로와 유소저
가 슬퍼하는 내용이다. 필사본에는 이처럼 인물의 위병과 사망, 그에
대한 비탄의 사실이 간략하게 서술되어 있다. 그러나 활자본에는 다음
과 같이 전개된다.

> "어시에 틱아쇼져의 나히 십이셰라 부모ㅣ 현인군자를 택하야 동
> 상을 빗내고저 하되 뜻에 가합한ㅣ 업서 근심하더니 불행하야 명부
> 인이 우연 득병하야 몸을 침셕에 바려 날로 침중하니 공과 쇼졔 황
> 황 차죠하야 의약으로 치료하나 조곰도 차한 업는지라 쇼졔 망조하
> 야 탕약과 미음을 맛보아 드리며 지성으로 구호하되 맛참내 신명의
> 도음을 엇지 못하야 부인이 기셰하기에 니른지라 녀아의 손을 잡고
> 기리 탄식 왈 내 팔자ㅣ 긔구하야 슬하에 자경을 보지 못하고 늣게
> 야 너를 어더 남녀를 분별치 아니하고 자녀를 겸하야 사랑함이 극하
> 더니 네 어미 가지를 수괴하야 너의 빅넌대스를 졍치 못하고 즁도에
> 명을 맛게 되니 도라가는 넉시 엇지 한홉지 아니하리오 무로미 너는
> 네 어미를 생각지 말고 부친을 지효로 셤겨 말년 비회를 위로하면
> 구쳔의 외로운 혼빅이라도 또한 원한이 저글가 하노라 하며 언파에
> 눈물이 침상을 적시거늘 쇼졔 부인 수명 수명하메 주루망방하야 홍
> 엽에 흐르니 부인이 손을 어로만지며 재삼 당부하다가 인하야 세상
> 을 바리니 쇼졔 망주하야 방셩통곡하며 자조 긔졀하거늘 공이 창황
> 망조하야 쇼져의 눈물을 씨스며 위로하야 왈"[29]

이와 같이 사건은 동일해도 서술 표현은 전혀 다르다. 또 하나의 예
로, 작품에서 황제는 유비가 죽은 줄 알고 태자비를 다시 들이려 한다.
그러나 마땅한 혼처가 없어 걱정을 하고 있었는데, 그때 만귀비가 이
를 헤아리고 과거에 혼담이 있었던 자신의 질녀를 추천한다. 이에 황

---

29) <류황후>, 95-96쪽.

제는 만풍경의 딸을 태자비로 들이겠다고 선언하고, 이를 만풍경, 황후, 태자에게 전달한다. 황후는 황제의 명을 어쩔 수 없이 받아들였으나, 태자는 귀비의 질녀를 결코 자신의 비로 들일 수 없다고 버틴다. 그러나 일단 받아들였다가 후일을 도모하자는 황후의 말을 듣고 혼사를 받아들인다. 그 후 길일이 당도하여 태자와 귀비의 질녀는 위의를 갖추고 성대하게 혼사를 치른다. 그리고 귀비의 질녀는 귀비를 닮아 간사했으나 겉으로는 드러내지 않고 황제, 황후, 태자의 총애를 받고자 아첨하는 태도를 보인다. 이러한 내용이 <류황후>에는 대단히 구체적으로 서술되어 있다.[30] 그러나 필사본의 서술은 다음과 같이 간략하다.

> "잇떠 샹교하샤 만풍경의 녀자로 틱자비을 삼으니 용모 비록 아람다오나 그 고모를 달마 간악한 틱도 만흐나 샹은 사랑하시되 황후난 익즁하나 틱자난 되치 아니하샤 셔츈각의 쳐하여 황손을 다리고 유모으게도 자이며 혹 친히 품어 자이며 만씨을 본치만치 하며 틱지 유비을 잇지 못하여 슈회 무궁한지라"[31]

그 외에도 활자본에는 유각로와 정부인이 후사가 없어 근심하는 장면, 만귀비가 유비의 시비인 교란[32]을 매수하여 그와 계략을 꾸미는 장면, 만귀비가 유비에게 용포를 짓게 하는 장면, 유비와 이소저가 가짜로 혼인을 하는 장면, 정첩여와 태자를 궁중 감옥에 가두었을 때 신하들이 상소를 올리는 장면, 유비가 태자에게 남긴 편지, 교란이 그동안의 만행을 실토하는 장면 등 일일이 예거하기 어려울 정도로 많은

---

30) <류황후>, 126-128쪽에 걸쳐 서술되어 있다.
31) <태아선적강록>, 65쪽.
32) 필사본의 '교판'.

부분에서 서술상의 확장이 일어났다.

한편 <류황후>에는 서술상의 확장만이 아니라 삽입된 부분도 적지 않게 나타난다. 그중에서 주목되는 것은 인물의 요약적 발언이 반복적으로 서술되어 있다는 점이다. 유비는 유랑으로 행세하면서 이소저와 혼인을 했으나, 곧 여자임이 밝혀져 자신이 유비라고 고백한다. 그런다음 이원중 앞에서 모친을 잃은 이후부터 현재까지의 생평을 낱낱이술회하는데, 이 부분이 그대로 서술되어 있다. 유비의 생평은 옥소아가 上에게 유비가 살아있다는 말을 전하면서 다시 한번 서술된다. 그외에도 상이 유각로에게 내린 조서가 소개되어 있고, 작품 말미에서신 황제의 아들들을 일일이 왕으로 봉하는 내용 등도 삽입되어 있다.이와 같이, 구체적 서술 표현, 삽입 등으로 인해 활자본이 필사본보다이야기의 구체성이 훨씬 더 풍부하게 전달되고 있다.

4) 〈류황후〉에 나타난 변화의 의미

필사본 <태아선적강록>이 활자본 <류황후>로 전환되면서 생긴 변화 중, 먼저 서사구조의 변화가 갖는 의미를 살펴보기로 한다.

필사본에서 태자와 유소저는 스스로의 결정으로 혼전 성관계를 맺었다. 그리고 이때 형성된 애정은 혼인을 하고 수난을 겪는 와중에 오히려 증폭되었다. 태자와 유소저는 신분이 높으면서 동시에 작품의 긍정적 주인공이다. 그래서 여타 소설이라면 이런 사람들은 아무리 부부라도 서로 내외하는 윤리에 철저하다. 설령 상대가 그립다고 해도 말이든 행동이든 그것을 겉으로 잘 드러내지 않는다. 그러나 필사본 <태아선적강록>에 나타나는 태자와 유소저의 캐릭터는 신분이나 윤리보다는 개인과 개인의 만남, 관계를 더 중시하고 있다. 그래서 두 사람의 만남과 관계 속에서 느껴지는 사랑은 진정성이 있다. 그러나 이러한 내용과 성격을 활자본 <류황후>에서는 개작했다. '사적 동침에서 혼인'으로 전개된 것이 '혼인에서 그에 따른 자연스러운 동침'으로 개작되면서, 태자와 유소저의 만남과 혼인에서 애정의 진정성이 사라지게 되었고 이것이 그 후 서사 전개의 의미소에까지 영향을 미쳤다. 이러한 구조변화는 활자본 개작자의 의식에서 야기된 것인데, 그 의식이란 고위 신분의 남녀 간의 애정은 겉으로 드러낼 수 없다는 생각이다. 그러니까 활자본 개작자는 개아의 주체적 삶보다는 공공의 윤리적 삶을 더 중시했던 것이다.

한편 정첩여, 태자, 유소저가 만귀비의 불의에 대항하는 목소리를 활자본에서는 소거했다. 이 역시 활자본 개작자로서는 남녀, 상하, 신분 차이라는 윤리를 기준으로 볼 때, 정첩여, 태자, 유소저의 지위에서 목소리를 내는 것은 '외람'된 것으로 판단했던 것이다. 만귀비는 황제의 귀비였고, 정첩여, 태자, 유소저는 만귀비에 대하여 아랫사람이다. 윗사람이 아무리 불의를 행사한다 하더라도 아랫사람이 '제거하자, 죽이자'는 언행을 해서는 안 된다고 판단했던 것이다. 작품 말미에서 '꿈'이라는 장치를 활용하여 만귀비를 회과시키고 그를 원위치로 복귀시킨 변개도 활자본 개작자의 상기와 같은 의식의 결과로 볼 수 있다.

이처럼 필사본이 활자본으로 전환되면서 인간관계를 바라보는 관점이 고소설에서 흔히 볼 수 있는 보수적인 색채로 변했다.

다음으로는 서술 표현의 구체성과 삽입의 측면이 갖는 의의이다. 1910년대 이후 활발하게 출간된 활자본 고소설은 신작 고소설이 아닌 경우에는 대개 전대의 필사본과 방각본에서 형성되었다. 그중에서도 중국과 한국의 필사본들이 활자본 출판 원고로 활용된 경우가 더 일반적이었다. 이에 따라 필사본과 활자본을 함께 가지고 있는 작품을 연구할 때에는 필사본과 활자본의 관련 양상을 세밀하게 고찰하여, 필사본에서 활자본으로 전환될 때의 제 특징을 구명하는 것이 매우 중요한 과제에 해당한다. 즉, 활자본으로 정착되면서 서사 단락, 주제 의식, 서술 표현 등이 어떻게 변이되었는가를 살펴, 활자본 개작자의 개작 의식 및 당대의 독자 수용의식 등을 파악해보는 것이 중요한 것이다.

그러나 활자본으로의 변이 양상이 작품마다 다양하게 나타나기 때문에, 그 변이 양상을 하나로 묶어 말하기는 쉽지 않다. 그럼에도 불구하고 일반적으로 나타나는 현상 중의 하나는 활자본으로 만들어지면서 분량이 줄어든다는 점이다. 분량이 줄어든 것은 책 발간 비용을 절감해서 이윤을 높이기 위한 방편 때문이기도 하고,[33] 작품의 완결성이나 재미 등을 고려하여 불필요하다고 판단되는 부분을 생략했기 때문이기도 하다.

그러나 <류황후>의 경우는 이런 일반적인 경향과는 다르다. 오히려 활자본 <류황후>로 변개되면서 서술 표현이 더 구체적이고 풍부해졌다. 거기에다가 삽입된 부분도 적지 않아 분량이 확대되었다. 이로 인해 주동인물이든 보조인물이든 개개 인물들이 처한 환경과 언행이 작품의 순차구조 속에 적절하게 배치될 수 있었고, 그 때문에 서사 단락의 연속성 면에서 계기성과 합리성을 좀더 효과적으로 창출할 수 있었다.

요컨대, 활자본 <류황후>에서 분량이 늘어난 것은 일반적인 경향과는 다른 현상이다. 이를 통해 볼 때, 우리는 활자본의 생성방식을 일반론만이 아니라 다양한 관점으로 접근해서 해석할 필요가 있다고 본다.

---

33) 이주영, 『구활자본 고전소설 연구』, 월인, 1998, 129쪽.

4. 맺음말

본고에서는 국문필사본 <태아선적강록>의 이본과 작품 성격, <태아선적강록>과 국문활자본 <류황후>의 관계, 필사본 소설이 활자본으로 개작되면서 변한 양상 및 그 의미 등을 고찰하였다. 본고의 논의 결과를 요약하면 다음과 같다.

첫째, <태아선적강록>의 이본은 국문필사본 3종, 국문활자본 1종이 현전한다. 그중에서 국문필사본은 동일 계열이면서 국민대본과 단국대본은 상호간 직접적인 관계를 가지고 있는 이본이고, 북한에 소장된 국문필사본은 상당한 변개가 일어났다. 활자본 <류황후>는 선후관계로 볼 때 필사본을 바탕으로 형성되었는데, 개작의 정도가 심한 편이다.

둘째, <태아선적강록>은 적강과 승천의 구조, 악인의 핍박과 가족의 이산, 주인공의 수난과 구원자의 구원, 시비들의 활약, 주인공의 혼인과 가족의 재회 등 주요 제재 면에서 고소설 일반과 상통하는 점이 많다. 그러나 남녀주인공의 혼전 성관계와 애정의 진정성을 획득해가는 과정, 선한 주인공들이 악한 반동인물에 대응해가는 내용, 주인공의 위기를 해결했던 시비가 자결로 종말을 고하는 내용 등 여타 소설과 변별되는 특징도 나타난다. 그리고 이러한 변별적인 요소가 <태아선적강록>의 흥미를 창출했다고 생각된다.

셋째, 필사본이 활자본으로 전환될 때에는 내용상 전혀 변하지 않는 경우도 있지만, 어떤 경우에는 상당한 변개가 이루어지기도 하는데, <류황후>는 후자에 속한다. 활자본 <류황후>에서는 남녀의 애정에 대한 관점, 상하·남녀·신분에 대한 관점 등이 서사구조의 변개를 통해 달라졌는데, 그 변이의 방향은 윤리적 보수화라고 할 수 있다. 또한 <류황후>에서는 서술 표현을 구체화하고 삽입을 적극적으로 하여 분량이 필사본보다 많아졌는데, 이점은 필사본이 활자본으로 전환될 때 나타나는 일반적인 경향과 반대 현상이다. 이런 점에서 <류황후>는 활자본의 생성방식을 다양한 관점으로 파악할 필요가 있다는 문제 제기를 던져주는 작품이다.[34]

---

34) 본 저자가 <태아선적강록>과 <류황후>를 연구한 이후에, 순천시립 뿌리깊은나무박물관에 소장된 국문필사본 <유황후전>이 새롭게 발굴되어 소개된 바 있다. 연구자에 의하면, 국문필사본 <유황후전>은 <태아선적강록> 계열의 이본으로서 활자본 <류황후> 창작에 가장 직접적인 영향을 준 이본이라고 한다. 국문필사본 <유황후전>에 대해서는 조재현, 「뿌리깊은나무박물관 소장 필사본 <유황후전> 연구」, 『열상고전연구』 35집, 열상고전연구회, 2012 참조.

제6장

〈江南花〉의 작품세계와 〈창선감의록〉과의 상관성

1. 머리말

   〈강남화〉는 국문활자본 고소설이다. 1934년에 盛文堂書店에서 발행한 것으로, 저작겸 발행자는 李宗壽이다. 표지에는 "忠義小說 江南花강남화"란 표제에 "一名花氏傳"이란 부제가 적혀 있고, 내제도 "忠義小說 江南花(一名 화씨전)"이다. 순 한글로 되어 있고 총 62쪽 분량이다.

〈강남화〉 표지　　　　　　〈강남화〉 판권지

논의에 앞서 미리 말한다면, <강남화>는 <창선감의록>을 변용한 작품이다. 이에 본고에서는 <강남화>가 처음 소개되는 작품이므로, 작품의 경개를 바탕으로 주요 내용을 살펴보고, 그것을 <창선감의록>과 대비하여 상호 간의 상관성을 밝혀 보고자 한다. 그리고 양자의 상관성이 <강남화>가 <창선감의록>을 수용하면서 이루어진 것임을 밝히고, 수용과정에서 어떠한 변화가 일어났는가를 고찰하고자 한다. 이러한 논의과정에서 <강남화>의 특징과 형성과정이 드러날 것이다. 마지막으로 20세기 초반 활자본 고소설의 형성과정 혹은 생성방식을 일별해 보고, <강남화>가 보여주는 생성방식이 활자본 고소설 생성방식의 주요한 사례 중 하나임을 강조하고자 한다.

2. <강남화>의 경개

(1) 절강 소흥부 화정연, 화정윤 형제 소개. 정연 부부는 화원, 화옥을 두었고, 정윤 부부는 화운, 화춘, 화영을 둠.

(2) 정윤이 춘경을 구경 나갔다가 과거 길에 오른 윤장흰을 만남. 정연, 정윤, 장흰은 본래부터 정의가 교밀한 관계.

(3) 장흰의 청으로 정윤의 아들 화운과 장흰의 딸 윤채경이 정혼.

(4) 정연, 정윤, 장흰이 모두 과거에 급제.

(5) 엄숭이 국정을 농단하자 정윤이 상소를 올림. 그러나 정윤은 엄숭과 그 당류의 모함을 받아 설산도에 정배됨.

(6) 정윤이 유배 길에 병이 들어 한 관소에 머물고 있는데, 갑자기 자객이 들이닥침. 이 자객은 무섭이란 자인데, 엄숭이 정윤을 해치기 위해 보낸 사람. 그러나 무섭은 의기가 높은 사람으로서 정윤의 정대함을 알고 그를 보호하기 위해 뒤를 따라왔다고 함.

(7) 무섭이 정윤에게 권도를 써 配所로 가지 말고 다른 데로 도피하자고 권함. 정윤이 마지못해 허락하니, 무섭은 걸식하다 죽은 시신을 구해와 정윤의 옷을 입혀 방에 두고, 무섭과 정윤은 도피함.

(8) 무섭과 정윤이 청성산의 곽선공을 만남. 곽선공은 정윤의 내두사와 엄숭의 패망을 모두 알고 있음.

(9) 종자와 호송 관원들이 정윤이 죽은 줄 알고 시체를 예빙하여 황성으로 올라감.

(10) 엄숭의 차자 엄준은 혼인 전. 엄준의 유모가 윤채경의 인물됨을 보고 엄숭에게 소개하고, 엄숭은 윤장환에게 청혼을 하나 장환은 거절함.

(11) 화운이 부친을 返葬하기 위해 임시 고총이 있는 빈소에서 제를 지내다가 부친이 살아있다는 꿈을 얻음.

(12) 황제의 생일연 때 윤장환은 신병이 있어 그 연유를 글로 알리고 불참함. 엄숭이 황제에게 장환이 평소에 황제가 무도하다는 비난을 했다고 무고함. 장환이 금위옥에 갇힘.

(13) 엄숭이 장환의 부인 한씨와 윤채경에게 혼인을 허락하면 장환을 풀어주겠다고 협박함. 윤채경이 부친을 살린 후 자신은 도피한다는 꾀를 내고 거짓으로 혼사 요청을 받아들임.

(14) 엄숭의 청으로 장환은 운남으로 정배되고, 채경은 시비 난향을 자신으로 분장하여 엄준과 혼사를 하도록 하고 자신은 도피함.

(15) 채경과 유모가 운남으로 향하던 중 백형이란 관원을 만남. 채경이 자신을 화운이라고 속이고 백형의 누이와 정혼함.

(16) 토번의 침범. 토번과 내응하여 역모를 꾀한다는 엄숭의 찬역 지심이 탄로남. 엄숭은 산속으로 도망가고 그 가속들은 관비에 정속됨. 난향은 뇌물을 써 장환의 집으로 돌아가 한씨를 모시고 살아감.

(17) 황군의 일진이 패하자 황제가 친정함. 황제가 다시 위기에 처하자 정윤과 무섭이 곽선공의 지시로 출정하여 적을 물리치고 황제를 구함.

(18) 황성으로 복귀하던 중 정윤은 몽중 부친의 지시로 인근 사찰에 은신해 있던 엄숭을 잡아 황성으로 압송하여 처참함.

(19) 운남에서 만난 윤장훤과 채경이 해배되어 복귀함.

(20) 화운과 채경의 혼인. 화운과의 혼사를 청하는 백형의 편지가 화부로 옴. 편지 내용의 전말을 알지 못하고 의아해하던 화부 가족들은 채경의 전후 수말을 듣고 채경을 칭찬함. 화운과 백소저의 혼인.

(21) 무섭이 화부 근처에 거처를 정하여 살면서 난향을 부실로 들임.

(22) 정윤과 무섭의 자식들이 현달하여 잠영지족이 됨.

이상의 경개에서, 화정윤이 엄숭의 농단에 대하여 비판 상소를 올리고 그에 대하여 엄숭과 그 당류들이 대응하면서 벌어지는 화정윤과 엄숭의 대결, 엄숭 일당이 황제를 압박하여 화정윤을 내치는 과정에서 보이는 엄숭 일당의 악행과 황제의 무능함 등 무엇보다도 작품의 전반부에 설정되어 있는 충신과 간신의 대결 양상이 흥미롭게 전개되어 있다. 엄숭의 악행은 늑혼을 통해서도 자행되는데, 이로 인해 윤장훤과 윤채경이 심한 수난을 당한다. 그러나 서사는 의로운 자객 무섭과 구원자 곽선공, 부친을 살리려는 윤채경의 대담한 결정, 화정윤과 무섭의 출정 등으로 반전이 이루어진다. 특히 화정윤이 산중에 숨어있던 엄숭을 찾아내 처참하고, 윤채경이 여성의 몸으로 부친을 찾아 적소로 향하는 과정, 그리고 채경의 기지와 주선으로 화운과 채경, 화운과 백소저의 혼사가 이루어지는 모습 등은 작품 후반부의 주된 흥미 요소라고 할 수 있다.

요컨대 <강남화>의 서사 골격은 화정윤과 엄숭의 대결, 엄숭의 늑혼, 외적의 침입, 화운과 윤채경의 혼사 등에 의해 마련되었고, 그 구체적인 전개 과정에서는 화정윤의 상소와 그로 인한 수난, 무섭의 의기, 화정윤의 전쟁에서의 입공과 복수, 윤장훤의 수난과 윤채경의 대담성, 윤채경과 백형의 만남과 혼사 약정 등이 작품의 주된 흥미 요소로 설정되어 있다.

그런데 <강남화>의 이러한 서사 골격과 내용은 전대의 작품인 <창선감의록>을 바탕으로 한 것이다. 그러므로 <창선감의록>과의 상관성을 살펴야 <강남화>의 특징이 온전히 드러나리라고 본다.

3. <창선감의록>과의 상관성

<창선감의록>은 17세기 말 졸수재 조성기(1638~1689)에 의해 창작된 것으로 알려진 작품이다.[1] 창작된 이후 상하층의 독자들에 의해 큰 호응을 받아 한문필사본, 국문필사본, 한문현토활자본, 국문활자본 등 많은 이본이 산출되었으며,[2] 심지어 <화씨충효록>과 같은 장편소설을 파생시킨 작품이기도 하다.[3] 이에 걸맞게 그동안 연구도 많이 이루어졌다.[4]

본고에서는 <창선감의록>을 <강남화>의 형성 저본으로 주목해 보

---

1) 현재 학계에서는 조재삼(1808-1866)의 『松南雜識』의 기록 "我先祖拙修公行狀曰, 太夫人 於古今史籍傳奇, 無不博聞慣誦. 晚又好臥聽小說, 以爲止睡遺悶之資, 公自依演古說, 搆出數 冊以進. 世傳 創善感義錄 張丞相傳 等冊, 是也."에 의거하여 이렇게 판단하고 있다.
2) 한문현토활자본을 한문본에, 국문활자본을 국문본에 각각 귀속시켜 산출하면, 현재 한문 본 45여 종, 국문본 80여 종의 이본이 전하고 있다. 그리고 한문본과 국문본이 독자층의 성격에 따라 일정한 차이가 있는 것으로 지적된 바 있다. 이에 대해서는 이지영, 「<창선 감의록>의 이본 변이 양상과 독자층의 상관 관계」, 서울대 박사논문, 2003 참조.
3) <화씨충효록>은 19세기경에 창작된 작품으로서, <창선감의록>의 '개작형 연작'으로 알려진 국문소설이다. 13여 종의 이본 가운데 완질본은 37권 37책에 달하는 장편이다. 이에 대해서는 김수연, 「<화씨충효록>의 문학적 성격과 연작 양상」, 이화여대 박사논 문, 2008 참조.
4) <창선감의록>의 주요 연구 성과는 김정환, 「<창선감의록> 연구사」(우쾌제 외, 『고소설 연구사』, 월인, 2002) 1025-1041쪽에 정리된 것과, 이지영의 앞의 논문, 정길수, 『한국 고전장편소설의 형성과정』, 돌베개, 2005 등에 잘 정리되어 있다.

고자 한다. 그리고 <강남화>와의 상관성을 보기 위해 먼저 <창선감
의록>의 주요 내용을 간략히 제시하여 자료로 삼고자 한다. <창선감
의록>은 총 14회의 장회로 구성되어 있고, 각 장회 별로 제목이 붙어
있어 내용 파악에 도움을 준다. 각 장회의 제목을 제시하고 해당 부분
의 내용을 간략히 보충 설명하는 방식으로 내용을 정리해 보기로 한다.

제1회: "효자는 귀향할 계책을 고하고, 쌍옥은 아름다운 인연을 맺
다(孝子贊歸計 雙玉定佳緣)." 여기서의 효자는 주인공인 화진을 말하
고, 쌍옥은 윤화옥과 남채봉을 말한다. 이들은 윤혁의 중매로 정혼
을 한다.

제2회: "간악한 부인은 앙심을 품고, 음란한 아들은 욕정을 발하다
(魁婦售禍心 亂子吐淫情)." 여기서 간악한 부인은 심씨를 말하고, 음
란한 아들은 화진의 이복형인 화춘을 말한다. 심씨와 화춘은 모자의
관계인데, 이 두 사람이 화진 측의 인물들을 박해한다. 심씨는 화진
이 화부를 승계할까 두려워 박해를 하고, 화춘은 자신의 방탕한 생
활을 화진이 방해한다고 생각하여 박해를 한다.

제3회: "청성산으로 배를 돌리고, 동정호에서 혼을 부르다(廻棹靑
城山 招魂洞庭湖)." 여기서는 어사 남표 가족이 엄숭에 의해 수난을
당하는 이야기가 전개된다. 남표 부부와 그 딸 남채봉이 강물에 투
신하였으나, 이인들의 구원으로 살아나 남표 부부는 청성산 곽선공
의 거소에 의탁하고, 남채봉은 진형수의 집을 거쳐 윤혁의 집에서
윤화옥과 함께 산다.

제4회: "총계정에서 각각 뜻을 말하고, 백련교에서 홀로 의를 행하
다(桂亭各言志 蓮橋獨行義)." 여기서는 여성 인물인 윤화옥과 진채경
이 知己가 되어 사귀는 내용과, 진채경이 백련교에서 백경을 만나
윤여옥과 백경의 누이를 정혼시키는 이야기가 전개되어 있다.

제5회: "군자는 숙녀를 맞이하고, 요첩은 흉객과 결탁하다(君子迎

淑女 妖妾結凶客)." 여기서는 화진과 윤화옥·남채봉의 혼인과, 화춘의 첩인 조월향이 흉객인 범한·장평과 사귀어 화부를 혼란스럽게 하는 내용이 전개된다.

제6회: "자비로운 관세음보살, 의로운 도어사(慈悲觀世音 義氣都御士)." 여기서는 조월향의 박해로 독약을 먹고 죽게 된 남채봉이 관음보살의 계시로 살아나고, 도어사 하춘해가 구속된 화진을 변호해주는 내용이 전개되어 있다. 화진은 화춘 일당으로부터 심씨에게 불효를 했다는 모함을 받아 구속되어 있었다.

제7회: "재자는 눈썹을 그리고, 규녀는 홍점을 지키다(才子畵翠眉 閨女保紅點)." 여기서 재자는 윤화옥의 쌍둥이 남동생 윤여옥을 말하고, 규녀는 엄세번의 딸 월화를 말한다. 윤여옥은 윤화옥이 엄세번의 첩으로 들어갈 위기에 처했을 때 여장을 하고 엄세번의 집으로 간다. 그 사이에 화옥은 본가로 피신하고 여옥은 엄세번을 한참 동안 속이다가 월화의 도움으로 도피한다. 월화는 윤여옥이 여자인 줄 알고 한동안 동침했으나, 여옥은 월화의 처녀성을 건드리지 않는다.

제8회: "역점에서 열사를 얻고, 선동에서 장인을 만나다(驛店得烈士 仙洞訪丈人)." 화진이 도어사 하춘해의 도움으로 죽음을 면하고 유배를 가게 되었는데, 가던 도중에 엄숭의 수하에게 죽을 위기에 처한다. 그때 유성희가 등장하여 화진을 구해준다. 그 후 화진은 적소 근처에서 장인인 남표를 만난다.

제9회: "백의로 광남에 나아가고, 단부로 요적을 격파하다(白衣赴 廣南 丹符破妖賊)." 여기에서는 화진이 백의종군하여 서산해의 군대를 격파하는 내용이 그려져 있다. 화진은 그사이에 은진인으로부터 병법을 익힌 바 있다.

제10회: "원수는 조서를 받들고, 미인은 비수를 던지다(元戎拜皇詔 美人投匕首)." 서산해의 군대를 격파한 화진은 정식으로 원수의 직분을 받고 서산해를 추격하다가 서산해가 보낸 자객 이팔아를 만난다. 비수를 던진 미인은 이팔아를 말한다. 이팔아는 화진의 영웅적인 모습에 반해 화진에게 귀순한다.

제11회: "의사는 좋은 짝을 만나고, 효녀는 지극한 소원을 이루다 (義士逢好逑 孝女副至願)." 여기서 의사는 유성희를 말하고 효녀는 남 채봉을 말한다. 유성희는 전쟁에서 공을 세워 안남왕의 딸 양아공주 와 혼인을 하고, 채봉은 오랫동안 헤어져 있던 부모를 만난다.

제12회: "금관루에서 장사를 대접하고, 문화전에서 공신을 책봉하 다(饗士錦官樓 策功文華殿)." 화진은 채백관을 평정한 군사를 위로하 고, 천자는 화진과 그 부인들, 전쟁 공신들을 일일이 책봉한다.

제13회: "효부는 옛집으로 돌아가고, 한녀는 좋은 인연을 이루다 (孝婦返舊堂 恨女成好緣)." 여기서 효부는 화춘의 정실인 임부인을 말 하고 한녀는 월화를 말한다. 임부인은 심씨와 화춘을 간언하다가 쫓 겨나 친정에 가 있던이데, 심씨와 화춘이 회개하자 화부로 돌아온다. 월화는 윤여옥의 첩이 된다.

제14회: "심부인에게 헌수를 올리고, 하각로의 은혜를 보답하다(上 壽沈夫人 報德夏閣老)." 화진은 회개한 심씨를 극진히 모시고, 각로 하춘해가 애매한 모함을 당하여 구속되자 화진은 천자에게 주청하 여 하춘해를 구해줌으로써 과거의 은혜에 보답한다.

<창선감의록>의 위와 같은 내용을 염두에 두고, 먼저 2장에서 제시 한 <강남화>의 단락 (15)를 보기로 한다.

윤채경은 부친의 적소인 운남으로 향하던 중 만류정에서 한 소년 관원이 가마를 거느리고 주점으로 들어가는 것을 목격한다. 그리고 유 모로부터 가마 속의 여자가 몹시 빼어나다는 말을 듣고 그 여자를 자 신의 정혼자인 화운과 연결시키려 한다. 이에 채경은 만류정으로 돌아 와 그 관원을 기다리고 있었는바, 그 관원은 서울로 벼슬하러 가던 백 형이란 사람이었다. 자신을 절강에 사는 화운이라고 소개한 채경은 혼 인을 했느냐는 백형의 물음에 윤장훤의 딸과 정혼했으나 그 집이 몰락하여 다시 혼처를 구한다고 말한다. 그러니 백형은 채경에게 자신의 누이를 소개하면서 정혼을 청한다. 그러나 채경은 부모님이 계시니 나중에 절강으로 매파를 보내라고 말하고 두 사람은 헤어진다. 이와 같은 과정이 작품에는 다음과 같이 서술되어 있다.

홀연 벽제 소래 일어나며 소년 관원이 내행을 거나리고 오거늘 유낭이 그 위의를 구경코자 하야 주점 겻헤 안젓더니 관행이 쏘한 그 주점에 니르러 거마를 머물고 쉴새 교자 안으로서 한 소졔 나와 련보를 옴겨 하쳐로 드러가거늘 유랑이 녀자의 생각만 하야 복색이 밧귀임을 쌔닷지 못하고 이윽히 바라보니 그 소져의 나히 삼오나 되얏난대 백태구비하야 사람의 마음을 놀래는지라 즉시 도라와 소져씌 고하야 왈 텬하의 희한한 규수도 잇더이다 나의 소견에는 우리 소져 갓흐니는 이 세상에 다시 업스리라 하엿더니 앗가 내행 중 일위 소졔 잇스되 텬연한 태도ㅣ 진짓 경국지식이러이다 하고 칭찬함을 마지 아니하거늘 소졔 청파에 내심으로 헤오대 나의 팔자ㅣ 긔구하야 가화를 당하고 도로에 지향업시 류리하니 사생을 아지 못할지라 화가의 친사를 엇지 긔필하리오 엇지하면 져 소져로 화가 친사를 도모하고 하야 의사ㅣ 여차하매 오든 길을 도로 행하야 만류정이라 하는 정자에 니르러 창망히 안젓더니 이윽하야 그 관행이 당도하니…… 백형이 답례하고 문왈 감히 뭇나니 수재 어느 곳에 잇스며 존성대명은 뉘라 하시뇨 하니 그 소년이 흠선답왈 학생은 절강 소흥부 화운이러니 친구를 차자 우연히 이곳에 니르러 경치를 잠시 구경하거니와 대인은 뉘신닛고 백형이 답왈 만생은 화주 화음현 백형이러니 금춘에 텬은을 입어 참방하야 한림학사ㅣ 된지라 가인을 거나려 황성으로 올나가나니다 하고 다시 문왈 그대 일즉이 성취하시닛가 공자ㅣ 답왈 일즉이 청주 윤원외의 녀자로 명혼하얏더니 그 집이 화를 맛나 윤원외는 만리밧게 적거하고 가사ㅣ 령체하야 사방으로 헛터져 소식이 묘연한고로 다시 혼쳐를 구하나이다 하니……백형이 갈

오대 만생이 다만 한 매예를 두엇스니 년긔 십사세라 비록 임사의
덕은 업스나 족히 군자의 건줄을 밧들만 하온지라 그대 임의 혼쳐를
구하실진대 더럽다 말으시고 괴최의 쳡을 명하심이 엇더하시뇨 공
자ㅣ 답왈 존공이 학생으로써 용열타 아니시고 현매로 허하시니 엇
지 감히 사양하리잇고 그러나 우흐로 친당이 게시니 혼인은 인륜대
사ㅣ라 엇지 자단하오릿가 바라건대 존공은 절강으로 매작을 보내
여 통혼하시오면 조흘가 하나이다[5]

그런데 이와 같은 전개 양상이 <창선감의록>의 제4회와 동일하다.
<창선감의록>의 제4회에서 진채경은 부친 진형수가 구금에서 풀려
운남으로 정배되었다는 것을 알고 유모와 함께 삼촌 진영수가 살고
있는 회남으로 향했다. 그리고 도중에 평원역에서 한 명관이 가마를
호위하고 객점으로 들어가는 것을 목격했다.[6] 또한 유모로부터 가마
속의 여인이 빼어난 인물임을 전해 듣고 그 여인을 윤여옥과 연결시
키려 한다.[7] 윤여옥은 윤혁의 아들로서 진채경의 정혼자였다. 근처 백
련교에서 만난 진채경과 백경은 다음과 같은 문답을 나눈다.

그 명관은 먼저 자신의 성명을 밝혔다. "저는 저주 사람 백경으로
자를 성규로 쓴답니다. 수재의 고명을 들었으면 합니다." 진소저가

---

5) <강남화>, 43-45쪽.
6) "진소저는 10여 일쯤을 내려가다가 평원역에서 객점으로 들어가 나귀에게 꿀을 먹이고
있었다. 그때 문득 소년 명관이 한 쌍의 비단 가마를 호위하고 앞으로 지나가더니 이웃
한 객점으로 들어갔다."(<창선감의록>, 133쪽). <창선감의록>의 인용은 이래종 역주, 『창
선감의록』(고려대 민족문화연구소, 2003)의 번역문을 바탕으로 한다. 이하 동일.
7) "운섬은 여인의 마음으로 자신의 행색이 이미 남장으로 바뀐 것도 잊은 채 나무 울타리
를 뚫고 물끄러미 그 일행을 바라보았다.……뒤따르는 사람은 아직 비녀를 꽂지 않은 나
이로서 빛나게 아름다운 얼굴은 마치 방금 솟아오른 해와 같았다. 그녀의 고운 자태와
정숙한 기상은 자기 집 소저와 방불한 바가 있었다.……어떻게 하면 저 대 처자를 윤랑
에게 천거할 수 있을까?……진소저는 즉시 나귀를 타고 운섬 등과 함께 오던 길로 되돌
아가 백련교 위에 앉아 그 일행을 기다렸다."(<창선감의록>, 133-135쪽).

대답했다. "학생은 산동성 역성에 사는 윤여옥으로 자를 장원으로 쓴니다. 아마도 족하는 일찍이 벼슬길에 오르신 것 같습니다. 지금은 무슨 벼슬을 하고 있습니까?" "저는 지난봄 과거에 합격해 새로 한림편수를 제수 받았습니다." 그 사람은 그렇게 대답한 뒤 다시 진소저에게 물었다. "장원이 역성에 사신다 하니 혹시 윤이부(윤혁)와 족친 사이는 아니십니까?" "그 분은 바로 학생의 엄친이시랍니다." 백한림은 이미 진소저의 용광을 흡족하게 여기고 있었다.……"장원은 지금 나이가 몇이며 일찍이 부인은 얻으셨습니까? 아니면 정혼만 하고 아직 성례하시지 않았습니까?" 진소저가 대답했다. "학생의 연치는 지금 13세로서 일찍이 진제독(진형수)의 딸과 정혼을 했답니다. 그런데 그 댁이 화를 만나 만여 리 밖으로 귀양을 간 뒤로 소식이 끊어지고 말았으므로, 바야흐로 다시 혼처를 구하려는 참이었습니다." 백한림은 얼굴에 기쁜 빛을 띠었다.……백한림은 다시 말했다. "저에게 누이가 하나 있어 지금 함께 거느리고 경사로 올라가는 중입니다. 나이는 장원과 서로 비슷합니다. 제 누이는 자태와 성품이 아름다워 족히 군자의 배필이 될 만하답니다. 장원이 비록 장안을 두루 돌아다니며 널리 숙녀를 구한다 하더라도, 아마 제 누이보다 나은 사람을 찾을 수는 없을 것입니다. 원컨대 집안이 낮다 하여 물리치지 마시기 바랍니다." 진소저가 대답했다. "집에 부모님이 계시니 혼인 같은 대사를 학생이 마음대로 정하지는 못하겠습니다. 족하께서 황성에 당도하신 뒤 시험삼아 가친께 청혼을 하신다면, 가부간 응답이 있을 것입니다."[8]

그 후 백경은 제5회에서 혼인을 청하는 편지를 윤혁에게 보냈고, 윤혁과 윤여옥은 한동안 그 편지의 내용을 이해하지 못했다. 그러다가 제5회 서두에 서술된바 진채경이 윤화옥과 남채봉에게 보낸 편지[9]와

---

8) <창선감의록>, 137-139쪽. 괄호 안의 표기는 필자.
9) 내용은 "소매가 평원 객점에서 한림편수 백경의 누이를 만났습니다. 소비 운섬이 친히

백련교 주변의 輿地圖를 분석하여, 백경의 편지가 진채경과 백경의 만남에서 비롯된 것임을 알고 의문을 푼다. 이 부분 역시 <강남화>의 단락 (20)과 상통한다.

요컨대 <강남화>에서 화운과 백소저가 혼인에 이르는 과정에 나타난 윤채경의 행보는 '윤채경과 백형이란 관원이 만류정에서 우연히 만남→윤채경이 정혼자인 화운을 위해 자신의 신분을 속여 화운이라고 함→윤채경이 백소저와 정혼을 약속함으로써 화운과 백소저 간의 인연이 성사됨→백형이 화운의 집으로 정혼의 사연을 담은 서간을 보냄'과 같이 정리된다. 여기에서 윤채경의 자리에 진채경, 백형의 자리에 백경, 화운의 자리에 윤여옥을 넣으면 <창선감의록>과 같아진다.

한편 <강남화>의 단락 (15)와 (20)의 전개 양상은 단락 (10), (12), (13), (14)에 나타난 바와 같이 근원적으로 엄숭의 늑혼 때문에 벌어진 것이다. 이 부분에서 엄숭은 무거한 참소로 윤장환을 모함하여 구금했다. 그러나 윤채경은 꾀를 내어 부친을 구하고 자신도 도피했다. <창선감의록>도 이와 같은 구조다. <창선감의록>의 제4회를 보면, 여기에서는 늑혼의 주체로 조문화가 등장하는데, 이는 엄숭의 양아들이다. 조문화는 진채경의 인물됨을 알고 진형수에게 청혼을 한다. 그러나 진형수가 거절하자, 관청의 재물을 횡령했다고 무고하여 진형수를 금위옥에 가두었다.[10] 이에 온 가족이 슬퍼하던 중 진채경은 조문화에게 부친을 풀어준다면 혼사를 허락하겠다고 속인다. 이어 조문화와 엄숭

그 용모를 보고 전하기를, 진실로 금세의 희한한 규수라 했습니다. 원컨대 저저께서는 잊지 말고 유념하시기 바랍니다."(<창선감의록>, 143-144쪽)와 같이 정혼과 관련된 정보는 없다.

10) "그 무렵에 다시 양석을 시켜 '진공이 사사로이 태원의 돈 삼십만 냥을 훔쳤다'고 무고하게 했다. 그리고 금위옥에 가둔 뒤 온갖 방법으로 죄를 조작하게 했다."(<창선감의록>, 122쪽).

이 힘을 써 진형수는 정배에 처해지고 진채경은 부모가 운남에 도달했음을 알자마자 바로 남복개착하고 탈신도주했다.

그 외에도 두 작품의 상관성은 밀접하다. <강남화>의 단락 (5)~(8), (17)에 걸쳐 전개된 내용은 엄숭의 악행, 화정윤의 상소, 화정윤의 정배, 무섭의 구원, 곽선공과의 만남, 청성산 은거, 화정윤과 무섭의 출정 등을 핵심 요소로 한다. 이러한 스토리 역시 <창선감의록>과 밀접한 관련성이 있다. 다만 <창선감의록>에는 이 사건을 두 명이 겪는 것으로 구성되어 있다. 자세히 살펴보자.

<창선감의록>에서 엄숭의 국정 농단을 비판하는 상소를 올린 인물은 어사 남표이다. 이로 인해 남표는 악주에 안치된다. 남표 가족은 정배 길에서 엄숭이 보낸 적당들에 의해 죽을 위기에 처하자 모두 동정호에 투신한다. 그 후 남표 부부는 곽선공에 의해 구제되어 청성산에 은거하고,[11] 남표의 딸 남채봉과 시비 계앵은 선녀와 노파의 구원으로 산서 땅 진형수의 집에 의탁한다.[12] 이와 같은 내용이 <창선감의록>

---

11) "그보다 앞서 촉중의 청성산 운수동에는 곽선공이라 하는 사람이 은거하며 도를 즐기고 있었다. 어느 날 곽선공이 그 가인에게 말했다. "금월 모일 동정호에는 억울하게 죽는 사람이 있을 것이야. 내가 가서 건져 주어야 하겠구나." 곽선공은 바로 작은 배를 저어 부강 물결을 타고 악양 청초호로 내려갔다. 그런데 마침 남녀 두 사람의 시체가 달빛을 받으며 물결을 따라 내려오고 있었다.……"소생 남표가 조정에 죄를 짓고 악주로 귀양 가다가 갑자기 뱃길에서 변고를 만나 죽으려고 강으로 뛰어들었습니다. 그런데 오늘 선생께서 구조하신 덕분에 강에서 물고기 뱃속에 장사함을 면하게 되었습니다.""(<창선감의록>, 74쪽).

12) "그때 이미 밤은 깊어 달이 높이 떠 있었다. 그런데 소저가 문득 들으니 패옥소리가 먼 곳으로부터 점점 가까이 다가오는 것 같았다. 잠시 뒤에 곱게 단장한 선아 한 사람이 왼손에 백옥배를 들고 오른손에 조그만 마류병을 든 채 사뿐히 소저 앞으로 다가섰다.……그리고 병에 든 것을 옥배에 따라 주면서 말했다.……남소저는 그제야 비로소 잔을 들어 옥장을 마셔보았다. 그러자 기이한 향기가 입안에 가득히 감돌며 정신이 상쾌해졌다."(<창선감의록>, 78-79쪽). "그때 베옷을 입은 어떤 노파가 문득 그들 앞으로 지나갔다. 눈썹은 백설처럼 희었으며 손에 붉은 등나무 지팡이를 짚고 있었다. 그 노파가 서쪽 대로를 가리키며 말했다. "여기서 20리를 걸어가면 파릉현 쌍계촌이라는 곳에 진씨 성을 가진 관인이 살고 있다네. 그 댁의 여아는 그대와 숙세의 인연이 있으

의 제3회에 자세히 전개되어 있다.

한편 <창선감의록>에서 화진은 화춘, 범한, 조월향의 간계로 심부 인에게 불효를 저질렀다는 모함을 받아 구금되기에 이른다. 그때 윤여 옥의 기지[13]와 윤여옥의 부탁을 받은 엄숭의 주청으로 화진은 죽음을 면하고 성도로 정배된다. 정배 길에 오른 화진은 화주 화산역에 이르 러 자신을 호위하던 유이숙과 왕겸이 병이 들자 일시 지체하고 있었 는데, 그때 범한의 사주를 받고 호송 관원에 섞여 있던 이소와 배삼이 란 자들이 화진을 죽이려 했다. 그런데 마침 벽을 사이에 두고 곁방에 기거하던 유성희가 이소와 배삼의 모의를 듣고 달려나와 화진을 위기 에서 구한다. 유성희는 서안부 조총병의 휘하 장수로서, 그 전에 화진 의 인물됨을 익히 알고 있었던 사람이다.[14] 그 후 유성희는 서안부로 돌아가고 화진은 유이숙과 왕겸의 호위를 받으면서 적소인 성도에 이 른다. 이어서 화진은 성도 인근에 있던 청성산에서 곽선공과 남표 부 부를 만나게 되고, 곽선공의 스승인 은진인으로부터 문무를 수학하게 되며, 후에 해적 서산해가 침범하자 유성희와 함께 출정하여 공을 세 운다. 이와 같은 내용이 <창선감의록>의 제5회, 제7~9회에 걸쳐 자

니 찾아가 의지하시게. 그러면 마지않아 좋은 사람과도 만나게 될 것이야." 노파는 말 을 마치자 문득 눈앞에서 사라졌다. 계영이 깜짝 놀랐다. 남소저도 역시 의아하게 여겼 다."(<창선감의록>, 84쪽).

13) 윤여옥의 기지는 이런 것이다. 즉, 화춘, 범한 등의 간계는 엄숭과 결탁하여 이루어진 것인데, 화진이 구금되자 엄숭의 아들 엄세번은 화진의 부인인 윤화옥을 자신의 재실로 탈취하려 한다. 이를 미리 알게 된 윤여옥은 화옥과 쌍태 남매이므로 생김새가 똑같아 윤화옥으로 분장하고 엄세번의 집으로 들어갔다. 그곳에서 윤여옥은 엄세번에게 화진 을 살려준다면 당신의 요구를 들어줄 것이라고 청한다. 이에 엄세번은 부친에게 청하여 화진을 죽음에서 구하여 정배되도록 한다. 이를 확인한 윤여옥은 엄세번의 여동생 월화 의 도움을 받아 월장 도주해 버린다.

14) "저는 서안부 조총병의 휘하에 속한 장수 유성희로서 자를 수창으로 씁니다. 지난달 주장(主將)의 명을 받고 경사로 올라갔다가 진신(縉臣)들 사이에서 왕왕 선생의 옥사 이 야기를 듣고는 선생이 군자다운 사람이라는 것을 알게 되었습니다."(<창선감의록>, 262쪽).

세히 전개되어 있다. 이처럼 <강남화>의 화정윤 스토리는 <창선감의록>의 남표와 화진의 주요 스토리를 결합한 것과 동일하다.

그 외에 부분적인 측면을 보더라도 두 작품의 상관성이 발견된다. 화정윤 형제의 거소가 절강 소흥부이고 윤장환의 거소가 산동이라는 점, 둘째 아들인 화정윤이 주인공이라는 점, 화정연, 화정윤, 윤장환이 동시에 급제한다는 내용 등이 <창선감의록>에서 화춘과 화진 형제, 윤혁의 거소가 각각 절강 소흥부와 산동이라는 점, 둘째 아들인 화진이 주인공이라는 점, 서로 같은 편인 화진, 유성양, 성준이 동시에 과거에 급제한다는 설정과 동일하다.

이상의 대비를 통해 우리는 <강남화>와 <창선감의록>의 상관성을 분명히 알게 되었다. 그리고 그러한 상관성은 두 작품의 선후관계를 고려할 때 <강남화>가 <창선감의록>을 수용하면서 이루어진 것임이 명백하다는 점도 알 수 있게 되었다.

4. <강남화>의 특징과 생성방식

<강남화>와 <창선감의록>의 상관성이 분명해진 만큼, 좀 더 살펴볼 문제는 <강남화>가 <창선감의록>의 서사를 얼마나, 그리고 어떻게 수용했는가 하는 점이다. 이를 밝히기 위해 먼저 <강남화>에 수용된 <창선감의록>의 서사 및 문제의식과 <창선감의록> 전체의 그것을 대비해 볼 필요가 있다.

<창선감의록>은 다처제 아래서의 처처 갈등, 가문의 질서를 파괴하는 무능하고 방탕한 가장과 이를 바르게 인도하려는 아우 간의 형제 갈등, 문벌가를 존속시키려는 의식과 그것을 위협하려는 세력 간의

갈등, 계후 갈등, 충신과 간신의 대결, 의인의 구제, 혼사 장애, 군담, 범한이나 장평과 같은 악인들의 횡행, 곽선공・은진인・관음보살과 같은 초월적 존재들의 역할 등 다양한 서사와 문제의식이 편만해 있는 작품이다. 이 중에서 <강남화>는 충신과 간신의 대결, 의인의 구제, 혼사 장애, 군담 등을 초점화하여 수용했다. <강남화>에서 수용하지 않은 <창선감의록>의 내용을 간략히 압축하면 가문의 문제, 초월주의적 성격, 악의 축에 기생하는 악인 캐릭터 등이라고 할 수 있는데, <강남화>의 작가는 이들은 수용에서 배제했다.

<강남화>의 작가가 <창선감의록>이 지닌 가문의 문제, 초월성, 악인 캐릭터 등을 수용에서 배제한 이유는 쉽게 말하기 어렵다. <창선감의록>에서 초월적 면모와 악인 캐릭터는 모두 가문의 문제와 직결되는 요소인데, <강남화>의 작가는 <창선감의록>의 이러한 가문소설적 성격이 1930년대 독자들에게는 별 흥미를 주지 못할 것으로 판단하여 제외했을 수도 있을 것이다. 그러나 어쨌든 초점화와 배제의 방식으로 인해 <강남화>의 서사와 문제의식이 보다 예각화된 점은 분명하다. 즉, <강남화>에 설정된 충신과 간신의 대결, 군담, 남녀 결연담 등이 부각될 수 있었던 것은 창작방식 상 초점화와 배제의 결과라는 점이다.

한편 초점화의 양상도 일정한 차이가 있다. 먼저 충신과 간신의 대결을 보면, <창선감의록>에서 충간 대결은 정치적 이해관계에 기초한 파벌 간의 집단 대결이자, 거기에 가족 구성원 간의 갈등이 결부되어 진행된다. 그 때문에 충간이 곧바로 선악이나 인물 간의 원수 관계로 발전하지는 않는다. 이점은 정치적으로 열세에 놓여 있던 화진 측이 득세한 뒤 반대파의 우두머리였던 엄숭을 용서해 주는 대목에서 여실히 드러난다. 즉, 엄숭을 살려준 것은 화진 측이 그를 순전한 악인보다

는 한때의 정치적 적대자로 판단했기 때문이며, 아울러 화진의 수난도 엄숭 때문만은 아니라고 생각했기 때문이다. 반면에 <강남화>의 충간 대결은 화정윤과 엄숭 간의 일대일 대결이고, 그 대결에서 화정윤은 엄숭의 직접적인 핍박을 당한다. 그 때문에 충간의 대결이 선악의 대결로, 상호 원수 관계로 발전하였다. <강남화>의 단락 (18)에서 볼 수 있듯이, 나중에 화정윤이 부친의 몽중 지시로 엄숭을 찾아내어 직접 처참한 것도 화정윤과 엄숭의 직접적 대결 구도 때문이다.

요컨대 <강남화>의 작가는 여러 문제가 결부되어 복합적 성격을 띠고 있는 <창선감의록>의 충간 대결 구도를 인물 간의 일대일 대결, 선악 대결, 원수 관계로 보다 노골화하는 방향으로 전환했던 것이다. 마치 <유충렬전>이나 <조웅전>에서 볼 수 있는 것처럼. 그러면서 대결 구도의 서사 편폭도 줄게 되었다.

이처럼 서사의 편폭을 줄이면서 예각화하는 방향으로 구성한 면모는 의인의 구제, 군담, 남녀결연 등에도 공히 나타난다. <강남화>에서 화정윤은 무섭의 구원을 받아 살아나고 곽선공을 만나 무예를 수련한다. 그러다가 위기에 처한 황제를 구하여 공을 세운다. 반면에 <창선감의록>에서 화진은 일차적으로 유성희의 구원을 받고 다음으로 곽선공을 만나 그에게 의탁하며, 후에는 곽선공의 스승인 은진인으로부터 무예를 연마한다. 그리고 전란에서도 백의종군하고 대원수로 출정하는 등 여러 차례 활약한다. 그로 인해 서사 편폭도 대단히 길어졌다. 남녀결연도 마찬가지다. <창선감의록>에는 주인공에 해당하는 남녀 인물들이 다수 등장하고, 그에 따라 결연의 양상도 다양하다. 그중에서 특히 화진과 윤화옥·남채봉 간의 결연과 혼사 장애, 윤여옥과 진채경·백소저 간의 결연과 혼사 장애 등이 주목되는바, <강남화>의 작가는 <창선감의록>의 이러한 남녀 결연담을 화운과 윤채경·백소저의 결연담으로 압축했다.

<강남화>가 <창선감의록>을 활용하여 창작된 작품이긴 하지만, 그렇다고 하여 구성의 모든 것을 <창선감의록>에 의존한 것은 아니다. 사건의 세부 전개상 <강남화>에서 새롭게 설정한 것도 있다. 그 대표적인 경우를 들어본다.

<강남화>에서 화정윤은 정배를 당한 후 바로 가족들에게 죽었다고 알려진다. 그것은 화정윤과 무섭의 독특한 도피 과정 때문이다. 무섭은 화정윤을 도피시키기 위해 시신 하나를 구해와 화정윤으로 위장한다. 그리고 화정윤을 호송해 왔던 종자와 관원들은 그 위장된 시신을 화정윤으로 알고 예빙하여 황성으로 올라갔다. 이로 인해 화정윤의 가족들은 극심한 비탄에 빠지고, 동시에 엄숭에게는 강한 적대감을 가지게 된다. 그러다가 얼마 후 반전이 일어났다. 화운이 부친을 반장하기 위해 임시 고총이 있는 빈소에서 제를 지내다가 부친이 살아 있다는 꿈을 꾼 것이다. 화운의 꿈속에서 어떤 봉두난발한 사람이 나타나 '나는 걸식을 하다가 병들어 죽은 사람인데 제를 지내주니 고맙다, 나를 부친이라고 부르는데 자네 부친은 어떤 의인을 만나 사지에서 벗어나 좋은 곳에 있다, 그러나 절대로 누설하지 말라'는 말을 들은 것이다.[15]

---

15) "운이 종인을 거나리고 아비 빈소에 니르니 루루한 고총이 전후좌우에 즐비함애 비록 청텬백일이라도 음풍이 소슬하고 귀곡성이 수운중에 은은하야 사람의 마암을 놀내더라 공자ㅣ 망극하야 부친 빈소에 나아가 제물을 버려놋코 방성통곡하니 산천초목도 위하야 슯흔 빗흘 찍우고 눈물을 먹음은듯 하더라 제를 파하고 밤을 지내더니 비몽사몽간에 한 사람이 람루한 의복으로 머리털을 헛트리고 니르러 공자를 향하야 무수히 샤례왈 나는 도로에 걸식하는 사람이라 주리고 병들어 죽으매 한잔 슐로 위로할자ㅣ 업더니 공자ㅣ 이럿틋 후히 제하고 의금관곽으로 망령을 위로하시니 이 은혜를 장차 무엇으로 갑사올잇가 그러나 공자ㅣ 날다려 부친이라 일커름의 만만부당하도다 공자의 부친은 황텬이 도으샤 의사를 맛내여 사디를 면하시고 조흔 곳에 피신하엿스니 후일에 조히 상봉할 긔회 잇슬지니 엇지 질겁지 아니하리오 그러나 이 말을 루설치 말고 도라가 후일을 기다리라 만일 발설되면 멸문지환을 면치 못하리라 하거늘 공자ㅣ 고히하게 역녀 자세한 말을 뭇고져 하더니 종쟈가 깨움을 인하야 눈을 써보니 빈소를 의지

이와 같은 내용이 <강남화>의 단락 (7), (9), (11)에 자세히 전개되어
있다. 이 일을 계기로 화운과 가족들은 다시 희망을 가지게 되고, 그
희망은 화정윤이 출정하여 공을 세우고 가족을 만나는 대목에서 실현
된다. 이러한 사건 전개로 인해 화정윤과 엄숭 간의 적대감과 작품의
흥미는 더욱 고조되었다.

이처럼 <강남화>는 사건의 세부 전개에서 <창선감의록>과 다른
부분도 존재한다. 그러나 전체적으로는 <창선감의록>의 자장권에 있
는 작품임은 분명하다. <강남화>의 작가는 <창선감의록>을 창작 저
본으로 하되, <창선감의록>이 지닌 서사와 문제의식 중, 충신과 간신
의 대결, 의인의 구제, 남녀 결연담, 군담 등을 중핵으로 포착하고, 이
들을 좀더 예각화하는 방향으로 작품을 창작했다. 이 중에서 <창선감
의록>의 내용과 구성을 직접 활용했다는 점은 번안과 차용에 가까운
점이고, <창선감의록>의 전부가 아니라 일부를 구성 요소로 삼았다는
점은 생략의 방식을 활용했다고 할 수 있다. 요컨대 <강남화>는 번안,
차용, 생략의 방식을 통해 <창선감의록>을 변용한 작품이다. 그리고
변용의 구체적인 방향은 초점화와 배제의 방식이다.

<강남화>가 <창선감의록>을 변용하여 창작되었다는 것은 활자본
고소설의 생성방식과 관련하여 중요한 의미를 지닌다.

현재까지 남아있는 활자본 고소설은 대략 280여 작품이 되는데,[16]

하야 잠시 조으럿더라"(<강남화>, 31쪽).
16) 예를 들어 국문활자본 <사각전>은 역시 국문활자본인 <가인기우>, <절세가인> 등과
이본 관계에 있는 작품인데, 이들은 내용상 큰 차이는 없다 하더라도, 발행자와 발행사
가 다르고 그에 따라 표제 및 편집 체제, 서술 표현 등도 서로 다르기 때문에, 활자본
고소설의 생산·유통과 관련된 제반 특징을 이해하기 위해서는 이들을 한 작품으로 처
리하기보다는 따로 처리하는 것이 타당하다. 이와 같은 존재 양상을 보여주는 작품이
매우 많은데, 그들도 모두 따로 처리해야 한다. 또한 활자본 고소설은 대부분이 국문활
자본이지만 <전등신화>, <서상기>, <옥루몽> 등과 같이 한문현토본도 다수 있다. 위
의 작품 수는 이들도 포함한 것이다. 요컨대 위의 작품 수는 1910년대 이후 발행된 연

그중에서 가장 큰 비중을 차지하는 것은 전대의 소설을 바탕으로 형성된 작품이다.[17] 그런데 전대의 작품을 토대로 형성된 활자본의 면면을 살펴보면, 내용상 전대의 저본과 차이가 없는 것도 있고, 약간의 변개를 가하여 생성된 것도 있으며, 저본의 내용 일부를 발췌하듯 뽑아내어 재구성한 작품도 있고, 둘 이상의 작품을 짜깁기하여 만들어낸 것도 있는 등 활자본으로의 형성 양상이 대단히 다양하다.

이와 관련하여 몇 가지 예를 들어보면, 국문활자본 <강남홍전>과 <벽성선>은 주지하듯이 <옥루몽>에 등장하는 강남홍과 벽성선의 행적만을 뽑아 재구성한 것이다. 말하자면 일종의 발췌본이라고도 할 수 있는 텍스트인데, 국문활자본 <옥루몽>이 따로 존재했음에도 불구하고 이와 같은 활자본이 다시 출판된 것은 강남홍과 벽성선의 행적만으로도 충분히 재미있고 또 그 때문에 판매도 된다고 생각했기 때문일 것이다.[18] <수매청심록>은 다수의 필사본이 현전하는바, 이를 토대로 국문활자본 <수매청심록>이 발행된 바 있다. 그런데 이 작품은 다시 인물과 서술 표현만을 변개하여 <권용선전>이란 국문활자본으로 재창조된 바 있다. 이로써 <수매청심록>은 활자본 시대에 '녹'책과 '전'책으로 이원화되어 유통되었다.

활자본의 형성과정 및 방법과 관련하여 또 하나 지적할 수 있는 것은 생산 과정에서 기존 작품을 짜깁기하는 경우이다. 1910년대 이후 활자본 고소설이 대량으로 간행되면서 기존 소설을 짜깁기한 작품, 즉

활자본 소설 중에서 '고소설적' 성격을 갖춘 활자본 소설의 대략적인 총합이다.

17) 그 외에 동서양의 위인을 소재로 한 작품, 중국소설을 번안한 작품, 구비문학이나 야담을 소설화한 작품, 20세기에 들어와 새롭게 창작된 작품 등도 다수를 차지한다.

18) 활자본 <강남홍전>과 <벽성선>은 각각 1926년(경성서적업조합)과 1922년(신구서림)에 처음으로 간행되었는데, 『옥루몽』은 국문활자본으로 <신교옥루몽>이 1912년(신문관)에, <고소설 옥루몽>이 1913년(보급서관)에 이미 발행된 바 있다.

혼성모방한 작품이 족출했다는 지적은 이미 있었다.[19] 그런데 최근의 연구에서는 짜깁기의 구체적인 실례가 본격적으로 검토된 바 있다. 예를 들어 <박씨전>과 <삼국지연의>의 특정 부분을 짜깁기한 <황부인전>, <이해룡전>과 <최척전>·<김영철전>에서 볼 수 있는 '삼국유랑기'를 혼합한 <이태경전>, <옥루몽>과 <남정팔난기>를 짜깁기한 <화옥쌍기> 등이 그들이다. 뿐만 아니라 애정소설과 영웅소설의 관습적 틀을 단순 결합한 <권익중전>, <유문성전> 등도 넓은 의미에서 짜깁기로 창작된 작품이라고 할 수 있다.[20]

그런데 기실 이러한 창작방식은 활자본뿐만 아니라 필사본에도 두루 적용되는 현상이다. 필사본 중에서 소위 유형성이 강한 영웅소설이나 가정소설들을 보면 화소와 삽화를 상호간 공유하는 작품을 쉽게 발견할 수 있다. 이는 장편국문소설도 마찬가지다.[21] 뿐만 아니라 <육미당기> 같은 한문소설은 작가가 아예 기존 소설을 활용했다는 언급을 직접적으로 표명하고 있기도 하다.[22]

짜깁기에 의한 활자본의 창작은 실제로 위에서 언급한 사례보다 훨씬 더 다양했으리라 생각된다. 특히 현재 활자본으로만 존재하여 신작 고소설로 평가받고 있는 작품 중에 그러한 사례가 다수 있을 것으로 생각된다.

---

19) 오윤선, 「구활자본 고소설의 성격 고찰」, 고려대 석사논문, 1993 참조.

20) 이상은 김도환, 「<화옥쌍기>의 창작경로와 소설사적 의의」, 『우리어문연구』 36집, 우리어문학회, 2010, 63-94쪽 참조.

21) 송성욱에 의하면 장편국문소설의 주된 창작방식은 여러 작품에 두루 등장하는 '단위담'을 활용하는 것이라고 한다. '단위담'의 의미와 단위담을 이용한 구체적인 창작방식에 대해서는 송성욱, 『조선시대 대하소설의 서사문법과 창작의식』, 태학사, 2003 참조.

22) "歲在昭陽朧月 余寓城南直廬 長夜無寐 聞隣家多藏稗官諺書 借來數三種 使人讀而聽之 皆一篇宗旨 始於男女婚 而歷敍閨房行跡 互有異同 皆假虛鑿空 支離煩瑣 固無足取……余酒折衷諸家 祛其支離煩瑣 間或補之以新話 合爲一篇傳奇 分作三卷 命篇曰 六美堂記." <六美堂記> 小序. 김기동 편, 『필사본고전소설전집』 1, 아세아문화사, 1980, 305쪽.

요컨대 고소설이 신소설과 현대소설이 창작·유통되던 시기에 어떠한 형태로 재창조·재구성되면서 전승되었는지를 이해하려면, 상기의 예에서 보듯 활자본의 형성과정 혹은 생성방식을 구체적으로 파악할 필요가 있다고 본다.

본고에서 주목한 <강남화>는 <창선감의록>을 변용한 작품이다. 그러나 <옥루몽>-<강남홍전>의 관계처럼 저본과 활자본의 관계가 직접적으로 연결되는 것은 아니다. 즉, <옥루몽>의 강남홍 서사와 <강남홍전>의 강남홍 서사는 내용 자체가 서로 동일하지만, <창선감의록>과 <강남화>의 관계는 그렇지 않다는 것이다. 예컨대 <창선감의록>의 진채경 서사와 <강남화>의 윤채경 서사는 소재의 설정과 구성방식이 서로 일치할 뿐, 내용이 동일한 것은 아니다. 또한 <창선감의록>과 <강남화>의 관계는, 내용의 전반부는 <옥루몽>을 활용하고 내용의 후반부는 <남정팔난기>를 활용한 <화옥쌍기>의 창작방식과도 다르고, <수매청심록>과 <권용선전>의 관계처럼 인물만 다르게 하여 새로 만들어낸 창작방식과도 다르다고 볼 수 있다. 이처럼 연구사상 <강남화>와 같이 번안, 차용, 생략을 통한 재창조의 경우에 해당하는 작품은 알려진 바가 거의 없다고 생각된다. 그런 점에서 <강남화>의 형성과정 및 방법은 주목되는 현상이라고 할 수 있겠다.

<강남화>의 작가는 소설 독자들에게 비교적 널리 알려져 있던 <창선감의록>을 변용하여 한 편의 활자본을 생성한 것인데, 기실 이러한 방식은 짜깁기 방식과 함께 널리 활용된 창작방식이 아니었나 생각된다. 따라서 이와 관련하여 지속적인 연구가 요망된다.

한편 개별 활자본에 대하여 그 생성방식을 구체적으로 확인해 보는 일은 활자본 시대에 어떠한 전대 작품들이 활자본 생산자들의 근접 시야에 존재했는가, 전대 작품들이 어떠한 지위와 위상으로 수용되었

는가, 그리고 생산자들은 수중의 작품들을 어떠한 방식으로 재생산했는가 하는 점들을 구체적으로 알 수 있게 해준다는 점에서 의의가 있다. 이점과 관련해서도 <강남화>의 사례는 중요한 의미가 있다고 생각된다.

5. 맺음말

<강남화>는 1934년에 발행된 국문활자본 고소설로서, 엄숭의 전횡과 화정윤의 상소, 엄숭의 모함과 화정윤의 정배, 무섭과 곽선공의 화정윤 구원, 엄숭의 늑혼과 무고에 의한 윤장흰의 정배, 윤채경이 기지와 담략으로 부친인 윤장흰을 구제하는 것, 윤채경이 백형과의 만남을 통해 화운과 백소저를 정혼시키는 일, 화정윤과 무섭의 출정과 공적 등을 주요 소재로 하여 전개된 작품이다. 그런데 이상의 주요 사건은 <창선감의록>에서 마련된 것이다. 윤채경이 부친을 구제하는 내용의 구체적인 전개 방식, 윤채경이 정혼자인 화운을 위해 자신의 정체를 속이고 화운과 백경의 누이를 정혼시키는 방식, 무섭과 곽선공이 화운을 구제하는 방식 등에서 <창선감의록>과의 상관성이 명확히 드러난다.

<창선감의록>은 다처제 아래서의 처처 갈등, 가문의 질서를 파괴하는 무능하고 방탕한 가장과 이를 바르게 인도하려는 아우 간의 형제 갈등, 문벌가를 존속시키려는 의식과 그것을 위협하려는 세력 간의 갈등, 계후 갈등, 충신과 간신의 대결, 의인의 구제, 남녀 결연담, 군담, 범한이나 장평과 같은 악인들의 횡행, 곽선공·은진인·관음보살과 같은 초월적 존재들의 역할 등 다양한 서사와 문제의식이 내재해 있는 작품이다. 그런데 <강남화>는 이 중에서 충신과 간신의 대결, 의

인의 구제, 남녀 결연담, 군담 등을 중핵으로 포착하고, 이를 좀더 예각화하는 방향으로 창작된 작품이다. 그런 점에서 <강남화>는 차용과 생략, 초점화와 배제의 방식으로 <창선감의록>을 변용한 작품이라고 할 수 있다.

활자본의 생산에는 전대 작품의 일부를 발췌하거나 둘 이상의 작품을 짜깁기하는 등 다양한 방식이 있었는데, <강남화>가 보여주는 생성방식은 그동안 별로 주목되지 못했다. 그런 점에서 본 논의는 연구사적 의의를 지닌다고 본다. 또한 개화기 시대 활자본 고소설의 연구에서, 활자본 시대에 어떠한 전대 작품들이 활자본 생산자들의 근접 시야에 존재했는가, 전대 작품들이 어떠한 지위와 위상으로 수용되었는가, 그리고 생산자들은 수중의 작품들을 어떠한 방식으로 재생산했는가 하는 점들을 이해하는 것이 매우 중요한데, <강남화>의 사례는 이와 관련해서도 중요한 의미를 지닌다고 생각된다.

제2부

신작의 세계

제1장

〈이두충렬록〉의 서사 구성과 성격

1. 머리말

본고는 신작 고소설 〈이두충렬록〉의 성격과 형성과정 및 그 의의를 고찰하는 것을 목적으로 한다. 〈이두충렬록〉은 1914년 文益書館에서 발행된 국문활자본으로서, 李秉在가 編修兼 發行者로 되어 있다. 표제는 '李杜忠烈錄'이고 총 2권이다. 권1은 179쪽이고 권2는 118쪽으로 되어 있어, 비교적 장편에 해당하는 분량이다. 현재 유일본으로 전하고 있어, 1914년에 처음으로 창작·유통된 작품임을 알 수 있다.[1]

20세기 초반에는 다양한 성격의 소설이 소설사를 점하고 있었다. 고소설과 현대소설을 좌우의 극점에 놓았을 때, 그 사이에는 필사본, 방각본, 활자본 형태의 고소설이 놓여 있고, 〈혈의루〉, 〈귀의성〉을 필두로 일시를 풍미한 신소설도 그사이에 존재했었다. 뿐만 아니라 〈소

─────────────────────────

[1] 현재 국립중앙도서관과 장서각에 소장되어 있는데, 본고에서는 국립중앙도서관 소장본을 활용했다.

경과 앉은뱅이 문답>, <거부오해> 등의 단형서사체 소설도 한 지점
을 점하고 있었다. 그 외에 본고에서 주목하는 신작 고소설도 무시할
수 없는 지위를 가지고 있었다. 신작 고소설은 신소설과 단형서사체,
현대소설 등이 창작·유통되던 시기에 고소설적 내용과 형식을 갖추
고 새롭게 등장한 소설을 말한다. 즉, 1910년대 초반 이후에 새롭게 창
작된 고소설을 말한다.[2]

거칠게 논단한다면 소설사의 거시적 전개는 '고소설→신소설→현대
소설'의 경로였다고 할 수 있다. 그러나 신소설의 시대가 도래했다고
해서 고소설이 사라진 것은 아니고, 현대소설의 시대가 왔다고 해서
고소설, 신소설의 유통이 사라진 것도 아니었다. 고소설, 신소설, 현대
소설은 시공간을 공유하면서 존재했었는데, 그때가 바로 20세기 초반
이다. 이 시기의 이러한 소설사적 지형도는 무엇보다도 각 유형에 대
한 향유층의 수요가 있었기 때문에 생긴 현상이다. 즉, 신소설이 창
작·유통될 때에도 고소설에 대한 수요가 있었고, 현대소설이 유통될
때에도 고소설, 신소설에 대한 수요가 존속했던 것이다.[3] 이러한 상황
에서 새롭게 등장한 것이 신작 고소설이다. 따라서 신작 고소설 중에
는 당연히 이 시기의 소설사적 경향을 여러 측면에서 반영하고 있는
작품이 있을 수 있다. <이두충렬록>은 이 점에서 주목되는 작품이다.

신작 고소설에 대한 연구는 고소설이 신소설과 현대소설의 유통 시
기에 어떠한 방식으로 존재했으며, 어떠한 방향으로 전변했는지를 알
게 해준다는 점에서 매우 중요한 영역이다. 그러나 이 부분에 대한 연
구는 아직 부진한 실정이다.[4] 이에 본고에서는 <이두충렬록>을 대상

---

2) '신작 구소설'이란 명칭을 쓰는 연구자도 있으나, 학계에서 일반적으로 사용하는 명칭은
'신작 고소설'이다. 본고에서도 이를 따른다.

3) 이 시기 고소설, 신소설, 현대소설의 복잡다기한 향유와 유통 양상에 대해서는 천정환, 『근
대의 책읽기』, 푸른역사, 2003 참조.

으로 신작 고소설이 어떠한 과정을 거쳐 창작되고 전변되었는지를 살펴보고자 한다. 이를 통해 20세기 초반에 창작·유통되었던 신작 고소설의 한 존재 양상을 밝혀보고자 한다. 구체적인 논의 대상은 다음과 같다. 첫째, <이두충렬록>은 그동안 줄거리만 간략히 소개되었을 뿐,[5] 본격적인 논의는 없었다. 그리고 소개된 줄거리도 지나치게 소략하거나 틀린 부분도 있어 작품 이해에 별다른 도움을 주지 못한다. 따라서 본고에서는 주요 인물의 서사적 행로를 따라가면서 내용의 전개 양상을 먼저 정리하고자 한다. 둘째, 서사 내용과 전개 방식을 분석하여 고소설적 전통이 지속된 면과 변화된 면을 나누어 설명한다. 셋째, 변화로 인해 생긴 <이두충렬록>의 특징이 당대의 신소설과 관련됨을 주목하고 그 상관성을 고찰하고자 한다. 그리고 이를 바탕으로 신작 고소설로서 <이두충렬록>의 성격과 그 의의를 이해하고자 한다.

2. <이두충렬록>의 서사

<이두충렬록>은 이태원과 두성완이란 남녀주인공의 파란만장한

---

4) 연구가 부진한 가장 큰 이유는 신작 고소설의 작품 목록이 온전히 확보되지 못했기 때문이다. 그동안의 연구에서도 많은 수의 신작 고소설이 발굴된 바 있으나(이은숙, 『신작 구소설 연구』, 국학자료원, 2000 참조), 그중에는 기실 신작이 아니라 기존 고소설 작품을 개작한 개작 고소설인 경우도 허다하고, 신소설로 분류된 작품 중에도 개작이나 신작 고소설이 많이 있다고 생각된다. 예컨대 그동안 신작 고소설로 분류되었던 <남강월>, <약산동대>, <쌍미기봉> 등은 신작이 아니라 개작 고소설이고, 그동안 신소설로 분류되었던 <강상월>, <부용헌> 등도 신소설이 아니라 개작 고소설이다. 또한 신소설로 분류되었던 <이화몽>, <연화몽> 등은 신작 고소설이다. 반대로 <보은록>과 같이 그동안 고소설로 분류되었던 작품이 기실은 신소설인 경우도 있다. 이와 같이, 개작 고소설, 신작 고소설, 신소설 등이 복잡하게 얽혀 있기 때문에, 이들을 엄밀하게 분류해야만 신작 고소설에 대한 연구도 심화될 것으로 생각된다.

5) 한국정신문화연구원 편, 『한국민족문화대백과사전』 17, 웅진출판사, 1991, 781쪽.

삶을 서사화한 작품이다. 이태원과 두성완은 유아기 때 정혼한 후 16세가 되어 다시 만난다. 그 사이에 두 사람은 서로 분리된 채 각고의 삶을 살아갔다. 작품은 이태원이 부모와 주생으로부터 분리된 이후 과거시험에 응하기 위해 황성에 이르는 과정을 먼저 제시하고, 이어 두성완이 가출한 후 역시 과거시험에 참여하기 위해 황성으로 올라가는 과정을 서술한다. 이태원의 행로에서 두성완에 대한 정보는 두성완이 태원이 준 신물인 홍옥패를 간직하며 수절하는 내용 외에는 없다. 이처럼 작품은 이태원의 삶과 두성완의 삶을 교대로 제시하고 있다. 한편 이태원과 두성완은 장원급제를 하고 곧 서로가 정혼자임을 확인하게 되며, 이어 각자 부모를 만나 혼인을 하기에 이른다. 이때부터 작품은 두 사람의 삶을 동시에 보여준다. 따라서 본고에서는 서사 전체의 내용을 '이태원의 삶의 도정', '두성완의 삶의 도정', '재회 이후'로 나누어 정리하고자 한다.

■ 이태원의 삶의 도정

이태원은 명나라 낙은선생 이봉우와 사씨부인의 만득자로 태어난다. 태어날 때부터 비범한 인물이었는데, 이마 위에는 붉은 점이 있었고 왼손에는 검은 글씨가 새겨져 있었다. 그러나 집의 家僮이 태원을 몰래 훔쳐 강에 버림으로써 태원은 가족과 분리된다. 그 가동은 자신의 부친이 불손한 죄로 이봉우에 의해 타살되자 그에 대한 복수심에서 이런 짓을 한 것이다. 버려진 태원은 주생이란 사람에게 거두어지고, 주생은 태원을 주몽득으로 개명하여 아들로 양육한다. 주생의 이웃에는 두생이란 사람이 있었는데, 두생에게는 두성완이란 딸이 있었다. 주생은 두생에게 청하여 주몽득과 두성완을 정혼시킨다. 얼마 후 주생은 여씨를 재취로 들였는데, 주생 부부가 역병에 걸려 죽자, 여씨는 왕생이란 무뢰배와 사통하다가 생활이 곤핍해지자 몽득을 반태공이란 巨商에게 팔아버린다. 몽득은 이 반태공의 양육을 받으면서 文武를 수련하여 통달하게 된다. 그러나 몽득은 여기에서도 정착하지 못하고 반태공의 아들 반기에게 쫓겨난다. 몽득은 유랑하다가 한 노파의 집에서 마향은이란 여자와 가연을 맺고, 몽득과 향은은 다시 괴수에게 잡혀 냉옥에 갇혀 있던 염만련춘이란 여자를 구해 동행한다. 몽득은 또한 서경으로 향하다가 장원외란 富商의 집에 기거하게 되는데, 장원외는 몽득을 자신의 사위로 삼으려 했으나 몽득이 거절하자 몽득 일행을 쫓아낸다. 그러나 장씨의 딸 장옥년은 집을 나와 몽득을 따르기로 한다. 이에 주몽득은 남복을 한 마향은, 염만련춘, 장옥년과 함께 황성에 이르고, 이어 과거에 응해 장원급제를 한다. 한편 그사이에 이봉우와 관직에 있던 봉우의 형 이각노는 태원을 백방으로 찾았으나 못 찾다가, 몽득이 가진 신체상의 표지를 확인하여 몽득이 잃어버린 태원임을 알게 되어 가족이 재회하기에 이른다.

이와 같이 이태원은 강보에 싸였을 때 부모와 헤어졌다가 16년의 세월이 흐른 뒤에 다시 만나게 되었다.[6]

■ 두성완의 삶의 도정

두생은 족보는 있으나 다소 허랑한 사람이었는데, 어떤 외간 남자로부터 주몽득이 죽었다는 거짓 소문을 듣고는 두성완을 명석기란 인물에게 시집을 보내려 했다. 그러나 두생이 이렇게 마음을 먹은 주된 이유는 명석기가 준 재물에 혹했기 때문이다. 두성완은 평소에 입신양명의 꿈을 가지고 있었다. 그런 차에 부친이 외간 사람과 혼

---

6) 주생이 강가에서 태원을 발견했을 때의 "ᄉ쟝의 이르니 버린 아희 잇거눌 나아가 살피미 비록 강보에 잇스나 영위준슈ᄒ여 비상ᄒ 긔남지라"(권1, 2쪽)라는 표현이 있고, 이각노가 신방 장원이 이태원임을 알고 만났을 때의 "니공이 그 손을 잡고 눈물을 쩌르쳐 갈오디 너를 일흔지 십뉴년에 심녀을 비진ᄒ여 천하에 구삭ᄒ나 형영을 볼 길이 업더니"(권1, 93쪽)라는 표현이 있어, 가족 이산의 기간을 알 수 있다. <이두충렬록>의 원문 인용은 국립중앙도서관 소장본을 대상으로 하며, 앞으로 권수와 쪽수만을 밝히기로 한다.

사를 이루려 하자 모친에게만 알리고 남복을 하고 가출을 했다. 두 성완은 먼저 역양에서 평원사 객승인 운리대사에게 감금되어 있던 진몽난이란 여성을 구한다. 그 후 성완과 몽난은 설시랑댁에 기거하게 되었는데, 성완은 그곳에서 설시랑의 강권에 못 이겨 설시랑의 딸인 설수애와 혼인을 하였다. 성완은 과거시험을 본다는 핑계를 대고 몽난과 함께 설시랑집을 나와 행하던 중 녹림객 손악의 적도들에게 납치를 당한다. 성완은 손악의 산채에서 그 전에 이미 잡혀 와 있던 화영운이란 여자와 그 시비인 벽낭과 홍년을 만난다. 두성완과 화영운은 서로 계교를 짜 두성완과 진몽난이 먼저 산채를 빠져나오고, 곧이어 화영운과 벽낭, 홍년도 빠져나온다. 성완 일행과 영운 일행은 따로 길을 나섰는데, 도중에 성완 일행은 악소배들에게 겁칙을 당할 위기에 처하고, 영운 일행은 풍랑을 만나 강물에 빠지게 되었다. 그때 현공법사란 사람이 나타나 두 일행을 모두 구한다. 여기 현공법사는 지역의 거부였던 정담이란 사람의 딸 정자연인데, 부친이 죽자 재물을 흩어 절을 짓고는 현공법사라 자칭하면서 살았다. 그리고 현공은 인근의 도사인 엄처사로부터 도술을 배워 신술에 능하게 되었다. 이렇게 하여 두성완, 진몽난, 화영운, 벽낭, 홍년, 현공법사 등은 법사의 절에서 한동안 기거하게 된다. 그러다가 엄처사의 지시로 성완과 몽난은 과거시험을 보기 위해 황성으로 향하고, 화영운 일행은 자신의 집으로 돌아갔으며, 현공법사는 그곳에서 절을 지키며 살게 된다. 이때 엄처사는 성완에게 丹書 祕訣을 주며 익히게 하였는데, 그전에 엄처사의 교육으로 성완, 몽난, 현공법사, 화영운 등은 모두 隱身法과 神行法에 능통하게 되었다.

황성에 올라온 성완은 주몽득과 함께 동시에 장원급제한다. 그리고 부모와 재회한다. 성완은 이름을 되찾은 태원과 서로 知己가 되어 사귀던 중, 태원의 몸에 있는 표지를 보고 과거의 정혼자임을 알아차리고는 할 수 없이 표를 올려 여자임을 밝히게 된다. 이와 같이 태원과 성완은 3세의 어린 나이에 정혼을 했다가 헤어진 후 머나면

길을 경유한 끝에 16세가 된 이 시점에 다시 만났던 것이다.

■ 재회 이후

皇叔의 아들 낭능후는 성완을 후처로 들이기 위해 먼저 이태원을 제거하려 했다. 이를 위해 문객 조숭과 자객 가륜이란 자를 이용했는데, 성완이 天文을 보고 미리 예견하여, 바람을 태원의 방으로 들여보내 태원에게 위기가 도래했음을 알렸고 아울러 부적을 이용해 가륜을 포박했다. 곧이어 이태원은 황제의 주선으로 두성완, 진몽난과 혼인을 하고, 성완의 주선으로 상경한 설수애, 화영운을 제3처와 제4처로 들인다. 화영운과 함께 현공법사⁷⁾도 상경해 있었는데, 후궁인 왕귀비의 아우 왕일평이 정낭을 첩으로 들이기 위해 신술을 쓰는 남산도인을 이용했다. 정낭은 이들에 의해 왕귀비의 별궁인 숙녕궁에 갇히게 되고, 남산도인이 사용한 부적으로 인해 정낭의 도술이 통하지 않았다. 정낭이 부적의 위치와 너무 가까이 있었기 때문이다. 이에 정낭은 꾀를 내어 정실로 맞이한다면 응하겠다고 하여 잔치를 열게 했고, 교배석을 부적의 위치와 멀리 떨어지게 한 다음 교배석에 앉자마자 은신법을 부려 빠져나왔다. 이어서 이태원은 향은, 만련춘, 옥년, 정낭을 첩으로 들인다.

광동 소주 지역에 소요사태가 일어나자 上은 이태원을 파견한다. 이때 두부인(두성완)은 사태를 미리 예견하여 서찰 한 통과 두부인 자신이 가지고 있던 금시여의전이란 화살을 태원에게 준다. 이태원이 순무를 마치고 복귀하던 중 절강 용왕의 부탁을 받고 북해 거북을 제치한다. 이때 태원은 금시여의전을 사용했다. 용왕은 報恩으로 태원에게 현조탁,⁸⁾ 비수, 회생단 등을 주면서 현조탁은 정낭에게, 비수는 화영운에게, 회생단은 두부인에게 맡기면 후일 쓰일 데가 있을

---

7) 여기서부터 현공법사는 '정낭'으로 불리어진다.
8) '현조탁'은 무엇인지 알 수 없는데, 작품에 의하면 어름고치로 만든 그물의 일종으로, 불이 났을 때 불이 근접하지 못하게 하는 기물이다.

것이라고 말한다. 또한 태원은 두부인의 부탁에 따라 진몽난의 부모를 죽인 운리대사를 처치함으로써 몽난의 원수를 갚는다.

한편 왕일평은 번청과 봉선이란 무사와 창기를 사귀어 태원을 죽이려 했다. 왕일평은 번청과 봉선을 태원의 귀로인 무양현에 보내어 태원이 연회에 참여하면 劍舞를 하는 척하다가 태원을 죽이라고 했다. 그러나 태원은 두부인의 지시대로 서찰을 떼어보고 위기를 모면했다.[9] 이태원이 용왕의 딸로서 소시중의 집에 환생한 소난주를 첩으로 들인다.

북호의 선우가 화친을 요구하자 상은 태원을 사신으로 보낸다. 이때 두부인은 현조탁을 가지고 있던 정낭을 군관으로 변장시켜 태원에게 딸려 보냈다. 북호의 선우는 이태원이 자신에게 예를 표하지 않는다고 하여 태원을 別殿에 가두고 불을 놓아 죽이려 했다. 그때 정낭은 현조탁으로 별전의 담을 덮음으로써 태원을 안전하게 구해내었다. 후궁인 왕귀비는 妖穢物로 저주를 하여 황후를 병들게 했다. 두부인은 이를 간파하고 증거물을 찾아내 상으로 하여금 왕귀비를 처치하게 한다. 이태원의 4처 5첩이 차례대로 자식을 낳는다. 이태원이 두생의 어리석음을 지적했다가 두부인의 분노를 사고, 이로 인해 한동안 태원과 4처 5첩들 간에 관계가 소원해진다.

서량왕 낭섬이 반역을 하자 이태원이 여러 작전을 구사하여 손쉽게 제압한다. 또 묘청과 장규란 자가 큰 사건을 벌인다. 여기 묘청은 평원사 객승 운리대사의 처이고 장규는 그 아들이다. 묘청과 장규는 운리대사의 원수를 갚기 위해 이태원을 죽이려 했다. 이를 위해 묘청은 북호의 동호왕을 꾀어 반역을 하게 했고, 장규는 환관이 되어 궁으로 들어가 내응하기로 했다. 동호왕이 반역을 하자 장규의 청에 의해 상이 친히 출정한다. 그러나 明陣은 대패하고 상은 업성에 갇

---

9) 두부인이 준 서찰에는 '무양현 잔치 때 술과 차를 먹지 말고 급히 봉선이란 창기를 찾아 묶고 그 아비는 번청이란 자니, 급히 잡아 배후자를 묻지 말고 바로 죽이라'고 되어 있었다.

히게 되었다. 서량왕의 반란을 진압하고 회군하던 중에 단신으로 득
달한 이태원도 묘청의 비수에 맞아 몸이 위태했다. 그때 황성에 있
던 두부인은 천문을 보고 상과 태원의 土로이 위태롭기에, 즉시 화
영운, 정낭과 함께 신행법으로 하북에 이르렀다. 두부인은 신약으로
태원을 살리고, 화영운은 비수로 묘청을 죽였으며, 정낭은 현조탁으
로 상을 구해냈다.[10] 그리고 이어 장규와 그 일당들을 붙잡아 능지
처참함으로써 위기를 극복하고 상을 경사에 복귀하도록 하였다.

이태원은 양국충렬왕이 되고 두부인은 여중서가 된다. 이태원의
아들 필병이 늑혼으로 양평군주를 맞았으나 군주가 심한 추모라 가
출을 한다. 이태원의 여러 자녀들이 혼인을 한다.

3. 전대 고소설의 지속과 변모

1) 지속

이상과 같이 줄거리만 보더라도 <이두충렬록>은 고소설의 내용과
형식을 기본적 토대로 삼아 창작된 작품임을 알 수 있다. 그런 한편
본 작품은 전대 고소설의 여러 유형 중에서 영웅소설 유형과 친연성
이 보다 강하다고 판단된다.

일반적으로 영웅소설은 <유충렬전>이나 <조웅전> 등과 같이 남녀
주인공이 등장하나 남성 인물만이 영웅적으로 그려진 작품이 있는가
하면, <이대봉전>이나 <황운전> 등과 같이 남녀주인공의 영웅성이
대등한 비중으로 그려진 작품도 있다. 또한 <홍계월전>, <정수정전>,
<이현경전> 등과 같이 남녀주인공의 영웅상을 그리면서도 여성 인물

---

10) 두부인과 정낭은 물론 화영운도 비수를 쓸 수 있었던 것은 화영운이 과거에 손악에게
잡혀 있었을 때 손악의 처 능공운에게 검술을 배운 바 있기 때문이다.

에 보다 더 초점이 놓여 있는 작품도 존재한다. 그러나 어떠한 유형이든 영웅소설은 유형성이 매우 강하다. <유충렬전>류는 다음과 같은 유형성을 지닌다. 즉, 주인공의 '만득자 탄생→가족과의 분리와 수난→구원자의 양육→구원자 혹은 도사로부터의 문무 학습→과거급제 또는 전장에서의 공훈을 통한 입신→가족과의 재회 및 혼인'의 과정을 따른다. 그리고 여기에 주인공의 '구원자의 딸과 정혼→구원자의 딸이 늑혼을 당해 가족과 분리→암자나 도관에 은거→정혼자 및 가족과의 재회' 과정이 결합되는 양상을 보여준다. <이대봉전>류와 <홍계월전>류도 이와 크게 다르지 않다. 다만, 이들 유형은 여성 인물도 영웅으로 그려지므로, 여성 인물이 가족과의 분리 이후 은거하는 데 그치지 않고 문무를 연마하고 이어 과거에 급제하거나 전장에 출정하는 것으로 전개된다.

이와 같은 영웅소설의 유형성에 견주어볼 때 <이두충렬록>도 영웅소설의 자장권에 놓인 작품이라고 할 수 있다. 만득자 탄생, 가족과의 분리, 남녀 인물의 정혼, 급제를 통한 입신과 재회, 가족의 재합과 혼인, 국가의 위기를 구하는 영웅적 활약 등의 내용이 <이두충렬록>에도 그대로 나타나기 때문이다. 따라서 <이두충렬록>은 전대 고소설 중에서 영웅소설 유형의 영향을 받아 창작되었다고 볼 수 있겠다.

한편, 위에서 정리한 '재회 이후'는 작품의 후반부라고 할 수 있는데, 여기에서의 핵심 사건은 낭능후와 왕일평의 불의한 행사, 번청과 묘청 등 과거 적대세력의 잔재들이 일으키는 사건, 그리고 국난 등이다. 지방의 소요사태나 이민족의 침입 등 국난에 임하여 이태원은 여러 번 공을 세웠다. 그런데 입공의 배후에는 두부인을 비롯한 여성 인물들의 활약이 있었다. 특히 상이 친정을 했을 때 당한 위기에서는 두부인 등의 여성인물들이 결정적인 역할을 했다. 이처럼 <이두충렬록>

에서는 입공의 면에서 남성 주인공인 이태원보다 여성 인물들의 역할이 더 크게 나타난다. 이러한 특징은 낭능후와 왕일평이 일으킨 사건, 번청과 묘청이 일으킨 사건에서도 동일하게 나타난다. 이렇게 볼 때, <이두충렬록>은 남성보다 여성의 능력이 더 우위에 있는 여성영웅소설 유형에 가깝고, 이의 영향을 더 크게 받았다고 생각된다.[11]

또한 <이두충렬록>에는 18세기 이후 본격적으로 등장하여 폭넓게 창작·유통된 장편가문소설의 영향도 나타난다. 몇 사례를 보기로 한다.

이태원은 혼인 생활을 하던 중 두부인 앞에서 농담 삼아 두공의 어리석음을 지적한 적이 있다. 내용인즉, 두부인이 명석기를 박대하는 일을 두고 이태원이 왜 하필 명석기를 박대하느냐고 물었고, 두부인은 이에 대하여 명석기가 자신의 집을 능멸하고 부친을 경멸했기 때문이라고 말한다.[12] 그러자 이태원은 두공이 어리석어 그런 것이 아니냐고 말했는데, 이것이 사단이 되었다. 이 일로 두부인은 그때부터 입을 닫고 냉담한 태도로 돌변한다.[13] 이태원이 실언임을 인정하고 두부인의 손을 잡고 달래기도 하였으나 두부인은 듣지 않았다. 이에 태원은 태허정의 진부인(진풍난)을 찾아가 동침을 요구하나, 진부인은 상원부인은 곧 하늘인바, 天心이 불안한데 첩이 어이 편하겠는가 하며 태원의

---

11) 다만, <이대봉전>의 장애황, <홍계월전>의 홍계월, <정수정전>의 정수정과 같이 여성 인물이 직접 대원수로 출정하여 활약을 펼치는 것은 아니다. 그렇기 때문에 <이두충렬록>은 여성영웅소설 중에서도 陰助英雄型과 男性支配英雄型이 혼합된 작품이라고 할 수 있다. 여성영웅소설을 음조영웅형, 일시남복영웅형, 남장영웅형, 남성지배영웅형 등으로 나누어 이해할 수 있다는 점에 대해서는 이상택 외, 『한국고전소설의 세계』, 돌베개, 2005, 74-78쪽 참조.

12) "첩의 집을 여지업시 능만ᄒ고 가친을 무한이 경멸ᄒ엿시니 엇지 혐의업다 ᄒ리잇고 제 일홈을 드르면 ᄌ연 심해 동ᄒ야 후더치 못ᄒ엿너이다"(권2, 29쪽).

13) "양공이 소왈 도시 악장의 흐린 타시니 누를 한ᄒ리오 효ᄌ 즈손이 그 악을 갈이오지 못ᄒ다 ᄒ니 부인은 현부형 둔 줄노 아지 말나 두부인이 쳥필에 긔식이 단엄ᄒ야 입을 여지 아니ᄒ니 북풍한셜이 연지산의 뿌리난듯 옥창미신이 나부쳔의 도라온듯 넝담ᄒᆫ 긔운이 ᄉ룸의게 쏘이는지라"(권2, 29쪽).

요구를 거절했다.[14] 태원은 청허정의 설부인(설수애), 응향정의 화부인 (화영윤), 서일루의 정숙인(정낭), 상운루의 마희(마향은), 완월루의 염희(염 만련춘), 취성루의 장희(장옥년)를 차례대로 찾아갔으나 모두 거절당했 다. 각자 진부인과 비슷한 소견을 내세우며 받아들이지 않았던 것이 다.[15] 심지어 장희는 '어찌 존중하신 사람이 심야 삼경에 동서분주하 느냐, 안연을 본받아 극기복례하라.'[16]는 말로 강하게 자극하기도 했 다. 이에 태원은 소난주가 있는 부용루로 가려다가 부용루가 두부인의 처소인 경운각과 가까운 거리에 있어 포기하고 외헌으로 나가고 만다. 이로 인해 태원은 한동안 실의에 빠져 있었는데, 사부인이 저간의 사 정을 알고 자신의 생일날 두공을 초대할테니, 두공에게 극진한 예를 표하면 두부인의 분노가 풀어질 것이라고 말한다. 이렇게 하여 태원과 4처 5첩 간의 소원한 관계가 풀리게 된다.

　그런데 이 장면은 사건의 핵심과는 상관없이 설정되어, 독자들로 하 여금 부부관계의 내밀한 사정을 흥미롭게 목도할 수 있게 해준다. 여 러 처첩들이 두부인을 정점으로 일치단결하여 태원을 소외시키는 이 장면은 태원에게는 어찌 보면 심각한 일일지 모르지만 독자들에게는 자못 흥미롭다. 이 장면이 두부인의 효심을 나타내려는 의도가 개입되 긴 했지만, 서술 문면의 초점이 거기에 맞춰져 있기보다는 소위 자매 애로 느낄 법한 여성 인물들의 행위로 인해 가부장의 위세가 일시 꺾 여버리는 모습에 초점이 가 있기에 더욱 그러하다.

---

14) "양공이 그 온의 졸연이 풀리지 아니홀 줄 알고 소미를 뻘쳐 티허정의 일으니 진부인 이 맛거늘 양공이 상의 올나 동침흐기를 쳥흐니 진부인 왈 스룹마다 하날이 하나이로 디 쳡은 홀노 하날이 둘이니 상원은 곳 쳡의 하날이라 천심이 불안흐미 쳡심이 엇지 홀노 편흐리오 군즈의 교의를 봉힝치 못흐리로소이다"(권2, 30쪽).

15) 이 과정이 권2, 30-33쪽에 걸쳐 자세히 서술되어 있다.

16) "엇지 존중흐신 몸으로 심야삼경의 동셔분쥬흐야 도쳐 낭픽흐시리오 원상공은 안연의 불이과를 본바드사 극긔복례를 싱각흐소셔"(권2, 33쪽).

그런데 이러한 장면은 <구운몽>에서 그 모습을 드러낸 이후 특히 장편가문소설에서 흔히 볼 수 있는 것이다. <구운몽>에서 양소유는 전쟁에서 복귀한 후 정경패가 죽었다는 말을 듣고 한동안 실의에 빠지는데, 그것은 정경패와 이소화가 주도한 2처 6첩의 속임수 때문이었다. 이 장면에서 처첩들은 서로 합심을 하여 양소유를 마음껏 기롱했다. 또한 장편가문소설인 <양문충의록>을 보면, 楊府의 宗婦인 철부인의 주재로 양부의 여성들이 모꼬지를 하는데, 이 자리에서 양중경의 첩인 백무희는 철부인, 소부인, 여부인, 위부인, 호부인, 명화, 유화, 필화 등 양부의 제 며느리와 딸들의 인물됨을 일일이 품평한다. 즉, 백무희는 각 여성 인물을 그 남편에 견주어가면서 그 長處를 장황하게 술회하는바, 술회의 핵심은 남편 흉보기다. 이를 통해 모꼬지는 흥겨운 웃음으로 넘쳐난다.[17] 그리고 이러한 웃음의 연출은 참여한 여성들의 남편 흉보기에 대한 합심이 전제가 되었기에 가능했음은 물론이다.[18]

이와 같이 <이두충렬록>은 <구운몽> 이후 고소설사에서 본격적으로 등장한 장편가문소설 유형과도 일정한 상관성을 지닌다. 장편가문소설과의 상관성은 '앵혈' 모티프가 활용된 장면에서도 찾아진다. <이두충렬록>에는 결혼하는 여성의 팔에 앵혈을 찍거나 확인하는 장면이 세 차례 등장한다. 두성완과 진몽난은 한날한시에 이태원과 혼인을 하는데, 그때 성완의 부친인 두공은 성완과 몽난의 팔에 앵혈을 찍는다.[19] 또한 설수애와 화영운도 동시에 이태원과 혼인을 하는데, 이때

17) 이 부분은 <양문충의록>(43권 43책본), 권27에 자세히 서술되어 있다.
18) 여성들이 모꼬지를 하면서 과거 일을 회고하고, 그 과정에서 남편을 험담하면서 웃음을 연출하는 장면은 <명주기봉>, <현씨양웅쌍린기> 등 장편가문소설에서 흔히 볼 수 있는 내용이다.
19) "혼일이 당ᄒᆞ미 두부에서 양 신부를 꾸며 습례홀식 두공이 불너 각가이 안치고 좌우를 도라보아 왈 여아 도라올 ᄶᅥ 미소년이 뒤를 ᄯᅡ라오니 심니에 의괴ᄒᆞ더니 나종 진씬 줄 알미 마음이 쾌이 노이니 부모된 마음도 일어ᄒᆞ거든 하물며 타인을 일으랴 잉혈을 가

에는 두공의 이종매인 순부인이 두 사람의 소매를 들쳐 홍점을 확인
한다.[20] 뿐만 아니라 마향은, 염만련춘, 장옥년, 정낭 등의 4명이 이태
원의 첩으로 들어갈 때에도 순부인이 4명의 홍점을 확인한다.[21] 앵혈
은 여성 순결의 증표로 기능하는 것으로서, 다른 유형의 소설에는 거
의 나타나지 않고 장편가문소설에 특히 집중적으로 등장하는 모티프
이다. 17세기 말에 형성되어 조선후기 장편가문소설의 시대를 개척했
던 <소현성록>에 처음으로 등장한 후, 거의 대부분의 가문소설에 이
앵혈 모티프가 활용되고 있다.[22] 이를 통해 볼 때 <이두충렬록>과 장

겨오라 치월낭이 잉혈을 밧드러 들이거늘 두공이 치필을 쎼여 잉혈을 흠쑉 무쳐 두진
양인 옥비에 찌그니 잉도 일미 찬연이 불근지라"(권1, 109~110쪽).

20) "리학시 먼져 셜부에 던안ᄒᆞ고 다시 화부에 던안ᄒᆞᆫ 후 냥 신부를 일제이 리부의 일으
러 ᄒᆞᆫ가지 초례를 힝ᄒᆞ고 됴률을 밧드러 구고ᄭᅴ 비헌ᄒᆞᆫ 후 좌의 나아가니 즁목이 일제
이 냥 신부를 보니 쳔틱만광이 흐억ᄒᆞᆷ은 두소져를 잠깐 밋지 못ᄒᆞ나 쳔향국식이오 ᄒᆞᆫ
쌍 요됴슉녀라 구괴 만심환희ᄒᆞ고 즁빈의 하셩이 분분ᄒᆞᆫ지라 슌부인이 셜쇼져 압혜 나
아가 나삼을 들고 옥비를 보아 왈 늬 들으니 두랑과 초례ᄒᆞ지 삼삭에 은이 진중터라
ᄒᆞ더니 이제 홍점이 완연ᄒᆞ니 필연 소박을 마졋던가 시부도다……다시 화소져의 압혜
나아가 홍점을 살피고 탄왈 신부는 나의 광망ᄒᆞᆷ을 웃지 말나 불힝이 만믹의 쎠러져 풍
진의 구오나 능히 표졈을 직혀쓰니 열졀상힝이 고인에 붓그러움이 업는지라"(권1,
123~124쪽).

21) "슌부인이 연셕에 춤예ᄒᆞ얏다가 뎡긔실을 불너 압히 안치고 옥비를 쎼여 홍졈을 보고
좌즁에 길여 왈 아롬답다 차인이여 난초 잡플에 석기며 봉황이 형극에 깃들이나 소리
구소에 ᄉᆞ못고 향긔 팔황에 들니난지라 왕후장상이 씨 잇슬리오마는 미문한족에 이갓
튼 셩녀 잇슬 줄 엇지 알니요 질아의 복이 두터움을 치하ᄒᆞ노라 ᄯᅩ 슉희를 불너 겻혜
안치고 마긔실의 옥수를 잡고 탄식 왈 너의 졍신 가련토다 당당ᄒᆞᆫ 슥족의 여믹으로 풍
진의 쎠러져 이젹 틈에 ᄌᆞ라쓰나 쳔지 쵸월ᄒᆞ야 예득 뎡슉ᄒᆞ니 명가유풍을 가이 볼쎠
라 엇지 쳑셕지 아니ᄒᆞᆯ이오 염희와 장희에 잉졈을 상고ᄒᆞ고 학스를 향ᄒᆞ야 쇼왈 착ᄒᆞ
다 오질이여 너의 견확ᄒᆞᆫ 지죠와 졍덕한 힝검을 오히려 아지 못ᄒᆞ엿더니 오날날 보니
장ᄒᆞ도다 졀셰ᄒᆞᆫ 미식을 수쳘리 동힝ᄒᆞ야 일실에 지나나 홍졈이 완젼ᄒᆞ니 이난 도 닥
는 고승이라도 어렵거든 하물며 장년 남ᄌᆞ랴 이 마음을 가지고 입조ᄒᆞᄆᆡ 엇지 츙신이
못되리오"(권1, 134~135쪽).

22) 최길용은 한국 고소설에서 앵혈 모티프가 사용된 작품을 모두 추출하여 앵혈 모티프의
서사 실상 및 의미를 자세히 고찰한 바 있는데, 여기서 최길용이 추출한 32작품이 모두
장편가문소설이다. 앵혈의 의미와 작품에서의 활용 사례에 대한 전반적인 논의는 최길
용, 「고소설에 나타나는 앵혈 화소의 서사 실상과 의미」, 『고소설연구』 29집, 한국고소
설학회, 2010, 41~81쪽 참조.

편가문소설과의 친연성은 분명하다 하겠다. 그 외에도 작품 말미에 제 3세 인물인 이필병의 서사를 마련해 놓고 있는 점이라든가, '이두충렬록'이란 제명[23] 등에서도 장편가문소설과의 관련성이 발견된다.

이와 같이 <이두충렬록>은 영웅소설 유형의 거시구조 및 내용과 장편가문소설의 독서 경험이 반영되어 창작된 작품이라고 할 수 있겠다.

2) 변모

<이두충렬록>의 구성과 주요 내용이 전대의 영웅소설과 장편가문소설의 영향을 일정하게 받은 것이 확실하지만, 차이가 나는 부분도 두드러지게 나타난다. 첫째로 꼽을 수 있는 변별성은 가족 분리의 원인과 양상이다. 영웅소설에서 남녀주인공이 가족으로부터 분리되는 경우는 대체로 간신의 박해, 외적의 침입, 부모의 사망 등으로 나타나지만, 본 작품의 이태원은 집안의 종에게 버려짐으로써 가족과 분리된다. 즉, 가정 내 구성원의 개인적 원한에 의해 분리된 것이다. 또한 인물이 가족으로부터 분리된 이후에는 대개 구원자를 만나 그로부터 양육을 받는다. 그런데 이태원의 구원자로 등장한 주생은 단순한 구원자에 머물지 않고 부모의 역할을 수행한다. 또한 여기서도 이태원은 분리를 겪는데, 분리의 방식으로 계모의 전실 자식 박대 모티프와 賣身 모티프가 활용되고 있다. 매신 모티프는 두성완의 분리에도 개입되어 있다. 두성완이 가출을 결심한 주된 계기는 부친인 두생이 명석기의 재물에 넘어갔기 때문이다. 즉, 두성완은 재물에 의한 매신을 거부하면서 가출을 한 것이다.

---

23) 조선후기에 유통된 장편가문소설의 제명은 대부분이 '---록'으로 되어 있다. 그래서 장편가문소설을 '錄'책이라고 부르기도 한다.

그러나 무엇보다도 큰 변별점은 인물들의 분리된 이후의 행적에서 나타난다. 대체로 영웅소설에서는 남녀 인물들의 학습과 입신의 사이, 또는 은거와 재회의 사이에 주인공과 관련된 서사는 없는 것이 일반적이다.[24] 그러나 <이두충렬록>은 그와 다르다. 주몽득(이태원)은 반태공의 집에서 쫓겨난 이후 황성에 이르기까지 기나긴 유랑을 하였는데, 그 과정에서 마향은, 염만련춘, 장옥년 등의 세 여인을 만나 동행했다. 그리고 두성완도 가출한 뒤 진몽난, 화영운, 현공법사 등의 여자를 만났다. 그런데 만남의 과정에서 눈에 띄는 것은 인물들의 수난이다. 마향은, 염만련춘, 진몽난, 화영운 등이 모두 주몽득과 두성완을 만나기 전에 수난에 처해 있었다. 인물들의 만남은 이와 같이 수난에 처해 있던 인물들을 주몽득과 두성완이 구조하면서 이루어졌다.

그런데 <이두충렬록>에 그려진 인물들의 고난은 대부분이 외부의 폭력에 기인한다. 먼저 진몽난의 경우를 보자. 진몽난의 집 근처에 평원사라는 절이 있고 그 절에는 운리대사란 객승이 있었다. 이 객승은 용력이 절륜하고 사람 죽이기를 풀 베듯 하는 위인인데, 몽난을 처로

---

24) <유충렬전>에서 유충렬은 정적에 의해 분리된 이후 서해 광덕산의 노승으로부터 무예를 수련한다. 그 사이에 남방의 오랑캐가 반란을 일으키고 정한담과 최일귀는 적당과 합세하여 황제를 축출한다. 위기에 봉착한 황제는 육국의 구원을 받으나 옥새를 바쳐야 하는 절체절명의 상태에 빠지는데, 그때 유충렬이 득달하여 황제를 구한다. 이러한 전개에서 유충렬의 '수련'과 '득달' 사이에 유충렬과 관련된 서사는 전혀 나타나지 않는다. <홍계월전>에서도 홍계월은 가족과 분리된 후 월호산 명현동의 곽도사로부터 수학을 한 뒤 과거에 급제하는데, '수학'과 '급제' 사이에 홍계월과 관련된 서사는 없다. 또한 <유충렬전>에서 유충렬과 정혼을 했던 강소저(충렬을 구하여 양육했던 승상 강희주의 딸)는 부친이 유배를 가고 모친마저 잃은 뒤 강물에 투신하려 하다가 마침 그 지역의 官婢에게 구제되었다. 관비는 수령에게 수청을 들게 하기 위해 강소저를 무수히 핍박했으나, 다행히 어진 마음을 가진 관비의 딸의 도움으로 그럭저럭 은거하여 살아가고 있었다. 그러다가 오랜 시간이 지난 뒤, 유충렬이 입공을 하고 부모 및 강희주 부부와 재회를 한 뒤에서야 비로소 유충렬을 만난다. 여기서도 강소저의 '은거'와 충렬과의 '재회' 사이에 강소저와 관련된 서사는 전혀 나타나지 않는다.

삼기 위해 청혼을 하여 거절당하자, 몽난의 부모와 婢僕 등을 죽이고 몽난을 겁박한다. 그 과정에서 운리대사는 무자비한 살인을 행하고 있다.25) 또한 제람 땅의 녹림객인 손악 역시 용력이 뛰어나고 그 처 능공운은 검술이 신묘한 사람이다. 이들은 산중에서 무리 수천을 거느리고 약탈을 일삼으며 살아간다. 한번은 손악의 부하들이 商賈의 재물을 빼앗았는데, 그 가운데 화영운이란 여자가 있었다. 적도들은 재물과 영운을 탈취하여 적굴로 들어가 손악에게 바쳤다. 두성완과 진몽난도 이들에 의해 납치되어 산채에 잡혀가게 된다.

뿐만 아니라 마향은과 염만련춘도 외부의 폭력에 의해 수난을 당하는 인물이다. 마향은은 서량의 총병 마용의 딸이다. 마용은 사냥을 나갔다가 독고황이란 사람의 민가에서 잠시 거하게 되었는데, 이 독고황에게는 딸이 있었고, 마용은 그 딸에게 잠자리를 모시게 했다. 이로 인해 태어난 인물이 마향은이다. 그런데 나중에 마용의 처 부씨가 향은의 존재를 알고 건장한 시비 수십명을 데리고 가서 독고황은 찢어죽이고, 향은은 죽도록 난타하여 버리게 했다. 다행히 향은은 한 노파에게 발견되어 구사일생했다. 염만련춘은 양평현 염대가의 딸이었는데, 조서산 괴수에게 잡혀와 감금되어 있었다. 또한 현공법사가 두성완의 부름을 받고 영운을 배행해 가다가 한 주점에 들었는데, 강도들이 들이닥쳐 영운을 탈취하려 한 적도 있다.

---

25) "동녁 뫼뿔이 너머 평원스라 ᄒᆞᆫ는 졀이 잇더니 긕승 운리터시라 ᄒᆞᆫ는 지 용녁이 졀눈ᄒᆞ미 제승이 외보ᄒᆞ여 셤기ᄂᆞᆫ지라 운리 스롬 죽이기를 삼버히듯ᄒᆞ고 부녀롤 강탈ᄒᆞ며 지물을 표략ᄒᆞ야 일방이 오오ᄒᆞ되 틱쉬 능히 검치 못ᄒᆞ니 운리 더욱 방ᄌᆞᄒᆞ여 긔탄이 업더니 진소져의 향명을 듯고 진공을 와 보고 청혼ᄒᆞ거눌 진공이 디로ᄒᆞ여 가동을 불너 쟝ᄎᆞᆺ 다스리고ᄌᆞ ᄒᆞ더 운리 쏘ᄒᆞ 노ᄒᆞ여 쥬머귀로 가동을 타살ᄒᆞ여 심항에 더지니 비복비 경희ᄒᆞ여 다 훗터지거눌 운리 보쳡이 나ᄂᆞᆫ듯 ᄒᆞ여 긔기이 스로잡아 남게 동혀 미니 진공이 경겁ᄒᆞ여 틈을 타 니스로 피홀시 운리 뒤를 짜ᄅᆞ 돌입ᄒᆞ미 부인이 경황ᄒᆞ여 몸으로 진공을 가리우니 운리에 ᄒᆞᆫ 쥬먹이 이러나ᄂᆞᆫ 곳의 부인에 명이 끈치고 아올나 진공을 희ᄒᆞ미 인ᄒᆞ여 몽난을 겁박ᄒᆞᄂᆞᆫ지라"(권1, 40-41쪽).

<이두충렬록>에는 인신매매, 재물, 여색 등의 모티프도 두드러지게 나타난다. 주생의 첩 여씨와 왕생은 주몽득을 반태공이란 상고에게 팔았다. 궁핍해서 재물이 필요했기 때문이다. 또한 화영운의 서모 환씨도 영운을 천금을 받고 창녀촌에 팔았다. 절동 지역의 어느 상고는 길러서 첩으로 삼기 위해 창녀촌에 있던 영운을 다시 사 갔다. 두생이 명석기의 청혼을 허락한 것도 재물 때문이었다. 그 외에도, 장원외는 주몽득을 사위로 삼기 위해 재물과 여자를 이용하여 유혹했고, 손악 부부가 두성완을 유혹할 때에도 미인계를 쓴 바 있다.

등장인물을 보면, 몽득을 양육한 반태공, 염만련춘의 부친 염대가, 장옥년의 부친 장원외, 정자연(정낭, 현공법사)의 부친인 정담 등이 모두 상고의 신분으로 등장한다. 그중에서 정담은 재물을 좌지우지한다 하여 세간에 '금저울대'로 불린 인물이었다.

이와 같이 <이두충렬록>에는 인물에 대한 살인, 폭행, 탈취, 감금 등의 내용이 풍부하고, 재물, 성, 매매 등의 용어가 노골적으로 나타난다. 그런데 <이두충렬록>의 이러한 모습은 전대 고소설에서는 잘 나타나지 않거나, 나타난다 하더라도 작품내적 비중이 그리 높지 않다.

4. 당대 신소설의 반영

위에서 살펴본 <이두충렬록>의 변별점 혹은 새로움은 창작 당대의 소설적 현실에서 영향을 받아 이루어진 것으로 판단된다.

영웅소설은 주인공 측과 적대세력 간의 대결을 기본 구도로 전개되기 때문에, 이들 외에는 인물 설정이 거의 나타나지 않는다. 즉, <이두충렬록>의 진몽난, 화영운, 정자연, 마향은, 만련춘 등은 주인공이 아니라 보조 인물이라고 할 수 있는바, 영웅소설에는 이러한 인물들이 거의 설정되지 않는다. 그러니 영웅소설에서 적대세력의 적대 행위도 단지 주인공에게만 향할 뿐이다. 그리고 적대세력도 영웅적 주인공에 걸맞은 세력, 가령 정적이나 이민족의 장수 등이 등장하기 때문에, <이두충렬록>과 같이 보조 인물을 향한 폭력, 재물, 성의 관념은 나타나기 어렵다.

장편가문소설은 복수 인물이 주인공으로 등장하고 보조 인물도 상당수 등장한다. 그에 따라 보조 인물들과 관련된 이야기도 다양하게 전개된다. 그러나 <이두충렬록>과 같은 폭력적인 인물이나 상고들, 인물들의 재물에 대한 집착 등은 찾아보기가 쉽지 않다.[26]

<이두충렬록>의 상기와 같은 성격은 본 작품이 창작·유통된 1910년대 초반의 소설적 현실과 밀접한 관련성이 있다고 생각된다. 그중에서 특히 이때 폭넓게 유통된 신소설의 영향이 지대했다고 생각된다. 신소설은 대체로 현실적인 인물을 등장시켜 자주독립, 신교육, 남녀평등, 미신타파, 자유연애 등을 고취하는 계몽성을 기본 성격으로 한다고 알려져 있다. 그러면서도 구체적인 서사 문면에서는 살인, 폭행, 탈취, 감금, 방화 등의 표현이 난무하여 통속적인 성격이 매우 강하다는 이해도 일반화되어 있다.[27] 실제로 작품의 서사 현장을 보면 이러한 면들이 적나라하게 나타난다. <이두충렬록>과 관련하여 그 예를 살펴보기로 한다.

먼저 신소설 <귀의성>을 보기로 한다. 잔혹한 살인 행위로 치면 <귀의성>을 능가하는 작품은 없을 법하다. 그중에서 점순의 情夫인

---

26) 이러한 현상은 장편가문소설의 향유층이 주로 상층사대부들이었기 때문으로 생각된다. 장편가문소설을 포함한 고소설의 향유층에 대해서는 이상택 외, 앞의 책, 107-128쪽 참조.
27) 대표적으로, 김석봉, 『신소설의 대중성 연구』, 역락, 2005; 박혜경, 「신소설에 나타난 통속성의 전개 양상」, 『국어국문학』 144호, 국어국문학회, 2006, 275-302쪽 참조.

최춘보가 길순 모자를 죽이는 장면, 길순의 부친인 강동지가 김승지의 부인을 죽이는 장면은 그야말로 엽기 그 자체다. 길순은 춘천 삼학산 기슭에 사는 강동지의 딸로서 김승지의 첩으로 들어갔다. 그때부터 길순은 춘천집으로 불리어진다. 그런데 김승지의 부인이 점순과 최춘보를 이용해 길순을 죽이려 했던 것이다. 최춘보는 강동지의 서자라고 위장하여 길순에게 접근한다. 그리고 김승지가 병환이 들어 길순을 급히 찾는다고 속이고, 길순을 교자에 태워 김승지 집으로 향한다. 도중에 교군들은 약속한 대로 주막에서 교자를 내려놓고 사라지고, 최춘보는 길순과 그 아들 거복을 끌고 숲속으로 들어가 두 사람을 난자하여 죽인다.[28] 한편, 시간이 흘러 강동지는 중의 모양으로 변장하여 최춘보를 먼저 죽이고 이어 김승지 부인도 죽이면서 길순의 원수를 갚는다.[29]

다음으로 신소설 <치악산>을 보면, 홍참의의 며느리이자 홍철식의 아내인 이씨부인은 절세의 미인이었는데, 홍철식이 일본으로 유학을 떠나자, 평소에 이씨부인을 흠모하던 최치운이란 자가 이씨부인의 시

---

28) 이 부분이 다음과 같이 그려져 있다. "(구례느룻) 죽을 년이 왼 일은 아라 무엇흐려느냐 흐더니 달빗에, 셔리갓치 번쩌거리는 (短刀) 칼을 쎄여들고, 츈천집 압흐로 달려드니 츈천집이 이걸복걸흔다 니 몸 흐느는, 능지쳐참을 흐더리도, 우리 거복이느 살려쥬오 흐는 목소리가, 끈너지기 젼에, 그 목에 칼이 푹 드러가면셔, 츈천집이, 쎄더러졋다 칼 밋은 츈천집의, 목에 못치고, 칼자루는, 구례느룻 는 놈의, 손에 잇는디 그 놈이, 그 칼를 도로 쎄여, 들더니 잠드러자는 어얏아히를 니려놋코 머리 우에셔, 붓터, 너리치니, 살도 연흐고 쎄도 연한, 세살 먹은, 어린아히라, 결조흔, 장작 쏘개지드시, 머리에셔붓터 허리까지 칼이 내려갓더라." <귀의성>, 한국학문헌연구소 편, 『신소설·번안(역)소설』 1, 아세아문화사, 1978, 284쪽.

29) 김승지 부인이 죽는 장면은 다음과 같이 그려져 있다. "남재 오냐 강동지 죽이든, 모냥 좀 보아라 이럿케 죽엿다 흐면서 칼로 부인의 목을 치는디, 원릭 그 놈자는 강동지라 강동지의 심은 장사이오, 칼은 비수갓한지라, 번기갓치 쌔른 칼이 번쩍 하며 부인의 목이 쑥 쩌러졋다." 한국학문헌연구소 편, 『신소설·번안(역)소설』 1, 아세아문화사, 1978, 379쪽.

비인 옥단이와 모의하여 이씨부인을 탈취했다. 이때에도 이씨부인은 시모가 부른다는 옥단이의 꾀에 빠져 교자를 타고 행하다가, 중로의 숲속에서 대기하던 최치운에 의해 납치되었다. 이러한 납치 장면은 이 작품만 보더라도 여러 곳에 등장한다.[30] 이러한 인명의 탈취는 신원 불상의 인물에게도 행해지는데, 신소설 <옥호기연>을 보면 금주는 야반에 신원 불상의 남자들에게 납치를 당한다. 작품에서 유통정이란 사람은 딸 금주를 데리고 종로의 등불 구경을 나갔다. 군중이 운집한 가운데 어떤 남자가 금주의 손목을 낚아채는 일이 벌어지고, 이를 모면한 금주는 내키지 않았으나 부친의 요구로 큰 길가로 향하다가 납치를 당한 것이다.[31] 신소설 <화세계>의 수정도 이러한 일을 당한 바 있는데, 서술 문면을 보면 이러한 현상은 당대에 매우 만연된 모습이었던 것으로 보인다.[32]

신소설 작품에는 재물에 혹해 딸을 파는 장면도 쉽게 목격할 수 있다. 대표적으로 <모란병>에서 현고직이란 자는 재물을 받고 딸 금선이를 최별감에게 팔았고, <화세계>의 박영감 부부도 딸 수정을 재물을 받고 이방의 후처로 보내려 했다. 위에서 언급한 <귀의성>, <치악산> 등의 작품에 나타나는 살인, 탈취 등에서도 대부분이 돈이 개입되어 있다. <귀의성>에서 강동지 부부가 애초에 자신의 딸 길순이를

---

30) 홍참의의 처 김씨부인이 사람을 부려 홍참의의 첩인 송도집을 납치하여 죽게 하는 장면도 구체화 되어 있다.
31) "금주가 겁이 나셔 가기를 쥬져ᄒᆞ는 것을 직삼 타일으며 털물교 아리 청인의 져자 압헤을 막 당도ᄒᆞ닛가 실골목 뒤로셔 양복입은 쟈 뒤여셧이 툭툭 뛰여 나오더니 불문곡직ᄒᆞ고 달녀들어 금쥬를 몃놈은 업고 몃놈은 부축을 ᄒᆞ야 풍우갓치 몰아가는지라." <옥호기연>, 한국학문헌연구소 편, 『신소설·번안(역)소설』 10, 아세아문화사, 1978, 225쪽.
32) "그 동리는 청로역말인디 유의유식ᄒᆞ는 쟈들이 즈리로 만이 잇셔 투전 골패판이 쓴일 날이 업고 쥬정ᄉᆞ군 난봉패가 득실득실ᄒᆞ야 타동 과부 동여오기나 유부녀라도 셔방만 변변치 못ᄒᆞ면 억탈로 쎄아셔 오기로 능ᄉᆞ를 삼는 곳이라." <화세계>, 한국학문헌연구소 편, 『신소설·번안(역)소설』 5, 아세아문화사, 1978, 125쪽.

김승지의 첩으로 들인 목적도 김승지의 재물을 우려내기 위해서였고, 점순과 최춘보도 김승지 부인의 청을 듣는 척했지만 행동의 주요 계기는 김승지부인이 준 돈 때문이었다. <치악산>의 옥단이도 최치운의 돈에 혹해 그 같은 일을 도모했던 것이다.

이상 몇 작품만을 예로 들었거니와, 이와 같이 신소설의 서사 현장에서는 살인, 폭력, 탈취, 재물에의 집착과 같은 구성과 표현들이 매우 많이 등장하고 있다. 이러한 현상은 1910년대 초반의 당대적 현실을 일정하게 반영한 것이면서, 동시에 신소설 창작의 한 문학적 관습이었다고 생각된다. 그리고 이러한 점들이 신작 고소설 <이두충렬록>의 형성에 영향을 미쳤다고 생각된다.

한편 신소설은 사건의 전개 방식에서도 전대 소설과는 일정한 차이가 있는데, 그중에서 주로 언급되는 것은 도치 서술 혹은 역순행적 구성이다. 이것은 사건의 결과를 먼저 제시하고 사건의 계기 및 경과는 뒤에 제시하는 방식으로서, 사건을 일어난 순서에 따라 순행적으로 제시하는 고소설과는 다른 방식이다.[33] 그런데 <이두충렬록>에도 이러한 역순행적 구성방식이 활용되고 있다. 첫째로 주몽득과 마향은의 만남 과정에서 그 점을 확인할 수 있다. 주몽득은 반태공의 아들 반기에게 내쫓겨 유랑을 하다가 한 노파의 집에서 마향은을 만나 가연을 맺는다. 그런데 서사는 몽득과 향은의 만남 장면을 먼저 제시하고, 향은이 노파의 집에서 기거하게 된 그간의 사정은 뒤에 제시하고 있다. 이러한 점은 고소설에 흔히 나타나는바, 인물을 먼저 만나고 그 인물의 입을 통해 그가 겪은 사건을 회고적으로 제시하는 방식과는 다른 것

---

33) 신소설의 역순행적 구성, 정보 내용의 후행 제시 등에 대해서는 홍혜원, 「신소설 <목단화>에 나타난 대중성 연구」, 『대중서사연구』 11호, 대중서사학회, 2004, 101-128쪽 참조.

이다.

또한 두성완과 진몽난이 납치되는 장면에서도 역순행적 구성을 찾아볼 수 있다. 성완과 몽난은 설시랑의 집을 나선 후 황학루에 올라 앵무주를 바라보고 있었는데, 그때 의관을 정제한 한 객인이 자신들을 보고 있음을 알게 된다.[34] 그런데 이 객인에 대한 정보는 그전에는 전혀 나오지 않았다. 따라서 그에 대한 정보를 알기 위해서는 독서를 더 진행해야 한다. 이 객인은 다름 아닌 화영운을 탈취한 손악이었다. 작품은 이어서 손악이 영운을 탈취한 과정을 장황하게 서술하는데, 손악이 영운을 탈취한 사건은 손악이 성완과 몽난을 노려보는 현시점 이전에 이미 일어났던 일이다. 또한 손악이 앵무주 근처에서 성완과 몽난을 보고 있었던 이유도 뒤에서 서술된다. 요컨대 이 장면은 명백한 역순행적 서사 전개를 보이고 있다.

이와 같이 <이두충렬록>은 서사의 내용과 서사 전개의 방식 면에서 신소설의 영향이 비교적 확연한 작품이다. <이두충렬록>의 창작에 신소설이 영향을 미친 것은 작가가 신소설의 내용과 형식에 견인되었기 때문이고, 더 근원적으로는 <이두충렬록>과 여러 신소설 작품이 창작과 유통 면에서 시공간을 공유했기 때문이다. 부연하자면, 신소설에 나타나는 폭력, 살인, 방화, 재물, 성의 모티프는 신소설의 통속성 혹은 대중성과 관련하여 일찍부터 큰 주목을 받은 것이다. 신작 고소설을 창작하면서 신소설의 이러한 특징을 받아들인 것은 신작의 작가가 신소설의 주요 자질인 통속성과 대중성을 1910년대에 고소설이 나

---

34) "광능 따의 이르러 경기를 쥬람ᄒ여 명구셩지를 편답홀시 한슈의 비를 씌여 황학누의 올나 잉무쥬를 ᄇ라보더니 이쩌 ᄒ 긱인이 의관이 심히 관딕ᄒ고 샹뫼 웅위ᄒ고 슈발호빅ᄒ여 형상이 비유컨디 고기 엿보는 야학 갓ᄐ여 양안이 두진 양인의 써나지 아니ᄒ니 셩완이 심히 고히 여겨 뭇고즈 ᄒ더니 그 긱인이 힝인의 셧겨 향ᄒᄂᄂ ᄇ랄 아지 못홀너라"(권1, 47-48쪽).

아가야 할 한 방향으로 판단했음을 의미한다. 그리고 이러한 판단으로 고소설은 독자 취향 및 시대 현실 등 변화한 소설적 환경을 자기화하는 길을 점진적으로 모색해 갈 수 있었다고 생각된다.

이상 <이두충렬록>의 분석을 통해, 우리는 신작 고소설의 한 특징과, 고소설, 신소설, 단형서사체, 현대소설 등이 복잡하게 얽힌 상태로 향유되던 20세기 초반에, 고소설이 어떠한 방식으로 당대의 소설 환경에 적응해 갔는가 하는 점을 이해할 수 있게 되었다.

5. 맺음말

본고에서는 1914년에 창작·유통된 신작 고소설 <이두충렬록>을 대상으로 <이두충렬록>의 서사 전개 양상, 전대 고소설과의 동이성, 전대 고소설과의 차이점의 요인과 그 의미 등을 고찰하였다.

<이두충렬록>은 이태원과 두성완이란 남녀주인공의 파란만장한 삶을 서사화한 작품이다. 이태원과 두성완은 비범한 능력을 타고난 인물로서 서로 정혼한 사이였으나 가족과의 분리로 인해 과거에 급제할 때까지 따로 살아갔다. 두 사람의 삶의 도정에서 주목되는 점은 이태원과 두성완 각자가 여러 여성 인물을 만나는 것이었다. 여성 인물들은 대개 수난에 처해 있었는데, 이태원과 두성완이 이들을 구조하면서 만남을 이루었던 것이다. 두 사람의 분리된 삶은 과거급제를 계기로 극복된다. 재회 후 두성완은 여자임을 밝혔고 이태원은 두성완을 비롯한 4처 5첩을 거느리게 된다. 재회 이후 이태원은 여러 번의 국난을 평정함으로써 최고의 지위에 오른다. 그런데 이태원이 국난을 평정하고 여러 위기를 극복한 데에는 두성완을 비롯한 여성 인물들의 조력

이 절대적인 역할을 했다. 즉, 두성완 등은 평소에는 이태원을 섬기는 부인의 위치에 있다가, 이태원의 위기가 예견되거나 위기 시에 자신의 능력을 펼쳤던 것이다.

이와 같이 <이두충렬록>은 주인공의 비범한 탄생, 남녀 인물의 정혼, 가족과의 분리와 수난, 문무 학습, 국가에의 공훈, 가족과의 재회 및 혼인 등 전대 고소설 중에서 영웅소설 유형과 유사한 작품이다. 그중에서 영웅성이 남녀주인공 모두에게 나타나는 점에서 보면 여성영웅소설과 더 가깝다. 이처럼 <이두충렬록>은 전대 영웅소설의 영향을 받아 창작된 것이다. 뿐만 아니라 여성 인물들의 단합을 통한 남편의 소외, 앵혈 모티프 등의 등장은 장편가문소설의 영향도 있었음을 짐작케 한다.

<이두충렬록>에는 전대 고소설의 수용뿐만 아니라 새로운 점도 발견된다. 그중에서 가장 주목되는 변별성은 이태원과 두성완이 학습과 입신 사이에 수난에 처한 인물들을 구조한다는 점이다. 그리고 수난의 요인으로 살인, 폭행, 탈취, 감금 등의 폭력적 현실이 제시되어 있다는 점이다. 또한 이 작품에는 재물, 매매, 성에 대한 관념도 두드러지게 나타난다. 그런데 이러한 점은 전대 소설에는 거의 나타나지 않고, 본 작품이 창작된 시대에 유통되었던 신소설에 특징적으로 나타나는 것이다. 따라서 <이두충렬록>에 보이는 변모와 새로움은 신소설의 주된 영향을 받아 생긴 것으로 보인다. 신소설의 영향은 역순행적 구성이라는 서사 전개 방식에서도 확인되었다.

이와 같이 <이두충렬록>은 전대 고소설과 신소설의 영향을 받아 형성된 신작 고소설이다. <이두충렬록>의 분석을 통해, 우리는 신작 고소설의 한 특징과, 고소설, 신소설, 단형서사체, 현대소설 등이 복잡하게 얽힌 상태로 향유되던 20세기 초반에, 고소설이 어떠한 방식으로

당대의 소설 환경에 적응해 갔는가 하는 점을 이해할 수 있게 되었다. 그러나 본고의 논의만으로 신작 고소설의 특징, 신작 고소설에 미친 신소설의 영향을 온전히 파악했다고 보기는 어렵다. 따라서 신작 고소설 작품을 지속적으로 발굴하고, 그에 대하여 포괄적이고 심화된 연구를 이어나가야만 신작 고소설의 존재 방식을 제대로 이해할 수 있을 것이다.

제 2 장

〈연화몽〉의 서사 구성과 성격

1. 머리말

본고에서는 활자본 고소설 〈연화몽〉의 작품세계와 그 의의를 고찰하고자 한다. 〈연화몽〉은 1928년 12월 회동서관에서 발행된 것으로서, 저작겸 발행자는 崔德容이다. 표제는 "蓮花夢", 내제는 "련화몽"이며, 총 16회 202쪽의 분량으로 비교적 장편에 속한다. 각 장회마다 제목이 붙어 있고, 한자어에 한문이 괄호 안에 병기되어 있으나, 기본은 한글본이다.[1] 이 작품에 대해서는 그동안 줄거리와 간략한 특징만이 소개되었을 뿐,[2] 본격적인 연구는 이루어지지 않았다.

이 작품은 이른바 '端宗事件'[1]을 제재로 구성되었다는 점, 형식적으로 몽유록 양식과 몽자류 양식을 활용하였다는 점, 환생 구조를 이용

---

1) 현재 장서각 소장.
2) 박순임, 〈연화몽〉, 『한국민족문화대백과사전』 15, 한국정신문화연구원, 1990, 413~414쪽.
1) '단종사건'이란 계유정난, 병자년 단종 복위 운동, 정축년 錦城大君의 단종 복위 시도와 단종의 사사 등 '단종'이 사태의 중심에 놓인 일련의 사건을 지칭한다.

해 端宗諸臣[2) 중 하층 인물들의 충절과 포장에 초점을 두고 있다는 점 등 내용과 형식, 작가 의식의 측면에서 주목되는 작품이다. 단종사건 은 조선 역대 최악의 사건이었다. 아무런 하자 없이 적통을 이어받은 왕위를 신하가 강제로 탈취한 것은 성리학적 이념을 떠나 인간적으로 도 있을 수 없는 일이었다. 그리고 일련의 사태에서 관련 인물들이 노 비가 되거나 죽음을 당하는 등 수백 명의 희생이 따랐다. 때문에 숙종 때 사육신이 복권되고 단종이 복위되며, 정조 때 수백 명의 단종제신 들이 배향을 받기까지 단종사건과 단종제신은 역사적으로 끊임없이 기억되어 왔다. <六臣傳>, 『實錄』 등의 실기류, 『秋江冷話』, 『陰崖雜記』, 『丙子錄』 등의 잡록, <원생몽유록>이나 관련 설화 등의 문학 작품이 주로 그 기억을 전승해 왔다.

실기, 잡록, 문학 작품 등의 관련 서사를 통틀어 '단종서사'라고 한 다면, 본고에서 살펴볼 <연화몽>도 단종서사의 연장선상에 있는 작품 이다. 이에 본고에서는 경개를 바탕으로 작품의 내용과 특징을 자세히 살펴보고, 그것을 토대로 작가 의식의 초점은 어디에 있는지, 소설사 적 의의는 무엇인지 등을 고찰하기로 한다.

2. 〈연화몽〉의 경개와 특징

1) 〈연화몽〉의 경개

먼저 <연화몽>의 경개를 통해 작품의 내용을 살펴보기로 한다.

---

2) 단종사건으로 희생된 모든 인물들을 '端宗諸臣'이라고 한다. 단종제신이란 말은 기왕에 사용된 용어이다. 윤정, 「18세기 '단종제신' 포장의 확대와 '生六臣'의 성립」, 『역사문화 연구』 36집, 한국외대 역사문화연구소, 2010, 41~78쪽 참조.

㉠ 숙종 말년, 한성 남문 밖 군자동에 사는 김녕 부부는 슬하에 자식이 없어 시비로부터 고담을 들으며 세월을 보내던 중, 한번은 패설 '端宗莊陵故事'를 듣게 된다. 고사의 주요 내용은 다음과 같다. 문종의 계비 崔嬪의 친족 중에 어떤 사람이 있었고, 그 사람에게는 정실 소생의 딸과 측실 소생의 딸이 있었다. 어릴 적에 두 소저는 모두 차성복과 정혼을 했다. 두 소저의 시비 하나도 교전비로 가기로 했다. 그런데 혼인을 기다리던 중 계유정난과 육신 참사가 일어났고, 여기에 연루된 최씨 가문은 패망하게 된다. 최씨 가문의 여러 사람들이 주륙을 당했으나, 다행히 두 소저와 시비는 살아나 한정승의 노비가 되었다. 시간이 흘러 한정승의 노비 하나가 두 소저를 핍박하자, 두 소저와 시비가 함께 연못에 투신하여 자결한다. 위와 같은 이야기를 들은 김녕 부부는 계유정난과 육신 참사로 희생된 사람들과 두 소저를 위해 誄詞를 짓고 제향을 올렸다. 그날 밤 김녕 부부는 꿈속에서 세 여인을 만난다. 연못에서 세 여인이 연꽃을 들고 나와서는 두 여인이 녹의차환을 한 여인에게 '너는 환생하기가 아직 이르니 후일을 기다리라.'고 하고, 김녕의 처 허씨의 방안으로 들어가 말하길, '방금 상왕이 복위하고 모든 사람들이 원한을 풀고 복관되어 상하 신민이 모두 즐기는 중에, 상제가 우리 형제를 명하여 陽界에 내보내니, 슬하에 몸을 맡기고자 한다.'고 하고, 하나는 부인 품으로 들어가고, 다른 하나는 시비의 방 안으로 들어가며, 녹의차환은 다시 연못으로 들어간다. 그 후 허씨와 시비가 잉태하여 동일 동시에 딸을 낳는다. 김녕의 딸은 함담이라고 하고 시비의 딸은 부용이라고 하였다.

㉡ 한성 남촌 필동에 이필상이란 사람이 있었다. 일찍이 양성현감이 되었을 때, 車參議 집에서 단종의 御眞을 봉안하고 매월 삭망에 제사를 지내는 것을 보고 그 연유를 물었다. 차참의는 차성복의 후손으로서, 차성복은 단종이 영월로 정배되어 갈 때 배행을 하면서

위험을 무릅쓰고 단종에게 음식을 바친 인물이다. 단종이 죽은 후에
도 차성복은 단종의 虛位를 배설하고 제사를 지냈다. 이필상은 이러
한 전말을 듣고 단종의 허위에 朝見한 뒤, 화공을 불러 차성복이 음
식을 바치는 그림을 그리게 한 다음, 벼슬이 갈려 돌아올 때 그림을
가지고 와서 벽에 걸어두고 볼 때마다 슬퍼하였다. 그 후 이필상은 꿈
속에서 한 동자를 만난다. 동자는 '내가 지금 영월에서 와 공에게 의
탁하노니 공은 어여삐 여기라.'고 말하고 공의 품으로 들어갔다. 곧이
어 필상의 부인이 잉태하고 아들을 낳아 이름을 만영이라고 하였다.

㉰ 만영과 함담이 혼인을 한다. 김녕의 노비인 천쇠가 부용을 핍
박하자, 부용은 연못에 투신하여 자결한다. 그 후 난데없는 女鬼가
나타나 만영 부부를 괴롭힌다. 이로 인해 만영은 형용이 초췌해진다.
만영의 고난을 알게 된 백운산인이 필상에게 권도사를 소개해준다.
권도사는 만영이 10년 동안 집을 떠나 있어야 여귀로부터 벗어날 수
있다고 한다. 만영은 평양의 영명사 해학상인 밑에서 학문을 배우면
서 10년을 보낸 후 복귀한다. 그 사이에 여귀는 한 노승에 의해 환
생이 예견된다. 이 대목의 "너는 본래 정렬고혼이라 전생에 임의 두
소저와 거취를 갓치 하기를 원하얏스니 금생에 엇지 네 소원을 성취
하지 아니리오."[3]라는 노승의 말을 보면, 여귀는 최씨 두 소저의 시
비였던 녹의차환임을 알 수 있다.

㉱ 만영이 과거에 급제한 뒤 평안도 어사가 되어 민정을 시찰하던
중, 주인의 원수를 갚기 위해 살인을 저지른 흑철한, 부모의 거소를
방비하다가 살상을 저지른 철산, 옥산, 적동사자 등을 구제해 준다.
만영의 부하 김천석 부부가 딸을 낳아 연화라고 한다. 천석 부부의
태몽에서 연화의 전신이 여귀임이 고지된다. 만영이 안동수령으로
갔다가 권도사의 손자 권장복을 만나 서울로 데려와 양휵한다. 만영

---

3) <연화몽>, 38쪽.

이 강화유수로 갔다가 재생하여 도피해서 살고 있던 부용을 만나 첩
으로 들인다.

⑰ 권장복과 만영의 딸(이소저)이 정혼을 한다. 권장복이 안동수령
으로 내려갔다가 그곳 정감찰의 딸과 혼인을 한다. 정감찰이 이필상
의 편지를 위조하여 이소저가 죽었다고 하고 장복에게 혼인을 요청
한 것이다. 저간의 내막을 모르던 이필상과 만영은 혼약을 저버린
장복을 괘심하게 여긴다. 장복은 얼마 후 모친과 처가 병사하자 처
남인 정진사와 서북으로 유산을 갔다가 묘향산 적굴에 빠진다. 적굴
의 수괴 천쇠의 강권으로 장복과 정진사는 이곳 저곳의 재물을 빼앗
는데 동참한다. 만영이 평안도 관찰사가 되어 적도들을 추포한다.
천쇠는 잡혀 효수되고 장복은 영명사에서 기거하며, 정진사는 묘향
산 보현사 운수상인의 제자가 된다.

⑱ 병판 김균과 그 아들 김대풍이 이소저를 늑혼하기 위해 만영을
모함한다. 만영은 진도로, 장복은 예천으로 정배된다. 흑철한, 철산,
옥산, 적동사자가 적도로 몰려 구금되자 김천석이 구해낸다. 적동사
자는 천석의 주선으로 이필상의 義子가 되고, 철산 등은 고양 대자
사로 가 있던 운수상인의 제자가 된다.

⑲ 운수상인과 그 제자들, 이필상의 가족들이 공주 동학사로 이주
한다. 이필상이 동학사 제승들에게 제사 예법을 가르친다. 정주 문
관 조자허가 김균을 탄핵하는 상소를 올린다. 김균은 진도로 정배되
고 김대풍은 죽음을 당한다. 만영과 장복이 해배되어 동학사로 오고,
이어 이만영의 외삼촌인 전 평안감사 서공과 현 충청감사 서공도 동
학사로 이주한다. 이로써 등장인물 모두가 동학사에 집결하게 되었다.

⑳ 동학사 제인들은 단종의 기일이 되었으나 제관의 차서를 정하

지 못하자 도봉산 석굴에서 수도하던 김시습을 초청하기로 한다. 김
시습은 자신을 모시러 온 정진사에게 "지금 동학사의 모된 여러 사
람은 다 병정년간 츙신이라 원통이 죽고 셩명이 매몰되여스나 일편
단심이 경경불멸하다가 텬디뉸회지수로 셰상에 환생하얏스니"⁴⁾라고
말한다. 또한 동학사에 와서는 "오날 이 좌석에 모인 제위는 다 병
뎡년간 츙신녈사의 후신으로 유불션 삼가지류를 겸한 재라 그쌔 뉵
신과 삼상과 내외종쳑으로 국난에 죽은 자는 다 포장하는 은젼을 입
어 녕혼을 위로하고 셩명을 유젼하얏스되 오날 이 좌석에 잇는 제위
는 혹 츙셩을 다하고도 일홈 업는 재 잇고 혹 일홈은 잇서도 포장을
밧지 못하여 맛참내 무명씨에 도라갓시니 일노조차 다시 슈백년을 지
낸들 그 유유원혼이야 엇지 가이 위로하리오 내 지금 졔공을 위하여
과거 녁사를 대강 말삼하리라"⁵⁾ 하고, 탐환록이란 책을 꺼내어 동학
사에 모인 모든 사람들의 전생사를 일일이 알려준다. 그리고 다시 모
든 사람들에 대해 칠언절구 한 수씩을 읊어 그들의 삶을 추모한다.

㉛ 양녕대군이 나타나 자신이 단종의 죽음에 간여했다는 간신들
의 상소를 억울해 한다. 이에 대해 만영과 김시습은 『음애잡기』, 『추
강냉화』 등의 기사를 근거로 양녕대군은 잘못이 없음을 보증해 준
다. 마지막으로 동학사 쇠북 소리가 울리자 인물은 사라지고 암향만
절간을 맴돈다.

2) 〈연화몽〉의 주요 특징

이상의 경개를 바탕으로 〈연화몽〉 서사의 주요 특징을 정리하면
다음과 같다.

---

4) 〈연화몽〉, 170쪽.
5) 〈연화몽〉, 171쪽.

경개 ㉮에서 김녕 부부와 시비의 소생인 함담과 부용은 '단종장릉
고사' 속 정실, 측실 소생의 두 소저이고, 다시 연못으로 들어간 녹의
차환은 그 시비일 것으로 추정된다. 이처럼 두 소저가 환생한 것이다.
경개 ㉯의 이만영도 차성복의 환생으로 추정된다. 이와 같이 <연화
몽>은 인물의 환생담을 기축으로 이야기가 전개될 것으로 예견된다.
그러나 보다 중요한 사실은 ㉮, ㉯의 경개에서 확인할 수 있듯이, 환생
담 구조가 단종사건과 밀접한 관련이 있다는 점이다. 즉, 경개 ㉮, ㉯
를 통해 볼 때, 작가 의식의 초점은 '단종사건'이라는 점이다. 이점은
경개 ㉰에서 보다 분명히 확인된다. 서사 전개상의 특징을 순차적으로
좀 더 확인해 보기로 한다.

먼저 경개 ㉱를 보기로 한다. 만영은 함담과 혼인한 후 여귀로부터
고통을 당한다. 여귀가 만영의 몸에 달라붙어 떠나지 않은 것이었다.
이로 인해 만영은 형용이 초췌해지고 만영의 가족은 除厄을 위해 독경
을 하거나 치성을 드리다가 경제적으로 파산의 지경에 이르게 된다.
그때 백운산인과 권도사가 나타나 여귀를 물리칠 방도를 알려준다. 만
영이 10년간 집을 떠나 있어야 한다는 것이다. 그런데 주목되는 점은
만영이 출타를 하는 동시에 여귀와 만영의 갈등은 실질적으로 끝난다
는 점이다. 만영이 집을 떠나자 여귀도 사라진다. 그리고 여귀는 배회
하다가 한 노승을 만나 재생의 기회를 갖게 된다. 만영도 떠남으로 인
해 학문을 연마할 수 있었다. 이처럼 여귀와 만영의 갈등은 오히려 여
귀와 만영의 또 다른 지위 획득에 기여하는 역할을 한다. 경개 ㉲에서
볼 수 있듯이, 여귀는 연화로 환생하고 만영은 과거에 급제하여 관직
에 나아간 점이 그것이다. 그리고 이와 같은 결과에 이르게 된 것은
백운산인, 권도사, 노승, 해학상인의 역할이 결정적이었다. 이렇게 보
면, 여귀의 출현, 만영의 고통, 만영의 출가를 통한 여귀와 만영의 분

리, 여귀의 환생과 만영의 급제 등 일련의 사건들은 마치 백운산인, 권도사 등의 존재를 드러내고 그들의 역할을 빛나게 하기 위해 설정된 것처럼 보인다.

다음으로 경개 ㉣와 ㉤를 보자. 만영은 급제 후 평안도 어사, 안동수령, 강화유수, 평안도 관찰사 등으로 부임하여 민정을 살핀다. 그 과정에서 평안도 어사로 갔을 때는 흑철한, 철산·옥산 형제, 적동사자 등 의로운 남자를 구제하고, 안동수령으로 갔을 때는 권장복을 만나 데려왔으며, 강화유수로 갔을 때는 부용을 만나 첩으로 삼았다. 그리고 경개 ㉤에서 평안도 관찰사로 갔을 때는 애매한 상황에 처해 있던 장복과 정진사를 구제하여 해학상인과 운수상인의 감화를 받게 했다. 이처럼 만영의 민정 시찰에는 언제나 새로운 인물이 출현하고 사건도 인물에 초점이 맞춰져 있다. 경개 ㉥, ㉦와 같이, 등장인물 모두가 동학사에 집결하고 김시습이 그들에 대하여 일일이 전생사를 술회하는 장면을 고려해 볼 때, <연화몽>은 인물이 주요한 제재가 되는 작품임에 분명하다. 그런 점에서 보면, 경개 ㉣~㉤에 설정된 사건은 새로운 인물의 출현과 깊은 관계가 있는 것으로 판단된다.

경개 ㉧는 이만영 측 인물들의 脫俗을 위해 설정된 것으로 판단된다. 김균의 모함으로 만영과 장복이 정배를 당하자 이필상은 서울의 거소를 떠날 결심을 하고 공주 동학사를 찾는다. 그곳에서 제승들을 가르치며 시간을 보내다가 급기야 서울의 식구들을 모두 동학사로 불러들인다. 그 후 만영의 친인척들도 모두 동학사에 집결한다. 기실, 김균과 김대풍의 늑혼은 설득력이 부족한 사건이다. 김대풍이 욕심을 낸 이소저는 이미 권장복과 혼인한 사이였고, 더구나 이소저는 현직 관찰사의 딸이었다. 이러한 사람을 탈취하기 위해 그 부친을 모함한다는 것은 현실성이 떨어진다. 그런데도 늑혼 사건을 설정한 것은 이필상

일행으로 하여금 불의한 현실에 염증을 느껴 현실을 떠나도록 하기
위한 포석으로 생각된다.

이처럼 경개 ㉰~㉱의 서사는 인물의 등장, 인물들의 탈속 공간으로
의 이동에 초점이 놓여 있다고 판단된다.

다음으로 경개 ㉲를 보자. 이 장면에서 우리는 <연화몽>의 작품 주
지가 어디에 있는지를 분명히 알게 된다. 김시습은 동학사에 모인 제
인들을 丙丁 연간6) 충신열사 중 무명씨들의 환생으로 언급하고 있다.
'단종사건'이란 역사적 사실을 직접 환기하고 있는 것이다. 또한 김시
습은 제인들의 전생사를 일일이 거론한 뒤 다시 그들을 시로써 추모
하고 있다. 이것은 그들에 대한 포장을 의미한다. 그런데 주목되는 것
은 뒤에서 자세히 살펴보겠지만, 김시습이 언급하는 전생 인물들은 대
부분 역사상 실재했던 인물이라는 점이다. 결국 작가는 단종사건과 관
련된 무명씨 중심의 충신열사들을 환생시켜 그들의 행적을 드러내고
추모하는 데 작품 창작의 목적을 두었던 것이다.

이상과 같이 <연화몽>은 '단종장릉고사를 통한 역사성 환기→인물
의 환생→다양한 인물의 출현→인물들의 좌정→작품 속 인물들의 전
생사 술회→작품 속 인물과 실존 인물과의 연결→실존 인물에 대한
추모와 포장'이란 구조를 통해 단종사건을 환기하고 있으며, 작가는
이를 통해 궁극적으로 그때의 충신열사 중 무명씨에 가까운 사람들을
회고하고 추모하려는 목적이 있었던 것이다.

한편 김시습이 좌정한 제인들의 전생 내력을 술회하는 장면, 전생사
와 그를 추모하는 시가 인물 수만큼 제시되어 있다는 점, 쇠북 소리에
인물은 간데없고 암향만 남았다는 서술 등을 보면, <연화몽>은 '坐定

---

6) 단종 복위 운동의 실패와 육신 참사 사건이 일어난 병자년(1456, 세조 2년)과 단종이 영
월에서 사사된 정축년(1457, 세조 3년)을 가리킨다.

-討論-詩宴'을 핵심 구조로 하는 몽유록 양식과 방불함을 알 수 있다. 그중에서도 특히 단종사건을 다루고 있다는 점에서 우리는 <원생몽유록>을 바로 연상하게 된다. <원생몽유록>에서 元子虛는 평소 역사책을 보다가 강개한 울분을 느끼곤 했는데, 그러다가 어느 날 꿈속으로 들어간다. 그에 비해 <연화몽>의 김녕 부부는 '단종장릉고사'를 듣고 슬퍼하다가 꿈을 꾸고, 이필상은 단종의 어진을 벽에 걸어두고 슬퍼하다가 꿈속으로 들어간다. 이처럼 <원생몽유록>에는 단순히 '역사책'이라고 한 반면, <연화몽>에는 '단종장릉고사'라는 역사 소재 고담과 인물(이필상)의 직접 경험이 제시되어 있다. 그리고 <원생몽유록>의 원자허는 꿈속에서 역사적 인물을 대면하고 그들의 언행을 목격한다. 그에 비해 <연화몽>에서는 작가에 의해 창조된 인물들이 김시습에 의해 실존 인물의 환생으로 밝혀지고 있다. 또한 <원생몽유록>은 원자허의 각몽으로, <연화몽>은 동학사 쇠북 소리로 작품 속 인물과 공간이 사라지는 것으로 작품이 끝난다. 이처럼 <연화몽>은 여러 측면에서 <원생몽유록>과 대비되는 작품이다.[7]

<연화몽>은 <구운몽>과도 일정한 유사점이 있다. <구운몽>에서 성진은 연화봉에서 팔선녀와 인연을 맺는다. 이점은 <연화몽>의 '단종장릉고사'에서 차성복이 세 여인과 연분을 맺는 것과 비교된다. 그리고 성진과 팔선녀가 양소유와 여덟 여인으로 환생하여 인연을 잇는 것은 차성복과 세 여인이 각각 만영, 함담, 부용, 연화로 환생하여 인연을 이어가는 것과 대비된다. 또한 <구운몽>에서 양소유는 여덟 여인과의 만남뿐만 아니라 다른 여러 인물들과 사건을 만나거나 경험한다. 그러다가 서서히 자신의 전생 본원을 되찾는다. 이점은 <연화몽>

---

7) <연화몽>에는 <원생몽유록>의 일부가 삽입되어 있기도 하다.

에서 주인공인 이만영이 여러 인물과 사건을 경험한 뒤 김시습에 의해 자신의 전생 본원을 접하는 것과 비교된다. 그러나 <연화몽>이 전반적으로 강한 역사성을 띠고 있다는 점은 <구운몽>과 전혀 다른 점이다. 즉, <연화몽>은 <구운몽>의 형식만을 일정 부분 차용한 것으로 보인다.

이와 같이 제재, 구조, 형식의 측면에서 <연화몽>은 <원생몽유록>과 <구운몽>의 연장선상에 놓이는 작품, 혹은 <원생몽유록>과 <구운몽>으로 대표되는 몽유록 양식과 몽자류 양식을 복합적으로 활용한 작품이라고 할 수 있겠다.

3. 역사적 사실과의 비교

앞서 인용한 문면에서 김시습이 동학사에 모인 제인들을 '병정 연간 충신열사의 환생'이라고 한 점을 고려하면, <연화몽>의 전생 서술 부분에 등장하는 인물들은 역사상 실존 인물일 가능성이 높다. 그러면 김시습의 전언을 통해 제시되는 전생 인물이 과연 실존 인물인지, 행적은 어떠한지, 그리고 신분상 어떠한 부류인지를 알아보기로 한다. 먼저 김시습의 술회를 토대로 작품 속 인물과 그 전생 인물을 비교해 보기로 한다.(작품에 나열된 순서에 의함)

순번	작품 속 인물	전생 인물	순번	작품 속 인물	전생 인물
(1)	함담, 부용, 연화	최빈의 친척 두 소저와 그 시비	(14)	백운산인 안유근	김자인
(2)	이천쇠	한정승의 노비	(15)	해학상인	동학사 주지

(3)	이필상	고덕미	(16)	운수상인	영월 최빈묘 앞에서 곡하던 소승
(4)	이만영	차성복	(17)	김천석 부부	이식배-석금 부부
(5)	김녕	단종을 배행한 금부도사	(18)	동학사 제승	단종조 환관들
(6)	김녕의 처 허씨	상궁 박씨 자개	(19)	홍제원 은사	금성태수 김계금
(7)	만영의 외삼촌인 두 명의 서공	김유인, 김해은 형제	(20)	고만년 부부	단종조 맹인과 무녀
(8)	권도사	지리산 남악진인	(21)	옥산, 철산	이징옥, 이징석 형제
(9)	정진사	구월산 산채 주인	(22)	흑철한	박팽년의 婢夫
(10)	묘향산 산채에서 음식을 담당하던 남녀	김유덕 남매	(23)	개가한 과부들	낙화암 궁녀들
(11)	적동사자	대전별감 돌중	(24)	조자허	조재경
(12)	권장복	추충신	(25)	김자명, 이무실	안순손, 이중재
(13)	장복의 처 이씨	관란정 밑에서 빨래하던 과부	(26)	정업원 시녀들	단종비 송씨의 시녀들

결론부터 말하자면 위의 표에 정리된 전생 인물들은 대부분 역사상 실존했으며, 행적도 <연화몽>에 서술된 것과 거의 일치한다. 몇 가지 실례를 들어보겠다.

김시습에 의하면 <연화몽>의 이필상은 고양현감 고덕미의 환생이다(3). <연화몽>에는 다음과 같이 서술되어 있다.

"고덕미는 비록 문과 출신이나 무예를 겸하여 단종대왕 째에 고양

군수 되야 부하 식배와 중은 등으로 더부러 군긔를 준비하고 군마를
정졔하야 장차 반명할 의사 잇서 다소간 련락이 잇다가 발각되야 잡
혀 죽은 후 고양리 민이 그 시례를 거두어 읍져에 안장하얏는대 고
덕미의 후신은 즉 금일 로상공이라”[8]

위의 인용문에서 '고덕미'는 '高德稱'의 오류다. '稱'을 '미'로 잘못
읽은 것으로 보인다. 그리고 '로상공'은 <연화몽>의 이필상을 가리킨
다. 역사상 고덕칭은 고양현감으로 있으면서 記官이었던 李植培, 仲銀
등과 함께 안평대군을 따르다가 죽은 인물이다. 관련 내용이 『실록』에
는 다음과 같이 기록되어 있다.

"의금부에서 아뢰기를, '전 知安岳郡事 黃義軒은 예전에 李瑢과 사
귀어 친하게 지내고, 지난 계유년 10월 초 1일에 사냥을 한다고 칭
탁하여 경내의 군사 974명을 징집하였고, 이용이 대역을 범했다는
말을 듣고 記官 楊榮을 서울로 보내어 동정을 탐문하였으며, 高陽의
記官 植培는 자주 瑢을 따라 사냥을 하고, 또 瑢의 말을 자기 집에서
사육하여 주고 명주 1필을 받았으며, 현감 高德稱과 兵房 記官 仲銀
은 聲息을 사칭하고 문서를 摠牌에 내려보내어 군마를 정제하게 하
였고, 또 계유년 9월에 민간의 군기를 많이 거두어 들였으며, 또 고
덕칭은 여러 차례 瑢을 알현하고 그 청을 들어 魯元祐로 鴨島監考를
삼았습니다. 이들은 모두 역신과 사귀어 통하였으니, 청컨대 황의헌
과 식배, 고덕칭, 중은 등을 모두 律에 의하여 능지처사하소서.' 하였
다."[9]

---

8) <연화몽>, 172쪽.

9) "義禁府啓: '前知安岳郡事黃義軒, 舊與瑢交親, 去癸酉十月初一日, 托以打獵, 徵聚境內軍士
九百七十四名, 及聞瑢犯大逆, 遣記官楊榮于京, 探候動靜, 高陽記官植培, 數隨瑢打獵, 又飼
瑢馬于家, 受贈紬一匹, 縣監高德稱及兵房記官仲銀, 詐稱聲息, 下帖于摠牌, 使整齊軍馬, 又
於癸酉九月, 多收民戶軍器, 且德稱累謁於瑢, 聽其請, 以魯元祐爲鴨島監考. 竝與逆臣交通,

이와 같이 <연화몽>의 내용과 사실이 부합된다. <연화몽>에는 이식배 부부도 환생한 것으로 설정되어 있다. 이만영의 수하 인물인 김천석 부부가 그들이다. 이에 대하여 <연화몽>은 다음과 같이 기술하고 있다.

"평양중군 김천셕은 고양 니방 니식배의 후신이라 식배 안평대군 옥사에 간련되야 참혹히 죽은 후 기 처 석금이 속반을 갓초아 그 시 톄 압해 놋코 길이 통곡 왈 우리 장부로 하여곰 죄다 하여 참혹이 죽엿시니 나는 관비에 편입하지 아니하면 반다시 강포지환을 면치 못하리니 내 목숨을 액겨 구차이 살면 장내 디하에 도라가 우리 장부를 대할 면목이 업다 하고 일장 통곡한 후 인하여 곡긔를 쓴은 지 오륙일 만에 오히려 더대 죽는 것을 한하여 목매여 죽엇시니 지금 김쳔셕이 일시 은혜로 니시랑을 셤겨 공사에 근간하다가 오날 쏘 이 곳에 와 선왕 뎨셕에 참예하니 전일 츙심이 아니면 엇지 오날 긔회 잇시리오 그럼으로 식배의 처 석금이 오날날 쳔셕 처의 후신이 되야"10)

그리고 이와 관련된 내용이 『실록』에는 다음과 같이 기술되어 있다.

"고양의 향리인 이식배는 계유년에 죽음을 당하자, 그의 처 石乙수 이 주야로 호곡하여, 한 모금의 마실 것도 입에 넣지 않고 장사 지내는 일도 몸소 스스로 경영하더니, 장사를 마치고 나서는 바로 탄식하기를, '나의 지아비가 죽었으니, 나는 반드시 관비가 될 것인데, 사람에게 더럽혀질까 두렵다.' 하고, 오래도록 애통하고는, 그 밤에 스스로 목매어 죽었으니, 그 절의를 상줄 만합니다."11)

請義軒 植培 德稱 仲銀, 竝依律凌遲處死.' 단종 2년(1454) 3월 2일 3번째 기사. 한국고전
번역원 DB 자료 참조
10) <연화몽>, 183쪽.

여기서도 <연화몽>의 내용이 사실과 부합됨을 알 수 있다. 한편 고덕칭이 이필상으로 환생한 이유는 <연화몽>에서 다음과 같이 기술하고 있다.

"로상서의 션대인이 일직 고양군수 되얏슬졔 고덕미의 분뫼 너모 황폐함을 보고 인부를 불너 약간 봉츅하엿더니 그날밤 선상공 몽중에 일개 동재 품속으로 들며 나는 단종대왕 째 고양군수 고덕미라 불행이 쯧을 일우지 못하고 중도죄사한 후 일부 황토를 뭇는 재 업더니 오날 대인의 이갓치 애호하심을 바다 무주례백이 쥬졉할 곳을 어덧스니 그 은혜는 가위 백골난망이라 오날노부터 례백은 이곳에 두고 녕혼은 대인 슬하에 의탁하야 길이 좌우에 모시기를 원하나이다 하더니 그달부터 태긔 잇서 노상공이 츌셰하시니 이 엇지 우연함이리오 대저 고덕미는 한번 츙심을 분발하랴 하다가 겁운을 맛나 유지사불셩의 탄식을 금치 못하엿시나 그 일단 츙혼이 민멸치 아녀 오날 노상공의 환생함이 아닌가"[12]

즉, 고덕칭이 이필상으로 환생한 것은 이필상의 선친과의 인연 때문이다. 이필상의 선친이 황폐하게 버려진 고덕칭의 분묘를 봉츅해 주었기 때문에, 그 보은으로 이필상으로 태어났다는 것이다. 이처럼 <연화몽>은 전생 인물과 환생 인물 간의 관계도 일일이 밝히고 있다.

그러면 위의 표 중에서 『실록』, 『莊陵配食錄』,[13] 『연려실기술』 등을

---

11) "高陽鄕吏李植培, 歲癸酉被誅, 其妻石乙今晝夜號哭, 勺飮不入口, 送終之事, 親自經營, 及葬訖, 乃歎曰: '吾夫旣死, 吾必爲官婢, 恐爲人所汚.' 哀痛久之, 其夜自縊而死, 其節義可賞." 성종 8년(1477) 7월 23일 8번째 기사. 한국고전번역원 DB 자료 참조. 이식배 부부의 일은 이 외에도 『실록』의 여기저기에 실려 있다. 그것은 단종사건으로 인해 죽은 사람들의 처, 첩, 딸들은 죽지 않으면 모두 관비가 되거나 사노비로 전락했는데, 그중에는 정절을 잃고 상전과 간통을 하거나 상전의 첩이 되어 살아간 자들이 많았다. 그럼에도 이식배의 처는 남편을 따라 죽음으로써 정절을 지켰는데, 이것이 크게 주목되었던 것이다.

12) <연화몽>, 172-173쪽.

참고하여 역사상 실존했던 인물과 그 행적을 작품 속 인물 및 행적과 견주어가면서 정리해 보기로 한다.

(5) 단종 배행 금부도사: <연화몽>에서 김시습은 김녕을 단종을 영월로 배송했던 금부도사의 후신으로 설명한다. 그러나 금부도사의 이름이 누군지 모르는 것이 한스럽다고 하고 있다. 그런데도 왕방연의 시조로 알려진 작품을 읊고 있어,[14] 작가는 단종을 배송한 금부도사를 왕방연으로 추정하는 듯하다.[15]

(6) 상궁 박씨 자개: 『장릉배식록』에는 "宮女 者介"로 기술되어 있다. 성은 박씨이며 惠嬪 楊氏의 상궁이었다. 혜빈 양씨는 세종의 후궁으로서 단종을 양육한 인물이다. <연화몽>에서도 박상궁의 역할을 사실과 부합되게 서술하고 있다.

(7) 김유인, 김해은 형제: <연화몽>에는 이만영의 외삼촌으로 전 평안감사 서공과 현 충청감사 서공이 등장한다. <연화몽>에는 이들을 김유인, 김해은 형제의 환생으로 설정했다. 그리고 유인 형제의 부친은 김한지이고 김한지의 형은 김선지라고 한다. 역사에서는 유인, 해

---

13) 『장릉배식록』은 정조 15년(1791)에 장릉 옆에 단종제신의 配食壇을 세우면서 편찬한 것이다. 『장릉배식록』에는 正壇에 배향된 32명의 행적과 別壇에 배향된 236명의 행적이 기록되어 있는데, 정단에 배향된 인물들은 그 가계 및 행적이 비교적 소상히 기록되어 있다. 그러나 별단에 배향된 사람들은 "사실 미상인 사람", "收司에 연좌된 사람" 등을 대상으로 한 까닭에, 인물만 소개하거나 행적이 있다 하더라도 소략하다. 그럼에도 정조가 내각과 홍문관에 명하여 실록을 비롯하여 『東鶴寺魂記』, 『魯陵誌』, 『병자록』 등 단종사건을 기록한 모든 전적들을 상고한 끝에 정리한 것이기 때문에, 가장 사실에 가까운 자료라고 할 수 있다. 본고에서는 한국고전번역원 DB 자료 『홍재전서』 제60권 「잡저」 7에 실려 있는 『장릉배식록』을 참고했다.

14) <연화몽>에 기술된 시조는 다음과 같다. "천만리 머나먼 길에 고운님 여의고 내 안 둘 데 업서 시내머리에 안자시니 져 물이 내 안 갓하여 목맷쳐 밤드도록 흐르는고나"(173쪽).

15) 『실록』에는 단종을 영월로 호송한 자는 僉知中樞院事 魚得海이고, 軍資監正 金自行과 判內侍府事 洪得敬이 따라갔다고 기록되어 있다.(세조 3년(1457) 6월 21일 최종기사. 한국고전번역원 DB). 그리고 왕방연은 단종이 사사되었을 때 사약을 가지고 간 사람으로 지칭하고 있다.(숙종 25년(1699) 1월 2일 최종기사. 한국고전번역원 DB).

은의 이름은 등장하지 않으나, 金漢之, 金善之는 나타난다. 한지와 선지는 金堤의 아들로서, 계유정난 때 안평대군의 당류로 연좌되어 모두 죽었다. 김감, 김한지, 김선지는 장릉배식단에 배향된 인물로 등재되어 있기도 하다.

(10) 김유덕 남매: 권장복과 정진사가 묘향산 산채에 갇혀 있었을 때 역시 붙잡힌 신세로 있던 남녀가 있었는데, <연화몽>에서는 이들을 김유덕과 그 누이의 환생으로 설정하고 있다. 『실록』과 『장릉배식록』에 의하면 김유덕은 日城府院君 鄭孝全의 伴人으로 계유정난에 연좌되어 죽었고, 그 누이 莫莊은 예조판서 朴仲孫의 노비가 되었다.

(11) 대전별감 돌중: 성삼문 등이 병자년에 단종 복위를 기도할 때, 內廂庫의 칼을 몰래 꺼내 權自愼에게 건네주었다가 발각되어 죽은 인물이다. 장릉배식단에 배향된 인물이다.

(12) 추충신: 세종, 세조 때의 문신인 秋益漢을 가리킨다. 단종이 영월에 정배되었을 때 직접 찾아가 시를 지어 위로하고 산머루와 다래를 따 진상하였다고 한다. 단종이 죽었다는 소식을 듣고 애통해 하다가 절명했다. 이때부터 영월에서는 추익한을 추충신으로 불렀다고 한다. 현재 영월의 忠節祠에 嚴興道, 鄭嗣宗 등과 함께 배향되어 있다. 단종의 영정을 모신 永慕殿에는 추익한이 백마를 탄 단종에게 산머루를 바치는 모습을 그린 그림이 있다. 그런데 <연화몽>에는 추익한을 樵夫로 설정하고 있다.[16]

(14) 김자인: 『연려실기술』 소재 『추강냉화』의 기록을 보면, "단종이 손위한 것은 謀臣 權覽과 鄭麟趾에 의해 이루어졌는데, 金自仁은 그때 나이 12살로서 권람 등의 모의를 듣고 가슴에 불꽃이 치솟는 것 같았

---

16) "권도사의 손자 장복은 녕월셔 상왕끠 실과 드리든 초부 츄충신(秋忠臣)의 후신이라"(180쪽).

다고 말하였다."[17]는 기록이 보인다. <연화몽>에도 작가는 "백운산인 안유근은 동자 김자인의 후신이라 자인의 나이 겨오 십이셰에 명인지와 권람의 흉악한 의논을 듯고 녈녈한 가삼이 불갓치 이러 어려부터 임의 군신대의를 알았더니"[18]라고 기록하고 있다.

(18) 단종조 환관들: <연화몽>에서 이필상은 동학사 제승들에게 제사 예법을 가르치는데, 작가는 이 제승을 단종조 환관들의 후신으로 설정하고 있다. <연화몽>에 언급된 환관들은 차례대로 한숭, 김연, 엄자치, 윤기, 최찬, 조희, 박윤, 이귀, 류대, 김충, 서성대, 길유선, 김득상 등 총 13인인데, 이 모두 『장릉배식록』에 등재되어 있다.

(20) 맹인과 무녀: <연화몽>에서 작가는 고만년 부부를 단종 때의 맹인과 무녀의 후신으로 설정하고 있다. 당시 맹인, 무녀들이 유벽한 빈집과 남산 밑에 모여 세조를 저주하고 단종이 복위되기를 기도하다가 발각되어 참살을 당했다는 것이다.[19] 『장릉배식록』을 보면 맹인 池和는 안평대군을 위하여 점을 치고, 맹인 羅加乙豆는 단종 복위를 위해 점을 쳤다가 모두 죽음을 당했다는 기록이 있다. 또한 무녀로서 龍眼, 內隱德, 德非 등이 언급되어 있고, 이들 모두 나가을두 등과 같이 죽었다는 기록이 있다. 이를 통해 볼 때 고만년 부부의 전신인 맹인과 무녀는 위의 맹인, 무녀들 중 어느 누구일 것이다.

(21) 이징옥, 이징석: 이징옥은 함길도 절제사를 역임하면서 김종서의 총애를 받은 인물이다. 이징석은 징옥의 형으로서 세조를 도와 이시애의 난을 평정하는 데 공을 세운 바 있다. <연화몽>에는 "증옥 증석은 다 장사라 손으로 범을 잡고 거러 산 돗을 붓쓰러 로모의 구경

---

17) 『연려실기술』 제4권, 「단종조 고사본말」, '육신의 상상 복위 모의'. 한국고전번역원 DB 자료 참조

18) <연화몽>, 181쪽.

19) <연화몽>, 186쪽.

식힌 자라"[20]는 서술이 있는데, 이 일화는 『五山說林』에 나타나 있다.[21]

(22) 박팽년의 비부: <연화몽>에는 박팽년의 子婦 이씨가 임신한 채 관비가 되었고, 그때 따라갔던 이씨의 시비 역시 임신 중이었는데, 이씨는 생남하고 시비는 생녀하니, 시비의 지아비가 아이를 바꾸어 길러 박팽년의 후사를 잇게 했다는 내용이 있다.[22] 이는 『장릉배식록』의 '박팽년'조에 보이는 다음과 같은 기록과 부합된다.

"(팽년의) 아들 생원 憲, 珣, 奮 등도 함께 죽었다. 珣의 아내 이씨는 막 임신을 하였는데, 아들을 낳을 경우 연좌되게 되어 있었다. 여종 역시 임신을 하였는데, 여종이 이씨에게 말하기를, '마님께서 딸을 낳으시면 다행이겠으나, 아들이라면 쇤네가 낳은 아기로 죽음을 대신하겠습니다.' 하였다. 출산을 하니 과연 아들이어서 여종이 맞바꿔 기르며, 이름은 朴婢라 하였다."[23]

(23) 낙화암 궁녀들: 이만영이 서도에 순행을 나갔다가 몇 명의 과부를 개가시킨 적이 있는데, <연화몽>에서는 그 개가 과부들을 낙화암 궁녀의 후신으로 설명하고 있다. 그리고 낙화암 궁녀는 단종이 죽은 후 영월의 서강에 버려졌을 때 단종을 따라 투신한 궁녀라고 서술하고 있다. 그런데 『영조실록』을 보면 영월의 彰節祠와 愍忠祠의 改修와 관련된 논의 중에 "낙화암이 있는데 그때 궁인들이 死節하였기 때문에

---

20) <연화몽>, 187쪽.
21) 『연려실기술』 제4권, 「단종조 고사본말」. '이정옥의 난'에 『오산설림』에서 인용한 관련 기록이 수록되어 있다. 한국고전번역원 DB 자료 참조.
22) <연화몽>, 187쪽.
23) "子生員憲珣奮等, 竝死. 珣之妻李氏, 方有身. 生子, 當坐. 婢亦有身, 語李氏曰: '主生女幸矣, 苟男, 當以婢産代其死.' 及産, 果男. 婢易而子之, 名曰朴婢." 『홍재전서』 제60권, 「잡저」 7, '正壇 32인'. 한국고전번역원 DB 자료 참조.

'낙화암'이라고 이름 붙였으며, 土民들이 사당을 세운 것도 또한 致祭하는 것이 마땅하다."[24])는 기록이 보인다. 이를 통해 볼 때 낙화암 궁녀 이야기는 사실이거나, 사실이 아니라 하더라도 영월 지역을 넘어 폭넓게 회자된 것으로 볼 수 있다.

(25) 안순손, 이중재: 김자명, 이무실은 개가한 과부들의 남편이다. <연화몽>에서는 이들의 전신을 금성대군의 일과 관련하여 죽은 안순손과 이중재라고 하였다. 『실록』과 『장릉배식록』에는 順興 品官 安順孫, 순흥 記官 仲才 등이 금성대군의 당류로 연좌되어 모두 죽었다는 기록이 보인다.

이상으로 작품 속 전생 인물 중, 역사상 실재했던 인물의 행적을 살펴보았다. 그 결과 작품 속 작가의 서술과 실제 행적이 대체로 부합됨을 확인할 수 있었다. 그러나 『실록』이나 『장릉배식록』에 기술된 행적과 <연화몽>에 기술된 행적을 비교해 보면, 전반적으로 <연화몽>에 기술된 행적이 훨씬 더 자세하다. 더구나 권도사의 전생(8)을 서술하는 자리에서는 권도사의 전생인 지리산 남악진인과 성삼문 간의 일화가 장황하게 펼쳐져 있고, 정진사의 전신(9)인 구월산 산채 주인과 성삼문 간의 일화도 비교적 길게 서술되어 있다. 이런 점에서 볼 때 작가는 『실록』이나 『장릉배식록』 뿐만 아니라 다양한 전적을 폭넓게 참고한 것으로 보인다.

그리고 위에서 정리한 바와 같이 대다수의 환생 인물이 당대에 실재했던 인물임을 고려하면, 미처 확인은 하지 못했으나, 함담, 부용, 연화의 전생 인물, 천쇠의 전생 인물, 차성복, 남악진인, 구월산 산채 주인, 관란정 밑 과부, 동학사 주지, 운수상인의 전생 인물, 홍제원 은

---

24) "有落花巖, 其時宮人死節, 故名以落花, 而土民建祠者也, 亦當致祭." 영조 34년(1758) 10월 4일 3번째 기사. 한국고전번역원 DB 자료 참조.

사의 전생 인물, 조자허의 전생 인물, 단종비 송씨의 시녀들 등도 그
행적이 역대의 이러저러한 전적에 실려 있을 가능성이 높다고 생각된다.

한편 전생 인물의 면면을 보면 김시습이 말한바 '충성을 다하고도
이름이 없는 자, 이름은 있어도 포장을 받지 못한 무명씨'들이 대부분
이다. 물론 장릉배식단에 배향된 인물들, 예컨대 고덕칭, 박상궁, 김유
덕, 돌중, 이식배, 안순손과 이중재, 환관들, 맹인과 무녀 등은 나름대
로 포장을 받았다고 볼 수 있다. 그러나 배식단에 이름이 올라 있긴
하나, 이들은 신분상 거의 무명씨에 가까운 인물들이다. 그 외에 관란
정 밑 과부, 이식배의 처 석금, 백팽년의 비부, 낙화암 궁녀와 단종비
의 시녀들 등도 비천한 인물에 불과하다. 뿐만 아니라 12세의 김자인,
남악진인이나 구월산 산채 주인, 동학사 주지 등도 역사상 이름 있는
인물이라고는 할 수 없다. 추익한은 상층 문신 출신인데도 등장한 것
은 작가가 그를 초부로 알았기 때문이다. 이름 없는 초부로서 가상한
일을 했다고 본 것이다.

요컨대 작가는 이른바 단종제신에 속하나 무명씨에 가까운 인물들
을 환생시켜, 몽유록처럼 일방적인 심회를 토로하게 하는 것이 아니
라, 구체적인 삶을 살도록 함으로써 충신으로서의 존재상을 부각시키
고자 한 것이다. 그러나 환생한 인물의 작품 속 행적과 전생 인물의
행적이 반드시 일치하는 것은 아니다. 예컨대 고덕칭의 역사적 행적과
그 환생인 이필상의 행적이 동일한 것은 아니며, 추충신의 역사적 행
적과 그 환생인 권장복의 행적이 일치하는 것은 아니다. 이것은 작가
가 작품 속 인물을 전생 인물을 등장시키기 위한 기능적 방편으로 생
각했음을 말해 준다. 이점은 <연화몽>에 그려진 여러 사건들이 대부
분 인물 출현을 위해 설정된 것이라는 점과 맥을 같이 하는 것이기도
하다.

4. 〈연화몽〉의 소설사적 의의

이른바 '단종사건'으로 희생된 인물을 충절의 인물로 그린 최초의 기록물은 남효온(1454-1492)의 〈육신전〉이다. 남효온은 김시습이나 주변 지인들로부터 전해 들은 전문을 토대로 〈육신전〉을 지었다.25) 〈육신전〉에서 남효온은 사육신들의 충절을 기리면서 세조와 그 추종 세력들을 비판한 바 있다.

〈육신전〉이 직접 언급된 것은 아니었으나, 단종 六臣들의 충절을 기리려는 시도는 그 후 중종, 인종 대에도 지속된 것으로 보인다. 중종 12년(1517) 8월 5일, 6일, 8일의 『실록』 기사를 보면, 鄭順朋, 金淨, 趙光祖, 朴世熹 등의 대신들이 상소를 올려 육신들의 충절을 환기하고 있으며, 인종 1년(1545) 4월 9일 『실록』 기사에서도 侍講官 韓澍는 육신의 이름을 일일이 거론하면서 그들의 일을 옛 임금을 위한 충정으로 판단하고 있다. 그러다가 〈육신전〉이 역사의 전면에 그 모습을 드러낸 것은 선조 9년(1576) 때였다. 판서 朴啓賢(1524-1580)이 경연에 입시하여 성삼문은 충신이라는 점, 남효온이 〈육신전〉을 지었다는 점, 〈육신전〉을 보면 그때의 일을 알 수 있다는 점을 선조에게 아뢰었고, 그에 대하여 선조는 〈육신전〉은 엉터리 같은 책이니, 만약 입에 올리는 자 있으면 죄로 다스리겠노라는 명을 내린 바 있다. 그 후 사육신에 대한 언급은 효종 3년(1652) 11월 13일, 전 판서 趙絅이 '사육신의 정려 등에 대한 상소'를 올리기까지 근 80년간 조정에서 자취를 감추었다.26) 그

---

25) 단종 복위 사건이 일어났던 병자년(1456)은 남효온의 나이 3세 때였다. 그러니 사건을 직접 경험하지는 못했다.

26) 이상, 단종 육신과 〈육신전〉이 중앙 조정에서 언급되고 논란된 과정은 정출헌, 「〈육신전〉과 〈원생몽유록〉 - 충절의 인물과 기억서사의 정치학」, 『고소설연구』 33집, 한국고소설학회, 2012, 20-25쪽 참조.

러나 <육신전>과 단종제신에 대한 논란과 평가는 南孝溫의『추강냉화』, 李耔(1480-1533)의『음애잡기』, 朴宗祐(1587-1654)의『병자록』등 일련의 재야 잡록을 통해 지속적으로 이루어졌다. 그러다가 尹舜擧 (1596-1668)에 의해『노릉지』가 편찬(현종 4년, 1663)됨으로써 단종사건과 관련된 제반 사실이 정리될 수 있었다.27) 그리고 숙종은 이『노릉지』에 의거하여 사육신 복권(숙종 17년, 1691)과 단종 복위(숙종 24년, 1694)라는 정치적 결단을 내리게 된다.28)

사육신, 생육신을 비롯한 단종제신들에 대한 추숭과 포장은 정조 때 다시 대대적으로 이루어졌다. 정조의 명으로 장릉배식단을 세우고『장릉배식록』을 편찬함으로써다. 이『장릉배식록』에는 왕실의 대군에서부터 하층 무녀에 이르기까지 단종제신들의 행적이 총 망라되어 있다. 이로써 단종사건과 관련된 제반 논란과 단종제신에 대한 포장이 최종 완결되었다고 할 수 있다.

또한 단종사건과 관련하여 빼놓을 수 없는 것으로 <원생몽유록>을 들 수 있다. 주지하듯이 <원생몽유록>은 꿈에 가탁하여 단종과 사육신의 문제를 다룬 작품이다. 꿈속에서 단종과 사육신으로 보이는 인물이 등장하여 자신들이 겪은 일을 술회하는 형식이다. 그러니 단종사건이란 역사 문제를 제재로 했다는 점에서 <육신전>을 비롯한 단종사건 관련 기록물과 관련되며, 가탁의 방식으로 단종사건을 취급했다는 점에서는 그 사건에 대한 이해와 평가를 우회적으로 시도했다고 볼 수 있다. 이렇게 볼 때 <연화몽>은 <육신전>류의 實記보다는 <원생몽유록>과 통하는 작품임을 바로 알 수 있다.

---

27)『노릉지』는『실록』은 물론 일련의 잡록에 기록된 단종사건 관련 내용을 비판적으로 수집하여 편찬된 것이다.
28) 단종 복위 후『노릉지』는 숙종의 명에 따라 다시『莊陵誌』(1711년)로 확대 재편되었다.

한편 <육신전>을 필두로 여러 실기류 잡록에서 단종사건이 다루어 지고 시간이 흘러 정조에 의해 포장이 일단락되기까지의 역사는 단적 으로 단종사건에 대한 이해와 평가의 역사라고 할 수 있다. 그 역사 속에 <원생몽유록>과 <연화몽>도 한 지점을 차지함은 물론이다. 그 러나 <원생몽유록>은 최고 신분의 단종과 사육신을 제재로 한 반면, <연화몽>은 실존 인물이면서도 그 신분적 지위가 미미한 사람들을 대상으로 했다는 점에서 차이가 있다. 즉 <원생몽유록>의 작가는 상 층 신분의 충신을 추모하려는 의식이 있었다면, <연화몽>의 작가는 이름 없는 충신들을 추모하려고 했던 것이다. <연화몽>의 이러한 작 가 의식에는 단종제신들에 대한 포장이 역사적으로 사육신이나 생육 신 등 주로 상층 신분의 충신을 위주로 이루어진 것에 대한 비판이 내 재한 것으로 보인다. 물론 <연화몽>에 등장하는 비천한 인물들도 대 부분 장릉배식단에 배향된 인물임을 감안하면, 하층 신분의 단종제신 에 대한 포장이 어느 정도 실질적으로 이루어졌다고 볼 수 있다. 그러 나 단종사건 때 수많은 인물들이 관노가 되거나 죽음을 당한 것을 감 안하면, 작가로서는 하층 신분의 충신들에 대한 인식과 포장이 더 필 요하다는 인식을 가질 수 있었다고 본다.

요컨대 작가는 꿈과 환생 모티프를 활용하고 <육신전> 등 단종사 건과 관련된 일련의 실기류와 <원생몽유록>과 같은 서사물의 문제의 식을 확대 계승하면서, 특히 실질적으로 희생은 더 많았지만 포장은 미미했던 '이름 없는 충신들'을 환기하고 포장하기 위해 <연화몽>을 창작했던 것이다.

5. 맺음말

<연화몽>은 1920년대 말 활자본으로 유통된 한글본 고소설이다. 작품 초반에 김녕 부부는 시비로부터 고담을 듣는데, 그 고담은 '단종 장릉고사'였다. 이 장면에서 본 작품의 주지가 기본적으로 드러난다. 즉, <연화몽>은 계유정난, 단종 복위 실패 사건, 단종 사사 등 '단종' 이 중심이 된 일련의 단종사건을 제재로 한 것이다. 단종장릉고사에는 최씨 성의 두 소저와 차성복이란 사람이 등장한다. 두 소저는 단종사건에 연루되어 노비가 되었다가 자결하였고, 차성복은 영월에서 단종을 섬기다가 단종이 죽은 뒤에는 삭망 때마다 단종을 위해 제향을 지내며 살았다. 김녕 부부는 단종장릉고사를 듣고 단종사건으로 희생된 충신들과 두 소저를 위해 제를 올렸다. 이를 계기로 두 소저의 환생인 함담과 부용을 낳게 된다. 또한 이필상은 차성복의 충절을 탄상하다가 꿈을 꾸었고, 이어 차성복의 환생인 이만영을 낳았다.

작품은 이처럼 남녀주인공인 만영과 함담, 부용의 탄생으로 본격화된다. 그 후 서사는 여귀로 인한 만영의 수난, 만영의 급제와 민정 시찰, 김균 부자의 늑혼과 모함 등, 주로 만영과 관련된 사건을 중심으로 전개된다. 그런데 만영과 관련된 일련의 사건들은 갈등을 통한 서사적 흥미보다는 새로운 인물의 출현과 인물들의 탈속을 유도하는 기능에 초점이 있다.

<연화몽>에는 많은 인물이 등장하는데, 작품 후반부에서 이들은 모두 동학사에 집결한다. 그리고 그곳에서 김시습은 동학사에 모인 제인들이 모두 단종조 충신열사의 후신이라고 말한다. 이로써 우리는 작품 속에 등장했던 인물들은 모두 환생한 인물들이며, 그들은 모두 단종사건과 관련된 인물임을 알 수 있다. 또한 김시습은 좌정한 제인들

의 전생사를 일일이 알려주고, 다시 그들 각자에게 시 한 수씩을 바침으로써 충절을 포장하고 있다. 그런데 주목되는 것은 전생사에서 거론된 인물 대부분이 단종사건 때 희생된 실존 인물이라는 점이고, 신분적으로는 대부분 하층에 속하는 인물이라는 점이다. 이로써 우리는 작가가 <연화몽>을 통해 단종사건 때 희생된 충신열사 중 신분상 하층에 속하는 인물들을 특별히 포장하고자 했음을 알 수 있다.

<연화몽>은 내용상 단종사건을 제재로 한 점, 실존 인물의 환생과 그들의 언행이 나타난 점, 동학사 쇠북 소리로 인물과 공간이 일거에 사라진다는 마무리 등 몽유록 양식인 <원생몽유록>과 비교되는 점이 많다. 또한 꿈 모티프의 활용, 전생의 연분이 현세에서 성사되는 내용 등 <구운몽>과도 일정한 친연성이 있다.

요컨대 <연화몽>은 <원생몽유록>과 <구운몽>으로 대표되는 몽유록 양식과 몽자류 양식을 활용하고 단종사건과 관련된 여러 역사적 평가와 이해를 계승하여, 단종사건 때 희생된 인물들 중 특히 신분적으로 하층에 속하는 충신열사들을 포장하려는 목적으로 창작된 작품임을 알 수 있다.

제3장

〈이린전〉의 서사 구성과 성격

1. 머리말

이 글에서는 신작 고소설 〈이린전〉의 작품세계와 그 의미에 대해 고찰하고자 한다. 〈이린전〉은 현재 필사본이나 방각본은 없고, 1919년에 東昌書屋에서 발행한 구활자본 한 책만 전하고 있다.[1] 작품의 제목은 "李麟傳"이고 저자는 兪喆鎭으로 적혀 있다. 上과 下로 분권되어 있으며 상권이 총 64쪽, 하권이 총 68쪽으로서 비교적 장편에 속한다. 작품 중간중간에 한시 구절이나 인명에 한자가 병기되어 있는 부분이 있으나, 전체적으로 순 한글로 조판되어 있다.

이 작품은 신라와 중국 당나라를 배경으로 하고 있고, 충신과 간신의 갈등 구조와 영웅의 일대기 형식을 취하고 있으며, 군담의 확장과 도술전, 처처 갈등 등이 주된 서사 양상으로 설정되어 있다는 점에서 고소설의 형식을 그대로 따르고 있음을 알 수 있다. 그리고 모본이 있

---

1) 현재 국립중앙도서관에 소장되어 있다.

거나 다른 이본도 존재하지 않는다. 그런 점에서 <이린전>은 1919년
에 처음으로 창작된 신작 고소설이라고 할 수 있다.

그동안 <이린전>에 대해서는 김기동이 그 서지와 경개, 간략한 특
징을 소개한 이후,[2] 전준걸이 무예 의식의 유형을 살피는 과정에서 간
략히 언급한 바 있으며,[3] 보다 본격적인 연구는 서승혁에 의해 이루어
졌다. 서승혁은 현실계와 비현실계의 순환구조를 근간으로 하는 작품
의 구조와 의미, 태몽 설화, 재생 설화, 용궁 설화 등의 수용과 변용 양
상, 그리고 작품의 갈등 양상과 작가 의식 및 소설사적 의의 등에 대
해 자세히 고찰하였다.[4] 이 연구에서 논자는 작품의 대체적인 면모를
드러내는 한편, 작가는 이 작품에서 부귀영화와 애정의 성취를 강조하
고 천자와 간신에 대한 비판의식을 중점적으로 드러내었다고 하였다.

그런데 신작 고소설을 주목할 경우, 우리는 작품세계의 면모를 충실
하게 드러내는 한편, 작품의 제재나 구성 방식이 어떻게 나타나고 있
으며, 그것이 전대 고소설의 면모와는 어떠한 관계가 있는지를 중시할
필요가 있다. 즉, 전래의 고소설은 물론 신소설, 근대소설이 함께 유통
되었던 시기에, 작가가 고소설 한 편을 창작할 경우에는 고소설다운
모습을 유지해야 하고 새로운 특징도 나타낼 수 있어야 한다. 그렇게
하기 위해서는 기존 고소설의 제재나 구성 방식을 활용함과 동시에
새로운 변용을 가해야 한다. 이처럼 신작 고소설을 살필 경우에는 제
재나 구성 방식 등의 차원에서 수용과 변용의 지점을 잘 파악할 필요
가 있다고 본다. 그러나 <이린전>의 기존 연구에서는 그러한 점을 논
하지 않았다.[5] 이에 본고에서는 <이린전>의 경개를 중심으로, 작품의

---

2) 김기동, 『한국고전소설연구』, 교학사, 1981.
3) 전준걸, 『조선조 소설의 무예의식과 용궁 설화』, 아세아문화사, 1992.
4) 서승혁, 「이린전(李麟傳) 연구」, 한국교원대 석사논문, 2003.
5) 가장 본격적인 연구라고 할 수 있는 서승혁의 경우에도 본고에서 살핀 주요한 특징을 거

주된 특징과 함께 변용과 창안의 요소들을 중점적으로 살펴보고자 한다.

2. 〈이린전〉의 순차적 경개

여기에서는 먼저 작품의 경개를 순차적으로 정리해 보기로 한다.

· 신라 경덕왕 때 경상도 두류산 밑에 살던 이무정 부부가 자식이 없어 치성을 드린다. 그후 이무정이 꿈에서 옥황상제의 일련의 처분을 보는데, 옥황상제는 천상 장경성은 기린의 형상을 주어 이무정의 집으로 보내고 월궁항아는 두꺼비 형상으로 세상에 내보내어 기린과 더불어 천상 배필을 이루게 하라고 한다.

· 이무정의 부인 유씨가 잉태하여 해산하니, 아들 이름을 '린'이라고 한다. 이무정은 이린이 성장하자 이린에게 세상에 나가 사업을 성취하고 돌아오라고 한다. 이에 이린은 집을 나선다.

· 중국 당나라 화주 땅 백록촌에 사는 두수공이란 사람이 버려진 石佛을 거두어 바위 아래에 안치한다. 그날 밤 부인 남씨가 석불이 집으로 와 두꺼비를 자신의 앞에 놓고 가는 꿈을 꾸고 잉태하여 열 달 후에 딸을 낳으니, 이름을 계섬이라고 한다.

· 이린이 집을 떠나 달성, 금강산, 압록강, 요동을 거쳐 중국 명승처를 두루 유람한다. 적벽강을 구경하고 무창산 남쪽에 이르렀는데, 너무나 곤핍하여 노상에 앉아 있었다. 그때 백발노인이 나타나 이린에게 신이한 떡을 주어 기운을 차리게 하고, 다시 나중에 용처가 있을 것이라며 회생단을 주고 사라진다.

· 두계섬이 우연히 득병하여 죽었는데, 그때 곡성을 듣고 찾아간 이린이 회생단으로 계섬을 살려낸다. 두수공은 이린이 신라인이라

의 주목하지 않았다.

하여 잠시 꺼렸으나, 남씨의 주청으로 이린과 두계섬이 혼인을 한다.

· 얼마 후 이린은 형산을 유람하기 위해 처갓집을 나선다. 유람하던 중 빈주 땅 천마산을 찾아간다. 그곳에서 옥천진인을 만나 3년간 병법을 수련한다.

· 그 사이, 두수공이 병들어 죽는다. 그리고 바로 흉년에 도적이 쳐들어와 계섬을 잡아간다. 계섬은 정절을 지키기 위해 강에 투신한다. 그때 남해 용왕이 두계섬을 구해 용궁으로 데려간다. 옥황상제가 두계섬을 용궁에 두었다가 3년 후에 인세로 출송하라고 한 것이다. 딸을 잃은 남씨는 정처 없이 방황하다가 제양현 자운암 혜관 여승의 구제를 받고 자운암에서 기거한다.

· 당나라 목종 시절, 간신 조자항과 장호권, 환관 양회가 국정을 농단하자 충신인 주신과 마직이 상소를 올려 간언한다. 그러나 황제는 조자항의 말을 듣고 주신과 마직을 유배에 처한다. 그때 북흉노왕 호돌이 서번왕 신각과 합세하여 중원을 차지하려고 거병을 한다. 그 전에 호돌은 조자항에게 편지를 보내어 서로 내통을 했다.

· 3년을 수련한 이린은 옥천진인의 명으로 천자를 구하기 위해 하산한다. 그때 이린은 칼, 갑옷, 비룡마를 구비해 있었다. 먼저 백록촌 처갓집에 가서 상황을 파악한 다음 북쪽으로 향한다.

· 두계섬이 용궁에서 3년을 지내다가 보단화란 꽃에 실려 해변가에 나타난다. 그것을 혜관 스님이 얻어 불전에 시주한다. 그때 남씨가 계섬을 그리워하는 말을 하자, 계섬은 모친인 줄 알고 보단화에서 나와 모친과 재회한다. 그리고 계섬 역시 삭발위승한다.

· 이린이 황성으로 향하던 중 주신과 마직, 오송산 의병들과 합세하여 진격한다. 이때 재주를 시험하여 이린이 선봉장이 된다.

· 중원이 위기에 처하자 황제는 조자항에게 태자를 부탁하고 친정을 한다. 기실, 친정은 조자항의 간계에 의한 것이다. 조자항은 바로 황후와 태자를 절도에 보내고 스스로 황제가 된다. 황제는 대패하여 항서를 바칠 지경에 이르렀다.

• 이린이 중도에서 황후와 태자를 구하고 바로 황성으로 올라가 장호권과 양회는 처단하고 조자항은 잡아 가둔다. 그리고 다시 전장으로 가서 황제를 구한다. 황제는 북흉노 왕과 서번왕을 방송하고 조자항은 능지처참한다.

• 황제는 이린을 승상에 봉한다. 그리고 이무정은 간왕에 유씨는 공순왕비에 봉한 뒤 이린에게 신라로 가서 부모를 모시고 오라고 한다. 이린이 부모를 모시고 황성에 오니 황제는 그들을 극진히 후대한다.

• 황제가 황후의 외사촌 딸 동영란을 이린에게 하가한다. 이린과 혼인한 동영란은 이린이 두계섬 생각에 자주 비창해 하자 불편한 심기를 드러낸다.

• 남만왕 굴탑이 침입해 오자 이린이 출정한다. 위기가 있었으나 화덕성군의 구원으로 극복하고, 화덕성군이 준 신이한 부채를 이용하여 마침내 남만왕을 사로잡는다.

• 황성으로 복귀하던 중 자운암에 거하던 남씨와 두계섬을 만나 함께 상경한다. 황제가 계섬에게는 정렬부인을, 동영란에게는 숙렬부인을 준다. 이린은 두씨와 동씨를 공평하게 대한다.

• 이린이 두계섬을 애처롭게 여기고 또 두계섬이 잉태를 하자, 동영란은 두계섬을 제거하려고 한다. 동씨는 시비 분매를 이용해 두씨가 외간 남자와 사통한다는 위조 편지를 만들어 이린으로 하여금 그것을 보게 한다. 이린과 이무정은 해산한 다음에 처형하려고 일단 두계섬을 옥에 가둔다. 그때 계섬의 시비인 춘계가 분매에게 접근하여 분매와 동씨의 간계를 밝혀낸다. 동씨는 극변에 원찬되고 분매는 처형된다. 그후 춘계는 계섬의 권유로 이린의 첩이 된다.

• 이무정과 유씨, 남씨가 연만하여 죽는다. 그리고 이린과 두계섬, 춘계는 부귀영화를 누리다가 태을선관과 마고선녀의 인도로 백일승천한다. 이때 주신, 마직 등도 함께 승천한다.

3. 〈이린전〉의 구조와 특징

2장의 경개를 살펴보면, 기자치성과 만득자 출현, 천상 존재의 하강, 천정연분 화소, 주인공의 수련과 대결력 획득, 이민족의 침입과 간신의 반역, 황제의 위기와 주인공의 구원, 여성 주인공의 수난과 은거, 처처 갈등 등 전래 고소설에서 흔히 볼 수 있는 제재와 사건이 나타남을 볼 수 있다. 그중에서도 남성 주인공의 영웅적 활약상과 그로 인한 부귀영화가 주 스토리 라인임을 바로 알 수 있다. 그런 점에서 <이린전>은 남성 주인공 중심의 영웅소설 유형에 속한다고 할 수 있다. 그러나 작가는 한 편의 영웅소설을 추구하면서도 새로운 작법을 구사하기도 하고, 기존 작품의 제재와 구조를 차용하기도 하였다. 이 장에서는 이러한 점을 중점적으로 살펴서 본 작품의 특징을 밝혀 보고자 한다.

1) 실존 인물의 환생 구조

이무정은 삼백 일 기자치성 후 꿈속에서 옥황상제가 거하는 영소보전에 이르러 여러 광경을 목격한다. 그곳에는 옥황상제의 생일을 축하하기 위해 태을선관, 화덕성군, 사해 용왕, 안기생, 적송자, 서왕모, 남악 위부인 등 많은 선관 선녀들이 모여 있었다. 그때 태을선관이 상제에게 '저번 영소보전 중수 후 연회 때 연석에 참여하지 않아 죄를 받은 장경성과 월궁항아를 이제 용서함이 어떻겠느냐?'[6]라고 말한다. 그러자 옥황상제는 따로 처결할 것이 있다고 하면서 다음과 같이 말한다. 다소 길지만 중요한 부분이므로 인용해 보기로 한다.

---

6) <이린전> 상, 4쪽.

㉮ "내 별로히 쳐판홀 일이 잇다 ㅎ시고 화덕셩군을 불너 분부ㅎ
시되 디옥에 잇는 죄인 즁 왕망과 화흠이며 죠고와 하걸의 쳡 미희
며 은쥬의 쳡 달긔를 잡아올니라 ㅎ시고 북두셩으로 ㅎ야금 텬당에
잇는 츙열 즁 굴원과 오자셔며 양틱부 가의와 항우의 쳐 우미인이며
한기 초션을 불너오라 ㅎ시고 틱을션관을 명ㅎ스 장경셩과 항아를
다려오라 ㅎ시니 거무하에 일제히 이른지라 샹졔 다시 하교ㅎ스 츙
열 다셧 스룸은 탑젼 우편에 안치고 장경과 항아는 탑젼 좌편에 셰
우며 다셧 죄인은 계하에 꿀인 후 갈아스딕 오자셔의 영혼은 장경셩
에게 붓치고 긔린의 형상을 주어 셰상에 나아가 힘과 지혜로써 악흔
무리를 소탕ㅎ야 뜻을 일우게 ㅎ되 지금 리무졍의 부부가 내게 삼빅
일을 치셩ㅎ야 향취가 오히려 긋치지 아니ㅎ얏슨즉 긔린은 리무졍
의 집으로 보닉고 우미인의 영혼은 항아에게 붓치고 둑겁이 형상을
주어 셰상에 나아가 긔린으로 더부러 텬상빅필을 일우고 허다 익운
을 지닌 후에 조흔 쌕를 맛나 부귀 쌍젼ㅎ여 자손이 만당ㅎ야 평싱
을 안락ㅎ게 ㅎ고 굴원과 가의는 셰상에 나아가 츙심과 직언으로 인
군을 도와 처음에는 곤익을 당ㅎ다가 종릭에는 정직흔 일홈을 웃어
부귀를 누릴지오 초션은 비록 미쳔흔 스룸이나 그 인군을 위ㅎ고 나
라를 근심ㅎ야 왕윤의 지휘를 좃차 미인계로 여포와 동탁을 리간ㅎ
야 셔로 졔어케 ㅎ고 졔 몸이 죽기를 도라보지 아니ㅎ얏스니 진실로
긔특흔지라 셰상에 나아가 어진 스룸으로 더부러 심복이 상합ㅎ야
사싱을 한가지 ㅎ다가 쳔흔 몸을 변ㅎ야 귀흔 일을 엇게 ㅎ고 왕망
등 다셧 죄인은 셰상에 나아가 불츙불의의 일을 쐬ㅎ다가 각기 법에
쳐케 ㅎ되 오자셔와 굴원이며 가의와 우미인이며 초션은 만년에 한
가지 부귀와 틱평을 누리다가 다시 텬당에 올나 억만셰가 되도록 맑
은 디경과 놉흔 자리에 영광을 웃게 ㅎ고 왕망과 화흠이며 죠고와
미희며 달긔는 인간에서 죄를 당흔 후 다시 디옥으로 보닉여 무한흔
고초를 밧게 ㅎ야 악흔 자는 악흠으로 착흔 자는 착흠으로 갑혀 하
날의 공변된 마음으로 분명흔 보응이 각각 잇는 줄 알게 ㅎ라"(상,

4-5쪽. 띄어쓰기 필자: 이하 동일)

위의 인용문은 작품 초반에 서술된 것으로서, 흥미로운 것은 옥황상제가 천당과 지옥에 있는 충신과 죄인을 각각 소환하여 그들을 인세에 보낸다는 것인데, 그들 모두가 역사적 실존 인물이라는 점이다. 위의 인용문에 나타난 충신과 죄인의 명단은 다음과 같다.

> 충신: 굴원, 오자서, 가의, 우미인, 초선
> 죄인: 왕망, 화흠, 조고, 매희, 달기

옥황상제의 말에 의하면, 이들 10명이 모두 인세에 환생하게 되는데, 위의 인용문에서는 천상의 장경성으로서 오자서의 영혼을 가지고 환생하는 이린과 천상의 월궁항아로서 우미인의 영혼을 가지고 환생하는 두계섬, 이렇게 두 명에 대해서는 전세와 현세 간의 인물 대응을 확인할 수 있다. 그러나 나머지 인물은 현세의 누구와 대응되는지 위의 인용문만으로는 알 수 없다. 그러면 다음 내용을 보기로 한다.

> ⓐ "문득 오ᄉᆡ 구름이 영롱ᄒ야 영선각 ᄉᆞ면을 응위ᄒ고 청아ᄒᆞᆫ 옥져소ᄅᆡ 공중에 표양ᄒᆞ며 ᄐᆡ을션관은 학을 타며 마고션녀ᄂᆞᆫ 봉에 안져 완연이 나려와 갈오ᄃᆡ 옥황상제 하교에 오ᄌᆞ셔와 굴원과 가의며 초션과 장경성 급 항아를 환련궁ᄒᆞ라 ᄒᆞ시ᄆᆡ ᄲᆞᆯ니 올으라 ᄒᆞ고 두 줄 무지ᄀᆡ가 좌상에 ᄲᅢᆺ치며 주신과 마직과 진겸과 춘계와 진국공과 정열부인이 구름에 싸이여 표연이 올나가니 진실로 빅일승텬이오 우화등션이라"(하, 68쪽)

위의 인용문은 작품 말미에 서술된 부분이다. 앞서 인용한 ⓐ를 보면, 옥황상제는 굴원과 가의를 인세에 내보내면서 충심과 직언으로 임금을 도우라고 한 바 있는데, 작품에서는 주신과 마직이 그러한 행위를 했다. 실제로 주신과 마직은 간신배에 둘러싸여 있는 황제에게 격절한 내용의 상소를 올린 바 있다.[7] 따라서 주신과 마직이 굴원과 가의의 환생임을 알 수 있고, 그렇기 때문에 인용문 ㉯와 같이 오자서, 우미인 등과 함께 백일승천할 수 있었다. 한편, 인용문 ㉮에서 옥황상제는 초선에 대해서 생전에 그녀가 한 일을 언급한 뒤 인세에 나가 어진 사람을 섬기며 사생을 함께 하다가 천한 몸이 귀하게 되어 살기를 바란다는 말을 하고 있다. 그런데 초선에 대한 옥황상제의 이 말은 작품 속 춘계의 행위와 그녀가 이린의 첩이 되어 귀한 삶을 산 것과 정확히 일치한다. 따라서 춘계가 초선의 환생 인물임을 알 수 있고, 그렇기 때문에 인용문 ㉯에서 보는 바와 같이 역시 백일승천의 대상이 되었던 것이다.

그런데 인용문 ㉯에는 승천하는 인물로서 '진겸'이란 이름이 등장하는데, 이 진겸은 이린이 주신과 마직, 오송산 의병들과 합세하여 적을 향해 진격할 때 측근에서 수행한 장수 중의 한 사람일 뿐, 작품 내에서 큰 비중을 차지하는 인물이 아니며, 그렇기 때문에 전생 인물의 환생도 아니다. 따라서 위의 인용문에 진겸이 들어간 것은 오류이다. 이상의 내용을 종합하여 전세 인물과 현세 인물의 대응 관계를 정리하면 다음과 같다.

전세 인물	현세 인물
오자서	이린(장경성, 진국공)
우미인	두계섬(항아, 정렬부인)

---

7) <이린전> 상, 35-39쪽에 걸쳐 주신과 마직의 상소문이 길게 서술되어 있다.

굴원	주신
가의	마직
초선	춘계

　그러면 죄인들의 전세-현세 인물 대응은 어떻게 되는가?

　주지하듯이 왕망은 중국 전한 말기의 관료로서 '신'나라를 세워 일시 황제 노릇을 한 인물인데, 중국 역사에서는 찬탈자, 간신의 대명사로 알려져 있다. 그리고 화흠은 중국 후한 말, 삼국시대 위나라의 정치가로서, 『삼국지』의 陳壽는 화흠을 청렴하고 온화한 성품의 긍정적인 인물로 평가한 바 있다. 그러나 『삼국지연의』의 羅貫中은 화흠을 간신으로 형상화하였다. <이린전>에서 옥황상제가 화흠을 역사의 죄인으로서 부정적인 인물로 보는 것은 작가가 『삼국지연의』의 영향을 받았기 때문일 것이다. 한편, 조고는 秦나라 때의 환관으로서 너무나 유명한 사람이다.

　왕망 등과 대응되는 작품 속 인물은 조자항과 장호권, 그리고 환관 양회이다.[8] 이들이 서로 결탁하여 국정을 농단하고 급기야 이민족의 침입을 불러일으켰으며, 그 중 조자항은 왕망이 그랬던 것처럼 황제 자리를 찬탈하기도 한다. 한편, 옥황상제가 거론한 매희와 달기는 작품 속에 설정된 악인 여성을 고려할 때 각각 동영란과 그 시비 분매의 전신에 해당한다. 이상을 종합하여 전세 인물과 현세 인물의 대응 관계를 정리하면 다음과 같다.

---

8) 이점은 다음의 문면에서 잘 확인할 수 있다. "승상 조자항은 본디 마음이 간악하고 젼혀 외면을 꾸미여 일홈 엇기를 조와ᄒᆞᄂᆞᆫ고로 벼살에 올으미 일삼고 지물과 ᄉᆡ치를 슝상ᄒᆞ며 간신 장호권과 환자 양회를 체결ᄒᆞ야 조졍 권?를?단?며 인군을 긔망ᄒᆞ야 백악이 구비ᄒᆞ되 모다 그 형셰를 두려워 ᄒᆞ야 감히 말????이?ᄂᆞᆫ지라"(상, 35쪽. '?'는 글자 지워짐 표시). 이들 이외에는 간신들이 등장하지 않는다.

전세 인물	현세 인물
왕망	조자항
화흠	장호권
조고	양회
매희	동영란
달기	춘매

이처럼 <이린전>의 작가는 작품의 주요 인물을 역사적 실존 인물의 환생으로 설정하여 그들 간의 갈등을 다루고 있다.

고소설 중에 역사적 실존 인물이 등장하는 것은 몽유록계 서사가 대표적이다. 그 외에, 항우, 여태후, 척부인 등의 초한 시대 인물과 유비, 조조, 장비 등의 삼국 시대 인물이 환생하여 그들의 이야기를 펼치는 <왕현전>이나 장편소설 <옥환기봉>과 <한조삼성기봉> 등에서 역사적 실존 인물이 등장하는 모습을 볼 수 있다.[9] 그러나 <이린전>과 같이 영웅의 일대기 구조를 근간으로 하는 영웅소설 유형 중에는 역사적 실존 인물이 등장하는 작품은 거의 없는 것 같다. 그런 점에서 역사적 인물의 환생 장치를 구조적 틀로 삼은 것은 <이린전>에서의 창안이라고 할 만하다.

2) 인물 설정의 변용과 천상 질서의 현현

이린은 신라 사람으로서 중국 당나라에 가서 혼인을 하고 공을 세워 부귀영화를 누렸다. 그런데 이린의 중국에서의 행적과 활동을 보면

---

9) <왕현전>에 대해서는 차충환·안영훈, 「필사본 고소설 <왕현전> 연구」, 『우리문학연구』 42집, 우리문학회, 2014 참조. <옥환기봉>과 <한조삼성기봉>에 대해서는 이승복, 『<옥환기봉> 연작 연구』, 월인, 2012; 임치균, 「<한조삼성기봉> 연구」, 『한국학』 26-3집, 2003 참조.

삶의 매 단계에서 분명한 목적의식을 가지고 삶을 산 것은 아니었다. 결혼을 한 것도 우연히 두계섬을 살려준 것이 계기가 되었고, 옥천진 인으로부터 수련을 받은 것도 형산 구경을 나갔다가 천마산을 찾아 들어갔기 때문이다. 뿐만 아니라 전투에서 이기고 위기의 황제를 구한 것도 당나라 충신인 주신과 마직 등을 도우는 차원에서 행한 것이 다.[10]

말하자면 이린에게는 유충렬이나 조웅과 같은 목적의식과 행위동기 가 뚜렷하지 않았던 것이다. 유충렬과 조웅은 간신들로 인해 부모가 유배를 가거나 죽게 되어 가정이 파괴되었고 또 그 간신들 때문에 국 가가 위기에 빠졌기 때문에, 가정을 회복하고 가정의 화복과 연동된 국가를 구해야 한다는 사명과 목적의식을 가질 수밖에 없었다. 그렇기 때문에 무예를 연마하고 전쟁을 수행하며 국가의 위기를 구했던 것이 다. 그 과정에서 오직 일념은 충과 효에 있었다.

그러나 <이린전>의 이린은 그와 다르다. 이린은 이른 나이에 중국 에 갔는데, 중국에서 사는 동안에 별다른 수난이 없었다. 여행 중에 곤 핍하여 약간의 위기가 있었으나, 그것은 개인적인 고난일 뿐 타인으로 부터의 수난은 아니다. 그리고 중국에서는 이린의 적대자도 없었다. 또한 당 황제나 당나라도 이린에게는 충심과 충성의 대상이 아니었다. 당은 이린에게는 다른 나라였고 또 그로부터 별다른 도움을 받은 것 도 아니었기 때문이다. 그렇다면 중국에서의 이린의 삶의 전진을 이끌 어간 것은 무엇인가? 작가는 천상적 질서와 권능이 이린의 삶을 인도 하는 것으로 구성했다. 이점을 좀더 자세히 살펴보자. 이린의 중국에 서의 행적이나 활동 중 주요 轉機가 되었던 것은 다음과 같다.

---

10) '언제쯤이면 성공하여 고향으로 돌아갈까' 정도의 생각과 고민은 한다.

① 회생단을 이용해 죽었던 두계섬을 살려냄

② 두계섬과 혼인

③ 옥천진인으로부터 수련을 함

④ 전쟁에서 공을 세워 승상의 지위에 오름

⑤ 남만왕과의 대결 때 화덕성군이 나타나 위기에서 구해줌

⑥ 진국공이 됨

이 중에서 ①은 이린이 백발노인이 준 신이한 떡을 먹고 기운을 차린 뒤에 행한 것이다. 이때 등장한 백발노인은 태을선관인데, 태을선관은 옥황상제의 명을 받아 죽게 된 이린을 살려내기 위해 파견된 존재이다.[11] 따라서 이린과 두계섬이 회생할 수 있었던 것은 전적으로 옥황상제의 가호가 있었기 때문이다.

③에서 이린은 옥천진인을 만나 수련을 하였는데, 이린이 옥천진인을 만날 수 있었던 것은 그가 빈주 천마산을 찾아갔기 때문이다. 그리고 이린이 하필 빈주 천마산으로 가게 된 것은 한 신이한 노승의 지시가 있었기 때문이다. 앞서 이린은 태을선관으로부터 회생단을 받고 앞길을 향하고 있었는데, 한 노승이 노래 한 곡을 부르고는 홀연 사라지는 모습을 보았다. 그런데 노승이 사라진 자리에는 "欲訪二人 往問三林"이란 여덟 글자가 적인 종이가 놓여 있었다. 이린은 앞 구절에서 '天'을, 뒤 구절에서 '彬'을 해독하고 노승이 '天'과 '彬'이 들어간 지명을 지시함이라고 해석한 바 있었다.[12] 그리고 두계섬과 혼인한 후 형산을

---

11) "나는 태을선관이니 오늘 아침 상제게 조회ᄒᆞᆯ시 내게 하교ᄒᆞ시되 신라 리린은 곳 뎍강혼 장경성이라 오날 무창산 남편에셔 위태ᄒᆞᆯ 디경인즉 나려가 구ᄒᆞ라 ᄒᆞ시기로 밧비 오더니"(상, 13쪽).

12) "로승이 안졋던 자리에 나아가 살펴본즉 누른 죠희에 글자 여듧을 써쓰되 욕방이인(欲訪二人)인딘 왕문삼림(往問三林)이라 ᄒᆞ얏거늘 이윽히 싱각ᄒᆞ고 마음에 헤아리되 이인은 분명이 하늘 텬자(二人爲天)요 삼림은 정녕ᄒᆞᆫ 빗ᄂᆞᆯ 빈자(三林爲彬)라 내 일즉 형산 남쪽에 빈쥬가 잇슴을 글을 보아 알엇스니 빈쥬에 혹 하늘 텬자로 부르는 디명이나 산

구경하러 갔다가 노승의 그 암호 지시를 상기하고 빈주 천마산을 찾아갔고 그곳에서 옥천진인을 만났던 것이다.[13]

한편, ⑤에서 이린은 상대편 장수의 도술과 火攻에 걸려 불에 타 죽을 절체절명의 위기에 빠졌다. 그리고 달리 벗어날 방도가 없어 자결을 하려 할 찰나에 화덕성군이 나타나 이린을 구해준다. 이때 등장한 화덕 성군 역시 옥황상제가 파견한 천상 존재이다.[14] 그리고 화덕성군은 신이한 부채를 이린에게 주고 사라지는데, 그 부채는 이린이 적을 최종적으로 섬멸하는데 결정적인 역할을 했다.

이처럼 이린의 삶에서 주요 전기가 되고 ②, ④, ⑥의 결과를 유도한 ①, ③, ⑤의 행적이 모두 옥황상제나 초월적 존재자의 명령과 가호, 즉 천상의 질서와 권능에 의해 진행되고 있음을 알 수 있다. 이점에서 <이린전>은 천상 질서의 힘이 강하게 구현된 작품이라고 할 수 있겠다. 그리고 이렇게 천상 질서의 권능이 강하게 나타나도록 구성한 것은 작품의 주인공이 유충렬이나 조웅과 달리 타국 출신이기 때문이다. 앞서 언급한 것처럼 유충렬이나 조웅은 충효의 대상과 행위동기가 분명히 있었으나, 이린에게는 그것이 없었기 때문에 그 대신으로 이린의 행동을 이끌어가는 천상 질서의 현현이라는 구성 방식을 취한 것이다.

한편, 천상에서 옥황상제는 장경성에게 오자서의 영혼을 주어서 환생하게 하는데, 흥미로운 것은 장경성을 자국인 당나라 사람이 아니라 신라 이무정의 아들로 환생하게 한다는 점이다. 작품의 영웅소설적 성

천의 일홈이 잇는가 그러나 무삼 의미를 씨닷지 못ᄒ고 다만 길을 지촉ᄒ야 여러놀 만에 ᄒᆞᆫ 곳에 이르니"(상, 15쪽).

13) 이 부분에는 옥황상제가 파견했다는 등의 언급은 없으나, 노승의 형상과 행위로 볼 때 초월적 존재와 연결된 존재임은 분명하다.

14) "나는 텬상 화덕셩군일너니 앗가 옥황상졔계압셔 하교ᄒ사ᄃᆞ 당 디원슈 리린은 곳 젹 강호 장경셩이라 남만과 쓰우다가 오날밤 박릉 오유산 속에서 급ᄒᆞᆫ 불을 맛나 위태ᄒ니 나려가 구ᄒ라 ᄒᆞ시기로 왓나니"(하, 35-36쪽).

격을 고려할 때, 중국을 배경으로 하고 장경성에게 굴원이나 가의와 같은 충신의 영혼을 주어 유충렬이나 조웅과 같은 인물로 환생하게 하더라도 아무런 문제가 없고, 오히려 그것이 더 자연스러운 구성이 되었을 것인데, 왜 '오자서'의 영혼을 가지고 '타국' 땅에서 환생하도록 했느냐 하는 점이다.[15]

작가의 의도를 추정해 본다면, 장경성을 신라 사람으로 환생하게 한 것은 오자서와 관계가 있지 않나 한다. 주지하듯이 오자서는 본래 초나라 사람이었으나 아버지와 형이 살해당하자 오나라를 섬겨 父兄의 원수를 갚은 사람이다. 그러면 오자서의 이러한 행적을 <이린전>과 연계시켜 보자. 오나라의 입장에서 오자서는 타국 사람이다. 타국 사람이 오 땅에 와서 오나라를 섬겼으니, 이는 신라 사람인 이린이 중국 당나라로 가서 당을 섬긴 것과 방불한 면이 있다. 이렇게 생각하면, 신라에서 환생할 사람에게 오자서의 영혼이 깃들도록 설정한 것은 작가의 일정한 의도가 있었다고 볼 수도 있겠다.

그러나 좀더 깊이 생각해 보면 뭔가 어색한 점이 있다. 오자서의 행적을 보면, 오자서는 부형의 원수를 갚기 위해 조국을 떠나 타국 땅 오나라에 귀의했다. 즉, 오나라의 힘을 빌려 복수하는 것이 근본적인 목적이었다. 그리고 복수를 한 후에는 자신에게 힘을 빌려준 오나라를 섬겼다. 그러나 나중에 吳王 夫差가 자신을 중용하지 않고 또 모함을 받자 자결함으로써 삶을 끝낸다. 그런데 이린의 행적은 오자서의 이러한 행적과 전혀 다르다. 작품에서 옥황상제는 장경성에게 오자서의 영혼을 주면서 "셰상에 나아가 힘과 지혜로써 악훈 무리를 소탕ᄒᆞ야 쯧을 일우게 ᄒᆞ"(상, 4쪽)라고만 할 뿐, 그 외에 오자서의 행적과 결부될

---

15) 작품에는 단순히 이무정이 상제에게 삼백일 동안 치성을 드렸기 때문에 장경성을 이무정의 집으로 보낸다고 할 뿐, 다른 특별한 이유는 없다.

만한 어떠한 서술도 없다. 또한 이린은 신라에 원한이 있어 중국으로 간 것도 아니다. 이처럼 <이린전>의 작가는 이린을 형상화할 때 상기와 같은 오자서의 행적을 고려하지 못한 것으로 보인다.

아무튼 이린을 오자서의 영혼을 가지고 신라 땅에 환생하는 것으로 설정한 것은 어느 정도 이해가 되지만, 그 이후의 서사 구조와 전개에서는 다소 아쉬운 점이 있다고 생각된다.

고소설 중에는 우리나라 사람이 중국에 가서 능력을 펼치는 이야기를 담은 작품이 여럿 있다. 명나라의 청병에 주인공이 대원수로 출정하여 공을 세운 <신유복전>, 역시 가달국의 침입으로 명나라가 위기에 처하자 이태경의 아들 이연이 출정하여 명나라를 구한 <이태경전> 등이 그러한 작품이다. 실제 조선후기에 후금의 공격으로 위기에 놓인 명나라를 돕기 위해 조선의 원병이 출정한 사례가 있다. <신유복전>이나 <이태경전> 등은 그러한 역사적 사실에서 소재를 얻어 창작된 것이다. 또한 신라 태자 김소선이 중국 당나라에서 여섯 명의 부인을 얻어 살다가 귀국하는 이야기인 <육미당기>도 <이린전>과 비슷한 면이 있다. 아마도 <이린전>의 작가는 이러한 종류의 소설들에 힌트를 얻어 <이린전>을 창작했다고 볼 수 있는바, 그러나 인물 설정과 서사 구도 면에서 치밀함이 다소 부족했다고 본다.

3) 율문체의 활용과 서사 기법의 창안

이린은 성장 후 외유의 장도에 오르게 되는데, 작품에는 그 노정이 자세히 나타나 있다. 국내 노정으로는 팔공산, 달성, 가야산, 낙동강, 태백산, 관동팔경, 금강산, 압록강을 차례대로 경유하고, 중국 노정으로는 요동, 유주, 역수, 만리장성, 위수, 함양성, 낙양성, 금릉, 봉황대, 악양루, 소상강, 황릉묘, 고소성, 한산사, 오호, 적벽강 등을 경유한다. 그런데 흥미로운 것은 이상의 노정기를 가사체를 이용해 표현하고 있다는 점이다. 그 사례를 간략히 제시하면 다음과 같다.

"△힝싴이 초초ᄒ고 소향이 망망ᄒ다△동북 딕로로 썩 나셔셔 유산긱의 모양으로△쥭장망혀 가노라니 집 써난 날 몟칠이냐△동편을 가라치니 팔공산이 두렷하다△쳔리의 쌔친 형셰 뎐작으로 굴곡이라△달셩 잠간 둘너보고 몍이나루 얼는 건너△가야산에 올나가니 남즁대디 여긔로다△산형슈태 살펴보니 웅장ᄒ고 묘하도다△십젼구도 분별읍시 가는 곳이 어딕인고△쏘 압흐로 젼진ᄒ니 낙동강 이안인가"(상, 9-10쪽)

위의 인용문에서 볼 수 있듯이, 가사체 율문에는 특별히 '△' 표시를 하여 서술하고 있다. 위의 노정기는 경물 묘사와 감상 표현의 반복으로 되어 있는데, <이린전>에는 위의 노정기뿐만 아니라 경물을 묘사할 때에는 대부분 가사체 율문을 구사하고 있다.

"이썩는 만화방창에 졍당 삼월이라 왕닉ᄒᄂ 황봉빅졉 보이ᄂ니 츈광이라 수목을 더위 잡고 이리져리 길을 차져 샹상봉에 올나가니 운소간에 소사잇다 붉은 안개 둘여스니 신션을 거위 볼 듯 졍신이 쇄락ᄒ며 흉금이 샹쾌ᄒ다 북변을 바라보니 쳔파만곡 흐르는 물 소샹강에 합수ᄒ고 놉고 나즌 여러 산을 금릉으로 굽어 잇다 남편을 바라보니 쳔리 안계 샹쾌ᄒ다 동셔로 쌔친 쥰령 구름 밧게 웅장ᄒ니 쳔만봉의 맑은 긔운 져긔 가셔 긋쳐도다 셕영단사 죠흔 약이 그 가운딕 잇다 ᄒ니 나도 그 약 엇어다가 부모에게 듸려볼가"(상, 27쪽)

위의 인용문은 이린이 중국에서 두계섬과 혼인한 후 형산을 구경하러 나갔다가 목격한 경치를 서술한 부분이다. 가사체 율문이 정연하게 구사되어 있음을 확인할 수 있다.

한편, 2장의 경개에 나타나 있듯이, 두계섬이 용궁에 갔다가 보단화란 꽃에 실려 해안가에 이르고, 그것을 혜관 여승이 구해 불전에 시주하는 내용은 <심청전>에서 소재를 취한 것이다.

또한 이 작품에는 한시 형식의 운문이 다수 등장한다는 특징이 있다. 이린의 행로에 여러 편이 삽입되어 있고,[16] 이린과 두계섬이 주고받은 시도 총 네 편이 소개되어 있다.[17] 뿐만 아니라 논평의 형식으로도 한시를 활용하고 있다.[18]

마지막으로, 이 작품에는 서사 진행의 복선이나 암시 기능을 하는 것이면서, 이린의 전정을 가리키는 방식으로서 한자 破字를 활발하게 활용하고 있다. 앞서 소개한 것처럼, 이린이 노승이 남긴 종이에 적힌 글자를 해독한 것도 파자를 활용한 것이다. 그 외에도, 이린은 수련을 끝내고 하산하여 황성으로 향하고 있을 때, 낚싯대를 드리운 두 노인이 "륙하亽상六下四上이요 亽회비빅似檜非栢이로다 아식고족我食羔足

---

16) 예를 들면 이런 경우이다. "표박즁쥬조미귀漂泊中州早未歸ㅎ니 두류산식원의의頭流山色
遠依依라 북당신셕아슈지北堂晨夕阿誰在오 교수동망류습의翹首東望淚濕衣라 이 글 뜻
은 즁원에 표박ᄒ야 일즉 도라가지 못ᄒ니 두류산 빗치 멀니 의의ᄒ도다 북당 시벽과
겨역에 누가 잇는고 머리를 들고 동으로 바라보미 눈물이 옷을 젹시도다"(상, 21~22쪽).
이 부분은 이린이 두계섬과 정혼을 한 후에 부모와 고향을 생각하면서 읊은 것이다.
17) <이린전>, 상, 22~25쪽 참고.
18) 다음과 같은 예를 들 수 있다. "츙여츈계셰무륜忠如春桂世無倫ㅎ니 미쳔유능보주인微賤
猶能報主人이라 가한지금영귀자可恨至今榮(貴)子가 도미름록반기신徒麋廩祿胖其身이라
이 글 뜻은 츙셩이 츈계 갓흔 이가 셰상에 짝이 업스니 미쳔ᄒ되 오히려 능히 쥬인의
은혜를 갑헛더라 가히 흔홀 반는 지금 영귀흔 자가 흔갓 록만 허비ᄒ야 그 몸을 슬지게
흔다 흠일너라"(하, 62쪽). 이 부분은 츈계의 지혜로 동씨와 분매의 간계를 밝힌 이후에
제시된 것으로서, 츈계의 충심을 치하하면서 동시에 녹만 밝히고 자신의 살만 찌우는
자들을 원망하는 의식이 반영되어 있다. 그러한 의식은 당연히 작가의 것이다.

흥고 군긔양각君騎羊角이로다"(상, 50-51쪽)라고 화답하는 소리를 듣고 앞 聯句에서 '五松'을 해독해 내고 뒤 聯句에서 '義羣'을 해독해 내어, 오송산 의군암을 찾아가 군도의 우두머리가 된다. 그런 다음 주신과 마직과 함께 황제를 구하기 위해 진격한다. 꼭 파자라고는 할 수 없지만, 가령 "린혜룡혜딕하시麟兮龍兮待何時오 룡혜은수린불지龍兮隱水麟不知로다"(상, 46쪽)라는 것도 인물의 앞길을 인도하는 기능을 한다. 이것은 이린이 수련을 하고 하산했을 때, 한 목동으로부터 들은 노래인데, 이린이 장차 바룡마를 얻게 될 일을 암시하는 것이다. 이와 같은 서사 기법은 고소설에서 간혹 보이긴 하나 빈번하게 나타나는 것은 아니다. 그런 점에서 <이린전>에서 창안한 서사 기법의 하나로 볼 수 있겠다.

4. 맺음말

본고는 신작 고소설 <이린전>의 작품세계를 고찰한 것이다. '고소설'이면서 '신작'인 경우에는 전래 고소설에서 지속된 부분과 새롭게 창안하거나 변용된 부분을 살피는 것이 중요한데, 기존 연구에서는 그러한 점이 미진했다. 그래서 다시 종합적으로 고찰한 결과, 기존 논의에서는 언급하지 않은 특징을 드러낼 수 있었다. 논의한 것을 간략히 정리하면 다음과 같다.

첫째, <이린전>은 기자치성 화소, 적강 화소, 천정연분 화소, 주인공의 수련과 대결력 획득, 이민족의 침입과 간신의 반역, 황제의 위기와 주인공의 구원, 여성 주인공의 수난과 은거, 처처 갈등 등 전래 고소설에서 흔히 볼 수 있는 제재와 사건으로 구성된 작품이다. 그중에서도 남성 주인공의 영웅적 활약상과 부귀영화 내용이 초점화된 영웅소설 유형에 속하는 작품이다.

<이린전>에는 충신 측으로 이린, 주신, 마직 등이 등장하고 역신(간신) 측으로 조자항, 장호권, 양회 등이 등장한다. 그리고 이린의 처로서 두계섬과 동영란이 등장하는데, 그중에서 동영란은 나중에 사악한 짓을 하다가 쫓겨난다. 또한 두계섬의 시비 춘계, 동영란의 시비 분매라는 인물도 설정되어 있다. 그런데 흥미로운 점은 이상과 같은 작품 속 주요 인물들이 모두 환생한 인물이라는 점이고, 환생 인물의 전생 존재가 모두 역사적 실존 인물이라는 점이다. 역사적 실존 인물로서 오자서, 굴원, 가의, 우미인, 초선(이상 선한 인물), 왕망, 화흠, 조고, 매희, 달기(이상 악한 인물) 등의 환생 인물이 이린 등으로 설정된 것이다. 영웅소설 유형으로서 <이린전>의 이러한 면모는 이 작품에서 새롭게 창안된 작법이라고 할 수 있다.

둘째, 주인공인 이린이 신라 사람으로 설정되었다는 특징이 있다. 그렇기 때문에 표면적으로 보면 이 작품은 신라 사람이 중국에 가서 출세하는 이야기로 볼 수 있다. 그러나 이린은 신유복이나 이태경과 달리 순수 신라(조선) 사람이 아니다. 이린은 중국의 실존 인물 오자서의 영혼을 받아 환생한 사람이기 때문이다. 따라서 이린은 조선의 장수로서 중국에 원병을 갔던 신유복이나 이태경과 달리 중국에 가서 활동할 수밖에 없었다. 그런데 문제는 전생을 지각할 수 없는 이린으로서는 중국에서 활동하더라도 분명한 목적의식과 행위 동기를 가질 수 없다는 점이다. 왜냐하면 신라 출신이기 때문에 중국 당나라는 이린에게 있어 忠의 대상이 아니기 때문이다. 그래서 작가는 현세적 목적의식이나 동기 대신에 천상 질서의 힘으로 이린의 행동을 이끄는 방법으로 작품을 구성했다. 그 때문에 <이린전>에는 천상 질서의 현

현 양상이 구체적으로 나타나게 되었다.

셋째, 경물을 묘사하거나 감정 표현을 서술할 때 가사체 율문을 사용한 것, 심청의 환생 삽화를 활용한 것, 破字를 서사 기법의 하나로 활용한 것 등도 <이린전>의 주요 특징이라고 할 수 있다.

제 4 장

이항복 이야기책, 구활자본 네 편

1. 머리말

　"선조대왕께서 매양 말슴이 리오성은 팔년 병화를 웃고 말하는 가
온대서 평정하엿다 하섯고 리제독은 항상 하는 말이 리정승은 귀신
이 칙량치 못할 지혜가 잇다 하엿고 류서애는 쏘한 하는 말이 당세
호걸은 리오성과 리통제 쑌이라 하엿스니 후세 사람의 추앙하는 말
은 다 밋을 수 업다 하려니와 당시에 친히 부려보신 선조대왕 말슴
과 리제독의 말과 류서애의 말이야 헛되다 할 수 잇는가"[1]

　위 인용문은 본고에서 살필 <오성기담>의 말미에 기록된, 이 작품
의 서술자가 기술한 내용이다. 서술자는 이러한 평이 여항간에 유전되
는 말이 아니라 정금남의 일기[2]에 기록된 것이므로 믿을 수 있다고
강조하고 있다. 만약 서술자의 주장대로 위 기록이 사실에 바탕을 둔

───────────────

1) <鰲城奇談> 68-69쪽. 띄어쓰기는 필자. 이하 동일.
2) 정충신의 일기를 뜻하는데, 현재 실체는 존재하지 않는다.

것이라면, 오성[3] 이항복(1556~1618)에 대한 위의 평은 오성의 인간상을 정확히 집어내었다고 하겠다. 위의 인용문에서 선조가 말한 해학과 임란 때의 공훈, 제독 이여송이 말한 귀신을 능가하는 지혜, 서애 류성룡의 평가인 호걸지풍 등은 현재까지 갖가지 문헌이나 구비설화로 전해지는 오성의 이야기를 압축해 주는 인간상이기 때문이다.

주지하듯이, 오성은 해학과 골계, 풍자의 기질을 타고난 사람이었다. 오성에 대한 기술이 극단적으로 엇갈리는 『선조실록』과 『선조수정실록』에도 오성이 '詼諧'에 능했다는 기록만은 공통적으로 나타난다. 그 실제 사례도 오성과 교유한 바 있는 유몽인(1559~1623)의 『어우야담』, 동시대 이준(1560~1635)의 『창석집』, 이수광(1563~1628)의 『지봉유설』 등의 초기 저작에 다양하게 실려 있다.

한편, 임란 때의 공훈은 扈從一等功臣에 녹훈된 사실이 증명하는 것이고, 귀신도 측량치 못하는 지혜를 갖추었다는 것은 이여송의 접반사로서 보여준 행적이나 박세채(1631~1695)의 『남계집』에 기록된 바 인조반정을 예견한 일 등이 증명하는 바이다. 그리고 호걸지풍 역시 오성의 인간상에 대해 글을 남긴 사람들의 공통된 평가이다.[4] 그 외에, 문헌설화나 구비설화 등 이른바 현전하는 이항복 '이야기'에는 위에서 언급한 오성의 인간상이 훨씬 더 풍부하게 담겨 있다. 이는 문헌과 문헌의 전승을 통해, 그리고 문헌에서 구비로의 파생과 구비 전승을 통해 이야기의 생산과 재생산이 거듭된 결과이다.

그런데 본고에서 필자가 관심을 가지는 것은 이항복의 주요 이력이나 이야기가 하나의 '서책'으로 모아져 출판된 것이다. 우리가 현재 알

---

3) 이항복의 호는 '白沙'가 널리 알려져 있으나, 본고에서는 논의 대상으로 삼은 작품의 제명을 고려하여 '오성'으로 통칭하기로 한다.
4) 대표적으로 오성과 함께 辨誣使로 명나라에 갔다 온 李廷龜는 오성에 대한 장편 祭文에서, 오성의 모든 이력과 인간상을 '豪'로 요약한 바 있다.

고 있는 오성의 이력과 이야기의 원천은 문헌 자료와 구비설화이다. 먼저 문헌 쪽 자료를 살펴보면, 1629년, 1635년, 1726년 등 세 차례에 걸쳐 간행된 『백사집』이 우선 중요하다. 그 외, 주요 자료로는 『선조실록』, 『선조수정실록』, 『광해군일기』를 중심으로 하는 실록 자료, 『창석집』, 『지봉유설』, 『남계집』 등의 문집에 단편적으로 기록된 내용들, 그리고 『어우야담』, 『동패락송』, 『송천필담』, 『기문총화』, 『청구야담』, 『동야휘집』 등의 필기 야담류 자료를 들 수 있다. 그리고 구비설화는 이항복의 당대나 사후 그리 멀지 않은 시기에 백성들 사이에서 유통된 이야기,[5] 상기의 문헌에서 파생된 것이나 민간에서 자생적으로 생성·유전되었던 이야기 등이 주류라고 본다.

그러나 이상의 자료들은 이항복 이야기를 단편적인 각편의 형태로 전승하고 있다. 그러다가 이항복 이야기가 한곳에 집결되어 서책의 형태로 출판된 것은 1920년대 후반에 이르러서다. 그 구체적인 자료는 회동서관본 <鰲城奇談>, 신구서림본 <한음과 오성실긔>, 문광서림본 <鰲城과 漢陰>, 세창서관본 <鰲城과 漢陰> 등이 그들이다. 이들은 구활자로 간행된 근대 출판물, 즉 최초의 '이항복 이야기책'인 셈이다. 본고에서는 이들 구활자본 자료를 대상으로, 문헌과 구비로 전승되던 이항복 이야기 중, 어떤 이야기들이 어떠한 과정을 거쳐 하나의 도서 출판물로 성립되었는지, 그리고 서책 상호 간의 관계는 어떠한지 등에 대해서 자세히 고찰해 보기로 한다.[6] 논의의 전개는 각 작품의 내용구

---

5) 오성의 후손인 李世龜가 1685년에 쓴 <北遷日錄>의 발문을 보면, 그 당시에 이미 시골의 아낙네와 어린이들이 오성의 언행을 알고 있었고, 또 오성의 이야기가 이리저리 돌아 그 진실을 잃은 것도 있다고 하였다(임재완 편역, 『백사 이항복 유묵첩과 북천일록』, 삼성미술관, 2005, 76쪽). 이로 보아 오성의 이야기가 17세기 후반이면 이미 민간에 퍼져 있었다고 할 수 있다.

6) 이들에 대한 종합적인 연구는 그동안 이루어지지 못했다.

성과 출처, 그리고 내용에서 드러나는 오성의 인간상을 작품별로 살펴서 특징을 간추려 보고, 구체적인 문면 비교를 통해 작품 상호 간의 관계를 알아보고자 한다. 이를 통해 이항복 이야기책의 대체적인 면모를 확인할 수 있기를 기대한다.[7]

2. 구활자본 네 편의 이항복 이야기

1) 〈鰲城奇談〉: 해학, 지모, 이인적 면모의 강조

〈鰲城奇談〉은 1927년에 회동서관에서 발행한 구활자본으로서,[8] 표제와 내제는 "鰲城奇談오셩긔담"이고, 총 69쪽의 분량으로서 간헐적으로 한자가 병기되어 있긴 하나, 전체적으로는 순 한글로 기술되어 있다.

내용의 전모와 특징을 한눈에 볼 수 있도록, 순차 내용과 그 출처, 그리고 각 내용에 내재된 인간상을 다음과 같이 표로 정리해 보기로 한다.[9]

순차 내용	출처	인간상
최씨부인이 삼태성을 삼키는 꿈을 꾸고 오성을 낳음. 생긴 모양이 돌올하고 우는 소리가 홍량함.		비범

---

7) 본고에서 '이야기책'이라고 한 것은 대상으로 삼은 작품이 '소설'이 아니라 이항복의 '이야기'를 집적한 것이기 때문이다. 그리고 연구대상을 구활자본으로 제한한 것은 구활자본이 아닌 이야기책, 예컨대 庚秋岡, 『오성과 한음(鰲城과 漢陰)』(진명문화사, 1955)이나 그 후에 간행된 각종 이항복 관련 이야기책들과 분별하기 위해서다.

8) 현재 영남대 도서관에 소장되어 있다.

9) 각 내용의 출처는 현재까지 확인된 것만 밝히고, 출처를 확인하지 못한 것은 공란으로 두었다.

돌 무렵, 젖을 먹기 위해 어머니의 머리카락을 잡아당김.		지혜, 비범
6세 때 죽은 새를 묻어주고 제문을 지음.	구비10)	비범
대장간에서 말 대갈을 훔침. 대장장이의 복수에 다시 똥살구로 복수를 함.	구비	당돌, 담대
이웃집으로 넘어간 배나무의 배를, 들창문으로 자신의 주먹을 넣어 그것이 누구 것이냐는 이치를 활용하여 되찾아옴.	구비	당돌, 담대
끊어진 연이 이웃집으로 넘어갔는데, 이웃집 처녀가 돌려주지 않자 막대기로 처녀의 음부를 찔렀다가 시비가 생겨, 부친으로부터 종아리를 맞음.		당돌, 담대
한 친구가 흉가에서 귀신행세를 하며 손을 내밀자, 손이 따뜻한 것을 보고 산 사람임을 알고 꾸짖음.	구비	담대, 명민
아이들에게 쫓기고 있으니 숨겨달라는 거짓말로 신부의 치마 속을 들여다봄.	구비	짓궂음
절에서 공부하던 중, 오성이 화장실에 가 있던 한음의 낭심을 노끈으로 잡아당김.	구비	짓궂음
귀신을 퇴치하여 병든 친구를 살려냄.	동패락송,11) 구비	담대
퇴계에게 남자와 여자의 성기 명칭의 유래에 대해 질문하니, 퇴계가 진지하게 대답해 줌.	구비	담대, 당돌
유람을 하던 중, 오성과 한음이 상전, 하인 역할극을 함. 한음이 번번이 수모를 당함.	계압만록	능활, 지모
변장을 하고 부인을 겁칙하려는 짓을 한 뒤, 절의 중과 짜고 불상 뒤에 숨어 부인에게 다른 남자와 외도한 것이 몇 번이냐 물음. 부인은 한 번 반이라고 대답함.	구비	짓궂음
염병으로 죽은 송장을 치움. 한음이 미리 송장 틈에 누워 있다가 벌떡 일어나면서 오성을 놀라게 함. 오성은 미리 알고 '이까짓 것으로 나를 속이려고 하느냐?'며 오히려 한음을 꾸짖음.	구비	담대, 짓궂음

* 오성이 한음의 첩으로 정해진 오씨를 자신의 첩으로 삼음.		담대
* 오성이 여색에 집착하자 첩 오씨가 '본처가 부재한다고 하여 첩이 남편과 잠자리를 같이 하는 것은 법도에 어긋난다.'는 주장을 하여 오성의 호색함을 누그러뜨림.		첩의 婦德과 지혜
어느 고을 수령의 모친이 '관아의 종'[衙婢]을 데리고 '연꽃 구경'[賞蓮]을 한 것이 문제가 되어 수령을 죄주려는 공론이 발생하자, 오성이 '원의 모친이 아비를 데리고 논 것이 무엇이 문제이며, 상놈한 것이 아니라 상년한 것인데 무엇이 문제냐?'는 말로 공론을 중단시킴.	이순록, 어수신화12)	회해, 지모
성균관에서 얼굴이 얽은 한 유생이 오성에게 자신은 무슨 그릇이냐고 묻자, 오성은 공자와 자공의 문답을 원용하여 '너는 콩망태다.'고 답함.	기문총화	회해
백악산 야차가 오성을 찾아와 임란을 예고함.	공사문견록13)	비범
임란이 발발하자, 선조가 오성의 주청으로 의주로 파천하기로 결정함.	역사	충심
* 출행할 때, 첩 오씨가 오성의 각패 띠를 붙잡고 '가족들에게 무슨 말을 남겨달라.'고 만류하자, 오성이 각패 띠를 끊어버림.	백사집	결단력
오성이 왕후를 인도 무악재에서 부싯돌로 불을 붙여 어가를 인도함.	역사	충심
평소 각기병을 핑계로 대신들의 치료 요청을 거부하던 허준이 호종 중에는 아무렇지 않게 걷자, '각기에는 난리탕이 최고'라고 기롱함.	연려실기술	회해, 풍자
화석정에 불을 붙여 임진강을 건넘.	구비	상황대처능력
의주에서 무녀가 고사를 지내자 선조는 고사떡을 대신들에게 나누어줌. 오성이 먼저 챙겨 먹었는데, 서애는 종묘제례도 못 지낼 판에 고사떡이 뭐냐며 떡을 물림. 오성은 이를 미리 알고 먹은 것임.		지모, 예견력

정곤수가 명에 청병. 이여송 파견. 이여송이 정곤수로 인해 자신이 차출됨을 괘심하게 여겨 정곤수를 죽이려 함. 그때 정곤수가 오성이 준 편지를 줌. 그 편지에는 중국 역대의 명장 이름이 적혀 있고, 그 말미에 '이여송'도 적혀 있음. 이여송이 기뻐하며 정곤수를 살려줌.	구비	지모, 예견력
의주에 이른 이여송이 말없이 손을 내밀자 오성이 조선의 지도를 내어줌.	송천필담	지모, 상황대처능력
오성이 명군의 호궤를 적시에 해결하여 한음의 고난을 해결함.		상황대처능력
이여송이 썩은 나무로 만든 방패를 요구하니, 오성이 불시에 古塚의 판목으로 방패를 만듦.	구비	지모, 상황대처능력
이여송이 한음이 이산해의 사위임을 알고 동성 혼인을 문제삼자, 오성은 이덕형이 본래는 '김덕형'인데, 나라에 공이 있어 임금이 '李'로 사성했다고 둘러댐.	택당집, 송천필담, 구비[14]	위기대처능력
* 첩 오씨가 가족들을 이끌고 난을 피하는 곳마다 안전하였는데, 오씨 일행이 떠나면 즉 화란을 당하니, 다른 사람들이 모두 오씨를 따름.		오씨의 지혜, 신이
오성이 행주대첩 때에 독전사로 참여하여 장졸들을 호령함.		충심
정충신이 오성의 사위 윤옥과 목베기 내기 장기를 둠. 정충신이 내기에서 이겨 윤옥의 목을 베려 하다가 오성을 생각하여 그만둠. 이에 대해 오성은 정충신에게 대원수는 되지 못하고 부원수는 될 것이라고 함.	구비	이인적 예견력
무녀에게 신이 잡힌 복성군이 오성에게 나타나 자신의 冤死에 대한 세상 공론을 물음. 오성은 모두 신원되었다고 함. 복성군이 기이한 실과를 주고 감.	공사문견록	비범
폐모 반대 상소를 올렸다가 정배됨.	백사집	충심

유배 직전, 말이 그려진 그림을 이시백에게 주면서 잘 간수하라고 함. 그 후 능양군(인조)이 이시백의 집에서 자신이 그린 그림을 보고 출처를 알게 됨. 이시백 삼부자가 계해반정에 공을 세움.	남계집[15]	이인적 예견력
배소에서 정충신에게 편지 한 장을 주면서 승지 張晩에게 전하라고 함. 그 편지에는 정충신은 명장이니 뽑아 쓰라는 내용이 적혀 있음. 후에 장만은 대원수, 정충신은 부원수가 되어 이괄의 난을 평정함.		이인적 예견력
죽기 직전에 사위인 윤옥에게 편지 한 장을 주면서 목숨이 위태로울 때 편지를 정충신에게 주라고 함. 나중에 윤옥이 죄를 얻어 죽게 되었는데, 정충신이 그 편지를 보고 윤옥을 살려줌.	구비	이인적 예견력
* 첩 오씨가 포천의 미나리로 나물을 만들어 오성에게 바침.	동패락송	부덕
오성이 죽어 포천으로 반장하는데, 정충신은 역참에 이를 때마다 상여 앞에 나아가 "대감! 행차하십니까?"라고 물었고, 오성은 "오냐, 간다."라고 대답함.		비범, 신이
* 첩 오씨가 3년을 시묘함.		부덕
우복 정경세가 오씨의 절행을 나라에 알려 정부인 직첩을 받게 하니, 오성의 후손들은 그때부터 '오부인'이라고 일컬음.		부덕

---

10) 구비설화의 정보 확인은 『한국구비문학대계』, 『증편 한국구비문학대계』에 수록된 작품 전체와, 신동흔, 『역사인물이야기연구』(집문당, 2002)의 '자료편'에 수록되어 있는 21편의 작품을 대상으로 하였다. 합치면 근 120여 편에 이른다.

11) 오성의 이력 및 이야기와 관련된 문헌 검토는, 『백사집』를 비롯하여 한국고전번역원DB로 검색되는 일체의 자료와, 기존의 연구(이승수, 이병찬)에서 언급한 작품자료 목록, 기타 공간된 색인집이나 야담집 일체를 대상으로 하였다.

12) 『이순록』과 『어수신화』에 이 이야기가 실려 있지만, 등장인물은 이항복이 아니라 다른 사람이다.

13) 이 이야기는 그 외에도 『동패락송』, 『송천필담』, 『동야휘집』, 『오백년기담』 등 여러 문

이상과 같이 <오성기담>의 저자는 오성의 탄생과 죽음까지도 언급하고 있어, 일견 오성의 일생에 초점을 두고 있는 듯도 하다. 그러나 내용구성이 대부분 구비설화로 되어 있어, 오성의 실제 이력보다는 특정한 부면에 초점을 맞추고 저술했음을 알 수 있다.

결론적으로 말하면, 저자는 오성의 '생애'를 재구성하기보다는 오성의 특징적 인간상을 부각하는데 초점을 두었다. 특히 저자는 위의 '인간상'에서 볼 수 있듯이, 오성의 비범성, 당돌하고 담대한 기질, 짓궂은 장난기, 능활한 지모와 대응력, 이인적 면모 등을 강조하였는데, 이러한 인간상은 일반 민중들도 익히 알고 있는 오성의 대표적인 면모이다. 이처럼 저자는 민중의 시각에서 인지되는 오성의 인간상을 특별히 주목했고, 그 때문에 자료 선택에서도 구비설화를 중시한 것이다. 『연려실기술』, 『기문총화』, 『계압만록』 등 문헌 자료를 활용한 경우에도 그 이야기들은 대개 구비적 성격이 강하고, 거기에 내재된 인간상도 여타 구비설화의 그것과 동질적이다. 또한 이웃집 처녀의 음부를 찌른 이야기, 의주에서의 고사떡 이야기 등 현재 그 출처를 알 수 없는 이야기들도 짓궂은 장난, 능활한 지모 등이 잘 나타나 있어 구비설화로 전승되었을 가능성이 높다.

한편, 이 작품에는 오성의 첩 오씨의 형상이 구체적으로 그려져 있는데, 이점 타 작품과 대비되는 주요 특징이다. 위의 순차 내용 중 '*' 표를 한 부분에 오씨의 형상이 그려져 있는데, 오성의 9대손인 李裕元

헌에 전재되어 있는데, 이와 같이 동일한 이야기가 여러 문헌에 전재된 경우에는 시기가 가장 앞선 출처 자료만을 제시하기로 한다. 이하 동일.

14) 『택당집』에는 어떤 중국인이 이산해와 이덕형이 同姓의 장인-사위 관계임을 알고, 조선이 오랑캐 풍속을 숭상한다고 비난하는 내용만 있다. 오성의 임기응변이 빛을 발하는 뒷부분은 『송천필담』과 구비설화에 보인다.

15) 이 책에서는 오성이 그림을 준 사람을 '金壑'로 기록하고 있다. 이시백이라고 한 것은 본 작품의 오류이다.

의 『임하필기』를 보면, 오씨는 贊成 吳謙(1496~1582)의 庶孫이요 玉山
李瑀(1542~1609)의 外孫이라고 한다.[16] 그러나 본 작품에는 이러한 내
용은 없고, 오씨가 본래 한음의 첩으로 정해졌으나 한음의 집에서 축
첩을 허락하지 않자, 그 대신 오성의 첩으로 들어가는 것으로 기술되
어 있다. 이 부분에서 오성은 한음인 척하고 오씨와 첫 대면을 하는데,
오씨는 상면한 사람이 한음이 아니라 오성임을 단박에 알아본다. 그것
은 평소에 오성을 익히 알고 있었기 때문이다. 이처럼 오씨가 매우 명
민한 사람으로 그려져 있다. 그리고 오씨가 오성의 호색함을 누그러뜨
린 이야기는 그녀의 婦德과 지혜를 잘 보여준다. 즉, 오성이 오씨에게
몰입하자, 오씨는 본부인 권씨를 의식하여 오성을 멀리 한다. 이에 오
성은 그것이 권씨의 투기 때문인 줄 알고 권씨를 친정으로 내쫓았다.
그리고는 오씨에게 잠자리를 요구한다. 그러자 오씨는 위의 순차 내용
과 같은 말로써 오성을 개유하였던 것이다. 또한 전란 중에 오씨의 일
행이 이르는 곳은 안전하고, 이동하면 곧 화란에 처했다는 이야기는
오씨의 지모는 물론 신이한 형상을 나타내주는 것이고, 3년을 시묘했
다는 것은 오씨가 지극한 부덕의 소유자임을 강조하는 이야기이다. 여
기에 『백사집』이나 『동패락송』에 수록된 사실을 가미하여 오씨의 인
물 형상을 더욱 풍부하게 하고 있다.

　요컨대, <오성기담>은 이항복의 능활한 지모, 장난이 동반된 해학
과 이인적 면모를 강조하는 방향으로 저술된 것이다. 이는 특히 이러
한 성격의 이항복 이야기를 생성·유전시킨 민중 독자들을 의식한 결
과로 생각된다.

---

16) 이유원, 『林下筆記』 권31, 「旬一編」. 한국고전번역원DB.

2) 〈한음과 오셩실긔〉: 〈鼇城奇談〉의 아류작

〈한음과 오셩실긔〉는 신구서림에서 발행한 총 66쪽 분량의 구활자본이다.[17] 판권지가 없어 발행연도는 알 수 없으나 표지에 찍힌 도장에 "新舊書林"이 적혀 있다. 관련 자료를 통해 볼 때, 1930-31년쯤에 발행된 것으로 보인다.[18] 작품은 "한음과 오성의 셩명이 됴션사람에게는 인상이 깁것마는 향촌 무식자로 한번 봄직한 소셜적 긔사(小說的 記史)도 업셔 그 위대한 인물(人物)로만 알고 셩명을 아지 못함을 저자(著者)는 개탄하고 한음과 오성 이공의 력사를 대강 편집하야 독자에게 공헌코자 한다"[19]와 같은 서술자의 말로 시작하여 먼저 이덕형의 관향과 관작이 소개되고 이어서 이항복의 관향과 관작이 소개된다. 이렇게 한 뒤 '한음과 오셩실긔'라는 제명을 고려하면 한음 이덕형의 이력이나 이야기가 본격적으로 서술되어야 할 터인데, 작품은 그렇지 않고 오성의 어머니 최씨가 삼태성을 삼키는 꿈을 꾸고 오성을 낳았다는 내용을 시작으로 해서, 전체적으로 오성의 이력과 이야기에 초점을 맞추고 있다. 오성과 한음이 함께 연출하는 이야기들도 늘 오성이 主가 되고 한음은 從이 되는 양상으로 전개된다. 이런 점에서 보면 제명이 내용의 실상과 맞지 않다고 할 수 있다. 그러나 더 중요한 것은 이 작품이 위의 회동서관본 〈오성기담〉과 밀접한 관련이 있다는 점이다.

신구본[20]의 내용을 좀 더 살펴보면, 오성이 탄생 후 이틀 동안 젖을

---

17) 필자 소장이다.
18) 신구서림에서 발행한 활자본의 광고란을 조사해 보니, 1929년 1월에 발행된 〈홍경래실기〉, 1930년 1월에 발행된 〈斷髮美人〉 등의 광고란에는 본 작품이 보이지 않다가, 1931년 12월에 발행된 〈옥단춘전〉 광고란에는 본 작품이 등재되어 있음을 확인했다. 이로 보아 〈한음과 오셩실긔〉는 1930년이나 31년쯤에 발행되었을 것으로 추정된다.
19) 신구서림본 〈한음과 오셩실긔〉 1쪽.
20) 이하 본문에서는 회동서관본 〈오성기담〉은 회동본으로, 신구서림본 〈한음와 오성실긔〉는 신구본으로, 문광서림본 〈오성과 한음〉은 문광본으로, 세창서관본은 세창본으

먹지 않고 3일이 되어도 울지 않아 복술자가 점을 치는 이야기, 8세 때 '劍', '쫓'을 시제로 한시를 지은 일, 죽은 새에 대한 조문, 이웃집으로 넘어간 배 찾아오기, 한음이 오성을 흉가로 인도하여 귀신인 척하다가 오히려 망신을 당한 이야기 등이 차례로 서술된다. 이 이야기들은 회동본의 순차 내용 중에서 이항복이 신부의 치마 속을 들여다보는 내용까지에 해당되는데, 양자를 비교해 보면, 이항복이 젖을 먹지 않고 울지도 않아 점을 친 이야기, 한시를 지은 이야기 등은 회동본에는 나타나지 않는다. 그에 비해 회동본에 있는 이항복의 생긴 모습과 울음소리, 어머니의 머리카락을 잡아당김, 대장간 이야기, 이웃집 처녀 이야기, 신부의 치마 속 이야기 등은 신구본에는 없다. 이처럼 신구본과 회동본은 이야기의 出入에서 일정한 차이가 있음을 알 수 있다. 그러나 다음의 인용문을 보면 두 작품의 수수 관계가 분명히 드러난다.

"하루저녁에는 오성이 뒤를 보려 뒤간에 가서 안젓더니 독갑이가 와서 듸미다보며 여긔 누구가 안젓소 뭇는다 오성은 독갑인줄 알고 거만한 말로 네가 원놈이냐 꾸지젓슴애 독갑이는 깜짝 놀내는 듯키 허리를 굽히며 오성부원군 대감께서 좌정하여 게신 줄을 몰낫슴니다 소인은 독갑이올시다 다음날에 또 문안 엿줍겟슴니다 하고 물너간다 오성은 뒤를 다 보고 처소에 돌아와 한음을 향하여 나는 지금 쫓을 누다가 혼이 날번 하엿다 쫓을 다 누지 못하엿는대 독갑이란 놈이 와서 노슨으로 불알을 올거 잡아다려서 엇지 몹시 압흐든지 원놈이 이레느냐 소리를 지르닛가 그제는 독갑이가 불알 올근 노슨을 쓸너 주면서 나다려 오성부원군 대감이라 하더구나 그놈의 말과 갓치 이 다음에 귀하게 될넌지는 몰으겟다만은 당장에 불알이 압허서 죽을 번하엿다"21)

로 각각 지칭하기로 한다.

"하로저녁에는 오성이 뒤를 보라 뒤깐에 가져 안젓더니 독갑이가
와서 듸려다보며 여긔 누구가 안젓소 하고 문는지라 오성이 독갑인
줄 알고 긔침을 한번 캄 하고 엄연한 음성으로 네가 누구냐 이
놈……하고 소리를 질너 꾸지지매 독갑이는 쌈짝 놀나 허리를 굽흐
리며 공손이 오성부원군 대감께서 좌정하여 게신 줄을 몰낫슴니다
소인은 독갑이올시다 다음날에 또 문안 엿줍겟슴니다 하고 물너가
거늘 오성은 뒤를 다보고 처소로 도라와 한음을 보고 나는 지금 똥
을 누다가 혼이 날번 하엿다 똥을 다 누지 못하엿는데 독갑이란 놈
이 와셔 노끈으로 불알을 올거 잡어 다려서 엇지 몹시 압흐든지 웬
놈이 이레느냐 하고 소리를 지르닛가 그졔는 독갑이가 불알 올근 노
끈을 글너 주면서 나더러 오성부원군 대감이라 하더구나 그놈의 말
과 갓치 이 다음에 귀하게 될는지는 알 수 업지마는 당장에 불알이
압허서 죽을 번하였다"[22]

위의 인용문은 회동본 순차 내용 중 신부의 치마 속 이야기 바로 다
음에 등장하는바, 오성이 변소에서 겪은 일을 과장하여 한음에게 알려
주는 장면이다. 인용문에 이어서 오성은 변소에 가 앉아 있던 한음의
성기를 노끈으로 옭아 잡아당기는 장면이 전개된다. 그런데 위 예시
장면을 비교해 보면, 두 작품이 거의 일치함을 알 수 있다. 이것은 결
론적으로 말하면, 신구본의 저자가 앞서 발행된 회동본을 직접 활용하
여 저술하였기 때문이다. 하나의 사례를 더 들어보기로 한다.

"오성을 불으오서 전교하시되 내가 불초한 자식을 나어 국통을 이
웃게 하여 륜리강상을 문란케 할 쑨 안이라 경갓치 어진 원로대신으
로 하여곰 멀고 먼 시골에 나아가 고초를 격게 하니 이는 실로 나의

---

21) 회동서관본 <오성긔담> 6-7쪽.
22) 신구서림본 <한음과 오성실긔> 7-8쪽.

험울이라 내가 이제 불초자를 내여쫓고 어진 손자를 세우기로 제신들과 회의하는 터이니 경은 곳 나에게로 와서 이 의론을 갓치 결정하옵시다 하신다 오셩은 황공사은하고 고개를 드러 처여다보니 선왕 좌우에 뫼서 잇는 신하들은 모다 세상을 하직한 사람이라 쑴을 쌔여 생각하니 심상한 쑴이 안이라 세상에 오래 멈우루지 못할 줄을 알고 정충신을 불너 안치고 쑴쑨 사실을 이약이하고 다시 부탁이라 쑴으로 빙거하면 나의 명한이 오래지 못하겟스니 너는 초종제구를 미리 수습하여 구긔움이 업게 하여라"[23)]

"오셩을 불으사 젼교하시되 내가 불초한 자식을 나어 국통을 이웃게 하여 륜리강상을 문란케 할 쑨 안이라 경갓치 어진 원로대신으로 하여금 멀고 먼 시골로 나아가 고초를 격게 하니 이는 실로 나의 허물이라 내가 져 불초자를 내여쫓고 어진 손자를 세우기로 제신들과 회의하는 터이니 경은 곳 나에게로 와서 이 의론을 갓치 결정케 하라 하시거늘 오셩은 황공사은하고 고개를 드러 처다보니 선왕 좌우에 뫼신 사람들은 모다 세상을 하직한 사람이라 쑴을 쌔여 생각하니 심상한 쑴이 아니라 셰상에 오래 멈우루지 못할 줄 알고 정충신을 불너 안치고 쑴쑨 이야기를 하고 다시 부탁하되 쑴으로 빙거하면 나의 명한이 오래지 못하겟스니 너는 초종제구를 미리 수습하여 구긔움이 업게 하라"[24)]

위의 인용문은 이항복이 북청 배소에서 선조를 만나는 꿈을 꾼 뒤 자신의 운명이 다한 줄 알고 정충신에게 장례를 부탁하는 장면으로서, 작품의 말미 부분이다. 여기서도 신구본이 회동본과 동일함을 알 수 있다. 이와 같이 회동본의 순차 내용들이 거의 대부분 신구본에 수용

23) 회동서관본 <오성기담>, 64~65쪽.
24) 세창서관본 <한음과 오성실긔>, 60쪽.

되어 있고, 서술 행문도 위의 예시처럼 일치한다. 그러나 신구본이 회동본의 모든 내용을 다 활용한 것은 아니고, 예컨대 퇴계와의 문답 내용, 변장을 하고 부인을 겁칙한 이야기, 얼굴이 얽은 유생에게 콩 망태라고 한 이야기 등은 포함시키지 않았다.

요컨대, <한음과 오성실긔>의 저자는 작품 초반부에서는 회동본과 변별을 갖추어 상호 다른 작품인 것처럼 했으나, 그 뒤 대부분의 내용은 회동본의 것을 활용하여 하나의 서책으로 만든 것이다. 이것은 숱한 구활자본 작품에서 확인되듯이, 제명과 서두 일부 내용만 변개한 채 새로운 작품인 것처럼 위장하여 출판하던 구활자본 출판 시대의 일반적인 관행을 따른 것이다.

3) 〈鰲城과 漢陰〉: 허구와 사실의 결합을 통한 일대기 추구

이 작품은 1930년 文光書林에서 발행한 것으로서, 총 163쪽 분량의 장편 구활자본이다.[25] 제명이 '오성과 한음'이기 때문에, 오성과 한음의 이야기가 동일한 비중으로 구성되었다고 보기 쉬우나 실제 내용은 오성의 이야기가 중심이다.

이 작품은 오성의 생애와 인간상을 총체적으로 보여주고 있는데, 이를 위해 저자는 오성의 생애를 순차적으로 따라가면서 각 시기의 이력과 이야기들을 『백사집』이나 실록 등의 갖가지 문헌과 다양한 구비설화를 활용하여 펼쳐내고 있다. 1635년과 1726년에 간행된 『백사집』에는 朴瀰(1592~1645)가 작성한 오성의 연보가 실려 있는데, 그 연보를 기준으로 오성의 생애를 분류하자면, 다음과 같은 네 시기로 구분할

---

25) 현재 장서각, 고려대 도서관, 연세대 도서관 등에 소장되어 있다.

수 있다. 즉, 탄생 후 출사 이전의 시기인 1세~24세, 출사 후 임란 발
발 이전의 시기인 25세~36세, 임란 발발 후 선조의 죽음까지에 해당
하는 37세~53세, 광해군의 등극 후 북청 배소에서의 죽음까지로서 54
~63세 등이 그것이다. 본 작품의 내용을 일목요연하게 파악하는 것이
우선적으로 중요하므로, 아래에서는 각 생애별 주요 내용과 그 출처,
이면에 깔린 인간상 등을 표로 정리하고, 그에 대한 특징을 설명하도
록 하겠다.[26]

- 1세~24세

순차 내용	출처	인간상
이몽량과 최씨부인 사이에서 탄생.	백사집	
몽량이 현달할 후손을 낳을 관상을 타고남.	기문총화	비범
흉측한 모습으로 탄생. 점쟁이의 내두사는 재상감임.	백사집	비범
돌 무렵, 익재 이제현 공이 현몽하여 우물에 빠질 뻔한 오성을 구해냄.	어우야담	비범
5, 6세 무렵, 대장간에서 쇠를 훔침.	구비	당돌, 담대
6세 무렵, 물건을 훔친 侍婢를 용서. 가난한 친구에게 옷과 신발을 줌.	백사집	관대
이웃집 창문에 자신의 주먹을 넣는 행위로, 이웃집으로 넘어간 배를 찾아옴.	구비	당돌, 지혜
8세 때 한시를 지음.	백사집	문학
결혼 무렵, 여장을 하고 신부의 얼굴을 훔쳐봄.	구비	당돌, 지모

---

26) 이 작품의 구성방식과 내용 등 총체적인 특징에 대해서는 필자의 「픽션으로 읽는 이항
복의 일생 - 구활자본 <鰲城과 漢陰>을 통하여」, 『어문연구』 87, 어문연구학회, 2016,
165-195쪽에서 자세히 다룬 바 있다. 본고에서는 이 글의 의도와 목적에 부합하는 차
원에서 위 논고를 재활용하였다.

볼기를 차갑게 하여 신부를 놀렸다가 뜨거운 돌로 복수를 당한 일.	구비	장난, 짓궂음
군인 벙거지를 쓰고 부인을 겁탈하려는 짓을 했다가 부인을 병들게 한 일.	구비	장난, 짓궂음
고운사의 해월대사에게 수학함.		학업
고운사에서 이물을 퇴치함.		담대
귀신을 퇴치하여 병든 친구를 살림.	동패락송	담대
무녀에게 신이 잡힌 복성군의 출현.	공사문견록	비범

이상과 같이 『백사집』이나 『공사문견록』과 같은 실기 자료와, 『어우야담』, 『동패락송』, 『기문총화』 등의 야담집, 그리고 일련의 구비설화를 활용하여 이 부분 생애를 순차적으로 구성하면서, 젊은 시절 오성의 장난기, 당돌하고 담대한 기질, 그리고 타고난 비범성 등을 드러내고 있다.

- 25세~36세

이 부분에는 관료 생활 중에 있었던 한음과의 교유와 주요 정치활동 등이 소개되어 있는데, 핵심 내용을 정리하면 다음과 같다.

순차 내용	출처	인간상
임금 앞에서 한음과 함께 '내가 아비다, 네가 아들이다.'는 다툼을 벌임.	계압만록	회해
한음 부인의 몸에 있는 사마귀를 보았다고 했다가, 한음 부인으로부터 똥 송편을 먹는 봉변을 당함.	구비	장난, 회해
선조가 계란을 이용해 오성을 곤경에 빠뜨리려 했으나, 오성은 너끈히 벗어남.	구비	지혜
장인인 권율에게 버선을 벗고 출근하게 하여 수치를 당하게 함.	기문총화	장난, 회해

태학에서 얼굴이 얽은 유생에게 콩망태라고 기롱함.	기문총화	장난, 회해
첩 오씨가 오성의 기질에 맞추어 오성의 친구인 李貴와 尹燧를 차별적으로 대우함.	백사집	소활함
남의 기화 괴석을 강탈하는 洪汝諄에게 남산의 잠두봉을 가져가라며 기롱함.	玄洲集	풍자
백악산 야차가 나타나 임란을 예고함.	공사문견록	비범
정여립 옥사 사건을 잘 처리함.	백사집	충의

간략히 정리한 것이지만, 그럼에도 불구하고 저자는 오성의 관료로서의 정치활동, 어전에서의 해학적 행동, 권력자의 횡포에 대한 풍자 등을 여러 문헌 자료와 설화 자료를 활용하여 제시하고 있음을 볼 수 있다.

- 37세~53세

이 부분의 생애 구성은 임란이 중심 배경을 이룬다. 그렇기 때문에 여기에는 『백사집』이나 『선조수정실록』 등에 기록된 임란 관련 기사가 대폭 수용되어 있고, 또 생애를 구성하는 각편들이 여러 문헌에 중복 전재된 경우도 많다. 그중에서 주요 내용을 간추려 보면 다음과 같다.

순차 내용	출처	인간상
동래부사 송상현이 節死하자 그 영구에 제를 올림.	백사집	우의, 충의
호종 직전, 첩 오씨의 만류를 뿌리침.	백사집	결단력
서쪽으로의 파천이 결정. 류성룡의 동행을 강력히 주청하여 관철시킴.	선조수정실록	충의
의인왕후를 촛불로 인도함.	백사집	충의
의원 양례수를 '각기에는 난리탕이 최고'라고 기롱함.	연려실기술, 오백년기담	회해, 풍자

내용	출전	특성
제갈량이 손권에게 청병한 것처럼, 우선 요동에 청병을 하고 그래도 안 되면 明에 內附한 뒤 기회를 봐야 한다고 주장함.	백사집	상황파악능력
한음이 '唐明皇의 靈武故事'27)를 행해야 한다고 하자, 오성이 事體를 모른다고 크게 질타함.	朝野僉載	상황파악능력
한음이 요동으로 청병을 갈 때, 오성이 자신의 말을 내어줌.	백사집	우의, 충의
요동 부총병 조승훈의 경망함을 보고 패귀할 것을 예감함.	백사집	예견력
조승훈이 중국 요리인 桂虫으로 선조를 우롱하고 바둑과 장기 내기로 선조를 무시하려 들자, 오성이 꾀를 써 되갚아 줌.	경판 임진록, 구비	지모, 위기대응능력
明이 조선과 倭의 내응을 의심하자, 미리 휴대하고 있던 왜의 국서로 의심을 품음.	선조수정실록	예견능력, 정세판단능력
이여송에게 조선 지도를 내어줌.	송천필담	상황대처능력
이여송이 선조를 보고 용졸하다고 하자, 오성은 선조에게 독 속에 머리를 넣고 울게 함. 이여송이 그 소리를 듣고 龍聲이라고 칭송함.	동패락송	상황대처능력
이여송 군대가 청천강을 건너자 오성이 평양 지도를 내어줌.	구비	상황대처능력
古塚의 판목으로 방패를 만듦.	구비	상황대처능력
明將 楊鎬가 이산해와 이덕형의 동성 관계를 문제 삼자, 오성은 한음이 원래 백씨였는데 나라에 공이 있어 임금이 이씨로 賜姓했다고 둘러댐.	송천필담	지모, 상황대처능력
丁應泰가 조선을 무함하자 辨誣使가 되어 明朝에 들어감.	백사집	충의
변무하고 돌아오던 중 의주 통군정에서 도깨비를 퇴치함.	구비	담대
선조가 病中에 老竹, 惡竹, 軟竹이 그려진 족자를 오성과 한음, 류영경, 이홍로 등에게 보여주고 느낌을 말하라고 함. 이홍로만이 노죽은 선조, 악죽은 광해군, 연죽은 영창대군을 가리킨다고 하고 울자, 오성은 장래 이 그림으로 인해 모진 풍파가 있을 것으로 예견함.	丁戊錄	예견력
선조가 죽자 奇自獻이 본래 정해진 陵所를 바꾸자고 하자, 오성은 司馬溫公의 고사를 근거로 자신의 주장을 관철시킴.	백사집	충의, 신념

이상과 같이 임란기 오성의 실제 행적들이 다양한 문헌 자료를 토대로 구성되었음을 알 수 있다. 저자가 활용한 문헌 자료 중에서 몇 가지 특징을 살펴보면 다음과 같다.

첫째, 앞서 <鰲城奇談>에서 본 것처럼, '각기에 난리탕'의 주인공이 『연려실기술』에는 허준으로 되어 있으나 이 작품에는 양례수로 되어 있다. 양례수 역시 허준과 동 시기의 실존 인물이다. 그런데 『오백년기담』[28]에도 양례수로 되어 있어, 본 작품은 『오백년기담』의 각편을 활용한 것으로 보인다. 둘째, 『조야첨재』는 조선 태조 때부터 숙종 때까지의 일을 편년체로 기록한 것인데, 작자는 미상이다. 『연려실기술』에는 『조야첨재』를 출전으로 하는 기사가 다수 수록되어 있는데, 본 작품도 『연려실기술』의 기사를 활용한 것으로 보인다. 셋째, 순차 내용 중, 조승훈과 선조의 이야기는 <경판 임진록>에도 있고 구비설화로도 전해진다. 본 작품의 저자가 다양한 서책을 활용한 것으로 봐서, 여기서는 <경판 임진록>의 해당 부분을 활용한 것으로 보인다. 넷째, 『정무록』은 조선중기 黃有詹이 저술한 대북파와 소북파의 정쟁을 다룬 책으로서, 『대동야승』에 전재되어 있다. 본 작품의 저자는 『대동야승』의 자료를 활용한 것이 분명하다. 이처럼 저자는 이 부분에서 『백사집』에서 『오백년기담』까지, 광대한 범위의 자료를 활용하여 오성의 생애를 구성하고 있다.

그 외에도, 한음의 활약상, 탄금대의 일, 선조의 고난에 찬 몽진 과정, 백성들의 참상 등 임란과 관련된 실상들이 다채롭게 서술되어 있어, 오성의 이 부분 생애 구성을 더욱 풍부하게 하고 있다.

---

27) 唐明皇이 蜀으로 파천했을 때, 그 아들이 靈武에서 즉위한 고사를 말한다.

28) 崔東洲가 편찬한 야담집으로서, 1913년 皆有文館에서 최초 발행되었다. 장경남·이시준, 「일제강점기에 간행된 야담집에 대하여-『오백년기담(五百年奇譚)』을 중심으로-」, 『우리문학연구』 34, 우리문학회, 2011, 157-182쪽 참조.

- 54세~63세

선조가 죽고 광해군이 즉위하면서 정국은 급변하게 된다. 이 과정에서 오성은 광해군 재위 초기에는 여러 비판 세력의 방해에도 불구하고 누차 중용되면서 고위 관료로서의 직분을 다했다. 그러나 시간이 지나면서 서서히 배척되어 불우한 삶을 살다가 북청 배소에서 일생을 마치게 된다. 저자는 오성의 이러한 말년 생애를 아래와 같은 다양한 자료를 활용하여 구성하고 있다.

순차 내용	출처	인간상
대북 세력의 핍박을 받아 삭탈관직 되어 고향 포천에 은거함.	백사집	충의
한음의 낙향과 죽음. 오성이 염을 하고 제문을 지음.	백사집	우정
오성이 청평산 소양강에서 유람. 소년들과 회해를 주고받음.	지봉유설	회해
포천의 고우들에게, 松皮를 찧어 떡을 만들 듯이 충신을 두들겨 역적을 만든다고 말함.	창석집	풍자
지역 백성들이 戶役 때문에 살 수 없다고 하니, 도성에도 護逆이 심하다고 함.	어우야담	풍자
오성이 권율을 늘 무시함. 이에 정충신이 속임수로써 오성을 갑자기 놀라게 함. 그런 다음, 권율의 담대한 행적을 오성에게 술회함.	청구야담	회해
정충신과 오성의 사위 윤인옥의 목베기 장기 내기.	구비	신이, 예견력
인목대비 폐모 반대 상소를 올림.	백사집	충의
侍婢가 말먹이콩이 없다고 하자, 오성은 말먹이에 대해서도 대신들에게 묻느냐 하니, 주위에서 포복절도함.	어우야담	회해, 풍자
북청에 정배됨.	백사집	충의

배소로 행하기 직전, 김류에게 그림 한 장을 주면서 벽에 붙여두라고 함. 그후 능양군의 등장과 계해반정.	남계집	신이, 예견력
배소로 가면서 한시 철령가와 가곡 철령가를 남김. 광해군이 어느 궁녀가 부르는 철령가를 듣고 눈물을 흘림.	백사집, 宋子大全	충의
북청의 강윤복의 집에 기거. 정충신이 미나리를 대령함.	동패락송	
꿈에 선조, 김명원, 윤두수, 이덕형을 만남. 죽음.	백사집	
정충신이 오성을 포천으로 반장함.	백사집	
계해반정 전날 밤에, 오성이 김류, 이귀 등의 꿈에 나타나 앞으로 더한 일이 있을 것이라고 예언함. 그것은 남한산성의 치욕을 말함.	남계집	신이, 예견력

이상으로 <鰲城과 漢陰>이 오성의 생애를 어떻게 구성하고 있는지를, 생애별 내용구성과 그 출처, 그리고 각편 내용에 내재된 인간상을 중심으로 살펴보았다. 그 결과, 오성의 이력과 이야기가 각 생애 주기별로 매우 주밀하게 포치되었으며, 그것은 저자가 오성과 관련된 자료들을 대단히 포괄적으로 활용함으로써 가능했음을 알게 되었다. 그중에서 『백사집』이나 실록 등 사실로 믿어도 좋을 각종 문헌 자료들을 적극 활용한 것은 책의 저술에 있어 오성의 객관적 이력을 중시했다는 뜻이고, 거기에다 비록 허구이지만 그렇기 때문에 오히려 오성의 인간적 진실이 다채롭게 묻어 있을 수 있는 구비설화까지 활용했다는 것은 결국 '인간 이항복'의 '전모'를 보여주고자 했다는 뜻이다. 그리고 그러한 전모를 일대기 형식으로 구성했다. 그런 점에서 <鰲城과 漢陰>은 허구와 사실로 전하는 이항복의 인생사를 한 곳에 총집한 서책으로서의 의의를 지닌다고 할 수 있다.

그렇다면 서책으로서 3년의 시차를 두고 발행된 <鰲城奇談>과 <鰲

城과 漢陰>의 관계는 어떠한가. <오성과 한음>은 앞서 3년 전에 발행된 <오성기담>과 직접적인 관련이 있는 것으로 확인된다. 이점은 <오성과 한음>의 다음과 같은 기술에서 단적으로 확인할 수 있다.

> "(한) 오성의 령구 북청서 떠날 적에 금남이 압헤 서서 대감 오심 닛가 응 - 가네 곳곳마다 오심닛가 응 - 가네 이가치 천여리를 와서 포천에 니르러 비로소 대답이 업섯다 하니 참 그러하든가요
> (홍) 아니오 그는 병자호란에 조선 삼학사가 심양 가서 절사하엿 는데 홍학사 집사람이 홍학사에 의대를 가지고 조선으로 나올제 오 심닛가 오냐 간다 이가치 하야 압녹강 거너서서 업섯다 하는 것을 오성의 일이라 하는 것이오 또는 누가 어려서 참새를 잡어 놀다가 새가 죽엇다 새를 장사지내고 그 데문에 새가 죽엇는데 사람 우는 것이 부당하나 네가 나로 인하여 죽엇기로 내가 우노라 한 말도 번 연이 주인이 잇는데 그도 오성의 일이라고 하는 것과 갓소"[29]

위의 인용문은 정충신이 오성의 영구를 포천으로 반장하면서 오성의 영혼과 대화한 것과 오성이 죽은 새를 제문을 지어 조문한 것을 오성의 이야기가 아니라고 비판한 것인데, 이는 분명 <오성기담>의 내용을 의식한 결과이다. 그러면 양자의 관계를 좀 더 살펴보자.

두 작품이 공유하는 이야기는 대략 20여 편이 되는데, 그중에서 귀신으로부터 병든 친구를 살려낸 이야기, 얼굴이 얽은 유생을 콩망태라고 한 이야기, 백악산 야차가 임란을 예고한 이야기, 오씨의 만류를 뿌리치면서 각패 띠를 자른 이야기, 古塚의 판목으로 방패를 만든 이야기, 복성군의 신원 이야기, 능양군의 말 그림 이야기 등 구비설화보다는 주로 문헌 자료에 소재하는 이야기를 공유하는 특징을 지닌다. 그

---

29) 장서각본 <오성과 한음> 159쪽.

러면서도 <오성과 한음>은 원천자료의 실상을 좀 더 존중하는 특징을 보인다. 예컨대, 복성군의 신원 이야기를 보면, <오성기담>에는 복성군의 혼령이 떠나면서 기이한 실과를 주고 이를 오성의 가족이 먹는 것으로 되어 있는데, 이는 이 이야기의 원천자료인『공사문견록』에는 없는 내용이다.[30] 이 이야기가 수록된『기문총화』나『동야휘집』에도 '기이한 실과 운운' 내용은 존재하지 않는다. 역시 <오성과 한음>에도 기이한 실과 내용은 없고『공사문견록』의 내용을 변개 없이 그대로 활용하고 있다. 또한 능양군의 말 그림 이야기는 朴世采(1632~1695)의『南溪集』「雜著」<記白沙先生傳畵事>를 원류로 하는데, <오성과 한음>은 본 자료의 내용을 정확히 활용하고 있지만, <오성기담>에서는 金塗가 李時白으로 바뀌어 있고, 상황도 오성이 이시백에게 교동으로 이사한 뒤 눈에 잘 띄는 곳에 그림을 붙여 두라는 내용으로 변개되어 있다. 이처럼 <오성과 한음>의 저자는 <오성기담>을 보기는 했지만, <오성기담>의 이야기를 그대로 따르지 않고 원천자료의 실상을 중시하는 방향으로 저술했다.

이점은 구비설화를 활용한 경우에도 동일하게 적용된다. 예컨대, 정충신과 목베기 장기 내기를 한 오성의 사위를 <오성기담>에서는 '윤옥'이라고 하고 <오성과 한음>에서는 '윤인옥'이라고 하였는데, 윤인옥이 맞다. 오성이 쓴 <先府君碣陰銘>을 보면, 오성의 사위로 尹仁沃이 있었음을 확인할 수 있다.[31] 또한 오성이 부인을 겁칙하려는 짓을 해놓고 나중에 불상 뒤에 숨어 거짓 부처의 말로 자신의 부인에게 외도한 사실을 묻고 부인이 한번 반이라고 답한 이야기는 대체로 '겁칙

---

30)『公私聞見錄』은 鄭載崙(1648~1723)의 저술이다. 寫本이 국립중앙도서관 등 여러 곳에 소장되어 있고, 그 중 '복성군 이야기'는 嶺營本『백사집』권6,「諸公記識」에 '東平尉聞見錄'이란 출전으로 실려 있기도 하다.

31) 민족문화추진회 편,『국역 백사집』2, 한국학술정보(주), 2007, 78쪽.

云云’ 부분과 ‘외도 云云’ 부분이 분리되어 전승되고 있는데, <오성기담>에는 둘이 결합되어 있다. 그러나 <오성과 한음>에서는 뒷부분 이야기는 활용하지 않고 있다. 이 이야기는 전체적으로 오성의 장난, 부부간의 회해에 속하지만, 부인의 입장에서는 회해보다는 저속한 수모에 해당될 수도 있다. 그렇기 때문에 <오성과 한음>의 저자는 뒷부분 이야기는 채택하지 않은 것이다. 이와 같은 맥락에서 <오성과 한음>의 저자는 오성이 신부의 치마 속을 들여다보았다는 이야기도 개략적으로 언급한 뒤에 정대한 오성이 그럴 리가 없다고 바로 부정해 버린다.[32]

요컨대, <오성과 한음>의 저자는 문헌 자료의 실상을 중시하고, 구비설화의 경우에도 상황이나 이치의 합당성을 고려하여 자료를 선택·배치하고 있는데, 이는 앞에서도 언급한 것처럼 <오성과 한음>이 기본적으로 오성의 총체적 일대기를 추구한 작품이기 때문이다. 또한 <오성과 한음>은 이보다 3년 앞서 발행된 <오성기담>을 보았으나, <오성기담>의 내용보다는 원천자료의 실상을 더 중시했다.

4) 〈鰲城과 漢陰〉: 신구서림본과 문광서림본의 짜깁기본

여기서 살펴볼 <鰲城과 漢陰>은 1953년에 세창서관에서 간행한 구활자본이다.[33] "鰲城과 漢陰"이란 내제를 갖춘 총 64쪽 분량의 작품으

---

32) "오성이 십오륙세 이후로는 작난이란 것은 일절 사절하엿는데 엇지 여러 아해들과 그런 일이 잇섯시리오", 장서각본 <오성과 한음> 40쪽.
33) 1950년에 초판이 나온 것으로 보이나(최호석, 「활자본 고전소설의 총량에 대한 연구」, 『고전문학연구』 43, 한국고전문학회, 2013, 272쪽), 본고에서 대상으로 삼은 것은 1953년 판본이다. 우쾌제 편, 『구활자본 고소설전집』 29, 인천대학 민족문화연구소, 1984에 영인되어 있다.

로서, 간헐적으로 한자가 병기되어 있긴 하나, 순 한글본으로 볼 수 있는 판본이다. 먼저 초반부의 일부 내용을 정리해 보기로 한다.

① 최부인이 삼태성을 삼키는 꿈을 꾸고 오성을 낳음.
② 오성이 흉측한 모습으로 태어나자 박견이란 점쟁이가 오성의 내두사에 대해 점을 침.
③ 오성이 대장간의 쇠를 훔침.
④ 물건을 훔친 시비를 용서해 줌.
⑤ 이웃집으로 넘어간 배를 찾아옴.
⑥ 고운사의 해월대사에게 수학하고, 그곳에서 이물을 퇴치함.
⑦ 여장을 하고 신부의 얼굴을 훔쳐 봄.

①은 신구본과 일치하고 나머지는 문광본과 일치한다. 이것만 보아도 세창본은 신구본, 문광본과 밀접한 관련이 있음을 알 수 있다. 관련성의 정도를 좀 더 보자면,

"선조 긔축에 뎡여립(鄭汝立)의 옥사가 낫다 그째 오성이 문사낭쳥이 되야 여러 죄인의 공초를 일변 긔록하고 일변 주품하야 조곰도 더대고 유루됨이 업시며 좌우 주선에 반다시 평화무사하기를 주장하여 인명을 구한 것이 적지 아닌고로 상이 매양 일이 업사시면 오셩을 부르사 전일 문사랑 되엿슬 적 일을 무르사 저가튼 재조는 타인의 밋칠 배 아니라 하사 여러번 기리심을 바닷스니 이 이론 긔축당옥이라"[34]

"선조 긔축에 정여립(鄭汝立)의 옥사가 낫다 그째 오성이 문사낭쳥이 되야 여러 좌인이 공초를 일변 긔록하고 일변 주품하야 조곰도

---

34) 장서각본 <오성과 한음> 58쪽.

더 유루됨이 업스며 좌우 주선에 반다시 평화무사하기를 주장하야
인명을 구한 것이 적지 안니한고로 상이 매양 일이 업스시면 오성을
부르사 칭찬하신 일이 어러번 잇섯다"[35]

위의 인용문은 '정여립 옥사사건 처리' 부분을 문광본과 세창본에서
뽑은 것이다. 세창본에서 오자가 몇 개 있고 말미 부분이 약간 축약된
것을 제외하면, 두 작품의 서술 행문이 완전히 일치한다. 이것은 세창
본이 문광본을 직접 활용했기 때문이다. 앞부분의 ②~⑦이 문광본과
동일한 것도 세창본이 문광본을 대본으로 삼아 제작했기 때문이다. 그
러나 세창본이 문광본을 그대로 옮긴 것은 아니다. 세창본에서는 문광
본에는 있는, 현몽한 익재공이 오성을 구한 일, 복성군 이야기, 오성의
친구인 이귀와 윤해의 이야기 등은 모두 생략하였다. 세창본의 서두에
황부인과 오성의 누이 이씨가 느닷없이 등장하는데, 이것은 문광본에
있는 이사균과 그의 처 황부인이 자신들의 외손녀인 최씨를 오성의
부친인 이몽량의 처로 들인 이야기, 오성의 가족관계 서술 등을 세창
본에서 생략했기 때문에 발생한 당착이다. 이러한 당착이 세창본에는
빈번하게 나타난다. 또한 문광본의 것을 그대로 활용하더라도 서술은
대부분 축약되어 있다. 요컨대, 세창본은 문광본의 순차내용 중에서
25세~36세 부분의 '정여립옥사 사건 처리' 장면까지는 문광본의 내용
을 직접 활용한 것이다.

다음으로 세창본과 신구본의 관계를 살펴보자.

"삼십일 이경이 지나 대가 써나실제 그가티 총요중에 상은 좌우를
보시며 대명에서 이왕 내게 망포(蟒袍) 일녕을 주신 것이 잇시니 내

---

35) 세창본, 우쾌제 편, 위의 책, 123쪽.

비록 죽어도 몸에 지니미 올타 하시고 쪼로 싸서 너으신 후 융복으로 말을 타시고 내전에서는 시녀 수십인을 다리시고 말 뒤흘 짜라 인화문에 나실제 밤은 깁허 지척을 불변이오 비는 쏘다저 눈을 쓸 수 업다 이째 오성은 벼살이 도승지다 촉불을 잡고 압해 서서 길을 인도할새 바람이 불면 손으로 가리고 비가 급하면 옷으로 덥혀 거름마다 일호 방심함이 업다 그 총요중에 의인왕휘 도라보시고 성명을 무러 아시고 갸륵하다 리승지여 일이 잇슨 후에 관일지츙이 더옥 밝고 구듬을 알괘라"[36)

위 내용은 문광본에서 뽑은 것으로서, 선조가 서쪽으로 파천을 결정한 후 급박하게 도성을 떠나는 장면이다. 이후 御駕는 간신히 임진강을 건너 평양으로 향하는 몽진 과정이 본격적으로 펼쳐진다. 그런데 이에 해당하는 장면이 신구본과 세창본에는 각각 다음과 같이 서술되어 있다.

"숙장문 밧게 내인들이 몰켜 서서 울며 오성을 보더니 거긔 오시는 니가 누구요 중궁뎐께서 여기 게시니 급히 와서 구호하시오 오성이 소리 나는 곳을 가서 보니 중궁젼께서 보행으로 나아오시다가 어두운 밤이라 방향을 아지 못하여 머무르고 스셧다 오성은 말에 내리고 그 말을 중젼이 타시게 하고 자긔는 보행으로 호종하야 대가 뒤를 짜루어 무학재를 (넘어가니: 필자삽입) 대가 뫼신 계신들도 길을 찻지 못하야 비와 바람을 무릅쓰고 길엽헤 두류하야 압흐로 나아가지 못한다 오성은 총명신밀한 심성이라 방초 멧개와 성냥과 부시까지 준비하여 가졋다가 부쇠를 처서 성냥에 불을 켜 방초에 다려들고 옥교 압헤서 길을 인도하여 거름거름 행할 적에 한자루 촉불이 렴풍맹우에 쩌지지 아니하니 이는 다름 아니다 오성이가 십년간을 두고

밀을 조리고 조리여 방초 멧 개를 준비하엿슴애 바람도 비도 불계하
고 쩌지지 아니하니 오셩은 괴연 이런 일이 잇슬 줄을 안 것이 아닌
가 밤을 도와 파주에 이르매 촌에 사는 백셩들이 대가가 지내가심을
알고 보리밥을 지여 동의에 담어 가지고 나아와 대가 압헤 들이니
우에서는 시장하시나 의심이 나서 감히 잡수시지 못한다 오셩은 술
까락을 가지고 밥을 휘휘 저어 자긔가 한 술을 먼저 써먹고 올이매
그제야 상이 하저하시고 남어지 밥은 졔신들이 나누어 먹엇스니 보
리밥은 그 젼에 먹어보지 못하든 밥이지만은 배가 곱흠애 달게 먹더
라"[37](밑줄 필자)

　"숙장문 밧게 내인들이 몰켜 셔셔 오셩을 보더니 거긔 오시는 이
가 누구요 즁궁뎐께셔는 여기 계시니 급히 와서 구호하시요 오셩이
이 소리나는 곳으로 가서 보니 과연 중궁께셔 보행으로 나오시다가
어두운 밤이라 방향을 아지 못하야 머무르고 셔 게섯다 이와 갓흔
광경을 당한 오셩은 말에 내려 그 말을 중젼이 타시게 하고 자긔는
보행으로 호종하야 대가의 뒤를 짜럿다 무학재까지 대가를 뫼신 신
하들도 어두운 밤이라 길을 찻지 못하고 비와 바람을 무릅쓰고 길
엽헤서 두류하야 압흐로 나아가지 못하얏다 오셩은 총명신밀한 심
정이라 방초 멧개와 셩양과 부시까지 준비하얏는고로 부쇠를 (일부
영인 누락) 할적에 한자루 두자루 촉불이 열풍맹우에 쩌지지 아니하
니 이는 다름 아니라 오셩이가 십년간을 두고 맘을 조리고 조리여
방초 멧개를 준비하얏슴애 바람도 비도 불게 하고 쩌지지 아니하니
오셩은 과연 이런 일이 잇슬 쥴을 안 것이 안인가 그리하야 밤을 도
와 파즁에 이르매 촌가에 사사 백셩들이 대가가 지나가심을 알고 보
리밥을 지어 동의에 담어가지고 나와 대가 압헤 들이니 우에셔는 시
장하시나 의심이 나셔 감히 잡숫지 못하시엇다 이째 오셩은 숫가락
을 가지고 밥을 휘휘 저어 자긔가 한 술을 먼져 먹고 올니매 그제야

---

37) 신구서림본 <한음과 오셩실긔> 32쪽.

상이 하져하시고 남어지 밥은 졔신들이 나누어 먹엇스니 보리밥은
그 전에 보지 못하든 밥이지만은 배가 곱흠으로 달게 먹엇슬 것이
다"[38](밑줄 필자)

위와 같이 세창본은 문광본과는 다르고, 몇몇 오자를 제외하면 신구
본과 정확히 일치한다. 이것은 세창본이 신구본을 직접 활용했기 때문
이다.[39] 결론적으로 말하면, 세창본은 임란 발발 직후 오성이 선조를
호종하기 시작한 때부터 광해군 때 정배에 처해지는 부분까지는 문광
본이 아니라 신구본을 활용했다. 이점은 세창본이 '임란발발~북청유
배' 사이에 존재하는 문광본의 많은 이야기들, 예컨대 일본 통신사의
왕래, 부산 함락, 이일과 신립의 출정과 패배, 대신들의 시국 논의, 이
덕형의 對明・對倭 활동, 조승훈과 선조 간의 일, '松皮, 戶役, 護逆'을
이용한 정치 풍자, 정충신이 오성을 놀라게 한 일 등은 모두 제외한

---

38) 세창본, 우쾌제 편, 위의 책, 128-129쪽.
39) 세창본이 전작 중, 회동본이 아니라 신구본을 활용했다는 것은 삼자를 대비해보면 정확
히 확인된다. 위에서 인용한 장면이 회동본에는 다음과 같이 서술되어 있다. "숙장문
밧게 내인들이 몰켜 서서 울면서 거긔 오시는 사람이 누구요 중궁전께서 여긔 게시니
급히 와서 구호하시오 오성은 그 소리 나는 곳을 향하여 가서 보니 중궁전께서 보행으
로 나아오시다가 어두운 밤이라 방향을 아지 못하여 머무러 서섯다 오성은 말에 내려
그 말은 중전이 타시게 하고 자긔는 보행으로 호종하여 대가 뒤를 싸루어 무학재를 넘
어가니 대가 뫼신 사람들도 길을 찾지 못하여 비바람을 무릅쓰고 길엽헤 두류하여 압
흐로 나아가지 못한다 오성은 총명신밀한 심성이라 방초 멋개와 성냥 멋개와 부쇠까지
준비하여 가젓다가 부쇠를 쳐서 성냥으로 불을 켜 방초에 다려들고 옥교 압헤 서서 인
도하니 거름거름 행할 적에 한자루 촉불이 무동 추듯 하는 바람과 노 드리듯 하는 비에
쩌지지 안엿스니 이는 군왕의 위령인가 충신의 정성인가 실로 이상한 일이다 밤을 도
와 파주 쌍에 이르럿슴애 촌에 사는 백성들이 대가가 지나가심을 알고 보리밥을 지어
동의에 담어 가지고 나아와 대가 압헤 들니 우에서는 시장하신 지경이지만은 의심이
나서 감히 잡수시지 못한다 오성은 술싸락을 가지고 밥을 휘휘 저어 자긔가 한 술을 먼
저 쩌먹고 올렷슴애 그졔야 우에서 하져하시고 남어지 밥은 졔신들이 난우어 먹엇스니
보리밥은 그 전에 먹어보지 못한 밥이지만은 배가 곱흠애 달게 먹는다"(회동서관본,
<오성기담> 34-35쪽, 밑줄 필자). 이처럼 회동본도 위 신구본과 거의 일치하지만, 밑
줄 친 부분에서 확인되듯이, 서술 행문 차원에서 세창본과 더 가까운 것은 신구본이다.

대신, 신구본(회동본 포함)에만 있는 내용들, 예컨대 정곤수가 이여송에게 죽을 위기를 넘는 이야기, 이여송이 오성의 집요한 자극과 격동으로 서울에 입성하는 내용, 이여송이 선조의 요청으로 남쪽으로 진격하는 내용, 원균의 모함과 이순신의 구금 및 백의종군, 원균이 술만 먹다가 일본군에 죽은 일, 오성이 이순신을 다시 수군통제사로 천거한 일, 정충신이 서애·한음·오성만 존대하고 다른 대신들은 우습게 여겼다는 이야기 등을 새로 삽입한 데서 증명이 된다. 또한 정충신과 목베기 장기 내기를 한 오성의 사위로 신구본에는 '윤옥'이 등장하는데, 세창본도 이를 그대로 따르고 있다.[40] 이점에서도 세창본이 신구본을 직접 활용했음을 알 수 있다.

그러다가 오성이 유배길에 오르기 직전 김류에게 그림 한 장을 주는 장면에서부터 끝까지의 내용은 다시 문광본을 그대로 활용했다. 세창본은 이 대목에서 오성이 김류에게 말 그림 한 장을 주면서 벽에 붙여두면 좋은 기회를 얻을 것이라고 한 일, 李好閔에게 화답한 詩識이 담긴 송별시, 철령가, 오성이 정충신에게 대궐의 흙을 밟아보는 것과 고향의 미나리를 먹고 싶다고 한 일, 오성이 선조·서애·윤두수 등을 만나는 꿈을 꾸고 죽음을 직감한 이야기, 능양군이 비를 피해 김류의 집에 들렀다가 자신이 어렸을 때 그린 그림을 발견하고 그 소종래를 묻고, 오성의 집을 찾아가 오성의 아들 정남에게 그림의 출처를 묻는 이야기, 계해반정 전날 밤에 오성이 김류, 이귀 등에게 현몽하여 나중에 이보다 더한 일이 있을 것이라고 예언한 일 등을 배치하고 있는데, 이러한 내용은 신구본에는 전혀 나타나지 않고 문광본에만 나타난다. 다만, 각편의 서술 행문이 문광본보다 세창본의 것이 좀 간략할 뿐이다.

---

40) "오성의 사위 윤옥(尹沃)은 지벌도 좃코 소년등과하야 한림으로 잇는 당시의 명사라", 우쾌제 편, 위의 책, 145쪽.

요컨대 세창본의 저자는, 오성의 생애를 크게 '처음~정여립옥사 사
건 처리'(㉠), '임란 발발~북청유배 결정'(㉡), '유배 직전 김류와의 만
남~끝'(㉢) 등으로 나눌 때, ㉠과 ㉢ 부분의 내용 구성은 문광본을 활
용하고 ㉡ 부분의 내용구성은 신구본을 활용했다. 이렇게 볼 때, 세창
본은 새로운 저작이라고는 할 수 있을지 모르나 새로운 작품이라고는
할 수 없다. 기존 작품을 짜깁기한 것이기 때문이다. 이러한 짜깁기 방
식의 서책 발간 역시 구활자본 출판 시대의 관행적인 출판방식 중 하
나이다.

이상으로 이항복 이야기책 중 구활자본 네 편을 살펴보았는데, 이러
한 이항복 이야기책이 1920년, 30년대 이후에 여러 편 발행된 것은 다
음과 같은 몇 가지 요인이 있었던 것으로 보인다.

첫째, 이항복 이야기의 매력이다. 주지하듯이 이항복은 조선 최고의
경세가요 명재상이었다. 그러면서도 문헌과 구비설화의 주인공으로서
대규모의 이야기를 전승하고 있다.[41] 그리고 이야기들이 대부분 능활
한 지모, 장난, 속임수를 통한 웃음의 이야기, 도깨비를 굴복시키고 귀
신을 내쫓는 신이한 이야기들이다. 한마디로 이항복 이야기들은 범상
한 상상으로는 미칠 수 없는 파격적이고 재미있는 이야기가 대부분이
다. 이처럼 '이항복과 이야기의 파격적인 재미'의 결합이 이항복 이야
기에 대한 관심의 동력이었다고 본다.

둘째, 상업적인 유통 가능성이다. 출판업자들은 이항복 이야기책을

---

41) 필자가 조사해 본 바로는, 『백사집』으로부터 20세기 초에 발행된 『실사총담』까지를 대
상으로 할 때, 이항복을 주인공으로 하는 문헌설화는 총 87여 편이고 그것들이 총 40
여 개의 문헌에 177회에 걸쳐 수록되었음을 확인하였다. 그리고 구비설화는 주요 서책
에 채록된 것을 확인해 본 결과, 약 170-180여 편 정도가 되는 것으로 확인되었다. 이
중에서 문헌설화는 역사 인물 중에서 단연 최고의 양이고 구비설화는 300여 편이 전승
되고 있는 박문수 설화 다음으로 많은 양이다.

발행하면 상업적으로 이익이 생길 것으로 판단했을 가능성이 있다. 그것은 위에서 언급한 것처럼 이항복 이야기가 무엇보다도 흥미와 재미를 갖추고 있기 때문에, 폭넓은 독자 수용이 가능하다고 판단할 수 있다는 것이다. 이점은 박문수 설화의 인기에 편승하여 구활자본 <박문수전>이 여러 차례 발행된 것과 일맥상통하는 것이다.

셋째, 1920년대 중반 이후 족출한 실기류 발행의 흐름과 관련된 것으로 보인다. 이주영에 의하면, 구활자본 소설의 발행은 1918년, 19년에 큰 붐을 일으키다가 수년간 침체기에 접어든다. 그러다가 1925년, 26년이 되면 다시 발행 횟수가 폭발적으로 늘어난다.[42] 그런데 발행된 작품을 보면 <김유신실기>, <김응서실기>, <박태보실기>, <홍경래실기> 등 역사 인물의 실기류 작품의 비중이 매우 높고, 이들은 특히 1920년대 중반 이후에 본격적으로 등장하기 시작했다. 이항복 이야기가 서책으로 묶인 것도 이러한 흐름과 무관치 않을 것이다. 요컨대, 이항복 이야기책은 이상과 같이 이항복과 이항복 이야기의 매력, 그리고 당대의 출판 환경이 복합적으로 작용하여 산출된 것으로 볼 수 있을 것이다.

3. 맺음말

이항복 이야기는 그동안 다양한 문헌 기록과 구비설화로 전승되어 왔다. 그러다가 1920년대 후반이 되면, 여러 문헌 자료와 각편의 구비설화 등 그때까지 여기저기에 산재해 있던 이항복의 이력과 이야기들

---

42) 이주영, 『구활자본 고전소설 연구』, 월인, 1998, 36쪽.

이 한 곳에 모아져 근대적 출판물로 발행되는 기회를 갖게 된다. 그 구체적인 증거가 구활자본으로 발행된 회동서관본 <오성기담>, 신구서림본 <한음과 오성실긔>, 문광서림본 <오성과 한음>, 세창서관본 <오성과 한음>이다. 본고에서는 이 작품들의 내용구성과 그 출처, 내용에 내재된 인간상을 각 작품별로 고찰하여, 그동안 산발적으로 전승되어온 이항복의 이력과 이야기들이 어떠한 과정을 거쳐 하나의 서책으로 성립되었는지를 살펴보았다. 또한 작품 간의 관련 양상도 아울러 살펴보았다. 작품 간의 관련 양상은, 신구서림본은 회동서관본의 아류작이며, 세창서관본은 신구서림본과 문광서림본을 짜깁기하여 만든 책임을 알게 되었다. 따라서 현존하는 이항복 이야기책 중에서 대표본은 회동서관본과 문광서림본임을 알 수 있다.

그중에서 회동서관본은 이항복의 여러 인간상 중에서 특히 해학, 지모, 이인적 인간상에 초점을 두고, 이를 부각하는 방향으로 저술된 것이다. 이렇게 하기 위해 저자는 전승 자료 중에서 특히 구비설화를 적극적으로 활용하였다. 이에 반해 문광서림본은 이항복의 전 생애를 허구와 사실의 결합을 통해 총체적으로 보여주는 작품이다. 이를 위해『백사집』이나 실록 등 이항복의 이력과 인간상을 전하는 거의 모든 문헌 자료를 활용하였으며, 그와 함께 구비설화도 다양하게 활용하였다. 그 결과, 문광서림본은 이항복의 이력과 인간상의 총서라고 할 작품이 되었다. 한편, 1920년대 말 이후 이와 같은 이항복 이야기책이 다수 발행된 것은 이항복이 조선을 대표하는 명재상이었으면서 동시에 흥미로운 이야기의 주인공으로서, 문헌과 구비를 통해 오랫동안 전승되어 왔기 때문이다. 그리고 1920년, 30년대에 이르면, 역사 인물 이야기를 대상으로 한 다양한 실기류가 서책으로 발행되었는바, 이러한 출판 환경도 이항복 이야기책의 발행에 영향을 주었다고 본다.

　본고에서는 이항복 이야기의 최초의 집적물이라고 할 수 있는 구활자본 자료를 대상으로, 그동안 산발적으로 유전되어온 이항복 이야기들 중에서 어떠한 것들이 하나의 서책으로 구성되었는지, 그 결과 해당 이야기책의 성격은 어떠한지에 대해서, 그 구체적인 실상을 밝히는 데 초점을 두고 고찰하였다. 그 결과, 성격이 뚜렷이 구별되는 두 개의 이야기책과, 그의 영향으로 만들어진 두 개의 이야기책이 각각 발행되었음을 알 수 있었다. 이후에는 문헌 기록이나 구비 각편들이 책으로 구성되면서 변모한 양상, 예컨대 표현방식이나 서술방식 등을 구체적으로 살펴서, 각 저자들의 설화 인식 태도나 수용의식 등을 밝히는 연구가 이어져야 할 것이다.

참고문헌

1. 자료

『오백년기담』, 박문서관본.
『조선왕조실록』, 『홍재전서』, 『연려실기술』 등 한국고전번역원 DB 자료.
<江南花>, 성문당서점 발행.
<금낭이산>, 광익서관・회동서관 발행, 국립중앙도서관 소장본.
<명사십리>, 동아서관・한양서적업조합 발행, 국립중앙도서관 소장본.
<보심록>, 신구서림 발행, 국립중앙도서관 소장본.
<수매청심록>(필사본/96장본), 장서각 소장본.
<수매청심록>(활자본), 서울대 중앙도서관 소장본.
<신랑의 보쌈>, 국립중앙도서관 소장본.
<양문충의록>, 장서각 소장본.
<연화몽>, 장서각 소장본.
<五老峰記>, 국립중앙도서관 소장본.
<鰲城과 漢陰>, 문광서림본.
<鰲城과 漢陰>, 세창서관본.
<鰲城奇談>, 회동서관본.
<옥중금낭>, 국립중앙도서관 소장본.
<이두충렬록>, 국립중앙도서관 소장본.
<이린전>, 동창서옥 발행, 국립중앙도서관 소장본.
<장유성전>, 장서각 소장본.
<정수경전>(필사본/28장본), 고려대 도서관 소장본.
<정수경전>(필사본), 국립중앙도서관 소장본.
<정수경전>(필사본/60장본), 김동욱 소장본.
<정수경전>(필사본/22장본), 홍윤표 소장본.
<정수경전>, 한성서관 발행, 국립중앙도서관 소장본.
<태아선적강록>, 국민대 도서관 소장본.
<태아선적강록>, 단국대 율곡기념도서관 소장본.
<한음과 오성실긔>, 신구서림본.

김기동 편, 『필사본고전소설전집』 1, 아세아문화사, 1980.

김기동 편, 『활자본고전소설전집』 1, 아세아문화사, 1976.

김기동 편, 『활자본고전소설전집』 2, 아세아문화사, 1976.

김기동 편, 『활자본고전소설전집』 4, 아세아문화사, 1976.

김기동, 『한국고전소설연구』, 교학사, 1981.

김동욱 역, 『국역 기문총화』 1~5, 아세아문화사, 1996-1999.

김동욱 역, 『국역 동패락송』, 아세아문화사, 1996.

김동욱 역, 『국역 수촌만록』, 아세아문화사, 2001.

김동욱 역, 『국역 청야담수』 1, 보고사, 2004.

민족문화추진회 편, 『국역 백사집』 1~4, 한국학술정보(주), 2007.

박순임, <연화몽>, 『한국민족문화대백과사전』 15, 한국정신문화연구원, 1990.

박순임·김창원 공저, 『장서각수집 국문고전소설·시가 및 실기류 해제』, 민속원, 2008.

북한 고전문학실 편, 『한국고전소설해제집』 上·下, 보고사, 1997.

서대석 편저, 『조선조문헌설화집요』 (Ⅰ), (Ⅱ), 집문당, 1991.

세종대왕기념사업회 고전국역편집위원회, 『국역 장릉지』, 세종대왕기념사업회, 1979.

소재영·장경남 역주, 『임진록』, 고려대 민족문화연구소, 1993.

시귀선·이월영 공역, 『청구야담』, 한국문화사, 1995.

신동흔, 『역사인물이야기연구』, 집문당, 2002.

신익철 외 공역, 『교감 역주 송천필담』 1~3, 보고사, 2009.

우쾌제 편, 『구활자본 고소설전집』 20, 인천대학 민족문화연구소, 1984.

우쾌제 편, 『구활자본 고소설전집』 29, 인천대학 민족문화연구소, 1984.

유몽인 지음, 신익철 외 옮김, 『어우야담』, 돌베개, 2006.

유화수·이은숙 공역, 『계서야담』, 국학자료원, 2003.

이래종 역주, 『창선감의록』, 고려대 민족문화연구소, 2003.

이상택 편, 『해외수일본 한국고소설총서』 8, 태학사, 1998.

이우성·임형택 역편, 『이조한문단편집』 (중), 일조각, 1978.

임재완 편역, 『백사 이항복 유묵첩과 북천일록』, 삼성미술관, 2005.

정명기 편, 『동야휘집』 上·下, 보고사, 1992.

정명기 편, 『한국야담자료집성』 8, 계명문화사, 1987.

조희웅 편, 『고전소설이본목록』, 집문당, 1999.

조희웅 편, 『고전소설연구보정』 (하), 박이정, 2006.

조희웅 편, 『고전소설줄거리집성』 2, 집문당, 2002.

한국정신문화연구원 편, 『한국구비문학대계』(왕실도서관장서각디지털아카이브).

한국정신문화연구원 편, 『한국민족문화대백과사전』 17, 웅진출판사, 1991.

한국학문헌연구소 편, 『신소설·번안(역)소설』 1, 아세아문화사, 1978.

한국학문헌연구소 편, 『신소설·번안(역)소설』 10, 아세아문화사, 1978.
한국학문헌연구소 편, 『신소설·번안(역)소설』 5, 아세아문화사, 1978.
한국학중앙연구원 편, 『증편 한국구비문학대계』, 한국학중앙연구원, 2013-2015.

2. 논저

강현조, 「<금낭이산> 연구-작품의 성립과 그 변화과정을 중심으로-」, 『현대소설연구』
    37집, 한국현대소설학회, 2008, 125-149쪽.
김도환, 「<화옥쌍기>의 창작경로와 소설사적 의의」, 『우리어문연구』 36집, 우리어문
    학회, 2010, 63-94쪽.
김문희, 「삼대록계 국문장편소설의 한담적 대화양상과 기능」, 『한국고전연구』 16집,
    한국고전연구학회, 2007, 127-159쪽.
김석규, 「<오선기봉> 연구」, 한국교원대 석사논문, 2002.
김석봉, 『신소설의 대중성 연구』, 역락, 2005.
김성철, 「새자료 필사본 <양보은전>과 <보심록>의 소개와 그 의미」, 『어문논집』 66
    집, 민족어문학회, 2012, 5-28쪽.
김성철, 「활자본 고소설의 존재양태와 창작방식 연구」, 고려대 박사논문, 2011.
김수봉, 「수매청심록 연구」, 『우암어문논집』 4집, 부산외대 국어국문학과, 1994, 143-
    173쪽.
김수연, 「<화씨충효록>의 문학적 성격과 연작 양상」, 이화여대 박사논문, 2008.
김영만, 「<보심록>에 수용된 보은설화 연구」, 『한국문학논총』 13집, 한국문학회,
    1992, 185-210쪽.
김응환, 「우정 주제 윤리소설 연구-<보심록>, <숙녀지기>를 중심으로」, 『한국학논
    집』 24집, 한양대 한국학연구소, 1994, 137-175쪽.
김정녀, 「<수매청심록>의 창작방식과 의도」, 『한민족문화연구』 36집, 한민족문화학
    회, 2011, 211-247쪽.
김정석, 「<정수경전>의 운명 예언과 '奇緣'」, 『동양고전연구』 11집, 동양고전학회,
    1998.
김정환, 「<창선감의록> 연구사」, 우쾌제 외, 『고소설연구사』, 월인, 2002.
김진영, 「<보심록>의 구조적 특성과 문학적 가치」, 『한국언어문학』 65집, 한국언어문
    학회, 2008, 179-211쪽.
김태준 저, 박희병 교주, 『증보 조선소설사』, 한길사, 1990.
박경화, 「<보심록> 연구」, 한국교원대 석사논문, 2006.
박대복, 「액운소설 연구」, 『어문연구』 79호, 한국어문교육연구회, 1993.

박상석, 「한문소설 <종옥전>의 개작, 활판본 소설 <미인계> 연구」, 『고소설연구』 28
　　집, 한국고소설학회, 2009.

박순임, 「고전소설 <김요문전>, <옥인전>, <옥긔린>에 대하여」, 『한국고전문학회
　　2003년 동계연구발표회 요지집』, 한국고전문학회, 2003.

박인희, 「<장유성전>의 연원과 특징」, 『새국어교육』 68집, 한국국어교육학회, 2004,
　　257-285쪽.

박혜경, 「신소설에 나타난 통속성의 전개 양상」, 『국어국문학』 144, 국어국문학회,
　　2006, 275-302쪽.

서승혁, 「이린전(李麟傳) 연구」, 한국교원대 석사논문, 2003.

송성욱, 『조선시대 대하소설의 서사문법과 창작의식』, 태학사, 2003.

신동흔, <정수경전>, 김진세 편, 『한국고전소설작품론』, 집문당, 1990.

양승민, 「북한 소재 고전소설 자료 현황」, 『고소설 텍스트의 교섭 및 소통』, 한국고소
　　설학회 제86차 정기학술대회 발표집, 2009.

윤 정, 「18세기 '단종제신' 포장의 확대와 '生六臣'의 성립」, 『역사문화연구』 36집, 한
　　국외대 역사문화연구소, 2010, 41-78쪽.

이병찬, 「문헌설화에 나타난 '오성과 한음'」, 『인문학연구』 11집, 대진대 인문학연구
　　소, 2014, 101-127쪽.

이상택 외, 『한국고전소설의 세계』, 돌베개, 2005.

이승복, 『<옥환기봉> 연작 연구』, 월인, 2012.

이승수, 「이항복 이야기의 전승동력과 기원: 해학의 코드를 중심으로」, 『한국어문학연
　　구』 56집, 한국어문학연구학회, 2011, 35-71쪽.

이원주, 「고전소설 독자의 성향-경북 북부 지역을 중심으로-」, 『한국학논집』 4집, 계
　　명대 한국학연구소, 1980, 557-573쪽.

이은숙, 『신작 구소설 연구』, 국학자료원, 2000.

이정은, 「<명사십리>고-번안 및 이본과의 관계를 중심으로-」, 『영남어문학』 19집,
　　한민족어문학회, 1991, 261-293쪽.

이주영, 『구활자본 고전소설 연구』, 월인, 1998.

이지영, 「<창선감의록>의 이본 변이 양상과 독자층의 상관관계」, 서울대 박사논문,
　　2003.

이헌홍, 「<옥중금낭>과 <정수경전>」, 『어문연구』 41집, 어문연구학회, 2003, 173-202쪽.

이헌홍, 『한국송사소설연구』, 삼지원, 1997.

이혜숙, 「<권용선전>의 구조와 의미」, 『논문집』 12집, 혜전전문대학, 1994, 423-443쪽.

임치균, 「<한조삼성기봉> 연구」, 『한국학』 92호, 한국학중앙연구원, 2003, 3-30쪽.

장경남·이시준, 「일제강점기에 간행된 야담집에 대하여-『오백년기담(五百年奇譚)』을
　　중심으로-」, 『우리문학연구』 34집, 우리문학회, 2011, 157-182쪽.

전영학, 「수매청심록 연구」, 충북대 석사논문, 1992.

전준걸, 『조선조 소설의 무예의식과 용궁 설화』, 아세아문화사, 1992.

정길수, 『한국 고전장편소설의 형성과정』, 돌베개, 2005.

정종대, 『염정소설구조연구』, 계명문화사, 1990.

정출헌, 「<육신전>과 <원생몽유록>-충절의 인물과 기억서사의 정치학」, 『고소설연구』 33집, 한국고소설학회, 2012, 5-47쪽.

조석래, 「권용선전 연구」, 『한국학논집』 8집, 한양대 한국학연구소, 1985, 263-280쪽.

조희웅, 「국민대 성곡기념도서관 소장 고전소설에 대하여-<태아선적각녹>·<장하뎡 슉연긔>·<홋씨호공록>을 중심으로-」, 『어문학논총』 18집, 국민대 어문학연구소, 1999, 39-59쪽.

차충환, 「「五老峰記」 硏究」, 『어문연구』 131호, 한국어문교육연구회, 2006, 308-313쪽.

차충환, 「<강상월>과 <부용헌>-<창선감의록>과 <홍계월전>의 개작」, 『한국고전소설작품연구』, 월인, 2004, 375-403쪽.

차충환·안영훈, 「필사본 고소설 <왕현전> 연구」, 『우리문학연구』 42집, 우리문학회, 2014, 91-121쪽.

천정환, 『근대의 책읽기』, 푸른역사, 2003.

최길용, 「고소설에 나타나는 앵혈 화소의 서사 실상과 의미」, 『고소설연구』 29집, 한국고소설학회, 2010, 41-81쪽.

최윤희, 「<쌍미기봉>의 번안 양상 연구」, 『고소설연구』 11집, 한국고소설학회, 2001, 265-292쪽.

최호석, 「활자본 고전소설의 총량에 대한 연구」, 『고전문학연구』 43집, 한국고전문학회, 2013, 253-293쪽.

한기형, 『한국 근대소설의 시각』, 소명, 1999.

한상현, 「<오선기봉>의 구조와 '여성편력'적 의미의 심리적 고찰」, 『겨레어문학』 30집, 겨레어문학회, 2003, 19-51쪽

홍혜원, 「신소설 <목단화>에 나타난 대중성 연구」, 『대중서사연구』 11호, 대중서사학회, 2004, 101-128쪽.

〈본서의 기초 원고〉

제1부

「<오선기봉>의 형성과정과 의의에 관한 연구」, 『어문연구』 62, 어문연구학회, 2009.
「고소설 「보심록」 계열의 형성과정과 그 사적 의미」, 『동양학』 47, 단국대 동양학연구
　　원, 2010.
「<신랑의 보쌈>의 성격과 개작 양상에 대한 연구」, 『어문연구』 71, 어문연구학회,
　　2012.
「「수매청심록」의 성격과 전승 양상에 대한 연구」, 『어문연구』 40, 한국어문교육연구
　　회, 2012.
「「태아선적강록」과 「유황후전」의 비교 연구」, 『어문연구』 38, 한국어문교육연구회,
　　2010.
「활자본 고소설 <江南花> 연구」, 『고전문학과 교육』 22, 한국고전문학교육학회, 2011.

제2부

「신작 고소설 「이두충렬록」의 형성과정과 그 의의에 관한 연구」, 『국제어문』 50, 국제
　　어문학회, 2010.
「활자본 고소설 「연화몽」 연구」, 『어문연구』 40, 한국어문교육연구회, 2012.
「이항복 이야기책 연구-구활자본을 대상으로-」, 『우리문학연구』 51, 우리문학회, 2016.

부록

일러두기

- 20세기 전반기에 출판된 활자본 고소설 중, 대본으로 삼은 이전의 작품(필사본이나 방각본, 한글
  소설이나 한문소설 등)과 해당 활자본의 제명이 달라 서로 다른 작품으로 알기 쉬운 활자본을 선
  택하여, 해당 작품과 그 대본 및 상호 간의 특징을 조사하여 목록으로 만들었다. 목록에는 신소
  설로 알려진 일부 작품도 포함하였다.
- 20세기 전반기 활자본 소설(고소설, 신소설 등) 중에는 중국소설에 근원을 둔 작품이 많다. 이들
  에 대해서 따로 목록을 만들었다.
- 20세기 전반기에는 일본 소설, 구미(歐美) 소설 등을 번역하거나 번안한 작품이 많이 발행되었다.
  이들에 대해서도 해당 작품을 최대한 수합하여 목록으로 만들었다.
- 대부분 출판된 작품을 위주로 했지만, 일부 신문 연재본도 있다.
- 대상 작품은 현재 실본으로 존재하는 것을 대상으로 하였으며, 여러 판본이 있을 경우 가장 앞선
  시기에 출판된 것을 대상으로 하였다.
- 번역·번안 작품 중, 서양 위인전기에 해당하는 작품은 기왕의 논문(참고문헌 중, 강현조, 『사이
  (SAI)』 9 게재 논문)에서 목록으로 정리한 것이 있기 때문에 생략하였다.
- 본 목록은 전적으로 목록 뒤에 붙인 기존 논저들을 활용하여 만든 것이다.(실제로 참고했는데도
  누락된 것이 많이 있을 것이다. 양해를 바란다.)

활자본 고소설과 신소설 중, 이전의 작품에서 형성된 [작품과 그 대본] 목록

작품	저자/발행소/발행년	대본	비고
가인기우	대창서원·보급서관/1918	사각전	활자본 <사각전>(신구서림, 1927), 활자본 <절세가인>(신명서림, 1928 등과 표지만 다르고 내용은 동일함
강남화 (江南花)	성문당서점/1934	창선감의록 (조성기 작)	개작
강상월 (江上月)	회동서관/1912	창선감의록 (조성기 작)	개작
견우직녀	회동서관/1931	추월색(최찬식 작)	모방작
경포대	광동서국· 동양서원/ 1926	귀의성(이인직 작)	모방작
구두장군전	이문당/1917	김원전	이본 관계
구의산	이해조/신구서림/1912	국문 필사본 <조생원전>	개작 활자본 <김씨열행록>은 <구의산>의 후대작
권용선전	신구서림/1918	국문 필사본 <수매청심록>	개작 필사본 <수매청심록>이 1918년에 활자본 <수매청심록>과 활자본 <권용선전>으로 개작
금낭이산	광익서관/1912	국문 필사본 <보심록>	개작
금상첨화	신구서림/1920	옥소선 이야기	대본을 모티프로 삼았으나 뒷부분은 창작
김진옥전	덕흥서림/1916	필사본 <김진옥전>	이본 관계 덕흥서림(1918, 3판)본은 이와 동일
김진옥전	박문서관/1917	세책 필사본 <김진옥전>	이본 관계 덕흥서림(1922), 박문서관(1923), 세책 서관(1952) 발행본은 이와 동일
김태자전	유일서관/1915	한문소설 <육미당기>	축소 개작
난봉기합	김교제/동양서원/1913	필사본 고소설 <옥호빙심>	개작 역사담 축소, 애정소설적 성격 강화
남강월	덕흥서림/1915	방각본 <징세비태록>	개작 군담 비중 강화

			방각본 <징세비태록>은 세책 필사본 <징세비태록>이 대본
능견난사	세창서관/1917	세책 필사본 <금방울전> 또는 활자본 <금방울전> (조선서관, 1916)	활자본 <금방울전>과 내용은 동일하나 서술표현에 약간 차이가 있음
능라도의봄	세창서관/1964	능라도(최찬식 작)	모방작
능라도총성	명문당/1936	능라도(최찬식 작)	모방작
단발령	신구서림/1913	<화산중봉기> 등에 나타난 진가쟁주 모티프 활용	
마상루(馬上淚)	민준호/동양서원/1912	『양은천미(揚隱闡微)』 제36회 <김연광동방 재회기처(金演光洞房再會其妻)>	개작
명사십리	동아서관/1918	국문 필사본 <보심록>	개작
모란정기[牧丹亭記]	회동서관/1925	활자본 <장국진전>(박문서관·신구서림, 1925(8판))	거의 동일
목단화	광문서시/1922	국문 필사본 <장익성전>	<장익성전>(광문서시, 1922)과 내용 완전 동일(내제만 '목단화'와 '장익성전'으로 차이). 김교제가 지은 <목단화>(광학서포, 1911)와는 전혀 별개의 작품임
몽금도전	박문서관/1916	심청전	개작 표제: "沈淸傳심청전", 내제: "演劇小說 沈淸傳 신정심청전 몽금도전"(표제와 내제에서 <심청전>에서 유래한 것임을 쉽게 알 수 있음. 그러나 학계에서는 이를 <몽금도전>으로 지칭함)
미인계	덕흥서림/1920(1919년 초판)	한문소설 <종옥전>	개작
미인도	동미서시/1915	<춘향전>, <홍백화전> 등	서사 차용 <절세미인도>(세창서관, 1952)는 <미인도>와 내용상 차이가 있음

봉선루(逢仙樓)	동양대학당/1913	소양정(이해조 작)	개작
봉선화	이해조/신구서림/1913	장화홍련전	개작
봉황대	유일서관/1912	이대봉전	이본 관계
부용담	동미서시/1915	추노설화, <김학공전>, <살신성인>(1906/ 제국신문에 연재)	서사 수용
부용헌	동미서시/1914	홍백화전	개작
부인관찰사	광문서시/1919	이춘풍전	개작
불쌍한인생	홍문서관/1936	소학령(이해조 작)	모방작
사대장전	광학서포/1926	사안전	이본 관계
산천초목	이해조/유일서관/1912	황성신문에 연재된 한 문단편 <소시종투신 향 노참령읍구연(少侍 從儉新香 老參領立舊緣)>	이해조가 1910년 대한민보(大韓民報) 에 연재한 <박정화(薄情花)>를 단행 본으로 간행할 때 작품명을 <산천초 목>으로 바꿈
삼강문(三綱門)	최찬식/영풍서관/1918	<살신성인>(1906/ 제국신문 연재)	전반부는 최찬식의 창작, 후반부는 <살신성인> 차용
삼문규합록	신구서림/1918	세책 필사본 <삼문규합록>	현재 세책본은 전하지 않음. 세책 장 부에 <삼문규합록> 거명됨
삼생기연	대창서원 · 보급서관/1 922	국문 필사본 <쌍렬옥소록>, <쌍렬옥소삼봉>	개작
삼쾌정	회동서관/1921	박문수 설화	
신계후전	대창서원/1920	국문 필사본 <신계후전> (이화여대소장본)	추노 서사, 결연 서사, <춘향전> 후 반부 등의 혼성 모방
신랑의보쌈	광익서관/1917	정수경전	개작
심부인전	광동서국 · 박문서관 · 한성서관/1920	이해룡전	이본 관계 표제 "沈淸傳심청전", 내제 "교명 심 청전", 판권지 제명 "增像演訂沈淸傳" 의 <심청전>(광동서국 · 박문서관 · 한성서관, 1920) 65-89쪽에 위치.

			1-64쪽은 <심청전>. 구활자본고소설 전집 8(인천대)에는 1-64쪽과 65- 89쪽이 분리 영인됨
쌍두장군전	조선서관/1917	곽해룡전	제목만 다르고 내용은 동일. 세책 필사본 <곽해룡전>이 1917년에 활자본 <곽해룡전>, 활자본 <쌍두장군전>으로 간행
쌍문충효록	신구서림/1918	<김희경전>의 이본인 성균관대 소장 국문필사본 <김상서전> 혹은 <김상서전>을 변용한 활자본 <여자충효록>	
약산동대	광동서국/1913	춘향전	개작
양주봉전	유일서관·한성서관/1917	국문 필사본 <이대봉전>	개작
여자충효록	신구서림·한성서관/1920(1914년 초판)	<김희경전>의 이본인 성균관대 소장 국문 필사본 <김상서전>	개작(변이 큼)
여장군전	세창서관/1916	정수정전	<홍계월전>, <유충렬전>의 영향도 받음. 세창서관본의 내제는 "고디쇼셜 녀장군전 古代小說 女將軍傳", 내용 마지막 장에는 "女將軍 鄭壽貞傳" "녀장군 뎡수정전"
여중호걸	광문서시/1919	<김희경전>의 이본인 성균관대 소장 국문 필사본 <김상서전>	거의 그대로 수용
녀의 루(淚)	박승엽/태화서관/1929	추월색(최찬식 작)	모방작
영산홍 (映山紅)	성문사/1914	한문 희곡 <만강홍(滿江紅)>	한문본의 국역(내용 차이 없음)

영웅호걸	박철혼/영창서관·한흥서림·진흥서관/1930	활자본 <한씨보응록>	한명회 이야기 중심으로 개작
오동추월	영창서관·한흥서림/1928	혈의 누 (이인직 작)	모방, 차용
오선기봉	광동서국·태학서관/1917	한문소설 <오로봉기>	개작
옥상화	광한서림/1928	혈의 누(상)	표절
옥중금낭	신구서림/1913	정수경전	개작
옥포동 기완록	동양서원/1925	한문소설 <옥포동기완록>	
요지경	수문서관/1911	대한매일신보의 「편편기담」에 연재 수록된 총 746화의 재담 중 158화를 뽑아 간행한 것	
완월루	유일서관/1912	국문 필사본 <장학사전>	개작(변이 적음)
원두표실기	태화서관/1930	활자본 <홍장군전>	서사 수용
월영낭자전	한성서관·유일서관/1916	국문 필사본 <최호양문록>	개작
우중기연 (雨中奇緣)	신구서림/1913	한문단편 <고담(古談)>(이조한 문단편집(상) 소재)	서사 수용 및 개작
월미도	박철혼(민족문학사연구 34호 소개)	혈의 누, 추월색	대본 혼성 모방
유록의 한	신구서림/1914	한문 필사본 <유록전>(현재 망실)	
유화기몽	대창서원·보급서관/1921	세책 필사본 <유화기연>	이본 관계
유황후	대창서원·보급서관/1926	국문 필사본 <태아선적강록>	개작
육선각 (六仙閣)	신구서림/1913	구운몽, 춘향전	전반부는 <구운몽> 차용, 후반부∖ <춘향전> 차용

음양삼태성	회동서관/1925	<옥주호연>의 이본인 국문 필사본 <삼옥삼주기(三玉三奏記)>(단국대 소장)	이본 관계
이몽선전	이문당/1918	화산중봉기, 몽유록, 박문수전	전체구조는 <화산중봉기> 활용, 중간에 몽유록과 <박문수전> 삽입. 신소설 <단발령>의 대본이 되었다고 하나, <단발령>은 초판이 1913년임.
이학사전	이문당/1917	국문 필사본 <이현경전>(사재동 소장 114장본)	이본 관계 <이학사전>(회동서관, 1925) 역시 대본을 수용하였으나, 이문당본과는 약간 차이가 있음
이화몽	신구서림/1914	문헌설화 <노옥계선부봉가기 (盧玉溪宣府逢佳妓)>	서사 차용. <춘향전>도 수용함
임거정전[임꺽정전]	태화서관/1931	홍명희의 『林巨正』, 활자본 <한씨보응록>	서사 차용
절세가인	신명서림/1928	사각전	활자본 <사각전>(신구서림, 1927), 활자본 <가인기우>(대창서원·보급서관, 1918) 등과 표지만 다르고 내용은 동일함
절처봉생	박문서관/1914	혈의 누 (이인직 작)	개작 이해조의 작품으로 추정함
정도령전	세창서관/1952	활자본 <정진사전>(동문서림, 1918)	거의 동일. 장회 제목의 유무만 차이가 있음(<정도령전>에서 장회 제목이 빠짐)
정목란전	유일서관/1916	목란 설화 혹은 목란 설화를 소설화한 필사본 <정목란전>	
정현무전	광동서국/1917	국문 필사본 <정비전>	이본 관계 활자본 <정비전>(광동서국, 1917)과는 약간 차이가 있음
제일강산	영창서관/1928	능라도(최찬식 작)	모방작

진장군전	대창서원/1916	국문 필사본 <진성운전>	이본 관계. 내용이 약간 축소
채봉감별곡	박문서관/1916	추풍감별곡	개작
천리춘색	대성서림/1925	국문 필사본 <조생원전>	개작 활자본 <조생원전>(신구서림·한성관, 1917)과는 인물 명칭만 다르고 용과 구조는 동일함
천연정(天然亭)	신구서림/1913	일타홍 이야기	서사 수용 및 개작
천정연분	세계서림/1923	활자본 <신유복전>	개작 영웅담에서 가족 중심 서사로 변ㅇ 선행 필사본 <신유복전>(존재가능 추정)에서 형성되었을 가능성 있음
청루지열녀	박문서관·신구서림 /1917	국문 필사본 <왕경룡전>	거의 그대로 수용 <왕경룡전>은 『경세통언(警世通言)』 24 <옥당춘락난봉부(玉堂春落難逢夫 에서 형성
최장군전	천일서관·한양서적 업조합/1918	국문 필사본 <최현전>	이본 관계
추야월	광익서관/1913	추월색(최찬식 작)	모방작
추월공산	덕흥서림/1947	추월색(최찬식 작)	모방작
추풍명월	한성서관/1926	추월색(최찬식 작)	모방작
탄금대	이해조/신구서림/1912	<김학공전>, <살신성인>(1906/ 제국신문에 연재)	
팔장사전	동미서시/1915	세책 필사본 <남정팔난기>	이본 관계
평안감사	세창서관/1952	원앙도(이해조 작)	모방작
평양공주전	덕흥서림/1926	온달 설화	표제 "高麗 平壤公主傳 평양공쥬전
한씨보응록	오거서창/1918	홍윤성 일화, 활자본 <홍장군전>	서사 수용
한월(恨月)(상)	대한서림·중앙서관 ·광학서포/1908	<옥선몽>, <임호은전>, 여장(女裝)모티프 등	서사 차용

행화촌	광한서림/1931	추월색(최찬식 작)	모방작
형산백옥	신구서림/1918	국문 필사본 <석중옥기연록>	이본 관계
홍경래실기	신문관/1917	전반부는 방각본 <신미록>. 그 외 『서정일기(西征日記)』 등	시각의 변이
홍경래실기	박문서관/1929	신문관본 <홍경래실기>	축약. 주제의식 변이
홍안박명	박철혼/신구서림/1928	화중왕(김교제 작)	모방작
홍장군전	오거서창/1918	홍윤성 설화, 활자본 <타호무송>	서사 수용
화옥쌍기	광익서관/1918	옥루몽, 남정팔난기	전반부는 <옥루몽>, 후반부는 <남정팔난기> 모방
화원호접	현병주/대창서원/1913	월하가인 (이해조 작)	모방작
화중왕	김교제/영창서관/1928	목단화(김교제 작)	개작

활자본 소설 중, 중국 작품을 대본으로 한 [작품과 그 대본] 목록

작품	저자/발행소/발행년	대본	비고
강릉추월 옥소전	덕흥서림/1915	『경세통언(警世通言)』 권11 <소지현나삼재합 (蘇知縣羅衫再合)>	대본에 부모 결연담과 군담 추가 (이미 자국화된 것으로 보기도 함)
강태공실기	조선서관/1913	경판본 <강태공전>	이본 관계(변이 미미함) 경판본 <강태공전>은 『서주연의(봉신연의)』를 축소 번안. <강태공전>(신구서림, 1917)과 내용 동일(<강태공실기>는 한문 병기, <강태공전>은 순 한글)
계명산	태화서관/1928	서한연의	장자방의 등장부터 항우의 죽음까지 내용
고목화(상)	이해조/동양서원 /1912(현공렴가, 1908. 초판)	『금고기관(今古奇觀)』 권16 <이견공궁도우협객(李汧公窮途遇俠客)>	전반부 서사 차용

금강취유	동미서시/1915	『경세통언(警世通言)』권11 <소지현나삼재합(蘇知縣羅衫再合)>	대본에 부모 결연담과 군담 추가
금옥연(金玉緣)	이광하/동미서시/1914	『금고기관(今古奇觀)』권24 <진어사교감금차전(陳御使巧勘金釵鈿)>	번안
금향정기	동미서시/1916	세책 필사본 <금향정기>	약간의 변이 원작은 『금향정(錦香亭)』16회본
기옥(奇獄)	양건식/매일신보 연재	중화민국 초기 작가 왕랭불(王冷佛)의 『춘아씨(春阿氏)』	
당태종전	동미서시/1917	<당태종입명기(唐太宗入冥記)>(敦煌寫本·殘本), 『서유기』 등	당태종 관련, 유명 고사를 취합함
만월대	이해조/동양서원/1911(재판)	『금고기관(今古奇觀)』권25 <서노부의분성가(徐老仆義憤成家)>	전체 서사 번안
명월정(明月亭)	박이양/유일서관/1912	『금고기관(今古奇觀)』권26 <채소저인욕보구(蔡小姐忍辱報仇)>	
모란병[牧丹屛]	이해조/박문서관/1911	『금고기관(今古奇觀)』권26 <채소저인욕보구(蔡小姐忍辱報仇)>	전반부 서사 차용
무릉도원	영창서관·한흥서림/1928	백규지(白圭志)	축어역에 가까운 번역 한글로 번역된 필사본 <백규지>(완본)도 있음
미인의무덤 1화	문창사/1926	『금고기관(今古奇觀)』권12 <양각애사명전교(羊角哀捨命全交)>	
백년한	소운(紹雲)/회동서관/1913	『금고기관(今古奇觀)』권35 <왕교란백년장한(王嬌鸞百年長恨)>	전체 줄거리 활용
번리화정서(樊梨花征西)	신구서림/1932	<설정산정서(薛丁山征西)> 45회-69회	번역 <설정산정서(薛丁山征西)>는 설인의 아들 설정산이 여장(女將) 번리화(樊梨花)의 도움을 받아 서량(西涼) 정벌하는 내용

벽부용	소운(紹雲)/회동서관/1912	『경세통언(警世通言)』권24 <옥당춘락난봉부(玉堂春落難逢夫)>	번안
봉황금	회동서관/1918	『경세통언(警世通言)』권11 <소지현나삼재합(蘇知縣羅衫再合)>	대본에 모친 고행담 추가
빈상설	이해조/광학서포/1908	『금고기관(今古奇觀)』권28 <교태수난점원앙보(喬太守亂點鴛鴦譜)>	후반부 서사 차용
소양정	이해조/신구서림/1912	『금고기관(今古奇觀)』권24 <진어사교감금차전(陳御使巧勘金釵鈿)>	<소대성전>, <조웅전> 등의 개작으로 보기도 함
소운전	보성사/1918	『경세통언(警世通言)』권11 <소지현나삼재합(蘇知縣羅衫再合)>	대본에 주인공 결연담 추가
소학사전	박문서관/1917	『경세통언(警世通言)』권11 <소지현나삼재합(蘇知縣羅衫再合)>	가족 이합담 중심
서정기	신구서림/1923	<설정산정서(薛丁山征西)>1회-22회	번역 <설정산정서(薛丁山征西)>는 설인귀의 아들 설정산이 여장(女將) 번리화(樊梨花)의 도움을 받아 서량(西涼)을 정벌하는 내용
설정산실기	박문서관/1929	<설정산정서(薛丁山征西)>23회-45회	번역 <설정산정서(薛丁山征西)>는 설인귀의 아들 설정산이 여장(女將) 번리화(樊梨花)의 도움을 받아 서량(西涼)을 정벌하는 내용
소달기전	광동서국·태학서관/1917	서주연의(봉신연의)	축소하여 번안
수당연의	회동서관/1918	수양제염사(隋煬帝艶事)	축약과 생략 중심의 번안 <수양제염사>는 『수당연의(隋唐演義)』이전의 작품으로서, 나중에 『수당연의』에 수렴됨. 『수당연의』는 명말 청초의 문인 저인획(褚人獲)이 집대성한 연의소설
수양제행락기	신구서림/1918	수당연의(隋唐演義)	축약과 생략 중심의 번안

쌍미기봉	회동서관/1916	주춘원소사 (駐春園小史)	번안
(농가성진) 쌍신랑	덕흥서림/1930	『금고기관(今古奇觀)』 권27 <전수재착점봉황 구(錢秀才錯占鳳凰儔)>	
양귀비	경성서적업조합/1926	수당연의 (隋唐演義)	『수당연의』 후반부 서사 차용
어사박문수전 2화	현병주/경성서적업조 합/1926	『금고기관(今古奇觀)』 권2 <양현령경의혼고녀(兩 縣令競義婚孤女)>	
어사박문수전 3화	현병주/경성서적업조 합/1926	『금고기관(今古奇觀)』 권4 <배진공의환원배(裵 晉公義還原配)>	
옥리혼(玉梨魂)	육정수/매일신보 연재	중화민국 초기의 작가 서침아(徐枕亞)의 변려체 소설 『옥리혼(玉梨魂)』	
옥소기연	신구서림/1915	『경세통언(警世通言)』 권11 <소지현나삼재합 (蘇知縣羅衫再合)>	대본에 부모 결연담과 군담 추가
왕소군새소군전	조선서관/1915	쌍봉기연 (雙鳳奇緣)	번역. 생략 부분 다수
우중행인	이해조/신구서림 /1913	『금고기관(今古奇觀)』 권16 <이견공궁도우협 객(李沔公窮途遇俠客)>	
원앙도	이해조/보급서관· 동양서원/1911	『금고기관(今古奇觀)』 권2 <양현령경의혼고녀 (兩縣令競義婚孤女)>	후반부 서사 차용
월봉기	광문책사/1916	『경세통언(警世通言)』 권11 <소지현나삼재합(蘇 知縣羅衫再合)>	대본에 주인공 결연담 추가
월봉산기	유일서관/1917	『경세통언(警世通言)』 권11 <소지현나삼재합 (蘇知縣羅衫再合)>	대본에 주인공 결연담 추가

월세계	대창서원/1922	『금고기관(今古奇觀)』 권26 <채소저인욕보구(蔡小姐忍辱報仇)>	
월하가인	이해조/보급서관/1911	『금고기관(今古奇觀)』 권16 <이견공궁도우협객(李汧公窮途遇俠客)>	
전수재전	대창서원/1922	『금고기관(今古奇觀)』 권22 <전수재일조교태(鈍秀才一朝交泰)>	
제마무전	신문관/1914	경판본 <제마무전>	<몽결초한송>과 이본 관계
주중기선이태백실기	회동서관/1928	『금고기관(今古奇觀)』 권6 <이적선취초혁만서(李謫仙醉草嚇蠻書)>	
천도화	회동서관/1925	『경세통언(警世通言)』 권11 <소지현나삼재합(蘇知縣羅衫再合)>	군담 추가 확대 회동서관본은 표제는 "쇼운전"이고 내제는 "天桃花 一名 蘇翰林傳". "천도화 일명 소한림전"(경성서적업조합, 1926), "쇼운전"(성문당서점, 1936), "소학사전 일명 소운전 천도화"(세창서관, 1952) 등과 내용이 동일. 그러나 "소학사전"(박문서관, 1917)과는 내용이 약간 다름
청천백일	박이양/박문서관/1913	『금고기관(今古奇觀)』 권13 <심소하상회출사표(沈小霞相會出師表)>	
추풍감별곡	신구서림/1913	『금고기관(今古奇觀)』 권35 <왕교란백년장한(王嬌鸞百年長恨)>	도입부 번안 중후반부는 전혀 다름(그래서 창작으로 보기도 함)
행락도	동양서원/1912	『금고기관(今古奇觀)』 권3 <등대윤귀단가사(藤大尹鬼斷家私)>	
화의혈	이해조/보급서관/1912	『금고기관(今古奇觀)』 권35 <왕교란백년장한(王嬌鸞百年長恨)>	전반부 서사 차용
황부인전	신구서림/1925	『삼국지연의』 등에 등장하는 '황부인' 서사	서사 차용

『삼국지연의』에서 파생된 활자본	『서한연의(초한연의)』에서 파생된 활자본
강유실기(대창서원 보급서관, 1922)	언문서한연의(영풍서관, 1917)
관운장실기(광동서국, 1918)	장자방실기(조선서관, 1913)
독파삼국 산양전기(대창서원 보급서관, 1918)	초패왕전(박문서관, 1918)
만고명장 조자룡실기(광동서국, 1917)	초한전(한성서관 유일서관, 1917)
산양대전(대창서원 보급서관, 1922)	초한전쟁실기(광동서국 태학서관, 1917)
산양대전 조자룡(광문서시, 1917)	항우전(박문서관, 1918)
삼국대전(덕흥서림, 1912)	홍문연(회동서관, 1916)
삼국풍진 조자룡실기(회동서관, 1925)	홍문연회 항장무(박문서관, 1917)
삼국풍진 한수대전(박문서관, 1918)	
삼국풍진 화용도실기(광문책사, 1916)	
오관참장기(대창서관 보급서관, 1921)	
장비마초실기(광동서국, 1918)	
적벽가(유일서관 한성서관, 1916)	
적벽대전(회동서관, 1925)	
화용도실기 附적벽가 오호대장기(조선서관, 1915)	

활자본 소설 중, 구미(歐美)나 일본 소설을 번역·번안한 [작품과 그 대본] 목록

작품	저자/발행소/발행년	대본	비고
걸리버 유람기	신문관/1909	이와야 사자나미[巖谷小波]의 '세계 오토기바나시[世界お伽噺]' 시리즈 중 제1집 제9편 <소인도(小人島)>와 제2집 제12편 <대인국(大人國)>	원작은 조너단 스위프트(Jonathan Swift)의 『걸리버 여행기』1부와 2부
검둥의 설움	이광수/신문관/1913	미상	원작은 해리엇 엘리자베스 비처 스토(Harriet Elizabeth Beecher Stowe)의 『톰 아저씨의 오두막』. 일본의 모모시마 레이센[百島冷泉]이 번역한 『노예 톰[奴隷トム]』을 참조했을 가능성 있음
경국미담 (經國美談)	현공렴가/1908	일본 정치소설 『게이코쿠비단[經國美談]』	

귀신탑	이상수/매일신보 연재	구로이와 루이코[黑巖淚香]의 『유령탑(幽靈塔)』	원작은 앨리스 뮤리엘 윌리엄슨(A. M. Williamson)의 『회색빛 여인(A Woman in Grey)』
금강문(金剛門)	최찬식/박문서관/1921	수에히로 뎃쿄우[末廣鐵腸]가 창작한 『셋츄바이[雪中梅]』, 구연학(具然學)의 『설중매』	서사 차용
금수회의록	안국선/황성서적업조합/1908	사토 구라타로[佐藤欋太郎](필명: 쓰루야 가이시[鶴谷外史], 기구테이 고스이[菊亭香水])의 『금수회의 인류공격(禽獸會議 人類攻擊)』(1904년 작)	번안
나빈손 표류기	김찬/의진사/1908	이노우에 쓰토무[井上勤]의 『로빈슨 표류기』	원작은 다니엘 디포(Daniel Defoe)의 『로빈손 크루소(Robinson Crusoe)』
낙화	조선일보 연재	구로이와 루이코[黑巖淚香]의 『사미인(死美人)』	원작은 포르튀네 뒤 보아고베(Fortuné du Boisgobey)의 『La vieillesse de Monsieur Lecoq』
누구의 죄	은국산인(隱菊散人)/보급서관/1913	구로이와 루이코[黑巖淚香]의 『사람인가 귀신인개人耶鬼耶』	원작은 프랑스의 에밀 가브리오(Emile Gaboriau)가 지은 『르루주 사건(L'Affaire Lerouge)』
눈물	이상협/동아서관/1917	와타나베 가테이[渡辺霞亭]의 『길정자(吉丁字)』	
단장록(斷腸錄)	청송당서점/1916-1917	야나가와 슌요[柳川春葉]의 『성립될 수 없는 사이[生きぬ仲]』	
당상연작(堂上燕雀)	김억/동아일보 연재	에드워드 조지 얼 불워 리턴(Edward George Earle Bulwer Lytton)의 『폼페이의 마지막 날(The Last Days of Pompei)』	
동각한매(東閣寒梅)	현공렴/문명사/1911	산유테 엔쵸[三遊亭円朝]가 편집한 『분시치못토이[文七元結]』	번안 개작
도리원(상)	박문서관/1913	중국 상무인서관(商務印書館)에서 간행한 중국어 번역소설 『한도기(寒桃記)』	중국본의 대본은 구로이와 루이코[黑巖淚香]가 일본어로 번역한 『유죄무죄(有罪無罪)』. 원작은 에밀 가브리오(Emile Gaboriau)의 『La Corde au cou』

두견성	선우일(鮮于日) /보급서관/1912	토쿠토미 로카[德富蘆花]의 『호토토기스[不如歸]』	번안
마란희(馬蘭姬)	춘계생(春溪生) /매일신보 연재	아베 프레보(Abbé Prévost)의 『마농 레스코(Manon Lescaut)』	『마농 레스코』 영역본이 직접 대본이었을 가능성 높음. '춘계생'은 허영숙일 가능성이 높음
만고기담	이상협/매일신보 연재	『아라비안나이트』	연재 중단
만인계	신문관/1912	모리타 시켄[森田思軒]이 번역한 『천인회(千人會)』	원작은 아일랜드 작가 마리아 에지워스(Maria Edgeworth)의 『제비뽑기(The Lottery)』
명금(名金)	신명서림/1920	미국 유니버설사 발간 『The Broken Coin』	
무쇠탈	민태원/동아일보사 /1923	구로이와 루이코[黑巖淚香]의 『철가면(鐵假面)』	원작은 포르튀네 뒤 보아고베(Fortuné du Boisgobey)의 『생 마르 씨의 두 마리 티티새(Les deux merles de m. de Saint-Mars)
미인의 한	유광렬/동아일보 연재	구로이와 루이코[黑巖淚香]의 번역 소설	원작은 버사 클레이(Bertha M Clay. 본명: 샬롯 모니카 브레 임(Charlotte Monica Brame)의 소설
바다의 처녀	매일신보 연재	구로이와 루이코[黑巖淚香]의 『섬처녀[島の娘]』	원작은 월터 베전트(W. Besant)의 『Armorel of Lyonesse』
박천남전	조선서관/1912	카나시마 다이쉬[金島苔水]가 편 찬한 『한문일본호걸도태랑전(韓 文日本豪傑桃太郎傳)』	카나시마가 편찬한 책은 이와 야 사자나미[嚴谷小波]의 『모 모타로[桃太郎]』를 한역(韓譯)한 것임
박행한 처녀	박문서관/1926	이반 세르게예비치 투르게네프(Ivan Sergeevich Turgenev)의 『L'infortunee』	직접 대본은 영역본일 가능성 높음
보환연(寶環緣)	박학서원/1913	기쿠치 유호[菊池幽芳]의 『유자매(乳姉妹)』	원작은 버사 클레이(Bertha M Clay)의 『Dora Thorne』
부평초	민태원/박문서관 /1925	기쿠치 유호[菊池幽芳]의 『집 없는 아이[家なき兒]』	원작은 프랑스 엑토르 말로(Hector Malot)의 『집 없는 아이[Sans Famille]』

불여귀(不如歸)	조중환/도쿄 게이세이샤 쇼텐[警醒社書店]/1912	토쿠토미 로카[德富蘆花]의 『호토토기스[不如歸]』	직역, 완역
불쌍한 동무	최남선/신문관/1912	히다카 시켄[日高柿軒](본명: 히다카 젠이치[日高善一])이 번역한 『플랜더스의 개』	원작은 마리 루이 드 라 라메(Ouida: Mari Louis de la Ramée)의 『플랜더스의 개(A Dog of Flanders)』
붉은 실	김동성/조선도서주식 회사/1923	아서 코난 도일(Arthur Conan Doyle)의 『주홍색 연구(A Study in Scarlet)』	
비봉담(飛鳳潭)	조중환/매일신보 연재	구로이와 루이코[黑巖淚香]의 『첩의 죄[妾の罪]』	원작은 버사 클레이(Bertha M. Clay)의 『저주받은 삶-그녀의 끔찍한 죄(A Haunted Life; or Her Terrible Sin)』
비행선	김교제/동양서원 /1912	중국 상무인서관(商務印書館)에서 간행한 중국어 번역소설 『신비정(新飛艇)』	원작은 New Nick Carter Weekly라는 미국의 다임노블(dime novel) 주간 잡지에 1907년 3월 16일부터 4월 20일까지 총 6주간 6회에 걸쳐 연재된 '탐정 닉 카터 연작물(Detective Nick Carter Series)' 중 1~4회분인 <보이지 않는 공포와의 대면 혹은 닉 카터의 실수 연발의 날(Facing an Unseen Terror, or nick carter's day of blunders)>, <이다야, 미지의 여인 혹은 닉 카터의 4중고(Idayah, the Woman of Mystery, or nick carter's fourfold problem)>, <제왕 만들기 혹은 닉 카터 생애 최대 미스테리에 직면하다(The Making of a King, or nick carter faces his greatest mystery)>, <여신의 제국 혹은 닉 카터의 놀라운 모험(The Empire of a Goddess,

			or nick carter's wonderful adventure)>. 프레드릭 데이(Frederick Van Rensselae Dey)가 원작자
사랑의 한	박문서관/1921	셰익스피어의 『로미오와 줄리엣』	
삼국풍진 제갈량	대창서원/1915	1913년 11월 7일에 일본 박문관(博文館)에서 간행한 평전 『제갈량』	고소설 형식으로 축소 번안. 서울대 소장 <제갈량>(박ㄷ 서관, 1922)은 전혀 다른 작품ㅇ
삼촌설(三寸舌) (상)	김교제/동양서원 /1911	중국 상무인서관에서 간행한 중국어 번역소설 『천방야담(天方夜譚)』	원작은 영국 작가 윌리엄 레인(E.W. Lane)의 영역본 『천일야화』
서백리(西伯利) 의 용소녀(勇小女)	백대진/매일신보 연재	프랑스 작가 소피 리스토 코틴(Sophie Ristaud Cottin)의 『엘리자베스-시베리아의 유배자(Elisabeth ou les Exilés de Sibérie)』	줄거리 위주로 축약 번역. 1922년 4월 신명서림에서 『ㅈ 녀』라는 작품으로 간행
설중매	구연학(具然學)/회동 서관/1908	수에히로 뎃쵸위末廣鐵腸])가 창작한 『셋츄바이[雪中梅]』	
십오소호걸 (十五小豪傑)	동양서원/1912	중국 양계초(梁啓超)의 중국어 번역소설 『십오소호걸(十五小豪傑)』	양계초의 대본은 모리타 시ㅈ [森田思軒]이 일본어로 번역ㅎ 『모험기담 십오소년(冒險奇 十五少年)』. 원작은 프랑스 ㅈ 가 쥘 베른(Jules Verne)의 『ㄷ 년 동안의 방학(Deux Ans Vacances)』
쌍봉쟁화	김교제/보문관/1919	중국 상무인서관에서 간행한 중국어 번역소설 『진우연(眞偶然)』	원작은 에드워드 조지 얼ㅈ 워 리턴(Edward George Ea Bulwer Lytton)의 『밤과 아 (Night and Morning)』
쌍옥루	조중환/보급서관 /1913	기쿠치 유호[菊池幽芳]의 『나의 죄[己が罪]』	직역
암영(暗影)	진학문/동양서원 /1923	후타바테이 시메이[二葉亭四迷] 의 『그 모습[其面影]』	
애사(哀史)	민태원/매일신보 연재	구로이와 루이코[黑巖淚香]의 『아, 무정[噫無情]』	빅토르 마리 위고(V. M. Hugo)의 『레미제라블(Les Miérbles)』

애사(哀史)	홍난파/박문서관/1922	구로이와 루이코[黑巖淚香]의 『아, 무정[噫無情]』	빅토르 마리 위고(V. M. Hugo)의 『레미제라블(Les Miérbles)』
어디로 가나	홍난파/매일신보 연재	폴란드 작가 헨리크 시엔키에비치(Henryk Adam Aleksandr Pius Sienkiewicz)의 『쿠오바디스(Quo Vadis)』	
여장부	유광렬/동아일보 연재	구로이와 루이코[黑巖淚香]의 『무사도[武士道]』	원작은 포르튀네 뒤 보아고베 (Fortuné du Boisgobey)의 『Les cachettes de Marie-Rose』
유화우(榴花雨)	김우진(金宇鎭)/동양 서원/1912	토쿠토미 로카[德富蘆花])의 『호토토기스[不如歸]』	번안
이태리 소년	이보상/중앙서관/1908	에드몬도 데 아미치스(Edmondo De Amicis)의 『쿠오레(Cuore)』에 포함된 에피소드	
일레인의 공(功)	신생활사/1922	미국 아서 벤저민 리브(Arthur Benjamin Reeve)의 『일레인의 업적(The Exploits of Elaine)』	
일만구천방 (一萬九千磅)	김교제/동양서원/1913	중국 상무인서관에서 간행한 중국어 번역소설 『일만구천방 (一萬九千磅)』	원작은 영국 작가 버포드 들라누아(Burford Delannoy)의 『만구천 파운드(£19,000)』
자랑의 단추	신문관/1912	모모시마 레이센[百島冷泉]이 번역한 『유품단추[形見のボタン]』	원작은 에이미 르 페브르(Amy Le feuvre)의 『테디의 단추(Teddy's Button)』
장발장의 설움	홍난파/박문서관/1923	구로이와 루이코[黑巖淚香]의 『아, 무정[噫無情]』	원작은 빅토르 마리 위고(V. M. Hugo)의 『레미제라블(Les Miérbles)』
장한몽	조중환/회동서관.1913(상권)/유일서관. 1916(하권))	오자키 코요[尾崎紅葉]의 『황금 두억시니[金色夜叉]』	버사 클레이(Bertha M. Clay)의 『여자보다 약한 자(Weaker Than a Woman)』
장한몽(속편)	조중환/조선도서주식 회사/1925	와타나베 가테이[渡辺霞亭]의 『소용돌이[渦巻]』	
재봉춘(再逢春)	이상협/동양서원/1912	와타나베 가테이([渡辺霞亭]의 『소후렌[想夫憐]』	축약, 번안

정부원(貞婦怨)	이상협/박문서관/1925	구로이와 루이코[黑巖淚香]의 『버려진 쪽배[捨小舟]』	원작은 영국 작가 메리 엘리자베스 브래던(M. E. Braddon)의 『악마(Diavola; c the Woman's Battle)』. 단행본은 『악마(Diavola; or Nobody's Daughter)』 또는 『궁지에 몰려(Run to Earth)』로 간행
죽음의 길	민태원/동아일보 연재	헨리크 시엔키에비치(Henryk Adam Aleksandr Pius Sienkiewicz)의 소설	완역
지장보살	김교제/동양서원/1912	중국 상무인서관에서 간행한 중국어 번역소설 『공곡가인(空谷佳人)』	원작은 영국 작가 프랭크 ❙ 럿(Frank Barret)의 『밀수업 의 비밀(A smuggler's secret)
지환당(指環黨)	보급서관·동양서원/1912	중국 상무인서관에서 간행한 중국어 번역소설 『지환당(指環黨)』	중국본의 대본은 구로이와 이코[黑巖淚香]의 『지환(指環 원작은 포르튀네 뒤 보아고 (Fortuné du Boisgobey)의 『 안석(猫眼石) 반지』
철세계	이해조/회동서관/1908	중국의 포천소(包天笑)가 1903년 6월 상하이 문명서국(文明書局)에서 펴낸 『철세계(鐵世界)』	중국본의 대본은 모리다 시겐[森田思軒]의 『철세계(鐵世界)』. 모리다는 원작의 영역본인 『The Begum's Fortune』을 일본어 번역. 원작은 쥘 베른(Jule Verne)의 『인도 왕녀의 오╰ 프랑(Les Cinq Cents Millior de la Be'gum)』
첼카슈	진학문/동아일보 연재	막심 고리키(Maksim Gor'kii)의 『첼카슈(Chelkash)』	완역
해당화	박현환/신문관/1918	무라카미 세이진[村上靜人]이 번역한 『부활』로 추정	원작은 레프 니콜라예비치 톨스토이(Lev Nikolaevich Tolstoi)의 『부활』
해왕성	이상협/광익서관/1920	구로이와 루이코[黑巖淚香]의 『암굴왕(暗窟王)』	원작은 알렉상드르 뒤마 페르(Alexandre Dumas père)╮

			『몽테크리스토 백작(Le Comte de Monte-Cristo)』
허영(虛榮)	박문서관/1922	기쿠치 유호[菊池幽芳]의 『유자매(乳姉妹)』	원작은 버사 클레이(Bertha M. Clay)의 『Dora Thorne』
허풍선이 모험 기담	신문관/1913	사사키 쿠니[佐佐木邦]가 번역한 『허풍선이 남작 여행[法螺男爵旅土産]』	원작은 루돌프 에리히 라스페(Rudolph Erich Raspe)의 『허풍선이 남작의 모험』
현미경	김교제/동양서원/1912	중국 상무인서관에서 간행한 중국어 번역소설 『혈사의(血蓑衣)』	원작은 무라이 겐사이[村井弦齋]의 『양미인(兩美人)』
홍루(紅淚)	진학문/매일신보 연재	오사다 주도[長田秋濤]의 『춘희(椿姬)』	원작은 알렉상드르 뒤마 피스(Alexandre Dumas fils)의 『동백꽃을 든 부인(La Dame aux Camélias)』
-보석(紅寶石)	보급서관/1913	중국 작가 오견인(吳趼人)의 중국어 번역소설 『전술기담(電術奇談)』	중국본의 대본은 기쿠치 유호[菊池幽芳]가 일본어로 번역한 『신문팔이[新聞賣子]』. 원작은 작가 미상의 영국소설
희생	유지영/매일신보 연재	가브리엘레 단눈치오(Gabriele D'Annunzio)의 『순수한 사람들(L'innocente)』	직접 대본은 일본어 번역소설이거나 중국어 번역소설일 가능성이 높음

참고문헌

강진옥, 「야담 소재 신소설의 개작 양상에 나타난 여성수난과 그 의미-<天然亭>과 <雨中奇緣>을 중심으로-」, 『이화어문논집』 15, 이화여대, 1997.

강현조, 「<단발령>과 <금상첨화>의 전래 서사 수용 및 변전 양상 연구」, 『열상고전연구』 38, 열상고전연구회, 2013.

강현조, 「<목단화(牧丹花)>의 개작 양상 연구-새 자료 개작 텍스트 <화중왕(花中王)>의 소개와 내용 비교를 중심으로-」, 『현대소설연구』 45, 한국현대소설학회, 2010.

강현조, 「<보환연>과 <허영>의 동일성 및 번안 문학적 성격 연구」, 『현대문학의 연구』 44, 한국문학연구학회, 2011.

강현조, 「근대 초기 활자본 소설의 전래 서사 수용 및 근대적 변진 양상 연구-<육선각>과 <한월>을 중심으로-」, 『고소설연구』 36, 한국고소설학회, 2013.

강현조, 「김교제 번역·번안 소설의 원작 및 대본 연구-<비행선>, <지장보살>, <일만구천방>, <쌍봉쟁화>를 중심으로-」, 『현대소설연구』 48, 한국현대소설학회, 2011.

강현조, 「김교제의 <난봉기합> 연구」, 『현대문학의 연구』 68, 한국문학연구학회, 2019.

강현조, 「근대 초기 서양 위인 전기물의 번역 및 출판 양상의 일고찰-『실업소설 부란극림전』과 『강철대왕전』을 중심으로-」, 『사이(SAI)』 9, 국제한국문학문화학회, 2010.

강현조, 「번안소설 <박천남전> 연구」, 『국어국문학』 149, 국어국문학회, 2008.

강현조, 「번역소설 <홍보석(紅寶石)> 연구-일본소설 <신문팔이(新聞賣子)> 및 중국소설 <전술기담(電術奇談)>과의 연관성을 중심으로-」, 『국어국문학』 159, 국어국문학회, 2011.

곽정식, 「<원두표실기>의 창작 방법과 소설사적 의의」, 『한국문학논총』 52, 한국문학회, 2009.

곽정식, 「<제마무전>의 성립 과정과 구성 원리」, 『새국어교육』 75, 한국국어교육학회, 2007.

곽정식, 「<한씨보응록>의 형성과정과 소설사적 의의」, 『어문학』 105, 한국어문학회, 2009.

곽정식, 「<홍장군전>의 형성과정과 작자의식」, 『새국어교육』 81, 한국국어교육학회, 2009.

곽정식, 「활자본 고소설의 수용 양상과 그 소설사적 의의」, 『한국문학논총』 55, 한국문학회, 2010.

곽정식, 「활자본 고소설 〈林巨丁傳〉의 창작 방법과 洪命熹 〈林巨正〉과의 관계」, 『어문학』 111, 한국어문학회, 2011.

구홍진, 「딱지본 소설의 출판문화 연구」, 부산대 석사논문, 2016.

권혁래, 「임오군란 피란담 신·고소설의 소설작법 연구-고소설 <서진사전>과 신소설 <마상루>의 대비를 중심으로-」, 『고전문학연구』 31, 한국고전문학회, 2007.

김도환, 「『화옥쌍기』의 창작경로와 소설사적 의의」, 『우리어문연구』 36, 우리어문학회, 2010.

김동건, <이해룡전> 연구, 경희대 석사논문, 1997.

김동욱, 「한국 군담소설과 <서주연의(西周演義)>」, 『고소설연구』 48, 한국고소설학회, 2019.

김성철, 「고소설과 신소설의 혼종 양상과 담당층」, 『우리어문연구』 52, 우리어문학회, 2015.

김재웅, 「<최호양문록>의 구조적 특징과 가정소설적 위상」, 『정신문화연구』 33, 한국학중앙연구원, 2010.

김정녀, 「<이대봉전>의 이본 고찰을 통한 소설사적 위상 재고」, 『우리문학연구』 42, 우리문학회, 2014.

김정은, 「<수당연의(隋唐演義)> 계열 구활자본 고소설 연구」, 『어문논집』 55, 중앙어문학회, 2013.

김종욱, 「쥘 베른 소설의 한국 수용과정 연구」, 『한국문학논총』 49, 한국문학회, 2008.

김형석, 「<蘇雲傳>系 舊活字本 古小說 硏究」, 한남대 박사논문, 2014.

노성미, 「홍경래전승의 양상과 변이 연구」, 경남대 박사논문, 1994.

노혜경, 「근대 초기 일선어(日鮮語) 신소설 연구-현공렴의 『동각한매』와 『죽서루』를 중심으로-」, 『동양학』 79, 단국대 동양학연구원, 2020.

박상석, 「번안소설 <백년한> 연구」, 『연민학지』 12, 연민학회, 2009.

박상석, 「한문소설 <종옥전>의 개작, 활판본 소설 <미인계> 연구」, 『고소설연구』 28, 한국고소설학회, 2009.

박상석, 「활판본 고소설 <무릉도원> 연구-원작 규명 및 번역 양상의 고찰-」, 『고소설연구』 34, 한국고소설학회, 2012.

박진영, 「공안과 연애, 1910년대 말 신문 연재소설의 중국문학 번역-양건식의 『기옥』과 육정수의 『옥리혼』-」, 『현대문학의 연구』 69, 한국문학연구학회, 2019.

박진영, 「이해조와 신소설의 판권」, 『근대서지』 6, 근대서지학회, 2012.

박진영, 『번역과 번안의 시대』, 소명출판, 2011.

사에구사 도시카쓰, 「쥘 베른(Jules Verne)의 『십오소호걸(十五小豪傑)』의 번역 계보-문화의 수용과 변용-」, 『사이(SAI)』 4, 국제한국문학문화학회, 2008.

서보영, 「활자본 고전소설 <미인도>의 성립과 변모양상 연구」, 『고소설연구』 36, 한국고소설학회, 2013.

서재길, 「<금수회의록>의 번안에 관한 연구」, 『국어국문학』 157, 국어국문학회, 2011.

서정민, 「<석중옥기연록>과의 비교를 통해 본 구활자본 <형산백옥>」, 『정신문화연구』 122, 한국학중앙연구원, 2011.

서혜은, 「이해조 <구의산>의 <조생원전> 개작 양상 연구」, 『어문학』 113, 한국어문학회, 2011.

서혜은, 「이해조의 <소양정>과 고전소설의 교섭 양상 연구」, 『고소설연구』 30, 한국고소설학회, 2010.

손병국, 「『金玉緣』 연구」, 『동방학』 22, 한서대학교 동양고전연구소, 2012.

손병국, 「한국고전소설에 미친 明代話本小說의 영향-특히 ≪三言≫과 ≪二拍≫을 중심으로-」, 동국대 박사논문, 1990.

송민호, 「동농 이해조 문학 연구」, 서울대 박사논문, 2012.

신근재, 「한·일 번안소설의 실상-『호토토기스(不如歸)』에서 『두견성』, 『유화우』로-」, 『일본근대문학』 3, 한국일본근대문학회, 2004.

심은경, 「<만강홍>, <영산홍>의 실상과 의의」, 『한국고전연구』 9, 한국고전연구학회, 2003.

심치열 옮김, 『왕소군새소군전』, 성신여대 출판부, 2002.

오윤선, 「신소설 서지 데이터베이스의 분석과 그 의미」, 『우리어문연구』 25, 우리어문학회, 2005.

오윤선, 「구활자본 『최장군전』의 발굴과 그 의미」, 『고소설연구』 34, 한국고소설학회, 2012.

오윤선, 「구활자본 고소설 『영웅호걸』의 발굴소개와 그 의미」, 『우리어문연구』 47, 우리어문학회, 2013.

유춘동, 「「금향정기」의 연원과 이본 연구」, 연세대 석사논문, 2002.

유춘동, 「『이몽선전(李夢仙傳)』의 성격과 의미에 대한 연구」, 『한국문학연구』 60, 동국대 한국문학연구소, 2019.

이경림, 「근대 초기 『금고기관』의 수용 양상에 관한 연구」, 『한국근대문학연구』 27, 한국근대문학회, 2013.

이민호, 「<三花奇緣> 연구-<홍백화전>과의 관련 양상을 중심으로-」, 한국학중앙연구원 박사논문, 2016.

이승은, 「활자본 재담집 『요지경』의 연원과 성격」, 『우리문학연구』 45, 우리문학회, 2015.

이은숙, 『신작 구소설 연구』, 국학자료원, 2000.

이홍란, 「구활자본 『초한전』의 존재양상과 의미」, 『우리문학연구』 30, 우리문학회, 2010.

장노현, 「신소설 작가 박영운의 계몽활동과 독립운동」, 『국제어문』 61, 국제어문학회, 2014.

정준식, 「「부용담」의 형성 기반과 자료적 가치」, 『어문학』 118, 한국어문학회, 2012.

정준식, 「<김희경전>의 이본 계열과 텍스트 확정」, 『어문연구』 53, 어문연구학회, 2007.

정준식, 「필사본 「신계후전」의 이본 성격과 선본」, 『어문학』 149, 한국어문학회, 2020.

주수민, 「<신유복전>의 창작시기 재론」, 『한국고전연구』 38, 한국고전연구학회, 2017.

차 용, 「김교제 번역소설 연구-'역술(譯述)', '저(著)', '찬(纂)'의 의미를 중심으로-」, 서울대 석사논문, 2016.

차충환, 「<신랑의 보쌈>의 성격과 개작양상에 대한 연구」, 『어문연구』 71, 어문연구학회, 2012.

차충환, 「「江上月」과 「芙蓉軒」: 고소설의 개작본」, 『인문학연구』 6, 경희대 인문학연구원, 2002.

차충환, 「「수매청심록」의 성격과 전승 양상에 대한 연구」, 『어문연구』 40, 한국어문교육연구회, 2012.

차충환·김진영, 「「태아선적강록」과 「유황후전」의 비교 연구」, 『어문연구』 38, 한국어문교육연구회, 2010.

차충환·김진영, 「<오선기봉>의 형성과정과 의의에 관한 연구」, 『어문연구』 62, 어문연구학회, 2009.

차충환·김진영, 「고소설 「보심록」 계열의 형성과정과 그 사적 의미」, 『동양학』 47, 단국대 동양학연구원, 2010.

차충환·김진영, 「활자본 고소설 〈江南花〉 연구」, 『고전문학과 교육』 22, 한국고전문학교육학회, 2011.

최성윤, 「김교제의 『목단화』, 『화중왕』과 박철혼의 『홍안박명』 비교 연구-초기 신소설을 저본으로 한 모방 텍스트의 양상 연구 (2)-」, 『현대문학이론연구』 68, 현대문학이론학회, 2017.

최성윤, 「이인직 초기 신소설의 모방 및 표절 텍스트 양상 연구」, 『우리어문연구』 53, 우리어문학회, 2015.

최성윤, 「이해조 신소설을 저본으로 한 모방, 번안 텍스트의 양상 연구」, 『현대소설연구』 57, 한국현대소설학회, 2014.

최성윤, 「초기 신소설을 저본으로 한 모방 텍스트의 양상 연구-박철혼, 『월미도』에 나타난 혼성모방의 성격」, 『구보학보』 15, 구보학회, 2016.

최윤희, 「<쌍미기봉(雙美奇逢)>의 번안 양상 연구」, 『고소설연구』 11, 한국고소설학회, 2001.

최윤희, 「필사본 <쌍열옥소록>과 활자본 <삼생기연>의 특성과 변모 양상」, 『우리문학연구』 26, 우리문학회, 2009.

최호석, 『활자본 고전소설 서지 데이터베이스』, 보고사, 2017.

황희선, 「「옥주호연(玉珠好緣)」 연구」, 한국교원대학교 석사논문, 2008.

저자 소개

차 충 환(車充煥)

경희대학교 문과대학 국어국문학과를 졸업하고, 동대학원에서 한국 고전문학 전공으로 석사와 박사 학위를 받았다. 현재 경희대학교 국어국문학과 교수로 재직 중이다. 『숙향전연구』, 『한국고전소설작품연구』, 『한국 고소설의 새 지평』, 『판소리이본전집』(공편), 『판소리문화사전』(공편) 등의 저서와 다수의 논문이 있다.

고소설의 개작과 신작

초판 1쇄 인쇄 2021년 6월 8일
초판 1쇄 발행 2021년 6월 18일

지은이 차충환
펴낸이 이대현

책임편집 임애정 | 편집 이태곤 권분옥 문선희 강윤경
디자인 안혜진 최선주 이경진 | 마케팅 박태훈 안현진
펴낸곳 도서출판 역락 | 등록 1999년 4월 19일 제303-2002-000014호
주소 서울시 서초구 동광로46길 6-6 문창빌딩 2층(우06589)
전화 02-3409-2060(편집부), 2058(영업부) | 팩시밀리 02-3409-2059
전자우편 youkrack@hanmail.net
홈페이지 www.youkrackbooks.com

ISBN 979-11-6742-012-1 93810

정가는 뒤표지에 있습니다.